琥珀连环

民国武侠小说典藏文库·徐春羽卷

徐春羽◎著

（第一部）

中国文史出版社

"京味武侠"徐春羽（代序）

徐春羽，民国北派武侠作家，活跃在上个世纪三四十年代，作品常见诸京津两地的报纸杂志，尤其受到北京本地读者的喜爱。

1941年出版的第161期《立言画刊》上有一则广告，内容是："武侠小说家徐春羽君著《铁观音》、还珠楼主著《边塞英雄谱》、白羽著《大泽龙蛇传》，三君均为第一流武侠小说家……"文中徐春羽排第一位，以次是还珠楼主和白羽。或许排名并非有意，但徐春羽的名气可见一斑。

六年后，北京有家叫《游艺报》的杂志刊登了一篇名为《本报作家介绍：徐春羽》的文章，里面有这样一段话："提起武侠小说家来，在十几年前，有'南有不肖生（向恺然），北有赵焕亭'之谚。曾几何时，向、赵二位的作品，我们已读不到了，而华北的武侠作家，却又分成了三派：一派是还珠楼主的'剑侠神仙派'，一派是郑证因先生、白羽先生的'江湖异闻派'，另一派就是徐春羽先生的'技击评话派'。现在还珠楼主在上海，白羽在天津，北平就仅有郑、徐两位了！于是这两位的文债，也就忙得不可开交。"

此时的徐春羽，不仅名气不减，而且居然自成一派，与还珠楼主、白羽和郑证因分庭抗礼，其小说显然相当受欢迎。笔者翻查民国旧报纸时曾经粗略统计了一下，1946—1948两年时间里，徐春羽在四家北京本地小报上先后连载过八部武侠小说，在其他如《游艺报》《艺威画报》等杂志或画报这类刊物上也连载过武侠小说，前文提到的《游艺报》上那篇文章还写着这样一句话："打开报纸，若没有他（郑证因、徐春羽）两位的小说，真有'那个'之感。"

老北京的百姓看不到徐春羽的小说会觉得"那个"，武侠小说研究人员看到徐春羽的生平时却也有"那个"之感，因为名声如此响亮的徐春羽，竟仅在1991年出版的《民国通俗小说论稿》（作者张赣生）中有一点少得可怜的介绍：

"徐春羽（约1905—?），北京人。据说是旗人。他通医术，曾开业以中医应诊；四十年代至天津，自办《天津新小报》；五十年代初，曾在北京西直门一家百货商店当售货员。其余不详。"连标点符号在内不过八十余字。

除了台湾武侠研究专家叶洪生先生曾在《武侠小说谈艺录》（1994年出版）一书中对徐春羽略提两句外，再无关于其人其作的只言片语，更谈不上研究了。

近年，随着武侠小说逐渐为更多研究者所重视，关于民国武侠小说的研究也获得不少新进展，天津学者王振良撰写了《徐春羽家世生平初探》一文，内容系采访徐家后人与亲友，获得颇多第一手新资料。尽管因为年代久远，受访人年纪偏大，记忆减退，以及这样或那样的原因，徐春羽生平中仍留下不少空白，但较之以往已有很大改观，而张赣生先生留下的徐春羽简介也由此得到了修正和补充。

现在可以确定的是，徐春羽是江苏武进（即今江苏常州）人，并非北京人，也不在旗。他的出生时间是清光绪三十一年乙巳十月二十一日（1905年11月17日），属蛇。

关于徐春羽的生平，青少年时期是空白，据其妹徐恒英女士说，抗战前徐春羽在天津教育局工作，按时间推算差不多三十岁。在津期间，徐春羽还应邀主持周孝怀创办的《天津新小报》，并经常撰写评论。笔者据此推测，1935年6月有一位署名"春羽"的人在北京的《新北平报》副刊上开了一个评论专栏，写下了诸如《抽烟卷儿》《扯淡·说媒》《扯淡·牛皮税》等一批"豆腐块"大小的杂评，嬉笑调侃，京腔京味十足，此人或许就是徐春羽。同在 1935 年，北平《益世报》上刊登了一篇署名"春羽"的武侠小说连载，篇名是《英雄本色》，遗憾的是仅连载了几十期就不见了踪迹。目前没有发现更早的关于徐春羽写作武侠小说的资料，此"春羽"若是徐本人，或许这篇无疾而终的连载可以视为他的武侠小说处女作。

抗战开始，华北沦陷长达八年，徐春羽在这一时期应该就居住在北京或天津，是否有正当职业尚不清楚，所能够知道的就是他写了几部武侠小说在北平的落水报纸上连载，并以此知名。另在《新民半月刊》杂志上发表过一部十一幕的历史旧剧剧本《林则徐》。

抗战胜利后，徐春羽似乎显得相当活跃，频频在京津各报刊上发表武侠小说，数量远超抗战期间，但半途而废者较多，也许是文债太多之故，也许本是玩票心态，终有为德不卒之憾，这一点后面还要谈到。

1949 年后，他似乎与过去的生活做了彻底的切割，小说和文章不写了，大半时间在家行医。他也曾经短暂地打过零工，一次是在西直门一家商店做售货员，结果被一位通俗作家耿小的（本名郁溪）偶然发现，然后就没了人影；另一次是在新成立的中国科学院待过一段时间，1952 年因故离开。

徐春羽的父亲做过伪满洲国"御医"。从能够找到的信息来看，做父亲的比做儿子的要多得多，也清楚得多。

徐父名思允，字裕斋（又作豫斋、愈斋），号茗雪，又号裕家，生于 1876 年 2 月 13 日。青少年时期情况不详，1906 年（三十岁）入张之洞幕府，任两湖师范学堂文学教员。次年初，调充学部书记并在编译局任职。1911 年，徐思允被京师大学堂聘为法政科教员，主讲《大清会典》。据徐春羽之妹徐帼英所述，其父于 1912 年任北京政府铨叙局勋章科科长，后又外放任安徽省宿县县长等职。

1919 年，徐思允拜杨氏太极传人杨澄甫为师，习练太极拳，后又拜师李景林，学习武当剑法。徐思允的武功练得如何不得而知，以四十几岁的年纪学武，该是以健身、养生为目的。不过他所拜的均是当时的名家，与武术圈中人定有不少往来，其人文化水平在武术圈里大约也无人能比，杨澄甫门下陈微明曾撰《太极拳术》一书，就是请同门徐思允作的序。徐春羽小说中有不少武术功夫和江湖切口的描写与介绍，或许与其父的这段经历不无关系。

大约在二十世纪二十年代中后期，经周孝怀介绍，徐思允成为溥仪的随身医生。1931 年溥仪出逃东北，徐思允也追随前往"新京"（今长春市），任伪满宫廷"御医"，并教授皇族子弟国文。

1945 年苏军进入东北，徐思允随伪满皇后婉容等流亡至临江县大栗子沟（今吉林省临江市大栗子街道），婉容临终前，他就在其身边。他后来被苏军俘虏，送至伯力（今俄罗斯哈巴罗夫斯克），1949 年获释回到长春，同年 5 月被接回北京，次年 12 月病逝。

徐思允国学功底很好，工诗，与陈衍、陈曾寿、郑孝胥、许宝蘅等人有长期的交游，彼此间屡有唱和。陈衍眼界很高，一般瞧不上什么人，而其《石遗室诗话》中收有徐诗数首，评价是"有古意无俗艳"，可谓相当不低。徐去世后，其儿女亲家许宝蘅（前清进士，曾任袁世凯秘书处秘书，解放后任中央文史馆馆员）整理其遗稿，编有《苕雪诗》二卷。

写诗之外，徐思允还会下围棋，水平应该不低。1935 年，吴清源访问长春，与当时的日本名手木谷实在溥仪"御前"对局，连下三天，吴清源胜。对局结束的那天下午，溥仪要求吴让徐思允五子，再下一盘。他给吴的要求是使劲吃子，越多越好，结果徐思允死命求活，吴未能完成任务。徐可谓虽败犹荣，他的这段经历肯定让今天的围棋迷们羡慕得要死。

根据徐思允的经历再看他儿子徐春羽，其中隐有脉络可循。做父亲的偏重与社会上层人士——清末官宦和民国遗老往来，做儿子的则更钟情于市民阶层。从已知资料看，徐春羽确实颇为混得开，没有几把刷子肯定不行。

1947年，北京的《一四七画报》上刊登了一篇文章，报道徐春羽受聘于北洋大学北平部讲授国文，说一周要上十几个钟点的课，标题中称他为"教授"。虽然看起来像玩笑话，但徐春羽的旧学根底已可见一斑，这一点在他的武侠小说里也能看得出来。这一方面应得力于家学渊源，正应"有其父必有其子"那句俗话，另一方面则是徐春羽确有天赋。其表舅父巢章甫在《海天楼艺话》中说他"少即聪颖好弄，未尝力学，而自然通顺"。由此看来他可能上过私塾，也许进过西式学堂，但不是一个肯吃苦念书的老实学生。

　　徐春羽显然赋性聪慧跳脱，某消闲画刊上曾有文章介绍其人绝顶聪明，多才多艺，"刻骨治印、唱戏说书，无不能之，且尤擅'岐黄之术'"，据说他还精通随园食谱，喜欢邀人到家里，亲自下厨。

　　"岐黄之术"是徐春羽世代家传的本事。前文已言及其父给溥仪当"御医"十多年，水平可想而知。他自己在这方面也肯定下过功夫，所以造诣不浅。据当时的报纸报道，徐氏经常主动为人诊病，且不取分文，还联合北京的药铺搞过义诊。

　　唱戏是徐春羽的一大爱好，自二十世纪三十年代在天津期间就喜欢票戏。据说他工丑角，常请艺人到家中交流，也多次粉墨登台。天津报人沙大风、北京名报人景孤血与编剧家翁偶虹等人曾在北京长安戏院合演《群英会》，分派给徐春羽的角色是扮后部的蒋干。

　　评书则是他的又一大爱好。1947年3月1日，他开始在北平广播电台播讲其小说《琥珀连环》，播出时间是每天下午二时至三时。目前尚不清楚他是否拜过师正式进入评书界，但他的说书水平已见诸当时的报刊。《戏世界》杂志曾刊出专文，称其"口才便给，笔下生花，舌底翻莲，寓庄于谐，寄警于讽，当非一般低级趣味所能比拟也"。

　　应当说，唱戏和评书这两大爱好对于徐春羽的武侠小说创作，显然有着非常直接的影响。

　　张赣生先生在《民国通俗小说论稿》中，以徐春羽《铁观音》第一回中一个小兵官出场的一段描写为例，指出："这个人物的衣着、神态，以及出场后那几句话的口气，活生生是戏曲舞台上的一个丑角，尤其是最后一段，小兵官冲红船里头喊：'哥儿们，先别斗了，出来瞧瞧吧！'随后四个兵上场，更活像戏台上的景象。徐氏无论是直接将自戏曲还是经评书间接将自戏曲，总之是戏曲味很浓。"

民国武侠作家中精通戏曲、喜欢戏曲的人很多，但这样直接把戏台场面搬入小说里的，倒也少见。评书特色的化用也是如此。北派作家如赵焕亭、朱贞木等人，有时也用一下"说书口吻"或者流露出一些"说书意识"，而没有人像徐春羽那样，大部分小说的叙事风格如同演说评书一般。他在很多小说开头，都爱用说书人的口吻讲一段引子，譬如《草泽群龙》的开篇：

> 写刀枪架子的小说，不杀不砍，看的主儿说太瘟，大杀大砍，又说太乱。嘴损的主儿，还得说两句俏皮话儿："他写着不累，也不管打的主儿受得了受不了？"稍涉神怪，就说提倡迷信；偶写男女，就说妨碍风化。其实神仙传、述异记又何尝不是满纸荒唐，但是并没列入禁书。《红楼梦》《金瓶梅》不但粉红而且近于猩红，反被称为才子选当课本，这又应做如何解释？据在下想，小说一道先不管在学术上有无地位，最低限度总要能够帮助国家社会刑、政教法之不足，而使人人略有警惕去取。尽管文笔拙笨，立意总不应当离开本旨。不过看书同听戏一样，看马思远他就注意调情那一场，到了骑驴游街，他骂编戏的煞风景，那就是他生有劣根性，纵然每天您拿道德真经把他裹起来，他也要杀人放火抢男霸女，不挨刽子手那一刀他绝改不了。在下写的虽是武侠小说，宗旨仍在讽劝社会，敬忠教孝福善祸淫，连带着提倡一点儿尚武精神。至于有效无效，既属无法证明，更不敢乱下考语，只有抄袭药铺两句成语"修合无人见，存心有天知"，聊以解嘲吧。

再随便从《宝马神枪》中拎出一段报字号：

　　你这小子，也不用大话欺人，我要不告诉你名儿姓儿，你还觉乎谁怕了你。现在你把耳朵伸长着点儿，我告诉完了你，你死了也好明白，下辈子转世为人，也好找我报仇。你家小太爷姓黎，单名一个金字，江湖道儿上送你家小太爷外号叫插翅熊。至于我师父他老人家，早就嘱咐过我，不叫我在外头说出他老人家名姓，现在你既一定要问，我告诉你就告诉你，你可站稳了，省得吓破了你的苦胆。我师父他老人家住家在安徽凤阳府，双姓"闻人"，单名一个喜字，江湖人称神砂手就是他老人家。你问我的，我告诉你了，你要听着害怕，赶紧走道儿，我也不能跟你过不去，你要觉乎着非得找死不可，你也说个名儿姓儿，还是那句话，等我把你弄死之后，等你转世投生，也好找我报仇。

　　这样的内容，喜欢评书的读者当不陌生。类似这样的江湖声口，在徐春羽武侠小说中俯拾即是，其人物的外貌描写、语言也是演说江湖草莽类型评书中的常用套路和用语。值得一说的是，徐春羽使用的语言基本是轻快流利的京白，尤其带点老北京说话时常有那点"假招子"的劲头，这可算是他的独家特色。他虽然是江苏人，但对北京的热爱却是发自内心的，这从他的小说中经常可以体会到，其绝大部分武侠小说的开头，都要说上一段老北京的风土人情，内容也大多涉及北京，比如《屠沽英雄》的开头：

　　讲究吃喝，真得让北京。不怕住家在雍和宫，为吃两块臭豆腐，可以出趟顺治门，不是王致和的地道货，宁可不吃。住家在德胜门，为喝一包茶叶末，可以到趟大栅栏，

7

不是东鸿记的好双熏，宁可不喝。再往细里一考究，什么字号鼻烟好？什么字号酱菜好？水葡萄得吃哪块地长的？旱香瓜得吃谁家园的？应时当令，年糕、月饼、粽子、花糕、腊八粥、关东糖、春饼烤肉煮饽饽，不怕从身上现往下扒，当二钱银子，也不能不应个景儿。因为"要谱儿"的爷们儿一多，做买卖的自然就得迎合主顾心理，除去将本图利之外，还得搭上一副脑子，没有特别另样的，干脆这买卖就不用打算长里做。所以，久住北京的主儿谁都知道，北京城里的买卖，没有一家没"绝活儿"的。

这是说的老北京人讲究吃喝的劲头。还有赞扬北京人性格的，比如《龙凤侠》开头说：

"无风三尺土，有雨一街泥"，凡是久住这北京的哥们儿差不离都有这么一点印象。可是事实适得其反，不怕在屋里四六句骂着狂风，在街上三七成蹚着烂泥，破口骂着天地时利，恨不得当时脱离这块黄天黑地，只要风一住，水一干，就算您给他买好了飞机票，请他到西湖去住洋楼儿，他准能跟您摇头表示不去。

其实并非出乎反乎说了不算，说真的，北京这个城圈里，除去这两样有点小包涵之外，其他好的地方太多，两下一比较，还是北京城强似他处。

第一中国是个礼教之邦，北京是建都之地，风俗淳朴，人情忠厚，虽说为了窝头有时候要切菜刀，但仍然没有离开"以直报怨"的美德。至于说到挖心思用脑子，上头说好话，底下使绊子，不能说是绝对一个没有，总在少数。

尤其讲究义气，路见不平，就能拍胸脯子加入战团，上刀山下油锅到死绝不含糊。轻财重脸，舍身任侠。"朋友谱"，"虚子论"，别瞧土地文章，那一腔子鲜血，满肚子热气，荆轲聂政不过如此。"为朋友两肋插刀"，的确可以夸一句是响当当硬绷绷好汉子！古称燕赵多慷慨悲歌之士，看来确是不假。

徐春羽概括的老北京人身上的特点，在其小说中的很多小人物如茶馆、酒肆的伙计、客人、公人、地痞、混混等身上，都能或多或少地有所发现。而市民社会中各色人等的言谈话语、举手投足，生活气息极为浓郁，非长期浸淫其间有亲身经历者不能道出。老北京逢年过节的庙会盛况与一些风俗习惯，都在徐春羽的武侠小说中有所展现。相比之下，赵焕亭、王度庐等人在小说中虽也都有对老北京风土人物的描写和追忆，但也仅限几部作品，不如徐书普遍，徐春羽的武侠小说或许可以称得上是真正的"京味武侠"。

近年来，对老北京文化感兴趣的人越来越多，徐氏武侠小说或许是座值得有心人深入挖掘的富矿亦未可知。

徐氏武侠小说的特点是非常鲜明的，缺点也是毋庸置疑的。

其一，小说评书味道浓郁是特色，但也多少是个缺点，因为评书属于口头文学，追求的是讲说加肢体动作带来的现场效果，一件小事经常会用大段的言语来铺叙、表白，有时还要穿插评论在其间，听者会觉得过瘾，可是一旦形诸文字，就难免有时显得啰唆和絮叨，如前面所举的《宝马神枪》中那段报字号。类似的段落如果看得太多，会令读者产生枯燥和乏味的感觉，影响到阅读效果。徐春羽的文字表现能力当然很强，但也无法克服这样的先天缺陷。

其二，前面已经提到，就是作品半途而废的不少，其中报纸连载最为突出。比如《红粉青莲》仅连载十余期就消失不见，《铁血千金》则连载到三十七期即告失踪，其他连载了百十期后又无影无踪的还有若干，这里面或许有报纸方面的原因，但徐春羽的创作态度也多少是有些问题的，甚至不排除存在读者提意见而告停刊的可能。无论如何，这些烂尾连载直接影响到作品的质量和读者的观感。单行本的情况略好，然而也存在类似问题。再加上解放前的兵荒马乱以及解放后的历次政治运动，尤其是五十年代初的禁止武侠小说出版与出租，都造成武侠小说的大量散佚和损毁。时至今日，包括徐春羽在内的不少武侠作家的作品，都很难证实小说的烂尾究竟是作者造成的，还是书的流散造成的，这自然也给后来的研究人员增加了很多困难。

本作品集的底本系由上海武侠小说收藏家卢军先生与著名还珠楼主专家周清霖先生提供，共计十二种，是目前能够见到的徐春羽武侠小说的全部民国版单行本了。这些作品绝大多数是解放后第一次出版，其中的《碧血鸳鸯》虽然曾由某出版社在 1989 年出版过一次，但版本问题很大。该书民国原刊本共有九集，是徐春羽武侠小说中最长的，但 1989 年版的内容仅大致相当于原刊本的第三至八集，第一、二、九集内容全部付之阙如，且原刊本第六集第三回《背城借一飞来异士，为国丧元气走豪雄》、第七集第四回《痛师占卜孙刚射雁，喜友偕行丁戚打虎》也均不见踪影。另外，该版的开头始自原刊本第三集第一回的三分之二处，前三分之一的三千多字内容全部消失，代之以似由什么人写的故事简介，最后一回则多了一千多字，作为全书的结束，其回目"救老侠火孤独显能，得国宝鸳鸯双殉情"也与原刊本完全两样。这些问题都已经通过这次整理得到全部解决，也算功德圆满，只是若干部徐氏小说因为前面提到的原因，明显没有结束，令人不无遗憾，但若换个角度想，这些书能够保留下来且再次公之于众，已属难得之至了。

今蒙本作品集出版者见重，嘱为序言，以方便读者，故掇拾近年搜集的资料与新的研究成果，勉力拉杂成篇，以不负出版方之雅爱。希识者一哂之余，有以教也！

中国武侠文学学会副秘书长　顾臻
2018 年 4 月 10 日写于琴雨箫风斋

目 录

第 一 集

第一回　唱秧歌一灯添鬼趣

　　　　申法令三木显贼形 …………………………… 3

第二回　赋壮志双槊荡妖魂

　　　　惩刁风一锤惊狗魄 …………………………… 18

第三回　朝令夕改食肉者鄙

　　　　孤纵谋擒吐哺也宜 …………………………… 39

第四回　方小唐智赚陈勤绶

　　　　夏煌佼利试葛天翔 …………………………… 54

第五回　人心半无厌，百万金蚨一片腥雨

　　　　天意总难回，三千铁甲累世香风 ………………… 69

第六回　扰间阎凶徒遭惨祸

　　　　涉海云烈女返忠骸 …………………………… 82

第七回　目睹飘零豪杰遁世

　　　　时逢颠乱英雄诞生 …………………………… 92

第八回　周鹬子避祸凤凰厅

　　　　念一师掘蛟平安坝 …………………………… 110

第九回　严阵势一旗伏弱鼠

　　　　逞刚强双手分怒牛 ·················· 130

第十回　收虎儿员外仗义

　　　　捕鹞子班头失机 ·················· 141

第　二　集

第一回　溯源流演说周鹞子

　　　　逞意气探访老龙神 ·················· 157

第二回　求全遭毁怒扑强盗

　　　　积愤因羞难坏姑娘 ·················· 171

第三回　周鹞子怒杀滕罗姑

　　　　王天朋误引李莺儿 ·················· 185

第四回　葛天翔巧得二妙散

　　　　靳安姑狭逢一指仇 ·················· 198

第五回　王太君独折铁沙弥

　　　　孙小姐双擒贼君子 ·················· 216

第六回　追老师私走广平府

　　　　住黑店误入翟家坪 ·················· 232

第七回　红胡子得意浪里飞

　　　　野罗汉失手二妙散 ·················· 248

第八回　夸师门惊退双邪徒

　　　　显神手笑谈独传药 ·················· 263

第九回　良辰快聚漫道渊源

　　　　深夜惊呼突来恶霸 ·················· 279

第十回　因仁及义片言解纷

　　　　以德报怨一纸兴戎 ·················· 294

第 一 集

第一回

唱秧歌一灯添鬼趣
申法令三木显贼形

　　风云起兮壮士悲，巢覆家倾兮安所适归？男儿生做国柱兮妻孥何为！

　　披金刃兮碎玉杯，愿死沙场兮不愿生回。

　　紫拥朱推兮飘星矗，斗云柝兮肃云摩。

　　上马杀贼兮催枯索，咽呜叱咤兮吞怒雷。一战再战三战皆捷兮惊呼神威。

　　将军威，贼子危，辈送金珠到虎闱。

　　虎闱有虎不如狗，未计国寿且家肥。

　　将军苦战望援兵，军中走报断粮炊。

　　矢尽道穷壮哉死，忠骸挺立骨不鈤。

　　神女破空忽天来，泪血摩洒琥珀圭。

　　解连环，符玉枚，肩负英骨万里飞。

　　邻里娘行走相告，侠女背得义士归。

　　义士归，雨雪霏，奇英殊烈世不摧。

　　闲笔写入无双谱，供君同醉陶然杯。

　　　　　　　　　　　　　　　——《连环吟》

定海原是浙江东北一座小岛，四围是海，当间还有这么一块旱地，地方虽不太大，却是海防一个要塞。因为彼时天下承平，四海安静，虽然派有驻兵，并不重视。城里居民，多半以农渔为业，拼些力气，换个温饱，融融怡怡，颇称安乐。原可静享太平之福，无如人心恶劳喜逸，饱暖生事，因之祸隐无形，随念增长，以致家败人亡，身受惨报，再想恢复从前乐境，绝不可能，除去自怨自恨，更无挽救良方。在那个时候，鸦片已然流进中国，定海沿着海岸，更是近水楼台先得月，比别的地方来得容易，虽然没奉明文还不敢明目张胆，其实也是掩耳盗铃，差不离隔三五家准可以有一家私烟馆。其中抽烟的人，除去这些有钱的阔绅富商全都家里安了烟床，摆了烟灯，讲究枪、灯、斗、烟，不肯到这种地方来之外，这种私烟馆里主顾，多半是些旗兵、混混儿，当小差使的小老爷，虽然没有多大局面，可是镇日总是起满坐满。定海有座竹山门，就是这竹山门一条街上，开着就有个十几家。

单说里头有一家，暗蔓儿（暗号）叫吹云楼，主人姓方，号叫小唐，原是一个红鼻子师爷，失了业，便干了这个营生，因为眼皮子杂，暗龛儿（主持人）也硬，来抽烟的人头儿也齐，买卖比别的同行都高出一头。一溜北屋七间全都打通，沿着墙满是烟床，仅北面的墙上是大玻璃窗户，可以看见街上。灯明床净，往那里一躺，吃着喝着有人伺候着，确有乐趣。

这一天方小唐老早起来，看着伙计收拾烟床，擦灯，换捻子，擦斗，换纱，通枪，摆茶壶，擦茶碗儿，挑烟，挪凳儿，倒痰桶……正在指挥之际，忽听院子里木头底儿响，一阵咯噔咯噔声儿就跟穿花蝴蝶儿一样，从外头走进一个小堂客来。没等方小唐说话，一步抢进，一只手往方小唐脖子上一钩。方小唐没有防备，头一发沉，腿一发飘，一个歪不棱倒在小堂客身上。小堂客就势一扳方小唐的脸，就在那方小唐细工加料实纳的麻腮帮子上喷地就是两口。方小唐没有防备，还真吓了一跳，使劲往上一翻，劲头儿使猛了，一滑一歪，摔在地下，慌得几个伙计赶紧上来搀扶。

方小唐气喘吁吁地道："这是谁，大清早晨这么玩笑？要是把我摔坏了担得起吗？"

旁边那妇人咯地一笑道："怎么着，急了？摔坏了鸡蛋我担不起，摔坏了你还有什么多大了不得？狗脸亲家说急就急，你还觉乎着你怪不错的哪。德行！"

说来也怪，方小唐一肚子不高兴，让小堂客一顿排揎，不但没了气，反倒哈哈大笑道："我还当着是谁哪，敢情是你呀。不但没急，我还更高兴哪。来，来来，你再来一下子。"说着不住把个身子往前乱蹭。

小堂客使劲一推道："哼！你愿意了，我又不高兴了。德行！"

方小唐道："不高兴就散。真格的，你昨天晚上，不是跟着那塔二爷走的吗？怎么你这么早你就跑来了？八成儿塔二爷不怎么对劲儿吧？"

小堂客呸地一啐道："德行！大清早晨，你别找我四六句骂你。姓塔的什么东西，也敢想沾太太，我告诉你说，太太扎一刀子冒紫血，叽嘞咯噔好朋友，姓塔的是兔蛋，你要糟践我，你可是姓塔的承重孙。"

方小唐笑道："得了得了，您是贞节烈妇，我过两天给您捐牌坊，挂大匾……"

小堂客不等方小唐往下再说，一抢步挓挲着两只手过去又要拧方小唐。正在这么个工夫，忽听院子里有人唱："八月里秋风儿阵阵凉，一场白露一场霜……"悲悲惨惨，仿佛挂着哭味儿似的。方小唐赶紧向小堂客一使眼神道："先别闹，来人了。"一言未尽，来人已然走进来了。八月的天气，穿着一件芝麻纱的大褂儿，腰里系着一根凉带儿，一手提着一只画眉笼子，一手揉着两个核桃，头发挺长，一脸油灰，眼窝子上还挂着两坨儿眵目糊，流着两道儿清鼻涕，猥猥琐琐蹓了进来。一伸手去挂鸟笼子，鸟笼子没挂稳，一个哈欠手一软，差点儿没把鸟笼子掉在地下。

方小唐赶紧过去请了一个安道："伊老爷，你真早。你交给我。"说着接过鸟笼子。

伊老爷已然一头歪倒烟床上道："方掌柜，你猜怎么着？昨天晚上，我们屋里那几位吵定了要吃烤羊肉，我说烤羊肉这个地方哪里能吃得好？头一样儿，作料不全，连糖蒜都没有，吃什么劲。他们不信，吃定了，还真算不错，羊肉不太膻，就是支子差一点儿。"

方小唐不懂道："什么叫支子？"

伊老爷道："对呀，支子你没见过，我们吃烤羊肉底下有个铁架子，就叫支子。肉放在支子上，底下拿松木烤。昨天肉倒买着了，就是没支子，后来实没法子了，你猜怎么着？十几根铁条子，弄铁丝拧在一块儿，算是对付着吃了一顿饭。我们七个人，吃了不到三十斤肉，按说不算多吧，你猜怎么着？我会吃得不合适了，从昨天晚上，就觉乎摆忙，直到今儿个，还是有点儿发堵，弯儿我也没遛。你先给我挑一个大份儿的。"方小唐答应，伙计早送过来了，一个大蛤蜊壳儿，里头装着满满一下子烟。伊老爷拿过来先放在鼻子上闻了闻，向方小唐道："这还是那拨儿货吗？"

方小唐道："你说的陈三那种货，早就没了。这是新货，你尝尝，比上种好，又香氛，又油性大，外带着不起壳子。"

伊老爷也不言语，拿起烟扦儿挑了一点儿，往灯上一烧，味的一声，冒出一股青烟，伊老爷赶紧往鼻子上一送嗅了嗅道："你猜怎

6

么着？不错，这倒是地道原来档儿。"又蘸了一点儿烧烧，烧烧熏熏，一会儿工夫，那个烟泡儿已有枣核儿大小。一手拿着烟扦子，一手拿起烟枪，把烟斗在灯上嘘了嘘，跟着一晃两晃，就把那口烟上上了。双手一托烟枪，向方小唐道："你先来一个尖儿。"却不等方小唐回话，那一头已然进了嘴，哧儿，哧儿，嘴不住嘬，扦子不住动，一晃儿一个烟泡全完，屋里却没见着一点儿青烟儿。跟着端起茶杯，一仰脖儿，一口浓茶咕咚下去，一缩脖，一翻眼皮，长长出了一口气道："你猜怎么着？这烟不错，是比上拨儿强。"

方小唐准知道蝴蝶儿张（小堂客）这早来必有事，可是当着伊老爷又不好问，便向伊老爷道："老爷你先用着，我跟你告个便儿。"

伊老爷歪在那里，不住欠身道："有公治公，回头说话儿。"

方小唐又向蝴蝶儿张一努嘴，蝴蝶儿张会意，一点头就跟着方小唐走了出去。刚刚走到院子里，要说话还没有说，忽听门外一阵欢呼乱叫："松子你赢了二两多，你得请我弄一个烟!""二那子（人名）你也赢了好几两，烟我不会抽，你就是把那个蝴蝶儿张给我叫来叫她陪我一宵……"吆吆喝喝进来了一大群，全是营混子打扮。最后跟着一个，帽子扣到眉毛上，简直瞧不出是哪位，可是看那个样儿绝没来过，挺高的大个子，拔胸脯子，腆着腰板儿，也绝不像一位黑案上的朋友。这两天外头风声挺紧，对于眼生的人，自不能不注意，可是就在这一眨眼工夫，这些位已然全都走进屋里，也就没了法子。便悄声儿向蝴蝶儿张道："你大清早晨跑到我这里来，八成儿有什么事吧？你快点儿说，我可没工夫。"

蝴蝶儿张冷笑一声道："德行！你忙什么？来的又不是住夜客。"

方小唐道："我没那造化。你没听见吗？人家要包你一宵呢。"

蝴蝶儿张呸地啐了一口道："德行！别让他们这拨儿填炮眼的挨这道呲花骂了，你要听着顺耳，你不会让你们家那个母的去做一号，

7

不比你净等着挖烟灰找钱强！"

方小唐道："得了得了，别的话少说，你倒是有什么事吧？"

蝴蝶儿张道："事倒有，还跟你有便宜，不过我得慢慢儿说，快了我怕打前失。"

方小唐道："好！你就慢慢儿说，我就慢慢儿听，到底是怎么档事？"

蝴蝶儿张道："这件事说小不小，我问你打算发财不打算吧？"

方小唐道："不为发财，早回家抱孩子去了，谁干这路缺德营生。"

蝴蝶儿张道："想发财，再问问你有胆子没有？"

方小唐道："要说我的胆子，一个人使不了，除去让我给老虎搔痒痒我不敢去，什么我都敢干，可得发财。"

蝴蝶儿张道："既那么着今天别出去，我给你同一个人来，见面一说，准要你有胆子，不但发财，还有你的便宜哪！"说着把眼睛斜着一飘，牙一咬下嘴唇儿，似乐不乐地看着方小唐又不说了。

方小唐急道："你瞧你这股子劲儿，倒是往下说呀。"

蝴蝶儿张扑哧一笑道："说什么说，两头都不愿意，你别出去，一会儿就来。"说完一转身，一阵咯噔咯噔木头底儿响，早又像穿花蝴蝶一般跑得没了影子。

方小唐怔了半天也不知想些什么，不禁不由自己也笑了。猛听屋里有人喊嚷："嘿！这是什么烟哪？欺负老爷没抽过是怎么着？老爷抽烟给钱，干吗这么劲儿味儿的，说翻了你们歇歇儿，你也不知松二爷是什么人物！"方小唐三步两步抢进屋里，一看嚷的这位，正是那拨儿营混子里头一个姓松的，在营里当什么差使不知道，一天倒有半天在这里腻。腻味他，可又不敢得罪，平常就是敬鬼神而远之，今天为什么吵不知道，反正得过去递个嬉和。便赶紧走过去道：

8

"松二爷，什么事？又是哪个伙计得罪你了？你跟我说，我将他散了。本来吃着我稀的，拿着我干的，不给我办一点儿正经的，这不是成心搅我吗？"

松子一听方小唐的话里有刺儿，便冷笑一声道："得了，掌柜的，你别当着我骂伙计。姓松的有钱，什么地方都能抽，犯不上听闲杂儿。"

方小唐一听松子软不吃，硬不吃，也有点儿往上撞气，爽得弄你几句，看你又怎么样？正要张嘴，外头有人搭上话了："这是哪位，大清早晨的，别价，瞧我了。"话到人到，方小唐回头一看，又是皱眉又是高兴。进来这个，身高不到四尺，小脑袋，小脸庞儿，小鼻子，小眼儿，尖下巴，嘬下颊儿，薄片子嘴，留着两撇小胡子，穿一件补丁套补丁的白夏布大褂，洗得都成深灰色，白袜子，双梁鞋，手里拿着一把棕金折扇，一摇三晃，满脸带笑走了进来。方小唐认得这位也是一位腻匠，本人干什么不知道，据这些烟友儿说，仿佛是一位念子曰的，肚子里不错，就是穷点儿，抽烟不正经给钱，还得给他垫个什么点心茶叶小费。就有一样儿好，人和气，能说，什么《三国》《列国》《西游记》《封神榜》，上到三十三天，下到九幽一十八层地狱，山南、海北、胎、卵、湿、化、医、卜、星、相，简直就叫无一不懂，没事说个什么古迹儿、笑话儿，还真能传神。他姓夏，名叫煌佼，大伙儿一起哄，都管他叫瞎黄雀儿，这个人除去没钱之外，倒还不讨人嫌。

方小唐赶紧笑着道："夏二爷你真不晚。"

夏煌佼笑道："今天晚了，每天我来的时候，屋里还没人哪。"

方小唐道："你来了好极了，松二爷挑了我们伙计的眼了，你给说和说和吧。"

夏煌佼笑道："哟！松二爷，那你就不对了，大人不见小人过，宰相肚子里跑骆驼，你是老爷，他是兵……"

松子道："瞎黄雀儿别瞎哨了，你是兔子他是鹰，对不对？"大家全都哈哈一笑。方小唐借着这个茬儿，赶紧告诉伙计给松子换一份烟。松子接过烟来，拿鼻子一闻道："是不是，这怨我吵吗？这个烟比那个强得多。"说着，拿起烟扦子烧着话也没了。其实还是那份烟，给他换了一个蛤蜊壳儿。

方小唐一看没事了，可就想起方才进门那个戴帽子大个子，四下一看，果然跟那拨儿营混子不是一伙，在尽西头一个旮旯床上脸冲里躺着，意思是睡着了，最可怪的是依然戴着帽子，并没有摘下，便悄悄叫伙计一问来人要烟没有，伙计一摇头说："他说他头疼没愈，先躺一躺，后抽烟。"

方小唐听着更是可怪，没有跑到烟馆养病的，正在一怔之间，忽听外面又响，叽噔咯噔蝴蝶儿张从外头同进一个人来。方小唐一看，哈哈一笑道："我当着是谁，原来是陈三爷，里边请吧。"陈勤绶微微一笑，同方小唐一努嘴，方小唐会意，便向陈勤绶道："三爷，你来得好极了，我正有一件事要找你商量，给我过过眼好不好？"

陈勤绶道："字画我懂一点儿，可不大内行，你要叫我瞧瞧也可以，在什么地方瞧？"

方小唐道："这里人太多，你累一趟跟我到后头掌掌眼。"

陈勤绶道："那也没有什么，走，先瞧去然后抽烟。"说着跟方小唐就走了。

松子一口烟才抽完，叹了一口气道："真是有钱的王八大三辈儿，姓陈的上半年还整裤子都没有哪，现在也人物了。姓松的不是让这一点儿小嗜好绊住了，汗马功劳早立下了，冲这个我把它忌了，不吃饭饿，不抽烟我倒瞧他瘾得死瘾不死？"

伊老爷也跟着唉了一声道："松爷你这话一点儿都不错，我要不是贪上这个，你猜怎么着？红顶儿是造谣，怎么着也不至于落到现在这个样儿。要忌，明儿咱们一块儿忌，你猜怎么着？准死不了。"

夏煌佼笑道："得了二位，我也抽烟，我可不该说，唯独咱们抽烟的起誓都白起，瘾一过足了，什么地道说什么！瘾一犯上来，不但应誓，什么不能说的也能干。不用说别人，就拿我说吧，真能耐没有，要说混个衣食温饱，准不算瞎吹，现在不就是这个神儿吗？忌，说是够六百多回了，一天也没有忌过。还告诉众位一个笑话，我还拿抽烟的编了一段儿玩意儿哪，自己骂自己，临完还是抽，说忌管什么？"

伊老爷道："怎么着你还编过玩意儿？是西皮，是二黄，还是八角鼓儿啊？"

夏煌佼道："都不是，我编了一段儿秧歌调。"

伊老爷道："这个倒真有意思，词儿你还记得不记得？你消遣一段儿怎么样？"

夏煌佼道："词儿倒记得，不过在烟馆里唱这个，有点儿不合适。"

伊老爷道："那没什么，别瞧都抽烟，谁也没有说自己对的，你消遣一段儿咱们解会子闷儿。"

夏煌佼道："可是词太缺德，唱出吵子来，你可给我搪着。"

伊老爷道："没错儿，没错儿，你消遣一段儿。"

夏煌佼喝了一口茶，又咳嗽了一声，便把嗓子一扯唱道："哎，这鸦片儿开花香又香，有红有紫又有黄，锵，锵，一锵，一锵锵，男女老幼全都把它抽上喽，锵，锵，一锵，一锵锵，他怔说抽烟的他们福绵长！"拿腔拿调，有滋有味儿，可着一屋子人叫了一个通天的好儿。

11

伊老爷道："再来再来，接着接着，你猜怎么着？我还真爱听。"

夏煌佼笑了一笑接着又唱了下去："哎，这一盏油灯一杆枪，一个枕头一条儿床，白天不起黑天不睡，冷热阴晴他全不懂喽，锵，锵，一锵，一锵锵，他过了整整三年可没见过太阳！哎，这蒿子秆的枪来太谷的灯，人头大土冷笼儿蒸，他一枪到底赶紧又把浓茶送喽，锵，锵，一锵，一锵锵，他倒说走了仙气儿有点儿心疼。哎，这鸦片烟开花梗儿长，先抽进去买卖后抽进去房，寸地没离瞪着眼儿把家败喽，锵，锵，一锵，一锵锵，他好比伍子胥就剩下单人独马一根枪。哎，这烟抽得老爷赛过神仙，不懂苦恼与愁烦，爹妈兄弟的饥寒饱暖他全不管喽，锵，锵，一锵，一锵锵，他媳妇要是跟人跑了他倒喜欢。哎，这鸦片烟开花叶儿像刀，百炼的金刚也难逃，脚踩贼船染成嗜好，锵，锵，一锵，一锵锵，这人成恶鬼判官，小笔一勾把你那号儿取消。"夏煌佼哑着一条嗓子，乱这么一唱，再这么一哼，唱得顺着脑袋瓜子直流汗珠子。这时候人又多了，好儿更多了，夏煌佼也觉着露了脸，便笑着向伊老爷道："伊老爷你瞧这段儿玩意儿怎么样？我这一共二十四段儿，那些段儿我没敢唱，怕是得罪人……"

一句话没说完，叭地就是一下子，跟着当啷一响，一个茶盘子从对面就飞过来了。夏煌佼一歪身，正打在烟盘子上，烟灯也碎了，油也洒了，跟着就听有人骂："姓夏的，你过来！"夏煌佼一时高兴，唱了这么几句唱儿，没想到会惹出麻烦，一看骂人的也是熟人二那子，没法子，说软和的吧："得了，那二爷，我已交代在先，你别生气，算我没唱行不行？"一句话没完，姓那的已经蹦了过来："废话，唱了算你没唱，我打完算我没打！"说着一手揪夏煌佼胸脯，一扬那只手就往脸上打去。夏煌佼喊声"不好"，正要躲时，忽然从外头一声喊："别动手！"飞跑而入，一只手隔开二那子，一只手隔开夏煌佼。夏煌佼趁势往外一滚，顾不得再说什么，撒腿往外跑去。不防门外正有人往屋里走，撞个对头，两下都躲闪不及。夏煌佼正摔在来人身上，情知又惹大祸，急待挣扎逃走，却叫底下那人牢牢抱住，嘴里骂道："德行，你瞎了眼啦，往人身上走，什么东西！太太跟你完不了。"

蝴蝶儿张本来跟方小唐陈勤绶到后头去谈私密，话没说几句，一听前头吵起来了，方小唐头一个就说："咱们有什么话，回头再说，我先瞧瞧去。"撒腿往外就跑，一看二那子要打夏煌佼，赶紧一抢步拼着命把两个人隔开。夏煌佼往外一跑，正赶上蝴蝶儿张也从后面来到，才要进屋，没想到让夏煌佼给撞一个跟头，自己压在底下，一时又挣扎不起来，便一边抱着夏煌佼，一边破口大骂。恰好陈勤绶也来到，赶紧过去生拉活扯，把夏煌佼给扯了下来，脸上已然让蝴蝶儿张给撕了好几道子，一件破夏布大褂简直扯得成了零碎条子。夏煌佼顾不得心疼衣裳，爬了起来，依然还是撒腿就跑。

蝴蝶儿张一看夏煌佼跑了，才慢慢儿站了起来，一边拢着头发，一边骂道："他妈的活撞丧呢！真是倒霉，大清早晨遇见这么一个冒失鬼！"

夏煌佼一走，屋里本可平静，伊老爷挂不住了，刚才让夏煌佼唱，是自己的主意，人家现在为唱这一段儿，连挨了两次打，自己要不交代两句，显着不够朋友。想着站了起来道："得了，那二爷你饶了我吧。人家唱人家的，你不爱听就拉倒，你也犯不上动横的是不是？你猜怎么着？我就不佩服你这样的光棍。真横的主儿，我也见过，讲究长枪大马，白刀子进去，红刀子出来，谁的龟儿硬碰碰谁，站着算自己的，躺下算人家的，刀轧在鼻子上，枪尖杵在肚子上，连眼睛毛都不许眨一眨，那才叫有横骨头。你这叫剁病鸭子腿，踹寡妇门，骂没气儿鬼，平没主儿的坟，那算什么人物？搞死了，两字批语，混混儿！"

伊老爷借着那点儿烟气儿，一阵大说特说，二那子他可知道别看伊老爷混得这样儿，人家后头可有硬靠山，还真得罪不得，便冷笑一声道："伊老爷，你说得全有理，我是混混儿，我不通情理，你有胆子，你是英雄，你干吗跟我一般见识？"说着又冷笑两声。

松子忍不住气了，接过来冷笑一声道："二那子，你那小子是这么块松骨头，惹不起事你可要惹。人家骂上赞儿了，你又馋了，什么骨头？我告诉你，姓松的不错是个营混子，可是没怕过谁，不用说鸡毛蒜皮咱们没二怔过，就是现在当地头一个座儿的小葛，我都没往心里去过，他不是干的咱们家的差使吗……"

松子还要往下说，伊老爷又抢过去了："废话，你不怕他，我就怕他了？我怕谁，我怕蝎子它妈！你猜怎么着，咱们还准不吹……"

方小唐听他们所说，越说越不像话，赶紧挨座儿请安道："众位老爷到这里来，都是捧的我姓方的，诸位都当着差使，当然什么都不怕。姓方的可是个苦哈哈，马勺上苍蝇，就指着这个混饭吃，要是大小闹出点儿事来，诸位都扛得住，可要苦了小子我了。没别的，诸位还是多捧我，不拘哪位少说一句也就行了。"

这几个人嘴上痛快，已经过了，心气也平和了，当时各人挑烟过瘾，一点儿声儿都听不见。陈勤绶一拉方小唐道："咱们那点儿东西还没有瞧完哪，你再辛苦一趟，咱们把它瞧完了好不好？"方小唐会意点头道："好。"两个人出了屋门，到了后院。陈勤绶道："刚才我说的话，你觉得怎么样？"

方小唐道："三爷你拉拔我，我还不感激你吗？无奈有一节儿，这事怎么说，可透着有点儿悬哪，干好了自不必说，我托你的福，可以翻翻身，可是一个出点儿差儿，就许来个灭门九族。这句话你也许不听，咱们这里这位葛大人，可不是好惹的，加上手底下那些位，哪位也不弱。你别净说人家那头儿厉害，准能得手，倘若一个不利落，人家怕什么，咱们可受不了。三爷，你想发财我还不愿意吗？可就是得想到了才好。"

陈勤绶冷笑道："方爷你的胆儿也太小了，既要卖，头朝外，凭什么平地登天哪！方爷你就放心吧，这是千载一时的机会，可是错过了这村儿没这店儿。"

方小唐略一沉吟，便向陈勤绶道："得，依你，就那么办了，我听你的信儿。"

陈勤绶道："好，我还得赶紧走。"说着一转身就走了。

方小唐送他出门，再到屋里一看，那个戴帽子大个儿已然不见了，赶紧叫伙计一问。伙计说："那位一声儿没言语就走了。"方小唐一寻思，忽听门外括拉括拉一阵马蹄声响，正在一怔，又是一阵脚步声儿，从外头拥进百十来号戴缨帽穿官衣雄赳赳气昂昂扛枪捧刀的官兵。领头的两位是个小兵官儿，一个人手里一杆大枪攒红的缨儿，雪亮的尖儿，头戴青呢得胜盔，灰马褂儿，沿宽青边儿，灰色开气袍子，青缎子官靴，透出十分精神。一进院子，喊一声："四外散开！"这百十来号人呼噜一下子，就把前后院满围了。这二位官儿大步进屋，满脸带笑道："惊动！惊动！兄弟王开甲，这是我们弟兄冯进先，没事不敢搅诸位清兴，奉总镇大人谕下，派兄弟们到这里请诸位辛苦一趟，到衙门问两句话。"

这时候屋里这些人简直跟出了痧一样，哪里还说得上一句话来？除去哆嗦就是出汗，连坐起来都不易了。方小唐疑心八成跟陈三说的事出了毛病，站在那里不住一个劲儿抖，更是胆怯。在这一对儿人里头，伊老爷官儿也大一点儿，胆子也冲一点儿，准知道僵在这里绝完不了，不如自己先找个台阶儿，能把自己择去，也省得丢丑。便两手使劲捧住心口，慢慢儿蹭了起来，满脸赔笑道："嗬！王大哥跟冯大哥，咱们真有些日子没见了！你二位真发福，今天这档子八成儿是掌柜的得罪人，葛大人不能不盖盖面子。二位大哥，这件事瞒不了你，真要把他一带去可就苦了。得了，你冲兄弟我的面子，饶了他这次，叫他赶紧就收，你二位回到大人那里就提全是传言，并没有这么一回事。大人全凭二位一句话，也就没事了，你可就积了大德。其实就是把他弄了去，至多也就是打上几十板子，罚几个钱，还有什么大了不得？方掌柜也是交朋友讲外面的人，事后必有一番人心，全在兄弟我身上……"

伊老爷还要往下说，王开甲把笑脸儿一收道："你说得全不错，不过总镇大人既派我们来，我们就得来，叫我们怎么办就得怎么办。你的一番好意，我们哥儿们领了，叫我们蒙蔽总镇大人，我们没那个胆子，就求诸位全都辛苦一趟吧。好在你也明白，这也没有多大了不得，总镇大人说不过是为盖盖面子，众位差不多都是有头有脸的，谁还能真怎么办，也许到了那里，一句不问又把诸位给放回来。不过现在众位非屈尊一趟不可，我们哥儿两个就把差事交了，大人吩咐得还是很急，就求诸位快一点儿吧。"

伊老爷一看王开甲不买这笔账，不由又把自己肚子里火儿勾上来了："怎么着？一点儿面儿不懂，你问问姓伊的是姓玉的什么亲戚？他这个是混腻了是怎么着……"

王开甲一看旁人都不言语，就是他一个人话多，知道说客气的没用，一回头喊一声："码上（注，捆上也）！"呼噜一下子，进来有二三十个，两个捆一个，两个捆一个，眨眼之间就全捆好了。王开甲道："把烟家伙全都拿上，搜搜屋里有人没人。"旁边答应一声是，过去把烟家伙就全给包上了。有两兵正要搜床底下，才一掀床帷子，床底下有人说话："这底下没人！"连被捆的全都乐了。两个兵往下一拉，敢情是个女的，正是蝴蝶儿张，一脑袋尘土，粉也蹭了，头也歪了，花也掉了，哭得一行鼻涕两行泪，又是烟瘾，又是害怕。王开甲冯进先又叫人到后边去搜查一回，除去有两箱子存烟之外，人倒是没有了。数一数，连伙计一共一十四名，全都绳捆两臂推出门外，又派了十名兵，在这里"挂桩"看守，便押着这拨儿人一直来到总镇衙门，一会儿上去，当时升堂。

伊老爷、二那子、松子一道儿上早就想好了词了，至多挨几句申饬也就完了。正在盘算着，就听里头有人喊："带呀!"跟着一喊"威武"二字，王开甲、冯进先就把这些人全领进去了。"跪下!跪下!"扑咚扑咚，全都跪在那里把头一低。就听堂上叫："方小唐!"方小唐答应一声："有!"堂上又问："方小唐你不知道本镇贴着禁止开灯的告示吗?为什么你还敢私自开灯，故违本镇公令?"

方小唐低着头道："不敢，小民不敢开灯供客，不过小民好交朋友，家里存了一点儿旧烟，有朋友来，拿出来待一待客，那是有之。至于开灯设馆，小民天大胆子也不敢冒犯大人虎威。"

方小唐以为自己说得不错，猛听得堂上哈哈一笑道："方师爷，真不愧你从前干过刀笔，你的口条子实在是有两下子。呔!你抬头往上看!"

这一嗓子不但方小唐抬头，连旁边那些位也全跟着一抬头，凝神一看，几乎全都软瘫在堂上。

正是：

任你人心似铁坚，难逃法官一炉熔。

要知后事如何，且看下回分解。

第二回

赋壮志双槊荡妖魂
惩刁风一锤惊狗魄

原来堂上坐的这位大人不是别个，正是方才在吹云楼始终没有摘下帽子的那位怪主顾，直到现在，那顶帽依然高高地戴在头上。准知道再说什么也不行了，便全低下头来，异口同音地喊道："大人禄位高升，特别开恩吧。"

葛总镇微微一笑道："按说这件事可大可小，不过诸位闹得太不像了，照着告示说，罪名绝不能轻。但是咱们都有个不错，无论如何，做私也罢，作弊也罢，总不能让众位面子太伤了。"

大家一听又全都喊："大人恩典！"

葛总镇接着说道："可是本镇还有点儿事求众位帮忙。这些人里走了一个陈三，本镇找的就是他，没他完不了事，哪位知道他在什么地方？只要把他传到，众位当时就走。方师爷，你和他常来常往，你快点儿说出他来你好走。"

方小唐这时候魂都快没了，含含糊糊说了一句："回大人，小民不知道。"

葛总镇叭地把桌子一拍道："既然不说，讲不过，看软刑伺候。"

这些人一听，就是一怔，不懂什么叫软刑。跟着就听堂下一片答应，跟着又喊："起软刑！"这一下子，从底下上来四个兵，头里两个抬着一个小煤炉子，后头两个，一个手里拿着仿佛是两只鞋，一个手里拿着一把火剪到了堂上，朝上请安。葛总镇道："你们预备好了，听信儿用刑。"四个人一听："是！"把炉子往堂口一放，拿火剪把火挑了一挑，火苗儿返上一冒，拿鞋的过去就把鞋搁在火上了。这些人才瞧出鞋是铁的，可是还没明白怎么使。

正在一怔之间，葛总镇一声喊道："方师爷，你还不说吗？你说，没有你什么罪名，本镇找的是姓陈的。你为人家，可难免自己皮肉受苦，依本镇说，你还是说的好。"

方小唐他不知道总镇找陈勤绶为什么事，他老疑心这里头有他，准知道一说出来，简直就得灭门九族，咬住了牙不知道，受点儿刑就受点儿刑，只当是自该年灾月晦，绝不能有死罪。想到这里，便向上磕头道："大人，你问的陈三，小民实在不知道，你就是打死小民，小民也没有可怨，总是小民情屈命不屈。大人你一朝为官，辈辈为官，小民愿大老爷公侯万代，禄位高升，就求大老爷饶命吧。"

葛总镇叭地把桌子一拍道："大胆狗才，真敢不招！来，用刑！"

嘛的一声答应，看炉子那两个就过来了，一伸手一揪小辫儿，往后一拽，那一个就把两根胳膊从后头给拢住了，拿鞋的那个，两脚一跺腿肚子，一弯腰就把方小唐的袜子拔下，拿火剪在炉子里一夹，夹出一只通红带火的铁鞋，单腿向上一打千儿，口称："请大人验刑！"手里夹的那只鞋就往方小唐腿上套去。方小唐跪在地下，头发有人揪着，腿腕子有人压着，不用说是躲，连动一动都不能行，正套在脚上，方小唐哎呀一声，当时就疼晕了过去。旁边有拿水勺的，拿着勺水照方小唐脸上当头一喷，方小唐便随宰猪的一个声儿，哭得都不是人味儿："大老……爷……你……宽……刑，我招……招……"葛总镇把手一摆道："缓刑。"拿火剪的把火剪往下一摘，咔的一声，连脚上皮全都粘下来了。方小唐脸上已然不是人色儿，气儿也急了，汗也下来了，浑身不住哆嗦，那份儿惨样儿简直不用说了。

葛总镇道："方小唐，不要怨本镇心狠，本镇办事，向例是言出法随，绝无旁顾。你现在身受刑伤，应当知错，快把陈三现在什么地方，你们所定什么诡计，快快说了出来。只要把他逮捕到案，一定从轻判你罪名，现在还可以给你治伤。如果你要执迷不悟，不但受刑身体残废，再者姓陈的即使你不说，本镇也能把他搜获到案，那时你的性命并且难保，你的心里要放明白一点儿。"

旁边站堂兵也随着喊："说吧说吧，大人恩典你，可得明白。"

方小唐一听，心里这份儿后悔，早知道到了现在还得说，还不如早点儿说了，省得多受许多痛苦，看这情形不说简直就办不到，干脆情屈命不屈，宁可挨一刀，可也别再穿铁鞋，实在受不了。一抬头向葛总镇道："大人的恩典，小民万分感激，情愿实招，就求老大人开天地之恩，从轻发落，笔下超生。"方小唐浑身乱抖，上气不接下气，把供一招，不但旁边跪的伊老爷、二那子、松二这班人吓得成了软泥瘫在地下，就是葛总镇都出乎自己意料，不由变颜变色。

原来陈勤绶因为吃喝嫖赌无恶不作，结交了无数匪人，也不知怎么，会跟一班海盗熟识了。这些海盗平常就讲打家劫舍，奸淫抢掠，后来海防一紧，地面儿上不许容留匪人，于是这些海盗便都失了衣食。海盗里也有军师，便要想法子攻掠城池，恰好定海这个地方靠近海边，便想法子来要攻取定海。原意也不过是打算抢粮夺米，弄些造孽钱而已，不过他们要入内地，必须有内地人做引线，不然人生地不熟，也不好办。因为和陈勤绶素有来往，便向陈勤绶商量，许他重利，叫他领路进定海。陈勤绶本是个无耻小人，只知牟利，哪顾人民祸害，便一口答应了他，约定八月二十三日起事。陈勤绶

20

却唯恐人单势孤，不易得手，由烟妓蝴蝶儿张给帮忙找人，便把自己拉在里头，自己却还没有答应他。

方小唐这一套供，就跟晴天霹雳一样，谁能不害怕？葛总镇略一变色道："陈三现在究竟到什么地方去了？"

方小唐道："小民实在不知，大人想清，小民既然供出这些事，陈三更是细小末节，何必隐瞒？实在不知，叫小民从何说起？"

葛总镇一想，这个许是真的，便冷笑一声道："你们真敢造反哪，来，把他们押下去。叫王开甲、冯进先。"堂下答应一声"是"，两个人过来给总镇请安。葛总镇道："现在派你们两个出去，各带一百名兵，扎驻四面要路检查行人，如果查出这个姓陈的，赶紧把他给我带到。快去，快去！"两个人答应，请安下堂，自去选兵办事。这里葛总镇告诉站堂的，把这些人无论知与不知，全都押进军牢，等我事完发落。这些兵还是两个扶持一个，全都往堂下一架。这些位就跟到了法场一样，连说话的气儿全没有了，一任架弄而去。葛总镇又向传话的兵道："你们赶紧请王大人、郑大人，就说我有要事立等。"小兵抹头往外便跑。

工夫不大，这二位总镇也到了。葛总镇把如何长短向二位一提，二位当时也怔了，异口同音道："这件事是不是真的？要是真的，这件事可还真糟，别的不说，咱们人太少，今天都十七了，现调兵恐怕也来不及了，大哥有什么法子没有？"

葛总镇道："我想着也是这样，最好先把姓陈的逮住，匀出两天工夫，咱们好去排兵演炮。哎呀！我想起来了，我倒是有个朋友，能把他找来，事情也就全都办了。"

郑家燕道："你说的是谁？"

葛天翔道："就是我跟你提过的那位冉同冉风客。"

郑家燕道："噢！你说的是不是精于风鉴的那位冉老先生？"

葛天翔道："是他，是他。"

王天朋接过来道："这个人我见过，似乎我记得他腿上有什么毛病，走道总是一拐一拐的。你打算请他来的意思，一定是因为他主意多点儿，打算请他给咱们当个参谋是不是？按说衙门里平常就应当有这么一位，出个主意划个策，可是现在事情已到危急，就算是把诸葛武侯请到，没有兵也办不了事，空城计这个年头里可行不开。依我说，咱们还是想法子赶紧派人求救，不是气馁，定海一块死地，四面让人家一围，咱们可是连一个也出不去，存的粮食不多，日子一长，外应不至，那可是死症。咱们骑马当兵的，死就死，可是你也知道定海是往内地去的要道口儿，定海一丢，别的地方全都得受糜烂，咱们死了都对不起国家皇上。火到眼前，你可拿定了主意，可没有工夫耽误。"

葛天翔笑道："王老弟，你还是那么急脾气，你听我慢慢儿跟你说。事情危急，已到万分，我怎么能够不知道。现在第一要紧的事就是请兵，提到请兵，真能使人寒心。去年见着玉大人，才一提到定海是海防要路，驻兵太少，请他老人家转奏皇上，添加兵额，他老人家连一点儿面子都没有，当时把脸子一沉，冷笑一声说：'什么添加兵额？一个小小定海，有四千多人还少？我告诉你葛镇爷，国家太平无事，这个兵字儿可不是好字眼儿，你从什么地方看出来定海要不安静？这个折子我要奏上去，皇上倘若一个震怒，你担不起，我也担不起。要据我说，你还是多一事不如少一事的好。'我碰过这么一个钉子，当然也就不必再说。可是他老人家不明白，我明白，我回到定海，便把这些兵全部亲自罗选。说一句更痛心的话，国家拿着许多钱粮，却养了这么一拨儿少爷兵，除去吃喝嫖赌吹弹拉唱之外，真能一阵大风就给刮躺下，你说还让他们上场交锋，那不是笑话吗？我实在没有法子，只好是忍心害理把那些大爷全都圈在营里，费了一年劲，挨了一年骂，才练出三千四百个能对付上阵的兵，你说伤心不伤心？现在咱们又提到增兵，那位玉大人一定还说天下太平，添兵干什么？依然还是个给你不发兵。等到事情已经出来，不用说我们去请兵不易，即请什么都易，玉大人也肯发兵，等兵到了，这里已然完了，那时又当如何？"

王天朋道："照这样一说，请兵就算无望了。"

葛天翔道："不然，这里却还有转圜。我虽不眼见却听人说过，这位玉大人不要看他外表刚强，内里却极胆小，我便想利用这个机会去试他一下子，所以我才想起这位冉老先生来。"

王郑同道："难道姓冉的跟姓玉的有什么认识？你打算求他出去当回说客？"

葛天翔道："要是请说客，又不请他了。你二位只知他精于风鉴，你可不知道他不但对医卜星相样样精通，对文武两道，也是高深莫测。文的咱们不谈，武功一道，二位也是此道中人，他比当代的秦老师贾老师只高不矮……"

王天朋道："真的吗？他瘸着一条腿，怎么还能有这样的武功？"

郑家燕道："我想起了，是不是千里独行冉瘸子？我记得他从前不叫冉同，叫什么冉天佐，是不是他？"

葛天翔道："不是他是谁？这一说你明白了吗？"

郑家燕道："明白是明白了，可是为什么要找他，我还是不明白。"

葛天翔道："我想烦他去走一趟，凭他的本事，给玉大人送个信儿，我想倒许能够把兵请到。"

王天朋道："既是这样说，快派人去请吧。"

葛天翔当时写了一封信，告诉差官，赶紧找到竹山门小巷子请冉老先生，差馆答应走了。三位又谈了几句闲话儿，差官回来报：

"冉老先生已经请到。"葛天翔大喜道:"请!"三个人全都离座迎了出来。只见差官前面走,后头跟着一个老头子,身高在四尺,弯着背,短眉圆眼,穿一件蓝布小裤,外罩青布马褂,青中衣,白袜子,青鞋,一跛一颠,跟着走了进来。

葛天翔赶紧抢前一步道:"老爷子你好!"

冉同微微一笑道:"大人好!"说着往左右郑王二位一看,便毫不客气地走进去了,落座吃茶。葛天翔又给引见了郑王二位,郑王两个说了几句仰慕的话。冉同道:"咱们都不客气,大人把我找来是有什么人不舒服,打算吃帖药?还是有谁打算请我,看看风水?"

葛天翔道:"这都不是,我们现在请你来,却有一件比这个要紧的事,非得你帮忙不可。"

冉同道:"哟!什么大事,能够轮到我的头上?这可怪了,你就说吧。"

葛天翔便把自己如何私查,如何听来的信儿,有大批海寇要来骚扰定海,定海如何空虚,打算请他到玉大人那里去给请兵,又把玉大人是怎么个脾气、非他去不可的话说了一遍。把话说完,三个人全离座站起,葛天翔领头,过去深深请了一个安,郑王二位跟着也过去请安,异口同声道:"请老英雄多多帮忙,这个不但对于国家出了力,多少百姓的性命也全在于老英雄之手……"

冉同不等葛天翔三个人话说完,猛地把脸一沉道:"这是哪里说起,简直是拿我们苦人开心了,对不起,跟三位大人告假。"站起一揖,头也不回,一瘸一颠径自去了。

葛天翔要拦也不好拦,瞪眼看着冉同瘸出门外,才回头看了看郑王两人,不由一声长叹:"想不到他会这么大的脾气!"

郑家燕道:"这件事不能怪他,实在是我们差了一点儿啦,人家既不应差,又不应役,咱们有事求到人家,就应当亲自到他家里恭恭敬敬请他一趟。现在咱们这样一来，简直就跟传差一样，他心里当然不痛快。"

葛天翔道："对呀，现在我再去一趟。来，预备马！"差使答应下去备马。

王天朋冷笑一声道："除去他难道就没人了？要依着我的意思，当时就去把他抓来。不错，他不应差应役，现在就愣要跑一趟，他也不敢不去……"

葛天翔道："老弟，你怎么始终是这样脾气？你们两位等一等，我去去就来。"说完便自去了，工夫不大，从外头满脸不舒适的样儿又走了回来。

王天朋迎着道："怎么样，他还是不去吧？"

葛天翔摇摇头道："他从这里去，就没有回家，我问他们家里人，他每天什么时候出去，什么时候回来，他家里人说，他出去既没有一定，回来更是没有一点儿准儿，也许十天半个月，也许八十天，我想他一定是躲了。这真是糟，就是事先疏忽了那么一点儿，事后竟会不可挽救。"说着不住唉声叹气。

王天朋道："我跟你请教请教，如果不用他，另外去找个人行不行？"

葛天翔道："当然是行，不过从什么地方找这个人？这件事不是寻常事，定海城不是等闲地，事情又没有时候儿，这个人第一要机警，第二得有真能耐，第三腿底下还真得快，水里头也能下，才能办得到。一时之间，哪里去找这样人？"

王天朋笑道："我当着要找什么三头六臂金刚罗汉呢，像你所说我就有一个。"

葛天翔急问道："谁？"

王天朋道："你先不用问，把他叫来试试行不行再说。"说着向差官道，"你到火器营把烧炉上的老郝给我叫来。"差官答应。

葛郑两位全是一怔，把烧火的叫来干什么？可也不好问。一会儿工夫，从外头进来一个穿着号坎的兵，浑身除去灰土就是油泥，只有那件号坎儿还略干净一点儿之外，简直成了一个大油包。身高不到四尺，年纪不到五十，四十出点儿头儿，瘦长脸略微有点儿麻子，宽眉毛挺短，小眼睛细长，蒜头鼻子，塌梁翻孔，小薄片子嘴，两只扇风耳朵，愁眉苦脸连一点儿笑容都没有。走了上来，请了一个半截子安，侉声侉气地道："郝云蛟给大人请安，你老要用些啥？"

郑家燕在没进军营之先，久走江湖，知道能人不少，认得能人也不少，先一乍看这个厨子，还真没看出来，一听他说出郝云蛟三个字来，赶紧站起用手一扶道："嗬！原来是郝金叉郝二爷，实在不知，多多得罪，请坐，请坐。"

葛天翔先也真没看出这个烧火的是个人物，看他那个神儿，心里还老大不高兴，嗔着王天朋特爱闹着玩儿，事情都到了这个时候，他还开心。及至一听郑家燕说出郝金叉三个字，耳朵里仿佛是听过这么一位，赶紧也跟着让座。这一来把旁边站的那些兵全都看怔了，怎么三位大人跟烧火的让上座了？

郝云蛟微微一笑道："三位大人，不必这样客套，你有什么事赶紧吩咐，因为我已经答应王大人，给他效三次劳，今天这还是头一次。"

葛天翔一看王天朋，王天朋会意，赶紧悄声向郝云蛟道："郝二爷，现在我们有件为难的事，请帮一帮忙。"遂把葛天翔对冉同的那套话又说了一遍。

郝云蛟又是微微一笑道："三位大人既是能这样为国勤劳，我是更当报效。事不宜迟，我当时就走，至迟明天这个时候，总可以听见回信了。"说着就要往外走。

郑家燕道："你先等一等。我想这件事，咱们还是应当先派人清兵，请兵不答应，再施展咱们第二步。"

葛天翔道："对，现在就备文书烦郝二爷一块儿带去，先递文书听信儿。他要点头，自是万幸，实在不点头，郝二爷就请你多帮忙吧。"说着当时提办文书用了印交给郝云蛟。郝云蛟揣起文书道："我也得换换衣裳去，咱个回来见吧。"说着又一请安退了下去。

郑家燕道："这件事他去足可以行了，他的名头本领不在再风客以下。"

葛天翔道："王老弟，你怎么认识他？怎么又把他给装成这个样子？"

王天朋道："提起我跟他的认识，那话未免长了，一时都说不完，等到有了闲工夫再谈吧。"

当下便又说了说怎么防备，怎么布置，怎么调兵，怎么派将。说了会子，到了吃晚饭的时候，郑王两个要告辞，葛天翔道："今天咱们一块儿喝一回，不过，还得痛痛快快喝一阵。以后咱们无论如何，在没有稳定之前，谁也不许喝酒，今天咱们就算是个关门盅儿。"郑王两位点头。

当下酒席摆好，又把几位师爷也请到一起，告诉他们今天这些事，跟喝酒这份儿意思，师爷们一听全都挑大拇指道："大人，真是运筹帷幄之中，决胜千里之外，羊羔美酒，有古大将之风。"

正说着菜齐了，大家刚一拿筷子，葛天翔双手一摇，一摸左胯，锵的一声掣出一把背儿厚刃儿薄冷森森白光光金雀刀，提刀一晃，指定桌上大酒杯喝道："风云起兮壮士悲，巢覆家倾兮安所适归？男儿生做国柱石兮，妻孥何为？披金刃兮醉玉杯，愿死沙场兮不愿生回！"哈哈一笑，横腕一挥，就听咔吧一声，一个白玉大酒杯已然砸成粉碎。这些师爷吓得全都哎呀一声，脸上变色流汗。葛天翔哈哈一笑道："痛快，痛快，众位请干一杯！"

王天朋道："应该同干一杯，来给葛大人换杯斟酒。"

差役换杯把酒斟满，葛天翔一端酒杯道："众位请进一杯，我还有话说。"一扬手唰的一声，杯到酒干，大家也全都把杯干了。葛天翔手里酒杯并不放下，脸上微微露出一点儿笑容道："众位，按说现在这个时候，已然不是咱们畅饮高歌的时候了，不过大家混的是个马上提刀的角儿，一向过的是太平日子，也显不出谁高谁低，谁能谁不能。今天事已紧急，正是我们这一拨儿平常让他们要笔杆瞧不起的粗人翻身露脸的时候到了。所以借着这点儿酒，跟众位凑一凑，一则热闹热闹，二则可以跟众位谈谈肺腑，望众位听了我的几句废话，必须互相共助，能成是国家的福，不成是大家的光。练一辈子武，所怕的就是遇不见事，咱们总算赶上了好时候，正是我们立功成名的好机会。今天大家喝完了这次酒，再喝可就得喝庆功酒。定海这个地方，冲要非常，兵可不多，但是人人奋勇，个个前进，也许托天之福，能把贼寇打退，如果有人一存畏惧之心，勇气一馁，定海可就保不住。领兵的能够死在沙场，原是幸事，不过定海一丢，别的地方恐怕也难保。所以我借今天这杯酒，和众位说一句痛快话，有人心里含糊，无妨早儿说话咱们再另行他法。如果大家全都誓死不馁，那是国家之福百姓之福，我们就再干一杯！"

王天朋头一个站了起来道："别人我不知道，我就说我和我们那些伙计，没有怕死的，我先干一杯！"说着满上一杯酒一饮而尽。郑家燕和那些师爷全都把掌一拍，喝声："好！"也全都喝了一杯。

葛天翔才要说什么没得说，外头有人飞跑而入喝道："葛大人在哪里？"葛天翔一看，正是方才跑出去查陈勤绶的那个王开甲，跑得满头满脸是汗，神色十分慌张，便赶紧问道："王开甲什么事？本镇在这里。"

王开甲紧行一步道："回大人，大事不好，定海口外不到二十里，来了有三四十只船，看那神气是往定海来的。也曾放了一炮，挡他前进，他却不理，依然往这方来了，请大人赶紧吩咐怎么预备？"

葛天翔一听，一扬手叭嚓一声，手里一个酒杯便摔得粉碎，单手一拍桌案，喊声："好！"又向王开甲道，"王开甲你再去详探，他是什么地方来的，船只什么模样？"王开甲答应一声是，请了个安回身飞跑而去。葛天翔向大家道："怪呀！明明问的是八月二十三，怎么今天就来了？"

郑家燕道："这一定是那个陈三漏了网，赶去报了信儿。他们提前赶来，所为是攻我无备。现在不管如何，咱们也得分配分配才好。"

葛天翔道："事情已然紧急，我们可不能等大帅那边回信了。我看他们如来，必攻竹山门，因为竹山门一则离着海边近，二则有路好上，旁的地方他绝不到。现在我先把我的差事派了，我守竹山门，王老弟你守左岸，郑老弟你守右岸。后边却是山路，并且是悬崖危壁，他们必不来取，只派几个兵守着也就行了。咱们事不宜迟，各人带兵赶紧分派叫他们加紧严守，无论看见什么，先到竹山门来报告我，不准擅动，快去快去。"郑王二位答应赶紧下去。葛天翔又告诉师爷通知县里，叫他们先贴告示，大意就说定海有备无患，人民各安生业，不许造谣，不许外迁，当时就办，师爷们答应去了。葛天翔换了衣裳，马褂、花翎，跨马服、官靴，衣服换好，旁边早有人抬着家伙。原来是两支枣阳槊，长下里有三尺半一个，头儿像个大枣核儿，枣核儿上头全是钉子，形式仿佛像钉钉狼牙棒，一支三十二斤，杆儿都有鸭蛋粗细，是纯铜所造。伸手抄解双槊，到了门口，上马一磕，马在头里跑，这些兵也跟着下来了。

到了竹山门，下马上山，到了山顶往下一看，果然影影绰绰地有几十只船往这里走来。王开甲过来请安："回大人，这里架上炮，迎头打他下子，他们知道有了预备就不来了。"

葛天翔道："咱们那个炮打不了那么远，等他近点儿再说。好在咱们水里还有一道防备，他们不知道路，碰上埋伏，他们自然不会往前来了。"正在说着，那船可就越来越近了，恍惚也看出人来了。葛天翔喊道："不好，他们船上有泄底的人了，这可了不得，现在调炮也来不及了，快到左右两山头请郑王二位大人到竹山门。"

王开甲撒腿就跑，再看那船更近了，为头的一只船仿佛有个人在那里指指戳戳，意思是在告诉往哪边走。这个时候，郑王两位也赶到了，葛天翔一说有人泄了底，王天朋就急了，一抡手里两把泼风刀狂喊一声道："我今天跟那班小子拼了！"

葛天翔道："你先别着急。他们定的是八月二十三，今天来的意思，虽然是攻我无备，咱们现在将计就计，稍微布置布置，等他们上岸，打他们个冷不防，也是好事。"便向郑王二位附耳一说，二位笑着自去预备。

这时匪船更近了，葛天翔让大家全都趴下，静心一听，一会儿工夫，有了脚步响，知道人已上岸，叫王开甲点号炮，轰的一声响，跟着四外人声齐喊："杀呀！别让他们走喽！"借着水音，听出去足有几十里地。葛天翔一举双桨，向身后一点道："随我来！"兵勇一声喊，也跟着冲下来了。这时盗船已经快靠岸了，在几丈长的船头上摆着一尊大炮，后头排站无数的海寇，领头一个正是那不顾国家安危只图自己快意的陈勤绶。你看他站在那一群里，指手画脚满脸带笑，露出十分得意的神儿。葛天翔一看，气往上撞，一磕手里双桨喊一声："群寇少进，你家葛大人在这里！"提身一纵，就过了竹山门口，磕桨往前一冲，后头呼噜一声跟下来足有二百多个，全都扑奔大船而来。

船上带兵的头儿叫作寇利，在没来以先就问过陈勤绶定海的官儿怎么样，陈勤绶告诉他，官儿就会做官儿，不懂什么叫打仗，尤其是定海这个地方，兵本就不多，领兵的也没什么能耐，干脆说连一尊炮都没有，如果去的人多准能一轰而下。寇利便把陈勤绶这片话信以为实，这次一共弄来三十二只大船，每只船上都有五百多人，又欺负定海没有炮，每个船头都安一尊炮，所为吓唬人。哪里想到，船才到岸，从城楼上忽然有人往下飞，要用炮也来不及了。葛天翔已然到了，离着船还有个丈五六，提身一纵，人就到了船上，一磕手里双槊，两只眼瞪得跟包子一样大小，喊一声："强寇少进，你家葛大人在这里。"一句话才说完，手里槊就奔了寇利杀去。寇利一看槊到，往边上一闪，旁边早有一个海寇，一伸枪把葛天翔拦住。陈勤绶一听姓葛，就知道是葛天翔了，急一拉寇利道："这就是定海领兵官儿，别放他走了！"寇利一听，捏哨儿一响，四外的兵船就把这只船拦住。岸上那二百多兵，本来过不去，正在着急，四外船在外一围，倒有了接脚的地方，全都亮家伙往上一拥，这些船就乱了。这二百人意在救出主帅，谁也不愿恋战，一提砍马刀，全照那些海寇脖子上砍去。这些海寇出其不备，知道厉害，可就是没法躲，东蹿西闪，哪里还能还手，掉在水里的也有，瞎了一只眼睛的，折了一只胳膊的也有，一阵奔逃，这二百人就上了葛天翔站的那只大船。葛天翔这时候，双槊耍成了风身儿一样，贼人就死多了，船上也是死尸，水里也是死尸。寇利正在着急，一看又上来二百多个生龙活虎的壮汉子，一个人一杆刀，背儿厚刃儿薄，只要一碰脖子当时脑袋分家，心里这份儿后悔上陈勤绶的当，再找陈勤绶，连个影儿也看不见了。

这二百兵见着葛天翔异口同音喊道："大人保重身体要紧，请你快快回去!"

葛天翔把双桨儿一拢，大声喊道："狗强盗，趁早儿交出陈三，快快退去，是你们便宜，如若不然管叫你们一个也回不去。"说完又一磕双桨，带着那二百兵一阵风似的连蹿带蹦全退往竹山门山坡上跑去。

寇利一看，喊声："开炮!"这些贼兵杀得晕头转向，连炮门也快找不着了，把炮位安置好了，再看葛天翔带着二百人已到了竹山门，赶紧往下一坐炮，要放还未来得及放，就听竹山门上当的一声震天响，一股青烟裹着一团红雨似的，直往船上打来。海贼还真没见过这个，不知是什么玩意儿，打算躲，可来不及了，哧，哧，一阵响，就听些贼兵真跟鬼叫一般，惨不忍听，放炮的也躺下了，拿枪的也躺下了。寇利站的地方，恰好在块船板后头，没被打着，一看情形不好，赶紧一阵急喊："风紧，扯活!"哗啦哗啦一阵响，那些船只来得急，回去得也快，一会儿工夫饱装死尸跑出去足有五十里地。寇利才缓过一口气来，赶紧给这些受了伤的治伤。只见受伤的地方，就是一个黑窟窿，什么也看不见，再看那窟窿四外的肉就像见油炸过一样，全都焦了，看不见东西，简直没法子下手。向寇利一说，问受伤的除去打滚、乱蹦乱跳之外，一句话也说不出来，问了半天也问不出来，看了半天也看不出来，眼看着受伤的群贼，喊的声儿越来越小，越来越低，再待一会儿，就听不见声儿了。拿手一摸，冰冻挺硬，已然全都死去。寇利这个急可着大了，别的不说，自己带来这么些人，跑到这里来，刚才见过一阵，也说不出是被人家什么火器打伤，就死了这么一片。心里一着急，可就想起陈勤绶来了，没有他领路，说得那么天花乱坠，焉能不知虚实，就跑到临近去挨了那么一下子？四下里乱找，不见陈勤绶的影儿，心说这可怪，没看见他跑到别处去呀，难道他也挨了一下子打掉水里去

32

了？又一想不是这小子假装领航跟里边商量好了，临时给自己来了这么一下子？真要那样一来，还得赶紧走，因为这船上的虚实全都清清楚楚告诉他了，他要一卖底，哪还回得去？

正在着急，猛听那个放气的烟筒里有人喊嚷，赶紧搬梯子过去一看，里头果然有个人。急急用钩子搭住往外一抽，一看正是陈勤绶，满头满脸都是黑灰，衣裳也全都刮成粉碎，简直成了鬼了。寇利倒觉着他十分可怜，满肚子恶气反倒压了一压，笑着向他道："你说你路熟，里头一点儿防备没有，准可以手到擒来，怎么今天会上了这么一个当？别的还不要紧，你看咱们去的人受了伤，怎么都没等到治就完了？"

陈勤绶本来算计顶好，万也没想到葛天翔预备那么好，才一开面儿，人家那边倒响上了。陈勤绶他知道的，准知道这种响声，就是"二人抬"的独龙炮。这种独龙炮前边装药，后头拉栓，一撒手一顶栓药就出去了，里头是火药加锡汁。锡这种东西体质最软，见热就化，火药里包着锡汁，打在人身上，顺着伤口往里流锡，不拘是谁，全都是血肉之躯，谁能受得了锡汁烫？打一个地方，烫一个地方，烫一个地方死一个地方，等到锡也凉了，人早死了。这种东西最是厉害不过，只要打上，就不用打算活命。陈勤绶一听响声，就知道是这种东西，他既知道厉害，当然他就要躲，那个时候太紧，连说一句话的工夫都不能匀出来，一迈腿就跳进气筒里，炮就到了。陈勤绶在筒头待了一待，觉乎船掉头，炮也不响了，知道是往回去了，他才喊起来。寇利把他搭了出来，一问他是怎么回事，陈勤绶哭了，一边哭一边说道："实在我没有想到葛天翔会来这么一下子，让大家吃了这么大的亏，实在是罪该万死。至于这种伤，除去不被打上，只要打上绝难活命。"

寇利便道："这么一说，他既有兵器之利，又有竹山之险，我们这次不白来了吗？死了这么多的人，费了这么多的事，岂不是白死白费了吗？"

陈勤绶道："那当然不能算完，我既说了定海包在我的手里，无论如何，我也得把它弄了过来，现在我还有个主意。"

寇利道："你说吧，我一定依你。"

陈勤绶才要张口，却听旁边叭的一声裊的一声，一个弹弓子直奔自己头上打来，哎呀一声，扑咚一声，陈勤绶摔倒船板。寇利一听弹弓响，就知道有人对陈勤绶不利，不管这次是上当不是，底下还有用陈勤绶的地方，赶紧往前一探身，一抬腿正踹在陈勤绶迎面骨上，陈勤绶哎呀一声，扑咚一声，跟着又听当的一声，正打在舱板上。寇利一面吆喝不准动，一面告诉陈勤绶不用害怕。陈勤绶这才明白，寇利这一腿是为救自己的命，并不是恨自己踹一腿出气。寇利把陈勤绶一把拉起，走进房里才向他道："你看现在已然有许多人在疑心你，你要不能在这个时候想个法，取到了定海，恐怕大家更要对你不利。"

陈勤绶道："我也是这样想，不过我的话还没有说完，他们就动起来了。"

寇利道："那么你有什么主意？快说来咱们商量。"

陈勤绶道："原来定海并没有那么好的预备，我是探得真而又确，万没想到临时会闹出了这么一档子，实在是罪该万死，让大家吃了这么大的亏，当然大家要疑心我恨我。我现在有个主意，可以洗扫自己。定海这个地方，三面都用人工防守，因为三面都可以走船上人，唯独后头那一面，全是陡崖立壁，人不能上，因之他们也就仗了天险，没有防备。我想我们原定是八月二十三去攻取定海，我们现在可以把船悄悄开走，开到一个他们目力不能看到的地方，把船停止，定海一定以为我们是一仗打怕，收兵回去，他们必定忘了防守。我们过了二十三，什么二十四、二十五，找一个月黑天，我们全船拥进，用三分之一的兵攻取后点，他们没有防备，听报必乱，那时我们再三面同进。这次我们不用存一点儿客气之心，见面就放炮，炮一响，人心一乱，葛天翔再有天大的本事，也就无用了。不知你意下如何？"

寇利一边听，一边点头，听到末了笑了一笑道："话是一点儿也不错，不过我看那个姓葛的不是容易欺骗的。定海一吃紧，他的兵不多，他可以到镇海去调，镇海离这里很近，早晨发兵，晚上可到。咱们不用说运之不易，即使运着容易，这里又不定得闹成什么样子，那么一来，我们损失就太大了。"

陈勤绥道："这个倒不用过虑，我早就说过，只要能够把钱看轻一点儿，就可以办到。"

寇利一摇头道："恐怕不易吧？"

陈勤绥道："你是知其一不知其二，你没做过官儿，官事还不甚熟习。官儿里的事就怕没钱，只要有钱，铁打的汉子都能把他烤化了。"

寇利道："既是这样，我们照你所说的办吧，今天咱们先退去。"当下一吹哨儿，把各船全都聚在一处，起锚开船，退出去足有二百里远近不提。

葛天翔一看船已退去，赶紧告诉止炮别放，人家的船快，咱们的炮没那么大的力量，打不了这么远，现在正在用炮的时候，别糟践了炮。锣声一响，各军点名，连上头带下头，仅仅有三名受了点儿浮伤。

王天朋道："依着我就他们追去，杀他个片甲不回，岂不痛快？如今放他回去，必定还来滋扰。"

葛天翔一笑道："王老弟说得一点儿也不差，不过有一节儿，他们这些人是亡命徒，你把他逼急了，他会跟咱们拼命，那可不是玩儿的。他们船又大又快，我们这里没有船，有也是那些小船，快慢悬殊，又不能多载人，也不能和人家比。所以暂时只有挫他锐气，使他知难而退。等到救兵一到，那时我们一鼓作气，把他们一网打尽，看看我这个主意说得可是？"

郑家燕道："话是如此，在救兵没来之先，我们也应当有个准备，否则他们要是去而复返，岂不甘受其灾！"

葛天翔道："贼人多疑，没来之前，受了人家欺骗来的，如今吃了大亏，痛定思痛，最近几天里头绝不敢再来。现在倒有一样可怕，就是怕有坏人出主意，告诉他花钱走那边的门子，真要那么一办，我们的苦子可就大了，进不能攻，退不能守，死无可死，走无可走……"

郑家燕道："这个倒也许不准，好在明天就可以有回信了，何必着急？"

当下告诉小兵官儿，叫他挨着个儿去告诉百姓们，大家平心静气，自有办法，不可自乱，自乱以扰动军心论罪，买卖商家依然一律营业，违者也必重办。小兵官儿去后，大家又谈论会子如何设防、如何布置，安歇一宵。

第二天葛郑王三位在一起，正谈说要招募乡勇，忽然外头有人飞跑而入，急忙看时，原来正是那被派来求救的金叉郝云蛟，满头满脸是汗，浑身是水是泥。葛天翔赶紧站起来笑着一拱手道："多累，多累，怎么样了？"

郝云蛟一笑道："幸不辱命，你瞧这个！"说着从身上掏出一个纸包儿，打开纸包儿一看，里头是公文一纸，上头疏疏拉拉写着两行字是："准如所请，克日发兵，整饬勿懈。"

葛天翔一看大喜道："实在多劳，竟会答应了。"

郝云蛟道："这次实在是托三位大人的福，否则不用说兵请不到，恐怕连我回来都是另说。"

王天朋道："这话怎么说？难道当中还有什么周折吗？"

郝云蛟叹了一口气道："岂止是周折而已。三位大人现在没有事，我可以把这次去的情形详细谈一谈，就知道事情能够有现在，实在是天助了。"

葛天翔道："不忙不忙，郝老前辈请详细说一说，我们也好知道上方的情形。"

郝云蛟一歪屁股坐下，说出一番话来，大家不由全都暗暗点头，齐道一声："天助！"

原来郝云蛟出了定海地方，本当趁船到镇海去，不过船走太慢，得要一天的工夫，往返之间怕是误了事。郝云蛟水里功夫十分精通，便找好油布口袋把公文跟应用的东西包好，顺着水底下奔了镇海。照直的路，不消两个时光便到了镇海，上岸把口袋里干衣裳拿出来换好，把湿的装在口袋里，也没住店，一直就直奔了玉大帅的衙门，把公事往里头递，告诉传送收发的几位大爷道："辛苦几位，你把这件公事快往里一递，这里头可有要紧公事。"说着又给作了个半截子揖。

这几位一听，彼此看了一眼道："这个是京里逢站不站的快马文书吗？"

郝云蛟不知道他们是故意耍俏皮，赶紧赔着笑道："不是的，这是定海县告急的文书。"

几位大爷不约而同地啊了一声道："什么？噢！你是定海来的，唉！大帅也不知道，也没派个人去接你，真格的怪对不过！"说着忽然脸上笑容一收，哇的一声全蹦了出来，向郝云蛟呸了一口道，"你八成儿也跟我一样老妈儿男人改打更的，始终没当过进屋子的差事

37

吧。告诉你，这是有尺寸地方，不是你们家的，递公事得有递公事的规矩，心急喝不了热豆儿粥，催快了也不怕打前失，你当着大帅是为你放的哪，提前递递，谁给你加的紧哪！怯哥哥儿，我告诉你个暗门儿，你先找地方歇歇，也想着喝个壶整茶叶，吃张白面饼，烫个整个儿澡，匀看三天五天的，再到这里来探个信儿，也许你的吉星高照，大帅批文能够下来。当时要回文，也办得到，我们不行，你瞧见没有，那边搁着一面鼓，旁边也有槌儿，过去拿槌儿一撞鼓，大帅当时旁的东西全搁下，就得提前给你办，就怕你没有那个胆子。"说着彼此一挤眼，一边笑着，一边哼哼起"小东人，闯下了……"起来。

郝云蛟本是老江湖，什么事不懂？准知道这就是要过节儿，本想掏锭银子，又一想他们说的话实在刻薄，花钱事小，这口气忍不下去。心里一动，便微微笑道："诸位多多指教，劳驾劳驾，我找地方洗澡喝茶去。"一边说，一边回走，应当往外走，没往外，三步两步就到了那面大鼓前面。本来有两个人看着鼓的，不过是虚应故事，谁还能把一面鼓放在心上。自从置鼓那天到今天，也没人动过一次，自然而然地松懈了。郝云蛟到了鼓前头，那二位还在那边谈天哪，一看郝云蛟抄起鼓槌子急喝一声："干什么？"打算扑过去拦住，哪里有郝云蛟手快，手指轻点，咚咚之声便起。

正是：

　　　劝君莫近车船店，一身无罪早该杀！

要知后事如何，且看下回分解。

第三回

朝令夕改食肉者鄙
孤纵谋擒吐哺也宜

跟着一阵大乱，从里头跑出来足有二三十个戴红缨帽的，看着郝云蛟手里拿着鼓槌子，呼的一声一拥而上，有的夺取鼓槌儿，有的就把郝云蛟连胳膊带腰全部抱住，跟着鼓声齐鸣，兵们一阵乱跑。郝云蛟心里高兴，想不到这个鼓槌儿打一下子颇有意思。工夫不大，就听里头一个传一个喊："带！"推着拥着，就把郝云蛟给推上去了。郝云蛟虽是低头可不住偷眼四下一看，只见两面一层一层全是亲兵，尽头是大堂，大堂正中间坐着一个年约四十来岁的官儿，大约就是那位玉大人了。堂下一喊："威武！"郝云蛟腿洼子被人一点，当时跪倒。

玉大人双手一托眼镜儿，又咳嗽一声道："下面跪的人，掌起面来。"郝云蛟一抬头，玉大人叭地一拍公案道："下跪刁民，姓什么？叫什么？为什么击动堂鼓？有什么冤屈？朝上说，如有不实，可留神你的狗腿。"

郝云蛟道："下役郝云蛟……"

玉大人又一拍公案道："口称下役，你是哪个衙门的？你们官儿是谁？"

39

郝云蛟道："是，下役在定海总镇衙门当份苦差，我们总镇是葛……"

玉大人使劲拍了下子公案道："胡说！乱道！你在定海有差，跑到这里来干什么？"

郝云蛟道："下役有下情。下役奉葛总镇堂谕，赶到老大人堂前投递紧急公文……"

玉大人连连拍道："既是前来送公事，外头自有人收公事，你为什么大胆击动堂鼓？"

郝云蛟道："老大人明鉴，下役投递的公文非常紧急，外头老爷不收，说是有紧急公事可以打鼓通报，下役才过去撞的鼓，不然的话，下役天大胆子也不敢。"

玉大人一听，当时脸上颜色一变，把桌子一拍道："叫他们稿案上管收发的进来。"两旁一声答应，不一会儿工夫，那几位大爷全都进来了，往大堂一跪。玉大人一声叱道："你们为什么不收他的文书，还叫他击撞堂鼓？"

这些位大爷原来就没有看起郝云蛟，也不知道里头是什么要紧事，一瞧他那个神儿，所以才拿话一挤他，以为他必不敢干，万也没想到人家过来抓鼓槌子往上一撞。这些位大爷当时就全傻了，准知道事情大了，断不能就这么完。听里头一传，全都往里头跑，到了堂上一跪。玉大人一问，这几位就知道干歪了，赶紧把帽子一摘，连连磕头道："大人，你可别听他一面之词。方才他既不说出他是什么地方来的，也没说公事要紧，就是催问大人什么时候能办下来。大人想情，我只是管收发，哪能催问公事？因为我们告诉他在外头等一等，他不等话说完就去击了堂鼓……"

这几位还要往下说，郝云蛟一抬头道："咱们可当着大人不许屈心，方才你们是这么说的吗？你们不是说要快打鼓快，又什么叫我

40

吃一顿白面饼，喝一包整叶儿茶，洗一个整个儿澡。堂上有大人，大人堂上有鬼神，你们欺人欺心，难道还欺大人吗？咱们趁早儿说实在的是正经。"

玉大人一听，当时就明白了，一定是手底下人故意刁难是真，遂把惊堂木一拍道："你们这一班东西真是胆大妄为，滚下去，等我处分。"这几个人脑袋顶着好些汗，磕一个头全都下去。玉大人向郝云蛟道："你既说有紧急文书，暂时饶了你的击鼓之罪，文书在什么地方，呈上来。"

郝云蛟道："文书还押在外头老爷们手里。"

玉大人方要拍桌，外头已然把文书拿进来了，当堂拆封一看，玉大人就怔住了。一听说打仗，就跟要了自己命一样，哪里敢当时就定主意，便向郝云蛟道："你先下去，一会儿派人给你声信儿。"

郝云蛟应了一声："嗻!"退了下去。到了外面，冲着那几位老爷一挤眼道："劳驾，劳驾，打鼓真快，回头咱们一块儿，我请你几位烫个整个儿澡去。"说着摇头晃脑走了出去。至多不到一顿饭的时候，又往回走。离着衙门不远，忽然有人嚷："不用找，来了。"抬头一看正是衙门里的亲兵，一见郝云蛟便抢上前道："你走也没留个地名儿，叫我们好找。大人公事批下来了，你快回去吧。"郝云蛟跟着到了衙门，里头公事已经办齐，可是粘着口儿。这个地方，可不能问，当下领了文书，走出衙门，这才找了一家客店，要了一间单间小屋，洗脸漱口已毕，把伙计支走，私自把文书封儿撕开一个角儿，把公文撤出一看，上头没有多少字，只是："呈悉，不可轻启衅端，所请不准。"郝云蛟一看，合着这是白跑了，这可就不能不走第二步了。在店里吃喝完了，把那身衣裳换了下来换上自己那一身，又到了玉大人衙门外头，四外转了个弯儿，然后回到店里又吃又喝，跟着躺下大大睡了一觉。

等到醒转，听听外边，已然打了二更，赶紧坐起，略微定了一定神，这才站起，活动活动腰腿，把文书衣裳包好一背，把后窗户支开，提身一纵，出了后沿墙，跟着蹿房越脊，直奔玉大人衙门走去。离着衙门，还有着两条胡同，梆子声儿也密了，巡哨的也多了，不敢再在房上走，飘腿下墙，顺着墙根儿往前紧走，刚刚走到胡同口儿上，一隐身子就可以到玉大人住的那条街上去了。方在一喜，没想到才一弯腰，要过还没得过，正撞在一个人身上，那人哎哟一声道："哟！你怎走道儿不看着人哪！"

郝云蛟这时候唯恐巡哨的听见，不敢大声说话，只低声悄悄地道："实在是我的不是，没看见，对不起，对不起！"

说完方要迈步走，那人一把把郝云蛟当胸揪住道："怎么着？你撞了人，一个字儿不提就走，那说得下去吗？"

郝云蛟一听，这可真糟，敢情碰的是一个聋子。心想一不做二不休，跟他说好话，完不了就许闹出点儿事来，这可没有法子，对不起我得给他一下子！想到这里，左手一掠那人的腕子，胸口往后一撤，右手横着一绷，打算把那人手撤开，自己就可以走了。就在左手一搭那人的腕子时，猛觉那人身子往前一冲，便浑身一点儿劲儿没有，竟随着他一溜歪斜直退出去，两只手也使不出解数来了，又不敢喊，一任他推出去足有十来步，他才把身儿往回一撤道："便宜你，出门不懂规矩，碰了人不讲理。下回你再碰我，我要不叫你胳膊折了才怪呢！"说完话一瘸一颠径自去了。

郝云蛟不由长长出了一口气，一个老头子，又是残废，差点儿没毁在他的手里，这是哪里说起，以后真要小心。正要定神看看路径，猛觉自己身上那个包儿一松，不由吓了一跳，回手一摸，不由叫声苦，原来那个包儿已然不知什么时候丢去！这一来，差点儿没把个久走江湖的郝云蛟给急坏了，旁的都不要紧，包袱里有文书要

42

是一丢，不用说这次进去是白进去，如果明天回到定海连个交代都没有，也不像话。忽然心里一动，别是方才这个瘸子闹了什么手彩儿吧，到了这个时候，也不愿再遮掩身子，一翻身照着旧道往回追下来了。一边往回跑，一边四下里看，哪里还有什么瘸子的影儿，只得站住脚步，长长出了一口气，暗自寻思，这个瘸子必是衙门里用的能手，知道自己今天来意不善，故意来了这么一手儿，所为叫自己知道厉害赶紧回去。心说那可不成，自己虽然没有多大能耐，可是在江湖上，无论如何也混得有了这么一号儿，如今就是这样回去，未免太窝心。再者见了葛王几位，也没法儿交代，还不用说这件事情关系多少条人命。无论如何，也不能就这么一走，宁叫名在人不在，也不能叫他人在名不香。不过这一耽搁，时候已然不早，今天事是不能办了，不如在这里再待一天，好在离着二十三还远，差一天也没什么。心里这么一想，无精打采，又回到店房后墙，纵身上去，仍由后窗户又到屋里，盘算盘算明天怎样进手。不多一时，天就快亮了，往炕上一歪就睡着了。

方一蒙眬之际，忽听屋外一阵乱嚷，便把自己吵醒，才一坐起来，外头已然有人推门而进。只见进来足有十几个，全都是红缨大帽，头里走的两个仿佛是官儿，手里捧着一个红布包袱，进门一看郝云蛟，便双双深深一安道："兄弟张占福，这是我们伙计李守禄。郝大哥，你住在这里，倒还安静啊，这样店小也脏。昨天正赶上我们哥儿两个值班，没有工夫，要是早知道你住在这里，无论怎么着，也不能叫你住在外头，说什么咱们不得多盘桓盘桓。你别见怪，我们哥儿两个实在是忙。来来来，哪个是你的行李，叫他们拿着，到我们那个小地方住两天。"说完瞪眼看着郝云蛟。

郝云蛟听这二位说了个挺熟，挺热闹，可是说什么也想不起来在什么地方见过。忽然心里一动，八成儿是人家把公事拿回，今天要给自己一点儿样儿看看，不然哪有那么巧，昨天不来，今天没事倒来了？事到临头，可也就说不得了，先问一问什么事再说。便笑问两个人道："二位可恕我实在眼拙，我也不知二位现在高升到这里，本应早去给二位请安，无奈不知你们的住址。我这次到这里来，原是有点儿小公事，现在公事已经办完，我就要赶着回去交差，我本想睡醒了雇船，没想到倒惊动了二位。二位的盛意我全领了，改日我请两天假来看望二位。"

张占福道："郝大哥，你这话说远了，往后咱们还得多亲近。你既是一定要回去，我们也不敢强留，不过我们有点儿小事求你，你可千万别驳回。"

郝云蛟道："什么事？你说吧。"

张占福道："嗐！提起这件事太不是意思了。昨天你不是递的文书，说是定海吃紧，求大人给派兵吗？当时大人就告诉了师爷，师爷也是老悖晦了，耳朵也没听清，把公事就办了，又赶上大人事情太忙，没得过目，就发出来了。及至半夜，大人一问，拿底稿一看，全弄错了，大人批的是即就发兵，师爷给弄成不发兵了。大人当时一着急，赶紧又办一套文书，叫我们哥儿两个赶紧到店里来找大哥，把前者文书撤回。"说着把手里包袱打开从里头拿出一个封儿，另外还有一个纸包儿，往郝云蛟手上一递道："郝大哥，这是文书，这个包儿是大帅送给大哥买双靴子穿，请你收下，把前发文书交给兄弟，兄弟好回去交差。"

郝云蛟一听，真是十二分难受，早知有这么一手儿，何必黑天半夜跑出一趟，现在人家公事来了，自己的文书没了，这可怎么说？正在一片犹疑之际，张占福道："大哥，你干吗发怔啊？这点儿面你可不能不赏给我们哥儿两个，不给也得给，不换也得换。"说着往前一迈步，就奔自己身后。郝云蛟还以为他是要稳住了拿自己，赶紧

44

往旁边一闪，回头再看更是怪事一件。原来自己昨天晚上丢的那个包儿，依然好端端地搁在自己身后。张占福检过打开，随手一扯，就把那封文书检在手里，跟着又是一安道："大哥，你是怎么一个人物，我们哥们儿已然深知，没别的，你多成全我们哥儿两个，忘不了你的好处。"

郝云蛟这时候跟做梦一样，简直不明白是怎么回事，没法子只好是冲着说吧："二位兄弟，今天要不冲你们，无论如何这件事也完不了。得了，既有你们二位在前头，什么话不说，你二位回去交差事，我也这就走了。"张占福、李守禄又说了两句客气话，才告辞而去。郝云蛟把那封文书又扯开一看，只见上面写的是："呈悉，准如所请，克日发兵，整饬无懈。"郝云蛟看了，不由长长出了一口气，心里想着，这可都是邪事，怎么会来个原令追回，满盘子全改了？真是师爷们弄错了，那他们也犯不上给我下气认不是，这件事真怪！好在现在不管他怎么样，文书是有了，回去也可以交代了，还是赶紧走，别等回头又不算了，那可是糟。赶紧会了店账，到了海边，把身上外衣裳脱下，又把那身湿的穿上，把东西全都放在油布口袋里，往腰上一围，哧溜下水，直奔定海。

到了岸上，才一露头，哧的一声，就是一枪扎到，也就是那郝云蛟耳快眼快心快，一听有枪扎到，准知道是巡哨的兵，没看出是自己，赶紧往旁边一闪，那枪就扎空了。郝云蛟一抹脸上的水道："哥儿们，别价，是我。"

那个兵往回一撤枪道："你是谁？怎么从水里出来？"

郝云蛟道："我是王总镇营里厨子，打算下去捞点儿虾米，弄个菜。虾米没捞着，差点儿挨你一下子。"

那个兵道："你真可以，昨天打了一个够，枪炮连天，还能有虾米？你还不快进去，卡子上可紧，别找没意思。"

郝云蛟一听，"打了一个够"，难道已经来过了？这可太急，顾不得再说废话，一弯腰撒腿就跑。到了衙门口，也没止住脚步，照直就往里跑。值门的过来一拦，随手一划，扑咚摔倒。一气跑到大堂，正好葛郑王三个全都不差，郝云蛟把到了镇海所见所闻一字不漏说了一遍。

葛天翔一拧眉道："发兵的话靠得住吗？"

郝云蛟道："有回文。"把文书拿出一看，一点儿也不错。

郑家燕道："想不到这回会这么痛快，这也是国家百姓之福。"

葛天翔道："咱们先别欢喜，我听方才郝大哥这话里，玉大人先前本不发兵，忽然会答应发兵，恐怕里头有事。咱们还讲咱们的，等兵到了那才算真。"

郑家燕忽然哎呀一声向郝云蛟道："郝大哥你说你瞧见的那个老头子是不是瘸子？"

郝云蛟道："你怎么知道？"

郑家燕道："那就是了，原来是他老人家去走了首尾。"

葛天翔道："谁？"

郑家燕道："一定就是那位冉风客冉老前辈，明着没有答应咱们，暗中却依然去了。郝大哥不认识冉老前辈，冉老前辈也许认识郝大哥，所以一半开着玩笑，一半就把事办了。"

葛天翔道："这个也许，不过他老人家既是能去，何必当面不答应，却背后又去呢？"

王天朋道："这件事我有点儿不信，你看那老头子昨天那个神气，岂是肯来出这种力的人呢？"

郝云蛟道："你们几位说的是不是冉瘸子？"

王天朋道："不是他是谁？"

郝云蛟道："那你们几位不必争，我跟他从前很行，并且两个人有个小玩笑，多年不见，可不知道他在这里这样一说，一定是他了。"

正说着外头差役拿进一封信向葛天翔请安道："这封信是一位姓冉的送来的，不等回信，走了。"

葛天翔一摆手，差役退下。拿过信封一看，上面写的是"葛总镇大人勋启"，下首是"冉拜"两个字。葛天翔道："才说着他，他的信倒来了。"赶紧拆开封口扯出看时，只见一张大八行上头写的是："翔翁总座赐祭，昨承宠招，嘱任奔走，一以事关机密，不决张扬，复以樗栎庸才，深恐陨越，虽绝然而去，已毅然以行，抵达知遭驳斥，因留以觇变。路值老友金叉，并知亦以此来，乃为分劳代行，唯玉一公色厉内荏，概许所求，殊出意料，诸券已回，当邀洞鉴，此诚诸公造福感格，实可欣幸。唯玉一公蜂目豺声，实为忍人，动不宜迟，迟则生变。闻海贼昨来颇受挫折，能继之以武，临之以威，当可凛服远遁。老民耄矣，愧不能追随鞍镫，谨祝公等名垂千古，义薄云霄，为无量颂耳。专肃敬叩勋安，民冉同谨拜上。"葛天翔看完，不由连连摇头道："跟郝大哥去的不错是他，不过他这封信写得很可怪。"

郑家燕道："什么事可怪？"

葛天翔道："看他写信，并不是文理不通的人，怎么末了两句，什么名垂千古，义薄云霄，这句话却大非吉兆，难道他是指什么有为而言吗？"

王天朋道："你又来了。咱们吃枪杆子饭的讲的是什么？我没念过多少书，可是我懂得，学就文武艺，卖与帝王家。现在有人造反，正是咱们哥儿们卖力气的时候，怕死别干这行，想主意找个什么知府知县的做做，又有威风，又能挣钱，又没有横祸，再好不过。可是现在咱们既不干那个，只要有一口气在，就不能让贼把这块地给弄了去。到了这个时候，看看风水，相相面，批个八字儿，那还打什么？趁早儿回家抱孩子去吧。葛大人，你别生气，我是粗人，我的话是乱说一阵。"

葛天翔哈哈一笑道："我所怕的就是你们几位听了信上的话，心里不痛快，所以我就这样说。既是这样，那我就放心了。郑老弟，王老弟，咱们把这里官面儿的话一概去掉，说咱们从前的老交情，这次无论有兵来没兵来，咱们活着绝不出定海一步怎么样？"

郑王两个把掌一拍道："好！有死的没走的！"

葛天翔这才告诉郝云蛟暂时下去休息，又叫人传齐定海，千、把、游、都、守、额外、外委，凡是本城的武官儿，一律到总镇衙门大堂说话。不一会儿工夫，全都来齐。正要说话，还没得说，外头一阵乱嚷，葛天翔急派人去问，原来是老百姓听说葛总镇商讨破敌之计，全要帮忙跟着打抗杀毛子，守定海，尽忠报国。葛天翔道："好！叫他们都进来，可不准乱吵。"差役出去一传话，这人就进来多了，小伙子、年轻汉、半大不小的小老头儿，丫杈杈站满了一院子。葛天翔站在廊子上，向大家笑着道："今天难得大家会到这个地方来了。众位来意我已经知道，我姓葛的吃的是皇上家的饭，受的是定海众位的供养，如今海寇犯境，只要有姓葛的一口气在，绝不能让定海人受一点儿委屈。昨天已然到大帅那里去请兵，大帅也答应了，至迟三天之内，大兵必到。带兵的打仗原是分所当然，不过这后方也得放心，诸位今天来到这里，那是好极了。我有几句话，希望诸位记住：第一，不要听信谣言，谣言最容易惑乱人心，人心一乱，前头的仗就不能打了；第二，在打仗没完之先，无论什么东西都是来之不易，愿求诸位回去，把话向家里人说一说，在打仗没完之先，无论什么粮食、灯油、柴火，都必须谨慎省着用，因为东西一时来不了，仗打一时也不能完，如果一个用亏了，人心可就要不安，所以无论什么，必须节省着用，免得没了东西，瞎着打仗；还有一件，在打仗时候，不拘是什么人，不许随便出入，免得有人在里头捣鬼。这几件事只要办到，就算是帮了我们的忙，至于其他上阵冲锋，自有我们吃粮当兵的，用不着众位再费力气。就是这几句话，请众位不要忘记，快快去吧。"大家一听，全都齐着嗓子答应了一声，就跟打了一个大雷相似。一会儿众人全都散去。葛天翔向郑王两个道："他们走了，该听咱们哥们儿的了。来人先把那个烟馆里边逮的什么姓伊的、姓那的全都调来，叫他们也干一点儿事儿。"

王天朋道："叫他们干什么？一个个都是烟鬼，一阵风也能刮得倒，他们还能干什么？"

葛天翔一笑道："你们先别管，我早有了打算。"

说着向站堂的一说，站堂的差役喊了下去。不一会儿工夫，外头稀里哗啦一阵铁链子声响，差役们一喊堂威，从外头带进来了几个垂头丧气满脸懊丧戴铁链的人来。头一个正是吹云楼的大掌柜方小唐，第二个伊老爷，第三个二那子，第四个松子，第五个蝴蝶儿张，再其次什么小张老李塔子讷子……进来全都往上一跪。葛天翔往下一看，这拨子人各有个神儿。方小唐刑伤未好，依然一瘸一拐，又是疼钱，又是惜命，心里难受自不必说；伊老爷别瞧官儿做得不大，平常享受惯了，两天工夫，固不算日子多，可是一切享受全都没了，再加上烟瘾一拿，浑身不得劲，又是哈欠，又是眼泪，又是清鼻涕，先还为着葛天翔至多问上几句，臊臊脾往下一轰也就完了，再没有想到问了一堂后再也不提，铁链子也戴上了，手捧子也戴上了，吃不得吃，睡不得睡，也不知道哪天才算完，心里未免烦透；二那子本是营混子，营混子不怕打官司，讲究挑个词，架个讼，在堂上滚来滚去，那还够得上朋友谱，无奈这个官司可不受打，里头的事由太大，倘若一个打真了，不用说营里这碗现成饭不易再吃，还恐怕连命都饶在里头，平常进辕当差，不吃烟药，就得喝灰，如今不用说烟药烟灰，连个烟气儿也摸不着。要搁在往常，只要答应花几个钱，怎么都有个通融，唯有这次，不用说通融旁的不成，连体量多放一次茅（如厕）都办不到，可见得问官对于这个案子是十分重视，镇天坐在监里，里头信儿送不出去，外头的人是连见面都不成，这可简直是活糟；松子比二那子更害怕，因为在烟馆里曾经吹大气儿骂了半天座上官，如今案打实情，旁人都活得了，自己也活不了，一进门脸上颜色都白了；蝴蝶儿张有爷们儿，不争气，肩不能担担，手不能提篮，一天就知道在外头摆谱儿充大爷，其实他，一份家，上头两个老的，底下两个小的，以及自己吃喝玩乐的全都指着自己娘儿们在家里挣钱，他不明白，如今自想发财没成，被捕到官，一打好几个罪名，那怎么能够择得清，上头老的没人伺候，下头小的没人照管，这个官司往轻里打，也得发交官媒，那一来可真损了，从监里一提人，心里就啾咕，到了堂上，一看今天势派儿，比那天还厉害，准知道今天就要过不去，哆里哆嗦心全都蹦出胸口，低头静听发落；其余那些个，有烟瘾的有烟瘾，胆子小的胆子小，各人都存着一个畏罪怕死的心，当然谁的颜色也都好看不了。葛天翔也明白这个意思，心里想着可乐，那天在烟馆，亲眼得见亲耳得闻，你们这一拨儿不知死的鬼，满嘴里说的话够多横，怎么今天变成这种胎骸，真正是可杀可恨不可惜，把惊堂木一拍道："单问方小唐。"

堂下一声喊："方小唐听见大人问话。"

葛天翔道："方小唐，本镇今天把你们提出来，要叫你们去给本镇办点儿事，不知你们愿意帮个忙儿赎罪，还是愿意干干净净打这场热闹官司？因为你是有名的老夫子，所以本镇才不嫌废话，和你谈谈肺腑，你心里打算怎么样，你可以痛痛快快说。"

方小唐哪里想得到还有这么一句，听着不由一怔，赶紧答道："镇台大人，方小唐利令智昏，罪犯不赦，如果大人肯网开一面，恩赦死罪，无论赴汤蹈火，绝不稍辞，就请镇台大人你老人家差遣。"

葛天翔哈哈一笑道："你这不是明白过来了吗？我烦你们也没有特别的事，这次第一罪人，就是那陈勤绶，必须把他碎尸万段，方能稍解怨气。我现在就想派你们几个把那陈勤绶逮捕到案，不但无罪，而且有功，我想方老师你总可以帮这一点儿忙吧？"说着又是微微一笑。

方小唐当时就是一个冷战，赶紧冲上磕头道："老大人你老人家开恩，想我方小唐狂妄无知，犯下不赦之罪，你老人家肯其笔下超生，饶方小唐不死，老大人有所差遣，自应赶紧去办。只是那陈勤绶行踪不定，一向并没有打听过他住在什么地方，如今事情发现，他绝不能仍在此地逗留，老大人叫方小唐到什么地方去搜寻他？老大人指示一条明路，方小唐绝不敢推辞不去。"

葛天翔道："只要你答应去，我就有法子叫你把他找着，你走过来。"方小唐走过去，葛天翔附耳一啾咕，又给写了一张纸条，方小唐接过连连称是，又磕了一个头，站起来下堂去了。葛天翔又向松子几个人道："要按你们几个在烟馆里所说的话，全该挨个儿砍头。不过我知道你们这种人，是饱食终日全无心肝的废人，我何必多费力气，你们死后也还是糊涂。现在我依然把你们全都放了回去，你们愿意改过当个人也可以，自己不愿把自己当人，我也管不了，随你们去吧。"说着向两边差役道，"把他们全都放了。"差役答应过去把锁链一解，这些人如同做梦一样，全都磕头如捣蒜一般，然后下堂去了。

王天朋道："这件事我又不明白了，既是把他们拿来，为什么又轻易地把他们放去？这种营混子简直就是害群之马，留着他们干什么？"

葛天翔笑道："这件事其实一点儿用意也没有，像他们这路人，现在事情赶急，干正经的还干不过来，谁还耐烦跟他们说话。"

郑家燕道："这个咱们也不必说了，说现在正经的吧，兵是还没到，咱们可不能不预备。倘若他们再要大举，可不能像这次这么容易打回去，可别以为他们不禁打，骄敌者必败，总要先期有个防范，免得当时措手不及。"

葛天翔道："我已经都想到了，镇海的兵根本我们就不可指，准要谈打仗，简直不必指望。我所以请兵的意思，不过是打算诳他们点儿粮草来，旁的则在其次。不过睡多可梦长，你别看着白纸黑字写的是发兵，就许原令追回，算是没说一样。所以我现在急于就是还把那个姓陈的逮着，不但我们这边机密可守，那边虚实也可以得个大概。"

郑家燕道："现在两边一开仗，姓陈的又不是傻子，他怎么肯来？"

葛天翔道："这不能那么说，他不打算来，恐怕也由不了他。我在算计着，他们这回吃亏回去，必不能还信他，一定要叫他立功赎罪，他要不到里头来，从什么地方去立功？他们原定的二十三，昨天来了一次，二十三也必不准，不是往前挪，就是往后展，总在一前一后，必有动静。我们还是日夜分班值守，大致不会出事。"

郑家燕道："话是一点儿也不错，不过有一节儿，咱们现在四外放哨，禁止出入，那姓陈的就是打算来，他如何能来？"

葛天翔道："这层我也想到，所以这才要利用那个姓方的。现在我不必说出来，不出三天必把姓陈的弄到，你们看着就是了。"又谈了谈闲话，又商量着各样布置，于是大家都早起晚睡，日夜巡查。

这一天是第三天，三个人正在商量后山空虚，恐怕贼人乘虚而人，怎样想法子，布些埋伏在那里，以防不虞，忽然外头有人飞跑而入，三人一看正是王开甲。

葛天翔道："什么事？"

王开甲道："前天被逮的那个方小唐同着一个姓夏的要见大人，说是有机密面报。"

葛天翔一拍巴掌道："如何？姓陈的逮来了！快快叫他们进来。"

王开甲答应一声跑去，一会儿工夫同进两个人来，头一个一跛一颠正是方小唐，第二个满身破烂，面容消瘦，猛然想起正是那日在烟馆里唱秧歌的那个夏煌佼。他两人抬一个大铺盖卷儿，不知里头是什么。

正是：

从来英雄起草莽，好汉不怕出身低。

要知后事如何，且看下回分解。

第四回

方小唐智赚陈勤绶
夏煌佼利试葛天翔

这两个人一见葛天翔，把铺盖卷儿一扔跪倒磕头。葛天翔道："方小唐，本镇派你去拿陈三，可曾拿到？"

方小唐道："是，小的遵照老大人差派，现在已然把陈勤绶拿获到案，听凭老大人发落。"

葛天翔道："现在什么地方？"

方小唐一指铺盖卷道："陈勤绶现在这里头！"

葛天翔道："怎么会在那里头？你是怎么拿的？一个字不要隐瞒，快快说上来。"

方小唐道："方小唐绝不敢有一个字欺骗老大人。小的奉了老大人之命，到了外头，正在寻思之际，忽然遇见……"说着将手一指夏煌佼跟着又道，"在小的那里抽烟的一个客人，夏二爷。夏二爷看见小的，便问小的听说被总镇大人捉进衙门，怎么又来街上。小的便告诉他老大人如何开恩把小的放出，又如何叫小的去捕捉陈勤绶的话说了一遍。他当时良心激动，告诉小的，要拿陈勤绶并非难事，就是一样儿不好办，现在海口防范得极紧，不容易出去，只能够有只小船，他就可以有法子把姓陈的弄来。小的先本为难，忽然想起老大人赏的那个条子，便向他说出海口有法子，只不知他有什么法子可以把陈勤绥捉到。他说这件事还是真巧，他本来和陈勤绥有小认识。在这天老大人捕捉小的时节，他和陈勤绥先走出来的，陈勤绥忽然问他这定海后山他熟不熟，要是熟的话，可以赶紧画一张图交给陈勤绥，当时就能发财。先前夏煌佼本不知道他问这有什么事，一个穷人发财心盛，当时就答应了他。及至昨天一打仗炮一响，他可就明白了，一定是陈勤绥打算献地图取定海。老大人你别看夏煌佼是个有烟瘾的人，他可有份爱国护土的脑子，图画得了他没有送给姓陈的，在街上没有事闲步，正碰见小的，小的就告诉他老大人如何恩义，劝他给我出主意。他说只要能够出海口，他就有法子。小的一问他法子，他就跟小的说，陈勤绥一定还在船上，我们现在就到船上去找他，见着他之后，就说给送地图去的，叫小的献苦肉之计，把他骗到岸上，那时可就有了办法。小的想着大人待小的天高地厚之恩，滚汤下火也应当去一趟，便依着他的话到了海口，把老大人那张纸条交给放闸的官儿一看，便一点儿事没有，放小的们过去。小的找了一只快船，一直往海里漂去，老天爷也有眼，给了一场顺风，一会儿看见了贼船。夏煌佼告诉我可别忙，听他的，小的便不言语。一会儿船上出来人，便把小的们接上船去，不大工夫，陈勤绥便来了，一见小的们便问怎会到这里。小的便捏造一套，如何定海人心不稳，监里看守把小的如何私自放出，如何画了地图，前来送信。陈勤绥也是该死，听了小的们的话，一点儿也不疑心，便把贼头找了出来，将地图给他看，贼头也很高兴。夏煌佼跟着就问他预备什么日子进兵，他们说不是二十四就是二十五，夏煌佼跟他们说兵贵神速，不宜迟缓，要不早取，恐怕大兵全到，就不好办了。陈勤绥他说大兵倒不怕，恐怕没日子来了，只是现在攻取后山，虽说有了地图，究竟没有眼见，倘若稍有不对，难免受害。夏煌佼问他为什么不进去看一趟，他说怕是被巡哨的看见。夏煌佼又告诉他离着竹山门不远有一段小道，虽是陡壁，可能有法子上去，让他跟着小的们一块儿去探一趟，还告诉陈勤绶如果怕人看见，可以找一样儿东西把他装在里面，由夏煌佼拿上去。一则国家大福，二则也是陈勤绶没有明白这里情形，他竟答应。没有找着别的东西，便用了一床大被，把他抬到这里来了。老大人你可千万要特别留神，你仔细问完他的口供，还要多加防备，因为小的听陈勤绶说原定二十四二十五，又改在今天夜晚，便要大举来取定海，就是兵船，又添了五十来只哪!"

葛天翔一摆手道："知道了。"便向郑王二位道，"如今事已紧急，幸而姓陈的拿到，我们赶紧就问，从他口里打听出来准信，我们就可以预备了。"

王天朋道："既是这样，我们就赶紧问吧。"

葛天翔道："先别忙，咱们预备预备，无论如何，今天也不能便宜了他。"当下向站堂的差役道，"你们赶紧把'八样锦'都给我预备齐了听用。"差役答应一声自去预备。葛天翔又向方小唐道："按你所作所为，本应斩杀不赦，念你天良尚在，捉获陈某有功，饶了你的死罪，从今以后，要往正路上走。如果再犯在我手里，可是定要你的狗命。"

葛天翔说了一句，方小唐答应一句，葛天翔说完，方小唐磕头如捣蒜道："老大人，方小唐一时无知，险遭灭门之祸，老大人笔下超生，不咎既往，方小唐虽粉身碎骨，难报万一。现在强敌临境，处处用人，方小唐虽说无才无能，却愿追随老大人鞍前马后，效劳当份苦差，以赎前罪，不知老大人肯其收留不肯?"

葛天翔双手一拍道："好! 勇于自新，便是有骨头的汉子，本镇非常高兴，许你在我营里当差，动动笔墨，海寇平定我必重用你。"

方小唐又磕了一个头道："谢谢大人栽培。"

他才站起来，夏煌佼跪趴半步道："老大人，你老人家连小人也收下吧。"

葛天翔一皱眉道："夏煌佼，本镇听你唱的秧歌，已然知道你是一个有用的人才，却怎生混到这样？"

夏煌佼道："老大人明察秋毫，小人生长优裕之家，享过安乐之福，书虽念得不多，却也能做个三篇文章、两篇策论，只是命乖时舛，家道既是中落，功名更是无份，旁人时常辱骂，反而激出小人的怠惰之性，便沉湎烟酒，不想再行上进。自从强人侵扰，便想振作，为国为家做出一点儿事业，所以才向方小唐献计捉住陈勤绥，只为得见老大人，求个荐进。这便是一片诚情，绝无蒙蔽之处，只求老大人格外提拔才好。"

葛天翔道："好！果然人人如你存心，定海必可无患。现在也准你随营当差，等候派遣。"夏煌佼也磕了一个头，站起来跟方小唐往旁边一站。

这时候堂上就乱了，二三十个差役，不住往来，你抬一样儿我抬一样儿，穿梭一般地布置半天。夏煌佼不明白，方小唐明白，一看又有自己那天穿的铁鞋在内，不由顺着脑袋往下流汗，准知道是要收拾陈勤绥。果然，差役把东西预备齐了，请安报齐，葛天翔冲铺盖卷一努嘴，差役就过去了，把绳儿一解，从里头抖了出来。陈勤绥从捆上到现在，足有四个时辰，一点儿天日不见着，一点儿人声听不见，又不知道到了什么地方，也不敢喊。如今捆绳儿一解，以为到了地头，一边翻身一边道："你们二位可真可以，我都快闷死……"说到半句，一看不是山洼子，是大堂，就知道事情坏了，底下也就不言语了。

葛天翔一拍惊堂木道："陈勤绥，你怎敢勾通海盗偷取定海，为什么这样无羞耻气，不怕王法？你今天说了真话，我看在敌情紧急，饶恕于你，你要执迷不悟，不但皮肉痛苦，你这一辈子也不用再打算活动了。你是明白人，你可不要自误，快快说实话！"堂上差役也跟着一阵喊："说！说！"

陈勤绶这时候虽然知道是方小唐把他卖了，他心里可有准主意，地图现在已经落到自己人手里，至迟今天夜晚他们必来，我只要能挺过这一时，底下你们就属我了。我要把实话一说，就是自己人来了，也得不了胜仗，那时候可就苦了。心里这么一想，跪爬半步喊声："大老爷，我怎么到这里来的我都不知道，大老爷让我说什么？"

葛天翔一听他不肯说，便把手里惊堂木又一拍道："好！你竟敢咬牙不认，来呀，先拿'唅唅香'给他受用受用！"

两边一声答应，陈勤绶偷着回头一看，不由魂魄飞了，就知今天难逃公道。只见四个精壮差役，全都是膀大腰圆，头里两个空着手，后头两个一个捧着木匣子，一个拿着一捆香，都不知道干什么的，到了堂前冲上边一请安，说一句"请大人验刑"。两个不拿东西的，往前一抢步，就把陈勤绶胸脯儿揪住，一个揪住脑毛儿，往上一掌脸，陈勤绶就一动也不能动了。那一个过去把陈勤绶的衣裳一解，露出两肋的肉来，单腿一踩陈勤绶腿肚子，那只腿在腰眼上一顶，陈勤绶的胸膛跟两肋，就全露出来了。拿匣子的把匣子盖儿打开，从里头掏出来火种，迎风一打，火种着了，拿香的往上一凑，一捆香霎时着足，火苗儿烧到有二尺多高，一抖搂火焰熄了，冒着突突的青烟。把香分开了，到了拿匣子的跟前，把香匣子往里一蘸，又拿了出来，把陈勤绶往堂上一举，跟着一蹲身，拿那着了的那一头儿往陈勤绶肋条上就是一蹭。哧的一声，像什么被东西蜇了一口一样，最妙是在一蹭就躲开，疼的那块还没好，第二下子又蹭上了，浑身又是一蹦，跟着第二下、第三下……不到十下儿，陈勤绶汗就流下来了，被蹭过的地方，里头好像有成千论万的蚂蚁往外攒拱一样，不但是疼，而且奇痒，咬牙闭眼，就是不出气儿。葛天翔堂上一声喊道："缓刑！"拿香的把香火就撤下来了，那个搬着的也把手放下来了，扑咚一声，陈勤绥摔倒，这时候痒得更厉害了，痒得满堂上打滚，滚来滚去，一声惨叫当时死去。拿匣子二位赶紧把匣子打开，从匣里抓出也不知是什么，往伤口上一撒，跟着那两个，一个凉水，一个草纸，当时就喷喷熏熏。阿嚏一声，陈勤绥又复醒转，身上仿佛也不疼，也不痒了。

葛天翔一声喊道："陈勤绥，你是说实话不说？本镇堂上，一共有八种软刑、十三种硬刑，专为给一班不知保爱父母遗体的人们预备的。你才仅仅受了一样，已然气闭身死，还不快快说出实话，免得再受第二种。"

陈勤绥这时心就横了，还没有招出实情，已然受下这样大罪，如果说出实话，还焉能有自己命在？心一横，牙一咬，不住磕头道："老大人公侯万代，禄位高升，我没有什么事，叫我怎样招法？"

葛天翔冷笑一声道："天生来该死在刀口的坯子，好话不听。来呀，换'滴滴金'伺候。"

两旁边一声答应，又走过两个来，腆胸拔脯，袖面儿高挽，弯腰一伸手，就把陈勤绥从地上抓起，一个拉腿往胳肢窝一夹，那一个双手抛锚，把陈勤绥顶毛儿拿住，手往后一带，陈勤绥脸就翻出来了。又过来两个人，一个手里拿着一个小酒漏子，一个端着一个小火炉子，火炉子上坐着一把小壶，里头装的是什么也不知道。双手往上一举，喊声"大人验刑"，小酒漏子就插在陈勤绥鼻子窟窿上了。打开了盖儿，稍微吸了两口，把小壶就往酒漏子里倒。这个时候，陈勤绥也准知不好，可是身子临空，头毛在人家手里，无论如何不能动转挪移。这人手一起，酒漏子哗的一声响，顺着酒漏就流下来了。大概小壶里搁的是热醋，这往鼻子里一流，又酸又冲，最难过的是往他脑子里流，浑身全是酸，连屎带尿都下来了。那二个人一撒手，扑咚一声，陈勤绶摔落地下。这回比上次强，除去腰子里和周身发酸之外，还不至于十分难过，刚在一想，猛觉小肚子底下火炭一般热了起来，心里便跟着如同万马奔腾一般，说不出酸、疼、苦、痒。

又听葛天翔一声喝道："陈勤绶你还不说出实话，真乃大胆。来呀，看'挨挨苏'伺候。"

堂下答应一声，才往上走，陈勤绶两手乱摇，满脸是泪道："老大人不必用刑，我说实话了！"

葛天翔哈哈一笑道："陈勤绶，你要早早招了，何必多受这一层痛苦？我告诉你，我这八样儿软刑，不用说像你这个样儿挺不过，就是铜炼金刚、铁铸罗汉，我也要把他化成铜汁铁水，你趁早儿实说了是你的便宜。"

陈勤绶道："老大人你就开恩吧，小人愿实话实说。小人原无正业，只是倚仗认识些海寇，便和他们兜搭着运些违禁的东西到内地来卖，起初也不过是为谋衣饱暖。后来他们问到小的内地情形熟不熟，小人因生在浙江，便告诉他这两块地方都熟。海寇把实话向小的一说，他们意思想进浙江叫小的做个引路之人，事成许小的厚赏，小的利令智昏就答应了他们。他们还定八月二十三攻取定海，又因小的在烟馆中探听消息不好，便赶回到船上，告诉他们这里已有防备，叫他们不要等到二十三，恐怕事迟生变，所以才有前天一仗。本想出其不备可以把定海取下，不想老大人防守甚密，不但没有得功，而且受挫。他们回去，对小的大不信任，叫小的立功赎罪，恰好有认识朋友夏煌佼，画好定海地图，前去蒙骗小的，小的一时糊涂，便上了夏煌佼的套儿，直来到大人堂上。这都是句句实言，绝无半点儿不实不尽，老大人你就开开恩吧。"

葛天翔道："噢！原来是这样，那么你今天此来是干什么来的？"

陈勤绥道："这就是小的罪该万死。因为虽然得着地图，却还不放心，便想单人独马，到这里来探一趟险，不想却碰到大人这里。"

葛天翔道："那么你知道他们今天大概什么时候攻来？"

陈勤绥道："他们约定今日晚上来。"

葛天翔道："他们从什么地方上岸？攻取什么地方？"

陈勤绥道："他们打算分两路上岸，一方攻取后山，一方打竹山门。打竹山门是假的，取后山是真的。"

葛天翔道："你这话可是实话吗？"

陈勤绥道："小的要就不说，要说就无半点儿遮掩，句句实话，就求老大人特别开恩吧。"

葛天翔一笑道："陈勤绥，我本当把你放了，无奈你所作所为，实在不能容你再活，对不起，我要拿你振振军威。来呀！"旁边答应的人声一片，陈勤绥就知道自己完了，脸也白了，浑身也抖了，舌头也短了，声音也变了，一低头魂就出了窍了。八个差役单腿打千儿："请大人示下。"葛天翔拿起笔来，写了一张纸条是"私通海盗祸殃定海罪犯陈勤绥一名"，又标了两个朱字是"示众"，写完拿笔一撂，向差役道："你们把他捆好，推出游众之后，再来见我。"

差役们答应一声，过去一抄陈勤绥的二臂，就给捆了。两个人往起一架，两个人在后头一跟，四个拿招子往陈勤绥脊梁上一插，各捧单刀推推拥拥出了衙门。才到大街，这人就围满了，再打算往前走，一步儿也挪不开了，差役们就是轰，哪里轰得散。正在着急，猛听人群里头喊："像这个禽兽，留着他干什么？干脆，咱们把他除掉了吧。"接着就听有人喊："打，打！"差役们干着急，进退不得，人就挤上来了，这个照着胸口一拳，那个照着小肚子就是一脚，叭地一个嘴巴，嘭地一个窝里放炮，再听陈勤绶啊呀一声，鼻子掉下半个，血也下来了，接着又是两声啊呀，两边耳朵也没了，头发也抓下来了，眉毛也扯下来了，眼珠子也拔出来了，哧哧一阵响，衣裳全撕了。有咬肩膀儿的，有咬腿肚子的，前胸、后背、左右两肋，霎时便成了漏勺一样。旁边看热闹的嘴里还直喊："打，打，打，宰了他，碎了他，打死这个姓陈的活禽兽、活畜类，打，打，打，碎，碎，碎！"接着从圈子外头就扔进来了，小石头、小砖块，呸呸，叭叭，跟一阵雹子一样，直往陈勤绶身上没脸没屁股地砸去。看差事的也看不住了，往旁边一闪，这些人可挨得更近了，这个一拳，那个一脚，张三咬一口脸，李四咬一口鼻子，工夫不大，陈勤绶就成了一个血人了，先还大声喊叫，后来声儿越来越微，爽得连一点儿声儿都喊不出来了。

这时候早有人报知葛总镇，葛天翔同郑家燕王天明便带了小队儿赶了前来。远远一看，人山人海，水泄不通，小队子拿鞭子轰赶闲人，闲人一散，让开一条道路。葛郑王三个来到近前一看，陈勤绶已然都成了人架子了，心里也不由觉着有点儿凄然，外面可不能露出一点儿形象，一回头向那几个看差事的道："你们都是干什么的？怎么半路有人劫杀要犯，你们全不拦着，难道你们不知道这姓陈的是国家要犯吗？现在弄成这个样儿，上头问下来，怎么办法？"

看差的一听，赶紧全都跪倒磕头："大人你明察，下役们押了姓陈的出来，才走到此地，霎时大家就围上了，下役们一方拦着，一方去飞报大人。无奈来人太多，下役人太少，实在顾不过来，以致闹出这样事来。下役们明知无所逃罪，还望大人明察。"

葛天翔一听准知是实话，正要再申饬几句，便做收科，忽然人群里一片声起："葛大人，你老人家不必责备护差，实在是我们大家所作所为。大人能够担当，小人们感恩感德；大人不能担当，小人们情愿领罪。"跟着又听一阵扑咚声音，跪下了一片。

葛天翔一看民心如此，心里大喜，便点点头向郑王二位道："事已如此，咱们担待了吧。"郑王会意点头。葛天翔向大家道："按说你们劫杀要犯，身犯大罪，不过你们有一片护土爱国之心，岂肯叫你们多受牵连？本镇现有个办法，上头也可不至怪罪，众位也就可以无累。陈勤绶通敌海寇，罪本该杀，如今就把他即时正法，详报上去，把众位这一节儿隐住不提，大约也还可以遮掩得过去。如今强敌压境，全仗大家一心一力，众位的忠诚虽是有余，而镇静不足，以后无论什么事，总还是先向本镇商议一下再做，免得弄出纰缪，不好弥缝。现在无论军民人等，都应和衷共济，一口气在不死，便应报国爱家。希望众位不要存了官民的界限，有话可说，有事可做，同心同意，打退夷兵，那才是好男儿大丈夫哪。"

葛天翔话没说完，两旁已然全都大声狂喊："大人说得是，小人们愿意听从指挥，誓死杀贼。"

葛总镇点点头，告诉众人往后退散，跟着派人写招子，找刽子手，贴告示。一会儿工夫全齐，三位总镇做了监斩官儿，铜锣一响，刽子手过来向总镇请安，到了陈勤绶跟前，单手一抓头毛，向后一扯，嗖的一刀破下，哧的一声，人头离开脖腔，尸首栽倒。其实陈勤绶早就死了多时，恶魂劣魄，又挨了末后一刀，才往地狱投到不提。葛天翔吩咐把陈勤绶人头号令在竹山门，百姓散去，葛郑王三位总镇也回到衙门。

葛天翔赶紧派人把合着定海的大小文武官员全都传齐，先把陈勤绶如何通敌详细地说了一遍，又告诉他们现在如何吃紧，今日晚上二次又来的信儿，现在应当怎样预备，请大家商量。这些官儿有的就能摆官谱搭官架子，有的就能溜沟子抱粗腿，有的就能克军粮吃空额，真要提行兵打仗，简直是擀面杖吹火，一窍不通。葛天翔连说两遍，一个搭茬儿的都没有。葛天翔冷笑一声道："众位都吃着皇上钱粮，怎么有了这么大事连气儿都不出是什么缘故……"

一句话没说完，旁边有人搭话："大人不用躁急，小的有一妙计，不费一兵一卒，能够杀得夷兵片甲不回。"大家一听一看，不由一怔一笑。有分教，柳叶渡头飞溅腥烟肉雨，竹山门上拥显烈魄忠魂。长得既是不够样儿，穿着打扮更不体面，身个儿不高，三尺多不到四尺，脑袋大小比拳头大不了多少，脸庞儿窄，鼻子小，眼睛不大，尖下巴，撮下颊儿，薄片嘴儿，似有如无两片小胡子。这屋里人不是花翎马褂，就是开气儿袍子、天青褂子，唯有这位，不但没有袍子褂子，连一件应时当令的大褂子都没有。八月天，穿着一件米黄芝麻纱大褂，虽不能说缺襟短袖，补丁很是不少，肩膀儿上还有两块不是本色儿，白中衣都成了灰色的，脚底下倒利落，穿着两只青布绿皮梁刀螂肚儿靴子。说话时候，仿佛痰多，又像闹嗓子刚好，简直不是味儿。人不可以貌相，海水不可以斗量，人家说出话来可特别有劲。所以大家一听一怔，一看一笑，嘴里不说，心里可不能不念叨，葛总镇也不知从什么地方会选出这么一号人来。

葛天翔比这班人可高得多，准知道这个有主意，别瞧长相儿不济，肚子里可真不坏，便赶紧一笑道："煌佼兄，你有什么高见，可以说出来咱们大家商量商量。"

夏煌佼道："按说诸位大人，都是怀抱经纶，胸当韬谋，谁都比小的胜强万倍，小的原不该饶舌多嘴。不过有一节儿，大人有话在先，不论军民人等，都要和衷共济。小的虽然没有才学，却也是百姓之一，食其食者无忘其本，说出来是尽小的的责任，办不办是众位大人的权衡。小的对于海寇虽不深知，却是对于他们的习性人情，略略听人说过一二，他们多半狡诈，而且利心最重。现在，我们已经知道他们今天晚上必来攻取后山，我们更应在后山做一准备。请

64

问大人，不知定海全地现在能够搜出多少钱来？能够越多越好。"

葛天翔道："要钱干什么使？难道我们还用钱把他们送走不成，那可办不到。"

夏煌佼道："不，不，要是拿钱送走他们，我们还打仗干什么？这钱另有用处。"

葛天翔道："你先说出用处来，再征集不晚。"

夏煌佼道："海寇好利多诈，我们便利用他这一点，准能让他片甲不回。现在把钱征齐全，都装在箱子里，送到后山，随山乱放，做出我们准备逃走的样儿。他们来到这里，我们假作不知，把竹山门前头多插旗子，多装空炮，叫他们看出我们注重前山，后山无备，他们必定是在前山摇旗呐喊，却派兵来取后山。我们依然装作不知道的样儿，暗中我们把人预备齐了。等到他们上山之后，一看没人全是箱子，打开一个里头是钱，打开一个里头是钱，他们自然贪图抢钱，可就忘了咱们伏兵在后，两旁围攻，不能全死也得损失一半。他们受了重创，暂时必不敢再来，那时候我们打了胜仗，不发兵的也发兵了，不运粮的也运粮了，人民可救，定海可保。这不过是小的打的如意算盘，还求众位大人参酌。"

说着话可暗中对葛天翔一挤眼，葛天翔知道里头还有事，必是秘密，当人也不必再问，便向众人道："众位听这个主意怎么样？"

这拨儿人里头，除去郑家燕王天朋两个之外，全都是一样心，姓夏的是姓葛的约来的，说怎么办就怎么办，办好了大家也不想分功，办坏了也不受牵连，便异口同音道："这个法子不错，大人参酌一下就可以赶紧办，因为现在时候已然不早了。"

葛天翔当时一面派人往四下里去收钱，一报齐，收了有几十万银子，还有零钱首饰，很是不少。葛天翔叫人把箱子也搭上来，当堂装箱子，贴封条。夏煌佼道："大人你先慢着，当堂装箱，那可不成，这件差事小的向大人讨了，大人可以派小的装箱，并且不能在这堂上，必须找一个僻静地方，由小的一个人完全包办，那才可以办成。"大家一听，原来夏煌佼敢情还要在这里头吃一粟，不由全都瞪眼看着葛天翔。葛天翔准知道这里头有事，心想用人勿疑，倒看他是怎一个主意。便点点头道："也好，就依你。来啊，把箱子带银子都抬到我屋里去。"大家一听，可就有人起了疑心，八成儿葛天翔插好了圈套，故意来这么一下子吧，假装说跑，其实真跑，那可不行，他一个人一走，别人就不用活了。这个时候也不言语，晚上跟着他，当下把箱子带银子都搭走了。

王天朋一拉郑家燕道："二哥你看这是怎么一回事，难道大哥有什么意思吗？"

郑家燕一拉王天朋的衣襟道："小点儿声儿，你怎么了？咱们跟姓葛的交好，又不是吃军营才认识的，兄弟聚首几十年，难道你还没有看出他的为人？姓夏的有诈没诈他知道，我也敢保绝不会有错儿，你放心，准可以看得见。"

王天朋道："我也不是不放心，我总觉得大哥这个人办事太啰唆。像这种事，大刀阔斧，出去跟他们干一阵，打赢了就打赢了，打败了有个死等着，弄这些鬼鬼祟祟实在没劲儿。今儿晚上夷兵不来则已，如果来了，我不管别人，反是非痛痛快快杀他几百个，简直心里不能痛快！"

郑家燕道："你先不用忙，听我的。"

说话的工夫，箱子银子已然全搭进去了，葛天翔跟着夏煌佼走了进去，差役们退了出来。夏煌佼向葛天翔一笑道："大人你瞧这些银子可爱不可爱？"

葛天翔一听，怎么着这个小子要变心，那我得试试他。他真要起了脏心，当时就先把他弄死，省得留着害群之马。心里想着，一边把手摸住了刀把儿，一边笑着道："可爱也没有法子，大家众目所睹，难道还好把它吃起来不成？"

夏煌佼又一笑道："就怕大人不敢吃，要敢吃我就有法子。"

葛天翔暗道"果然来了"，再问他一问："只要真能把它弄到，我就有胆子。"嘴里说着手里刀把儿就使上劲了。

夏煌佼忽然嘿嘿一阵冷笑道："怎么？你真打算发这笔财吗？姓夏的算是瞎了眼睛了。来来来，你身上带着刀，先把我杀死了，然后你再发财。"

葛天翔万没想到夏煌佼是试验自己，这样一来不是意思，可就怔了。赶紧把双手一拱道："我误会了，我以为老兄你是真的，我为探老兄的意思，所以才故意说了那么两句，不想老兄原是试验我的。我姓葛的一辈子读书不多，只记得两句，'文不爱财，武不怕死'。我要打算发财，早也就不奔此一途了。老兄弟，你有什么还可以往下说，我看你把箱子运到后面，也许还有深意？"

夏煌佼双手一拍哈哈大笑道："果然是条汉子，我要不是看出这个样儿，我也不来了，我告诉你吧。方才在外头，只说了一半儿，因为人太多，难免里头人不齐，走漏风声，大事全完。所以我只说了半句儿，现在再告诉你那一半儿。运箱子诓鬼那是一点儿不错的主意，不过把他们诓上来，还要我们自己再动手，那岂不太冤了？凭银子不过是为大家知道，实在这里头可不装银子，现在你赶紧告诉外头，叫他们把火药运进来，说是要检验。然后我们再找亲近的人，把火药赶紧装了进去，运到山后，四散乱放，在尽前面也装上一两个装银子的。海寇一来，用枪一挑，一看里头是银子，再见了一箱子，他可不就放松了？装银子的盖别钉紧，装火药的可用铁皮子把它包严，他用枪挑不开，必用东西砸，火药一砸必定爆炸。一个箱子炸，不怕他十个不炸，他们上来的是越多越好，准保全都骨肉横飞，连个整尸首都回不去。我们再在前面海湾子上装好大炮，从后头一轰，虽不能使他全军覆没，也得炸死他一大半儿，你看这个主意如何？"

葛天翔便把双手一拍道："夏大哥，我真佩服你了。"

一句话没说完，窗户外头有人哈哈一笑道："果然好计，我们还当你们在这里分肥呢。"一前一后已然抢步而入。

正是：

　　　　莫道暗室无人见，属垣有耳自在闻。

要知后事如何，且看下回分解。

第五回

人心半无厌，百万金蚨一片腥雨
天意总难回，三千铁甲累世香风

葛天翔急忙看时，正是郑家燕和王天朋，便赶紧道："我正要去找你们二位，你们倒来了。这位夏大哥出的主意实在不错，你们二位以为如何？"

郑家燕道："我们虽然没有全听见，也听见了一半，这个法子实在不错，事不宜迟，越快越好。"

葛天翔当时叫了人来，告诉他们搬送火药查验，差役出去，一会儿工夫，火药运齐。葛天翔亲自选了二十名近身差役，告诉他们这事原委，便开始装起箱来。人多手快，不大时间，箱子装齐，跟着打包皮，贴封条，全都预备好了，把箱子挪到院里。然后派人出去传话，往山上搬运。郑家燕王天朋沿途照管，把箱子搬完，天还没有黑。这时候那些大小官儿，早已坐立不安起来，心里准知道今天晚上，必有人来偷取后山，可怪的是总镇大人也不派兵，也不遣将，行若无事地在大厅上一坐，仿佛没有这回事一样。狡猾一点儿的，心里想着必是这几位有头有脸的把银子已然分完了，只要外头一声炮响，他们准是当时就跑，钱也弄够了，回家一忍，这里有什么事他们不管了。你跑我们也跑，弄钱没弄着，把命再饶上，更是

69

犯不着。老实一点儿的，心里想着，一定是人家总镇大人早有准备，故示安闲，既不便问，也不敢问。又耗了有一个时辰，天可就大黑了，葛天翔吩咐把王开甲冯进先传来，叫他们按户传话，今天无论谁家，不许见半点儿灯火，也不许乱动骚扰，如果不听查出重办。王冯两个领命下去传话。

葛天翔这才笑着向王天朋道："王老弟，你可带二百名火枪手，埋伏在东边岭上。海寇上岸，可不许擅放一枪一炮，非得等到信炮起来，海寇不能后退时候，然后再发炮轰他后路。"王天朋答应一声，葛天翔又向郑家燕道："郑老弟你带三百人埋伏在西头，不到海寇溃败，不准开炮。"郑家燕答应，随同王天朋两个去了。葛天翔才向那些官儿道："别听陈勤缕说是今天从后山来是实话，其实就许从正门来，咱们还是以保守正门为是。众位随我扎在竹山门看个动静，众位觉得怎么样？"

大家一听，这明摆是为把我们调在前门，你往后山好跑，要跑大家跑，要死大家死，拿朋友垫背，那可不能上你的套套。想着便异口同音道："既是总镇大人看出竹山门比后山还险，我们就都陪着大人看守竹山门。"

葛天翔一听大喜，吃完了饭把队子调齐了，全都够奔了竹山门，真个是乌漆抹黑，什么也看不见。来到竹山门上，把旗全都插好，然后把炮也安准了。葛天翔手里拿着双槊，往山坡上一坐，向大家道："众位你们看，前边连一个灯亮儿都没有，八成儿他们今天不来了，咱们多坐一会儿，他们果然没有动静，咱们也回去睡觉了。"

正说着，忽然山下一条黑影儿，直像一个箭头一般直往山上跑来，葛天翔赶紧站起，横槊往对面看，那条黑影儿就到了。

葛天翔忙问："什么人？"

黑影儿悄声道："夏煌佼。"

70

葛天翔不由吓了一跳，夏煌佼那个样儿，怎么会有一身武艺，恐怕有诈，便接着问道："什么事？"

夏煌佼道："后头已然看见有来船了，你可早准备，胜负成败就在今天这一下子。"

葛天翔道："知道了。"夏煌佼一抹头，一纵两纵，当时连影儿都没有了，葛天翔不由暗暗称奇。这个时候没有工夫久想，便笑着向大家道："众位多偏劳，我去一去就来。"

一句话才说完，猛听身后咚的一声响，震得大家耳朵都轰的一声，才喊得一声哎呀，接着又听咚咚咚咚，叭嚓，哗啦，咚咚咚咚，咔嚓，哎哟，咚咚咚咚，一阵阵连珠炮响，有石头，有树，全都震得四散乱飞，掉在海里，有火有烟。二那子跟松子也在这里头，一看事情不好，撒腿要跑，忽见黑乎乎一大片，直奔二人头顶，刚喊声"不好！"要躲没躲开，打个正着，两个人哎哟一声，双双栽倒。虽然把人打倒了，可不甚疼，就觉乎打在面上头上，有点儿发软发黏，拿手一摸，又湿又滑，往鼻子上一送，又腥又膻，再往下一摸，可吓坏了，敢情是一只活人的大腿，也不知道怎么会飞到这个地方。这时候再听，咚咚咚咚，响得比方才还厉害，不但松子、二那子不敢再往前走，所有在竹山门这边的人连一个敢动弹的也没有了，全都往地下一趴，静听后山跟过年接财神一样，一阵比一阵紧，响了足有一个多时辰，声儿才静下去。大家全都爬了起来，对着发怔，究竟后山是怎么一个情形，谁也不知道，到底是谁胜了谁败，也摸不清楚。正在这么个时候，猛听震天似的一声炮响，震得四外海水都带出了回音，接着又听贼船上号筒响，仿佛越响越远，跟着又是一阵炮声儿，慢慢儿地便沉静下去。

松子向二那子道："听这个意思，咱们这头儿可赢了，炮的声音全是往外，贼船号筒可越来越远。咱们别耽误着，走，快到后山看一看去。"

二那子道:"有理,走!"爬起来一阵狂跑,后头这些人也跟着全跑下来了。

刚刚到了后山枫渡口,就听山上一棒锣响,霎时灯烛齐明,三五百壮兵,拥着三位天神相似的将军,个个浑身溅血,满脸笑容,从山上直冲上来。大家一看,正是三位总镇,就知道海寇已然打退,当差事来晚了,赶紧全都站住,摘了大帽,意思要表白几句。三位总镇只把手轻轻一摆道:"暂时休息,天明到衙听点。"大家只好散队休息。

葛天翔一进衙门,只见夏煌佼正在大厅上乱嚷,赶紧一抢步问道:"夏大哥我真佩服你了!"

夏煌佼道:"怎么样?可是得着小胜吧?"

葛天翔道:"岂止小胜,他们虽没有全军覆没,总也死了有一半。这一来总可以让他知难而退了。"

夏煌佼摇摇头道:"恐怕未必有那么容易,我现在正在盘算件事,镇海兵能来不能来最要紧,旁事都在其次,粮草最是前提。他们打了败仗,虽是退去绝不肯远走,一定是散兵四外包围,外边的援兵进不来,里头的人出不去,日子一长,粮草不济,兵无斗志,那可就糟了。"

葛天翔道:"咱们趁着打了胜仗追出去再打一下子如何?"

夏煌佼道:"那可万万不可。别瞧他们打了败仗,他们是吃了地理的亏,如果他要探明地理,不必攻进,只要在外吊好大炮,往里头一打,我们就得束手待毙。如今只因为他们不明地理,测不准尺寸,所以才得侥免。如果我们要一追出去,那正好给他们送上门去。我们既没有那些火器,只凭血肉之躯,本不能胜,船只也难与为敌,要知道我们现在只能打胜不能打败,一个败仗一打,当时人心涣散定海必丢，还是想别的法子才好。"

葛天翔道："要不然，再请郝金叉到镇海去探个信儿，兵究竟发是不发？发兵的话，我们就等几天；兵要是还没信儿，我们败胜不计，出去探一下子再说，您看如何？"

夏煌佼道："这个法子倒是不错，只怕姓郝的已然不在这里了吧？"

王天朋道："绝无此事，他要走不能不给我信儿。这就派人去请他。"说着叫过差役到自己营里去请郝云蛟。差役答应才往外走，外面迎头走进一差役，手里拿了一封信，往出去那个差役手里一送道："劳驾，您给交呈王大人吧，这是王大人营里那位郝爷送来的。"那个差役一听是郝云蛟的信，当然就不便再去请了，接过信来往王天朋面前一递道："郝爷正有信来。"王天朋一听就是一怔，急忙拆开一看，不由哎哟一声道："他果然走了！"

葛天翔赶紧接过信来一看，先是摇头，后是点头，把信看完，不及交给王天朋，便抢一步向夏煌佼面前双膝一弯跪了下去道："有眼不识英雄，实在罪该万死。无论如何，请老英雄看在这一方百姓性命分上，您要多多慈悲。夏六爷，我这里替他们一方百姓跪下了！"

这一来可把王天朋跟郑家燕吓坏了，不知道为什么葛天翔会说出这种话来。正在一怔之际，却听夏煌佼哈哈一笑道："这一定又是那郝八儿多嘴吧。"

葛天翔道："幸亏郝爷顾念民命为重，才把您说出来，不然的话，岂不是让您受了大委屈了？"说着向郑王二位道，"二位你们怎么也不认得，方才郝爷信上已然写清楚了，你们二位再看看。"

郑王两个接过再看，只见上面写的是："锡云吾兄麾下，弟托迹隐遁，半为江湖间多薅恼事，不意祸患踵至，欲隐不能，然半死之人，岂能更作冯妇。冉跛已晤，讽使速退，诸公名载帝录，不容规避，宜自爱自重，泰山鸿毛，古有定喻，吾兄豪侠，当能深味此言。葛公麾下有奇士夏公，亦此中佼佼，二十年前，纵横江湖中有夏六，自署病花郎者，即是此人，吾兄当亦闻之，艺学门径，均在我辈上。希语葛公，特加敬礼，彼重然诺，轻生死，虽不能挽既定之天，约可以多快人意也。前途坦荡，诸唯珍摄，弟不能光辉日月，只有一遁，愧对知遇多多，临别不无依依，谨留奉阅，敬颂勋安，弟郝云蛟手上。"

郑王两个这时候也明白了，赶紧把信往桌上一放道："原来您就是六侠客，实在是不知道，多多得罪，您可不要见怪！"说着全都恭恭敬敬一揖到地。

夏煌佼笑道："这是哪里说起，都怪郝八儿多嘴。"

郑家燕道："现在郝爷已经走了，可留下这封信，请您特别帮忙。没别的说的，您救人救到底吧，大小您还是得出点儿主意。"

夏煌佼道："现在咱们不是说空话的时候，第一先得派人去打听镇海发兵不发兵，郝八走了，派谁去？"

葛天翔道："现在咱们这里没人，要不然……"说着一看夏煌佼。

夏煌佼道："我去一趟其实倒没有什么，所怕的是我到了那里，也没有一点儿办法。"

葛天翔道："您肯帮忙，请您就再去一趟，发兵不发兵，全在姓玉的了。他当着提督，吃着国家的钱粮，他不想报国效忠，谁能把他有什么法子。等您回来，发兵更好，他果然不发兵了，只要有我一口气在，我要和贼兵决一死战，因为我明白这个，他们绝不退让，皇上加的罪名是一层，他们的骚扰是一层。与其那样让老百姓受罪，还不如现在就硬干下去。夏六爷您就辛苦一趟吧。"夏煌佼不住点头。

　　当下预备酒饭，吃着喝着，就叫人把文书备好，酒饭已毕，夏煌佼拿了文书，说了一句再见，便自往外走出。出了衙门一看，这时候已然大亮，街上真是骨肉横飞，有的是一只胳膊，有的是一条腿，最可惨胳膊上全都戴着多少副金镯子，血肉模糊，隔不了十步就是一个，隔不了五步就是一个，匣子枪大枪遍地都是，准知道昨天这一夜人死多了，心里也觉得有点儿惨然。街上的买卖也关了，人也显少了，透出一片凄凉神气。一塌腰就奔了海岸，看那海水翻波滚滚，把自己这身衣裳往起一撩，把文书包儿往脑袋上一顶，双腿一顿，哧的一声就下了水。这种功夫，可得有多年的练习，名叫"踩水法儿"，两只脚在水里不住捯，始终不能叫水过了肚脐眼儿，一蹬一蹬，要比在旱地上走还快，这可是自幼的功夫，半路出家绝练不好了。夏煌佼正踩着水往前走，猛觉脚底下仿佛碰上了一个什么东西，不由吓了一跳，因为海里什么东西都有，难免遇见大鱼。赶紧一提气，打算浮起来，就在刚一提气，底下那个东西仿佛一张嘴，把脚后跟咬住往下一拽，夏煌佼喊声："不好！"急忙往上一钻，一甩腿，没有想到底下这个东西还是真厉害，一咬一拽，横着一顺，借着夏煌佼甩的劲儿，轻轻一领，夏煌佼这个乐子可大了，身不由己，头重脚发飘，唰的一声，人便横着倒了过去。夏煌佼心里可发慌了，不是旁的，脑袋顶着公文，又没有油纸包儿，这一倒下去，准得全湿，即便自己能够挣脱开了，公文也全完了。心里一急，双手一分，身子往上一翻，腿往上一拧，心里想着，无论如何总可以挣脱开了，万没想到，海里那个东西也跟着自己，一左一右，来回乱翻，身子往东，他也往东，身子往西，他也往西，便和胶摽着一般，再也挣脱不开。水里比不得旱路，虽然两回挣扎，工夫不大，已然浑身发软，再要延长下去，说不定就许弄两口水。事到如今，准知道公文是已然完了，即使挣脱出去，也不能再用，定海事情紧急，已成火烧眉毛之势，决不能够再返回去二次办文书。自己在葛天翔面前，虽没有夸下海口，但是葛天翔已然把千斤重担交给自己，如果回去，就算葛天翔不说什么，自己也没脸再见定海那一拨儿人。事情已到这步田地，反正也不能再完整，心里可就存着拼命的打算，身子本来是横着倒着，左挣右挣，依然是横着，这次一着急猛地往回一抽，一伸腿儿，借着水劲儿往外一蹬，水哗地一响，上半身就立起来了，当时身上平添出足有一二百斤力量，借着这劲儿双腿一搓，仿佛就像发在一个什么东西上，腿上一得力，身子往起一飘，上半身就全出了水了。夏煌佼一擦脸上头上的水，长长地出了一口气，甩了一甩脚，底下任什么也没有，心里这份儿气就不用提了。别的不说，公文最要紧，已然完了，自己已然走出来一小半，也不能再回去，究竟水里是什么，始终也没有明白，这简直是故意跟着自己开玩笑。别瞧自己水性不错，水里玩意儿可是什么都有，自己绝不能赌气再往海里搜寻搜寻。忽然心里一想，自己回是不能回去，半路自己一跑，也不像话，莫若干脆硬来下子，到镇海走一趟，见着玉大帅问他到底发不发兵。他要发兵，自是万事不提，等兵出发之后，自己再回定海，如果他还是执意观望不肯发兵，那可说不得，身上没带家伙，掐也把他掐死，绝不能留着他一个害一大堆。心里这么一想，气儿往上一撞，当时把腿踩下水皮儿，露出半身，一路往镇海而去。

走了不到二里多地，猛然觉着水里有一物，这回早有防备，赶紧往上一提气，上半身又全上来了。心里也有点儿发慌，到底是个什么东西，怎么一定跟上自己了？又恨自己身上什么没带，如果带着家伙，拿家伙给他一下子，也就完了，临时找家伙当活也没法子了，只好是瞪眼看着。就在这么个工夫，猛听水皮哗地一响，水往

76

两下里一分，哧的一声从水里又钻出来一个，一摩挲，哈哈一笑道："得了小夏，你倒真卖力气，怎么一个劲不明白？"

夏煌佼一看不是别人，正是千里独行冉同冉风客开玩笑，在水皮上一站，夏煌佼这才明白敢情闹了半天是他，便赶紧赔笑道："我说是什么人跟我开嘻嘻哪，原来是您。您这手儿可有点儿不对，别的不说，葛天翔够个朋友，咱们不能瞪眼不管，您这一开玩笑不要紧，我还怎么回去？"

冉同又一笑道："夏六爷，您久走江湖，也不是什么软手儿，怎么这回您会输了眼了？定海那块地，遭劫在数，岂是人力所能挽回。葛王几个正是他们成名露脸荣宗耀祖的时候，咱们何必跟着在里头捣乱？"

夏煌佼道："这么一说，定海必不能保，葛王他们也难幸免了，可惜可惜！"

冉同道："准完准完。葛王他们能够名垂千古，正是他们的好下场，那倒没有什么可惜。不过这里头还有一件比这更惨的事，咱们得回去帮个忙儿。事不宜迟，咱们这就得回去。"

夏煌佼道："什么事这么急？"

冉同道："这件事现在可以不必提，到时自知，将来谈起来，准保够一件下酒的料儿！"当下两个人二次翻头，又往回里走，来到岸上。冉同道："咱们现在可别进去，找一个地方先藏一藏，海虾米昨天吃了大亏，今天必定不来。咱们一进去，里头有人认识，传到葛王他们耳朵里，可显着不合适。我有一个好地方，谁也找不着咱们，咱们在里头一忍，等到事情出来，你给我帮个忙儿，咱们成全这一回事。"

夏煌佼道："据您这么一说，葛王他们几位，简直就一点儿救儿也都没有了吗？"

冉同道："你这话说的！但分能够帮忙儿，咱们是干什么的？焉有袖手不管之理？我告诉你，我自幼儿就爱相法，至到如今，虽不能说什么特别高妙，要是看个眼面前儿，绝不至于大错，尤其是有特别凶相，一点儿都不能含糊。葛郑王三个脸上颜色，举止神气，已然都带出十二分的坏相，岂能躲过？定海这次失陷，死的当然不止他们三个，不过成名的就是他们三个，你不信看看，出不了三天，就得有事。走，走，咱们现在先找地方儿忍着去，君子不与命争，命已造定，岂是人力所能挽回，你就不必瞎啾咕了。"说着拉住了夏煌佼便顺海岸一径跑去。夏煌佼看了看竹山门，瞧瞧海水，一跺脚长叹一声便也跟着冉同去了。

葛天翔自从夏煌佼走后，便向郑王两个道："搬兵的虽是去了，可不一定准能把兵搬来，咱们可不能指着那里的兵，最好还是从咱们本身上打主意。"

郑家燕道："你我的主意，咱们现在利于速战，不能久持。海寇意在把我们困住，他好慢慢儿下手。我们粮草不多，外援不接，倘若日子一多，民食一缺，里头先乱，那时候我们顾首不能顾尾，岂不是糟？现在咱们挑选敢死的队伍，偷偷儿出去，只要够上他们的船，咱们就有法子。他们的炮只能打远，我们可以上他们船上，用我们大刀阔斧，一阵削砍，要讲打对手仗，他绝对不是我们对手。我军趁胜，兵心是旺的，他们大败之后，兵心是散的，一鼓作气，准能把他们杀得破了胆子，从此不敢再来，不知二位以为如何？"

王天朋双手一拍道："太好！就是那样。我只要挑选五百名壮兵，我就敢去。"

葛天翔微微一笑道："你们二位少安毋躁，听我细细谈谈，依着二位，偷偷地踱到他们船上，然后跟他们交战，法子一点儿不错。但是他们素称狡猾，又不是什么傻子，行军打仗的时候，又在大败之余，岂能毫无防备？他只要派一个人看着，我们的船，就到了他的跟前，吊起炮来，向我们小船一轰，准保人家一个人不伤，咱们是连一个人都不用打算回来。那样败只要打上一个，定海当时便丢，岂不是前功尽弃？要据我看，还是另外想个法子的好。"

王天朋道："现在这样不行，你有什么法子，也可以说出来大家听听，总不能在这里等死，那岂不是更冤枉了吗？"

葛天翔道："你的性子总是这样急，我们慢慢儿商量。他们昨夜大败，又失去了这个姓陈的狗贼，当时一定不能再来，必是行那软困之策。我们利在速战，一点儿也不错，不过我是知道他生长南方，比我们这里暖和，别看他们身体都是那么坚壮，实在多是空的。只要天气一凉，他们就不能支持，必定撤退，准要到了那个时候，我们从后头一追，必能大获全胜。"

王天朋道："倘若出乎意料，天就不冷，他们也不怕冷，一耗耗上半年或八个月，你有什么第二个高计？"

葛天翔道："你这是成心打架的话，那我就不能再往下说了。咱们彼此都是一样的职位，吃着一样的钱粮，谁出主意都是一样，你们说怎么办就怎么办，你看好不好？"

刚刚说到这句，外头有人飞跑而入，正是冯进先，气喘吁吁地跑上来道："回三位大人，现在海寇二次返回，三打定海，离着竹山门已然不远，请三位大人示下派兵抵挡，不然可大事要坏！"

葛天翔一听就是一怔，急向冯进先道："知道了，赶紧再去打探。"冯进先请了一个安，如飞地去了。葛天翔向郑王两个道："这事件真怪，怎么这么一会儿就回来了？来者不善，可要防备他们用炮往上攻……"一句话没说完，咕咚一声震天响，连桌子摆的茶碗都震得来回乱动。葛天翔道："不好！他们真蛮干起来了。"

王天朋一阵冷笑道："我要一说，又该说我没有大将风度了。现在这个时候，不是羽扇纶巾空城退敌的时候，一味子兵书战策，没有地方用。咱们同是领兵官儿，我也不是不受节制，不过在我想着，与其坐在这里高谈阔论，等到炮打当头，可实不如出去决一死战，能退了他们，自是国家之福，不能打退，至多不过一个死，学成文武艺，卖与帝王家，命不要看得太重。二位怎么样，我不管，姓王的要先走一步了。"说着把手一拍桌案，全桌茶碗震碎，一挺腰根站起来，说了一句，"再见吧二位。"大跨步儿竟往外边去了。

葛天翔这时也不便再拦他，便调转脸来向郑家燕道："王老弟天性刚烈，脾气又躁，虽然事情紧急，究竟应当想一个比较安全的法子为安。这样一来，打了胜仗还好，一个败仗下来，定海就完了。郑老弟，咱们丢下官场，说咱们私交，您可别跟王老弟一样意气用事。这么办，你现在赶紧也带着一千壮勇，赶赴后山，全都藏在半山坡上。如果他们抢山，炮火就无用，那时可跟他们决一死战。我这里赶紧去给王老弟去打接应。事不宜迟，快去快去！"郑家燕答应了一声，要说什么没说出来，便径自去了。

葛天翔一看左右，长叹一声，摘下双槊，点齐亲兵，往竹山门跑去。一路之上，只见人民四散奔逃，房倒屋塌，尸横路口，真是惨不忍闻，凄不忍睹。眼看离着竹山门没有多远，迎头跑下一人，气急败坏向葛天翔道："大人，可了不得了，山下海贼已然上岸，王总镇带了有五百名弟兄迎了上去，陷入贼人包围之中，请大人快快救应。"

葛天翔连话都没说，身子两晃已然抢上竹山门，后头一千多亲兵也跟着赶了上来。站在上头往下一看，海岸旁边停了无数的船，船上炮口全都对着竹山门。竹山门下，一片大地，正在拥着一两千人在那里混杀不住。心头火起，正要冲了下去，忽然一想，那可不妥，自己往下一冲，救得了王天朋救不了尚不可知，倘若他们来攻竹山门，一个防备的人都没有，岂不是长驱直入，即便救了王天朋又何济于事？可是不下去，眼看王天朋身陷重围，少时必当丧命，贼人数目比这多着不止十倍，那如何能够脱险？

正在着急，却听身后噌噌噌一阵急响，急忙回头看时，正是王开甲满身满头是血，一见葛天翔大喊一声："大人，大事不好，郑总镇兵到山后，贼人已然抢险而上，郑大人率众迎敌，炮伤左臂，郑大人已然归天了！后山战事，全仗弟兄拼死抵挡，恐怕没人指挥，一时也就败下来了。下役本来和冯进先一同来飞报的，冯进先半路上中了炮，也追随郑大人去了。下役身受重伤，只怕误了……"说到这句，身子往前一欠，哇的一声吐出满腔鲜血，身子便往后一仰，当时死去。

葛天翔这时候，心里跟碎了一样，双脚一跺，一横手里双槊，就要往下闯去。贼兵一队已然往竹山门上抢来，葛天翔一看，就知道王天朋也完了，使劲一咬牙，咔嚓咔嚓一阵响，竟把满口牙咬碎了一半儿，使劲一瞪眼，顺着眼角儿往外冒鲜血。就在这么个工夫，贼兵就抢上来了。这个小贼头叫宁福钧，在这些贼人里最是骁勇，手里提着一口刀，领着头往上跑，已然离着葛天翔没有多远，一看葛天翔还歪着脑袋看着竹山门下，毫不理会这边来人，心里不由大喜，一举手里长刀恶狠狠往葛天翔头上削去。只听咔嚓一声砍个正着，血光一溅，葛天翔半片脸随着刀就下来了。

正是：

忠心贯日月，义气满乾坤！

要知后事如何，且看下回分解。

第六回

扰闾阎凶徒遭惨祸
涉海云烈女返忠骸

宁福钧一见，心里大喜，他准知葛天翔是定海主将，如果能够取得首级，自是奇功一件，往上一抢步，一横手里刀，就奔葛天翔的脖项砍去。眼看刀已然离葛天翔不到半尺，猛见葛天翔陡然一回身，单手一举一碰槊就奔了宁福钧头顶。宁福钧出其不意，又是往上一个抢劲儿，打算再退，可就退不下来了，急忙用手里刀往上一迎，槊沉力猛，当的一声响，槊正砸在刀背上，连刀带槊全砸在脑袋上，刀横着就进了脑袋，连哎呀都没哎呀，咕咚一声，跟着一阵咕噜咕噜声音，尸身滚落山下。这些贼兵一看葛天翔被削去了半片脸，依然能够横槊伤人，谁不害怕，呐声喊，咕噜一声，退了下去。这时候船上的寇利眼看兵都进竹山门，正在高兴，猛见兵又往下一退，一看竹山门上站着一个血迹模糊身穿黄马褂、头顶大花翎的当中一站，手横双槊，亚似天神一般，竟将去路挡住。仔细一看，正是陈勤绥说过的定海总镇葛天翔，不由大怒，趁着兵势往下一退，吩咐放炮，炮手一拉栓一撒手，咕咚一声响，一股青烟直奔葛天翔，不偏不倚，打个正着，正在前胸上，一直打通后心，四外仅仅还有些皮连着，就是一样，眼睛一闭，尸首没倒。这一来可真把寇利给吓坏了，心里怀疑，别不是真人吧，真人哪里能够炮穿前胸，依然挺立不倒的。正要派人去探，忽见葛天翔身后上来了不少自己人，知道后山已然得手，急吩咐众人二次抢山。那些贼兵分明看见葛天翔槊砸宁福钧，炮穿胸膛，谁能不害怕？虽然往山上跑，可全都躲着葛天翔，一会儿工夫，就全抢进了竹山门。那些营兵，平常都受了葛王郑三位的教练，忠义二字满胸满膛，如今一见主帅全完，贼兵全都进了城，心一横，眼就红了，手里的是大刀、长枪，远的扎，近的砍，一阵拼命，贼兵死尸叠死尸，血流成河。寇利一看不好，如今万不能退，把炮手往上一调，一道口令谁要往后一退，当时开炮。那些贼兵可苦了，往前进是死，往后退也是死，没法子拼吧，枪、刀往上又一攻，后头的又往前一合。从早晨又杀到晚上，满营三千多人赤胆忠心、义薄云霄的壮士，就让这两万多贼寇给杀了个罄尽。

寇利一看，仗也停了，自己两万多人剩了也就有一万不到了，不由长叹一口气道："这幸亏是花了几个钱，把援兵绊住，不然的话，要全都像定海这些位这么忠勇，两万人连一个也回不去，不说抢什么定海了。"

正要吩咐一声抢，猛听一声焦雷响，真是震耳欲聋，青天白日，忽然狂风一阵，跟着倾盆一般大雨就下来了，赶紧找地方避雨。这时候街上已然连一个老百姓也看不见，所有的铺户完全关门，这些贼兵又痛又恨，又加上天性残酷，哪里还耐得住，一阵乱敲乱打，把些个不结实的门全给砸开了，咕噜一声全都抢了进去，见什么抢什么。尤其一样，最是不够人格儿，就是看见什么小姑娘小媳妇，绝不能容过一个过去。寇利虽是头目，生性也是一样，不但不能约束部下，他也跟着胡乱干起来了。雨也住了，天也晴了，满地都是血水，寇利带着一个小头儿，拿着家伙，满街一溜，来到一家门口，先是叫门，跟着就踹门，一阵踢踹，轰隆一声门就掉下来了。寇利大喜，迈步往里头就走，才一进二门，跟着就有一个十七八岁的大姑娘，正端着一盆水要往屋里走，听见有人响，回头一看他，他可就看清这个姑娘了，长得不用提够多美丽了，心里大喜，随后就追进屋里。这些乱贼一看头目进了人家，当时呼哨一声，也便四散跑得影儿不见，自去奸淫抢掠干那些不是人干的事儿去了。寇利看见那个姑娘，毫不害怕，反而向他一笑，当时一阵色胆冲天，一看那个姑娘已然进到屋里，这时哪里还有一点儿顾忌，便也大踏步追进屋里。等进到屋里再看，不由一怔。原来三间屋子，一明两暗，在正中间这间明间，靠着后墙，安着一张竹床，竹床上头躺着一个人，蓬头散发，满脸是泥，看那神气像是个病人模样，翻着两只眼歪着脖子看着自己。他虽是胆大，一看屋里有个男人，那个姑娘已自不见，心里说未免稍存啾咕，便向那病人点点头，又用手比了高矮，挤出两个字来："姑……娘……"病人会意，用手一指里边那间屋子，寇利大喜，毫不犹疑，一挑帘子便蹿了进去。那一进去，可吓坏了，迎门一张桌子，桌子上站着一个人，形同乞丐，手里却拿泼风相似背儿厚，刃儿薄，冷森森，光闪闪，一口镔铁钢刀，一只脚站在桌子上，一只脚拿着朝天蹬，背在背后，一手挽刀，一手指点，笑笑嘻嘻地便似画瘦了的判官相似。寇利就知道不好，一定是上了那个病人的当了，虽说自己身上有家伙，究竟自己单身一个人，自不能不有点儿胆怯。刚一摸帘子往后一退，桌上那人哈哈一笑道："狗玩意儿，你还打算走吗？别着急，我带你玩儿会子去！"嘴里说着，背后那条腿往下一略提刀往下就纵，寇利一看不好，那个胳膊肘儿陡地一麻，手再也扬不起来，正在一急，叭的一声，左边一个嘴巴已然挨上了。急忙回头一看，正是床上躺的那个病人，也不像刚才躺着那个样儿了，太阳穴也绷了，腮帮子也鼓了，两只眼睛一瞪，亚赛两只小灯儿一样，从里头往外放光。寇利一撤腿，打算跑出去，拿刀的就过来了，底下横着一腿，咕咚一声，寇利就躺下了。原来早有预备，旁边就是绳子，绳捆二臂，往起一提，就把他给在外头床上去了。

拿刀的向那边屋里一声喊道："大姑娘，东西预备齐了没有？"

屋里答应一声："都齐了，六叔给您。"随着声音，从屋里走出来一位。寇利虽然躺着，可是看得明白，正是刚才那个大姑娘，使劲一咬牙，心说我自要能够出去，要不把你们宰了，算我没有心胸。

姑娘一出来，手里托了大盘子，看不清里头是什么东西，拿刀的向病人道："大哥您也帮个忙儿，别尽瞧热闹儿。"

病人哼了一声道："老六，你总是忘不了开心，要依着我干脆把他弄死一扔完了，干吗费这个劲？"

拿刀的道："您倒爽快，我得让他多舒服一会儿，才能让他死哪！"说着从盘儿里头拿起一个布团儿，把刀扔下，一伸大拇指，中指一张，就把寇利腮骨捏住，略微一使劲儿，寇利两腮又酸又疼，就不得不把嘴张开了。嘴才一张，那只手里那个布团儿，噗的一声正正塞进，嘴里就算全填满了，再打算吐出来，或是喊一声，就叫休想。跟着又拿过一小包儿，打开之后，掏出一把，恍恍惚惚，看去像是做活的针，不知道要干什么。正在一怔，猛觉左肩头上，一梅花针儿已然扎了进去，跟着右肩头、两肋、小肚子、大腿根、手腕子、胳膊、手腕子、十个脚趾头，全都觉乎一凉一麻，倒是不疼不痒，也不知道那是干什么。针全扎完了，把绑绳也给解开了，寇利打算把手抽出来，先掏了塞口之物，哪里知道浑身便抽了筋一样，哪里还使得上一点儿劲儿，这才知道不好。又听哧的一声，原来是把自己裤子后边扯破，这一惊可非同小可。他也听人说过，相姑是怎么一个职业，如今一看又把自己裤子后头给撕开了。这一惊非同

85

小可，心想难道这两个要把自己当相姑是怎么着？心可干着急，嘴囔不出了，浑身连一点儿劲儿没有，不用说是站起来跑，连喊一声都不能够，心里这份难受就不用提了，爽得把眼一闭，连看都不看了。

拿刀的又是一声喊："锅里的东西怎么样？"

屋里答言道："已然全化了，六叔您自己进来拿一趟吧。"

拿刀的答应一声，走进里间，从一个小煤炉子上起一个小铜锅，里头还搁着一个酒漏子一把铁勺，笑嘻嘻地走了出来，一只手一翻，就把寇利脸翻了下去，寇利就知道坏了。拿刀的把锅往床上一放，拿起酒漏子对准了寇利的屁股，往下一坐腕子，寇利浑身就是一哆嗦。拿刀的一只手扶着酒漏子，一只手拿起锅里把铁勺儿，在锅里舀了满满一勺儿，可不知道是什么东西，一翻腕子就给倒在酒漏子里头，寇利浑身连连又哆嗦了两下。拿刀的又舀了一勺儿，又打在酒漏里，把勺儿搁下，双手一摇酒漏子，寇利脸上出的汗，真是黄豆粒儿大小，脸上颜色全成了白的了，又给提上。这才明白，敢情相姑是这么一个消遣法儿，这可未免太无人道，不过现在自己正处在这种有强权没公理的时候，什么话也不用说了，依然闭眼不看。

又待了一会儿，那个病人说话了："老六，你也闹够了吧，我好好的一个家，被你搅得不能住，现在只有一跑了事。还有我们那头，也是太不听话，一个姑娘人家，处在这种兵荒马乱的年月，还不闭门躲祸，却跟一块儿捣乱，如今弄成这样，只有抛头露面。赶快走，她是这样大的姑娘，我是这么老的老头子，前途茫茫，叫我凭空担多大心思。"

屋里姑娘搭话了："爸爸说得是，女儿不敢强辩。不过国家兴亡，匹夫有责，贼子前来扰乱，杀官掠地，骚扰不休。如今这是他被我们给制住了，才能给他这一点儿苦吃，正是警诫勒束部下，不要再这样胡作非为，也好多保全几家儿女清白。爸爸说我们不该，如果换个样儿，您再看看他们到了旁人家里，是不是也是这个样，咱们糟践他不应该，那么他糟践咱们就应该？"

病人长叹一声道："好姑娘，我说不过你，你都办得对，反正现在咱们总得走，那是真的吧。"

姑娘道："走就走，咱们又没有什么可恋的。"

拿刀的搭话儿了："你们爷儿俩先别忙，我得给他留个说帖儿，不然咱们走了，街坊家受不了。"

屋里姑娘道："六叔，这里有笔墨纸。"说着给送了出来。

拿刀的接了过来，先用手一指寇利道："狗贼！你认清了，你们无情无理，杀人造反，你们现还要出来胡作非为，败人名节。我现在给你留下一张纸条，我们走之后，少不得自会有你们的人前来救你，你可以给他们看，叫他们来拿我。如果你要拿我不着，再犯在我手，我定要你狗命。我说话，你懂不懂我不管，反正我是告诉你了，你要牢牢谨记！"说着话，提笔蘸墨，毫不思索便写了下去。正在写得高兴，猛听门外一片砸门的声音，病人哎呀一喊道："不好！你们的人可来了，咱们得赶紧走！"拿刀的又草草写了两笔，把笔砚放下向屋中道："姑娘，咱们走吧！"姑娘答应一声，一手提着一个包袱，走了出来。病人一见道："你到了这个时候，还舍不得这点儿东西！"

一句话未完，当的一声，哐啷一声，大门碎了，从外面拥进有四五十个贼兵，全都单刀长枪，直奔屋内而来。病人用手一指，提身一纵，嗖的一声，人就起来了，双腿平着一端，正是后窗户上，咔嚓一声响，窗户就掉下来了，人便也跟着纵了出去。拿刀的伸手抄起刀来，冲姑娘一指，姑娘也是提身一纵，横腰一跨，包袱带人都出去了。拿刀的先把刀往寇利脑袋上一蹭，寇利一眨眼，睁眼再看，拿刀的双脚一点，两只手冲上，往起一扑，便跟一个直条儿相似，嗖的一声，先出手，再出头，仿佛燕儿穿林一般人就没了。三个出去的工夫，外头人才到，寇利一看，正是自己的弟兄。一看寇利躺在炕上，纹丝儿不动，不由都吃一惊，这个过去就扶脑袋，那个过去就搋胳膊，扶脑袋脑袋疼，搋胳膊胳膊疼，急得寇利直嗷嗷乱叫。有一个稍微明白一点儿，先拦住众人，别乱动手，一面向寇利嘴里一掏，那块布团儿上都见血了，赶紧慢慢儿撤出。寇利又是一阵干噎，干噎过去，这才向众人说出话来："我身上有针，把针拔去再说。"大家仔细一看，果然都有针，这才一根一根全都拔了下来。拔一处一处能动，全拔净了，寇利也能坐起来了。才往起一坐，猛觉屁股后头一阵又疼又酸，又痒又麻，又黏又辣，火烧火燎一般，哗啦一声，就全流出来了，急喊一声"不好!"大家也看出来了，急忙扶起来一看，只见寇利裤子后头流出许多黑汤子，里头还有红，有黄，有白，有紫，简直不知是怎么回事，不由全都诧异。寇利用手一指，大家一看，原来床边还放有一张白纸，上头歪歪斜斜写着许多字。寇利认识字，拿起来一看，又是咬牙，又是可笑，又是可气，只见上面的字写的是："告诉贼头儿，快快滚球儿，收拾你亚赛活猴儿，夺了我们土地，坏了我们文武公侯儿，抢掠惨杀奸淫我们大姑娘小媳妇儿，惹得老爷无名火起记仇儿，才把你们私运的鸦片熬得出油儿，外加红的辣椒、白的狗毛、黑的头发、黄的桐油、紫的生漆全都煮成一锅熟儿，让你也尝尝这足枪饱斗肥膏对料是什么劲头儿，你要还是胡作非为一个劲儿下流，那时要把你们一个一个全都剁成肉泥烂酱，叫你们尸骨横飞，不能回家见你们老头儿。"

看完怪叫一声道："好! 好一个夏煌佼。你们还真敢留下名字，一个叫冉风客，一个叫夏煌佼，还有一个女的是冉同的女儿叫冉秀。"跟着一摇头道，"骑马步下是都不行了，最好给我找一张椅子把我搭了回去，后头又痒，又麻，又酸，又疼，实在难受。"

贼兵道："何必用椅子，现有他们坐的官轿，没有人坐，何妨取来一坐。"

寇利一摇头道："还是用椅子吧。"小贼就知道他这回是怕了，便连连答应，找了一张椅子，把他搭了回去，怎样医治臀部以及后来又犯痒没犯，再找什么法子解痒，跟书中无干，不去写它。

夏煌佼自跟了冉同回到家里，第二天果然定海出事，三总镇战死。依着夏煌佼还要出去看看，冉同再三拦住，并说事到如今，必有一场大乱，只求人家不来找我已是好事，何必无故再去找麻烦。果然街上大乱，贼兵到处横行，夏煌佼准知道必有人来骚扰，先和冉同说要治贼兵，冉同不理，又跟冉同的姑娘冉秀一说，冉秀淘气便答应了，一切全都是夏煌佼的主意。夏煌佼可不知道他就是寇利，要知道他，也就不能让他活着回去了。

众贼兵一来，三个人全都往后窗户跑了出去，冉同长叹一声道："夏六儿，你倒是有胆子没有？"

夏煌佼道："胆子有富余，您说干什么？"

冉同道："好！走！你跟我去干一样惊天动地顺人的事儿去。"说着一手拉了夏煌佼，一手拉了冉秀，便像箭一般直往竹山门跑去。

这时大雨才住，街上尽是泥水血肉，混合成塘。夏煌佼向冉同道："您有什么去处？先告诉我行不行？这往竹山门直跑沿途都是他们的人，叫他们碰上那可麻烦。"

冉同道："我问你姓葛的把他官儿扔开，够个朋友不够？"

夏煌佼道："天字第一号儿的好朋友。"

冉同道："这不结了，人家姓葛的既够个朋友，你就不够朋友，答应人家给人请兵去，半道儿跑回来，这对得起谁？"

夏煌佼道："这话可不对，我不是没去，半道儿上您跟我开玩笑，才把我拦回来。等到进了定海，我也曾再三要出去和那些小子们斗一下儿，您又再三拦着，什么天命早定，违之不祥，您说了许多许多，怎么如今您倒埋怨起我不够朋友起来了？"

冉同微然一笑道："我跟您说着玩儿，实在是天命不可违背，咱们出去也是无益。不过现在姓葛的死在竹山门，死尸究竟是怎么个样儿？咱们可没见着，交朋友一场，咱们似乎应当看一下子，如果已经被人毁了，那是一点儿法子没有。倘若仍是抛尸在野，咱们尽其朋友之道，也应当给他找个地方把他埋了。不过竹山门上全是他们的人，此去可是大有危险，你要有胆子，你就走一趟，你要没有胆子，咱们就算没这回事，你瞧如何？"

夏煌佼道："大哥，您这就不对了，早跟您说过，要别的没有，要胆子有富余。走，咱大大地干他一下子，也出出心里这点儿闷气。"

说着话三个人一下腰，眨眼之间，可就快到竹山门了，往上头一看，不由纳闷儿，原来山上依然还是清兵的旗子，静悄悄地连一个人也没有。

冉同道："留神，这个茬儿不对，难免不是诱敌之计，葛总兵独当一面，一定在正中。你从左边走，我从右边走，姑娘在底下打接应，倘若有点儿什么动静，咱们可别多耽误，不是别的，枪炮可比你我快得多。"

夏煌佼点点头，两个人一分手，夏煌佼就从左边往上跑去，可不敢赶紧跑，怕是地下有什么埋伏，一边跑，一边用手里刀点点戳戳。来到了半山，抬头一看，不由吓了一跳，只见葛天翔半个脑袋已然不见，血迹模糊，前心通后心一个大窟窿，死得十分可惨。还有一件可怪，就是他依然手持双槊，挺胸叠肚，靠着竹山门一站，连歪都不歪。夏煌佼心里就犯疑心了，不用说这一定是贼人想的主意，把尸首往那里一立，弄东西从后支住，两边都藏好了埋伏，只要有人一想盗走尸首，两边埋伏枪炮齐放，这样全都得死在这里。便把脚步放慢，影着身子，一点儿一点儿前挪。那边冉同也到了，一看神气也跟夏煌佼犯了一样的心思，也止住了脚，一点儿一点儿往上蹭。两个人见面，全都不敢高声说话，彼此一点头，用手一指葛天翔身后，全都会意，又往前探了几次，依然一点儿动静没有。夏煌佼可就等不得了，刀往后一顺，提身一跺脚，就打算纵过去了。就打这要纵还没等纵起，猛见一道白光，从山下嗖的一声，一直向葛天翔抢去。夏煌佼还以为是冉秀等得不耐烦了，她从山下纵了上来，急喊一声："不好！"要拦可就拦不及了。冉同可看出不是冉秀来了，因为冉秀一则没有这么好的功夫，二则身上穿的是青衣裳，也不会有这白光，疑心是有人跟葛天翔有仇，如今见了尸首，要来杀尸泄恨。心说那可不行，往前一纵身，伸开两手往白光前直纵去。夏煌佼也跟着一纵而起，两个人全是往白光前边扑去。出乎意料，全都落在白光身后并听一声娇叱道："大胆狗贼，怎敢无礼！"一回手呛啷啷一声响，一口宝剑已在夏煌佼横腰刺去。夏煌佼喊声不好，打算往旁边躲，可不由自己是个纵势，身子凌空，却使不出劲来，急忙顺手里刀往下压，呛啷啷一声，火星儿乱迸。夏煌佼真没想到来人这么厉害，手使又是一口宝剑，事出大意，借着往外一磕的劲儿，双脚斜着一踹，才算落到山上。这时候冉同也刚刚纵到，白光一闪，连肩带背砍去。冉同喊声："来得好！"一个鹞子钻云，整个儿身子凌空翻起。

正是：

莫道起身早，已有路行人。

要知后事如何，且看下回分解。

第七回

目睹飘零豪杰遁世
时逢颠乱英雄诞生

冉同把剑就躲过去了，双管条直，就站在了葛天翔尸身旁边。这时候可就看明白了，来人原来是个绝色女子，一身白布衣裳，头上也是一块白布，从后头兜了过来，拴了一个大蝴蝶扣儿，身上背着一个白布包袱，手里拿着一把不到三尺长的宝剑，满脸愁容，仿佛还有泪痕，恶狠狠气昂昂地看着夏冉两个。

夏煌佼一看手里家伙没有受伤，心里先高兴了一半，正要抢手里兵器二次向前，突地冉同一声道："夏六儿你先慢着，等我问一问再说。"夏煌佼往后一退，冉同笑嘻嘻地走了过去道："这位姑娘，方才两边都是出于不介意，请您不要见怪。敢问一句，您贵姓尊名，到这里来有什么事？您无妨谈一谈。"

那女子听了，又把眼上下一打量夏冉两个，然后道："二位要问我姓罗单名一个素字。我这次来，就是为了这位葛大人而来。我跟葛大人是至亲，知道他在这里殉难成名，特意赶到此处，前来搬取尸首。二位要是念在葛大人一片忠贞为国为民，请您二位不要管这闲事，容我把葛大人尸首搬走，我是感之不尽。如果二位拿下这边钱贪了这个赏，要来助纣为虐，我也不敢拦二位高兴，不过我可要斗胆无礼，要和二位当面讨教。我要是赢不了二位，不死必走，等你二位去请功，不过刀枪不讲薄厚，可要见手论高低……"

姑娘的话没说完，冉同便哈哈一笑道："姑娘你这次来对了，我们两个也是仰慕葛大人忠勇盖世，所以才不顾生死，想要把葛大人忠骨盗了下来，找个地方先给掩埋了，以免抛尸露骨。我们刚刚到此地，没有想到姑娘也来了，因为姑娘误会我们是坏人，我们也误会姑娘是葛天翔的仇家，所以才有方才那样误会。如今既是话已说明，姑娘有用我们之处，我们可以给姑娘当个下手，姑娘不用我们，我们自去。"

那个姑娘一听，哎呀一声道："原来是二位老义士，方才不知，实在是多有得罪，请你千万不要见怪。请问二位义士，怎么称呼？"

冉同道："小老儿冉同，那是我的朋友夏煌佼。"

姑娘一听，又是哎呀一声道："原来是冉伯父，这一来更不是外人了，家父罗维也曾闲时说起，只是没有见过，不想倒在此地相会。"

冉同也哎呀一声道："这么说你就是大刀罗三纲的令爱吗？这实在不是外人了。你这么一说，葛大人跟你是亲戚，我也明白了，姑娘能够这样明白大礼，来请葛公的遗体，实在万分佩服。姑娘如果有什么需要小老儿的地方，我是极愿帮忙。"

罗素道："侄女此来，并不是为了侄女的私情，只因葛公从前曾有三次搭救家父的义举，现在不得不报。在没来之先，还怕他们先把尸身毁灭，那就没了法子，如今幸喜托天之福，葛公遗体仍在。侄女虽是无能，一个人还能办得到，所怕就是贼人凶狠，暗地埋伏，人多势众，侄女难免腹背受敌。到了那时求二位伯父多助一臂之力，也就可以成了。"

冉同道："葛公遗体请了下来，那四外海防甚严，又无船只，如何走法？"

罗素道："那倒没有什么，侄女已然看了道路，只求能够遗体请下，侄女可以先从水里送出去。在离这里不远，已然备好船只，毛子虽然戒备森严，他绝想不到水里也照样可以走人，这一层伯父倒可以不必过虑，只求能够从旁挡住他们追赶，就感激不尽了。"说着已然拜了下去。

冉夏二位赶紧挽起道："姑娘放心，我们自当略尽微力。"

罗素说了一声谢谢，一纵身就奔了葛天翔尸身旁边，一看那种奕然如生的面儿，不由惨然泪下。一伸手把自己身上背的那个包袱解了下来，散在地上打开，从里头取出一匹白布，先趴在地上磕了三个头，然后又把手往腰里一摸，取出一件东西，站了起来，一伸手把葛天翔的腰带扯下，掀开袍子，从前头顺着往后头一摸，使劲一揪，揪下一个东西拿在手里，又把自己手里东西，拿着一比，不由放声痛哭。夏煌佼这时站的地方离着罗素很近，偷眼一看，罗素手里拿着那个东西，原来是一对儿通黄透亮的圈套圈儿，不知道为什么一看见这个玩意儿会哭得这么痛。

冉同这时可就搭话了："姑娘，这事不宜迟，越快越好，有什么难受的事儿，可哭的日子有的是在后边，现在可不是时候。"

罗素一听擦了擦泪，一点头把那匹白布打开，从脚下围起，圈到头上又往下围，上下围了三道。然后，剩下的布在前面系了一个单扣儿，系完把两边布头儿往自己肩上一搭，往起一使劲，以为一定可以背起，谁知出乎意料，硬会纹丝儿没动，跟着又一使力，还是一点儿动的意思没有。

冉同一看，别瞧姑娘功夫不错，究竟是力气差一点儿，赶紧一纵身道："姑娘你先退后歇歇，换我来，好在咱们谁背着也是一样。"

罗素一听，看了冉同一眼，可没有说什么，把身子往后一退，笑了一笑道："有劳伯父。"

冉同过去把布头儿揪住，往肩膀上一扛，喊声起，连冉同也吓了一跳，原来还是纹丝儿不动。夏煌佼忽然心里一动道："你先不用忙，等我过去瞧一瞧。"说着话纵到葛天翔身后。在他想着，一定是贼人怕是有人来盗取尸骨，在葛天翔身后用什么东西绊住，所以这二位才背不起来。及至过去一看，连个线儿都没有，不由好生诧异，赶紧又绕到前头，一看冉同也瞪眼发怔。

这时候既是诧异背不动，又怕人赶来。正在着急之际，只见罗素把衣裳一撩，向着葛天翔咕咚一声跪倒，跟着眼泪就下来了，趴在地上道："大人，你不肯跟我回去，我已知道大人的意思，只为受国深恩，不能离去此地，落一个不忠的名儿。大人战死定海，大概主子绝不能完全不知道你的这份英灵，无论如何，你也得随我回到家里，别的都可不说，难道太夫人你就不想再见一见了吗？"说着又磕了一个，站了起来，从冉同手里把布头儿接过，往肩膀上一扛，说来也真怪事，就起来了。罗素一手持剑，一手托住葛天翔的尸身，向冉夏两个人一点头道："二位老伯父走吧，我可要先走了！"说完只见她手里长剑一挥，便是一个丈余长的白圈儿，再一眨眼之间，已然如同一只仙鹤相似展翅冲天飞去一般往山下去了。

冉同向夏煌佼一点头道："夏六你看见了没有？这位姑娘真比咱们两个还强。"

夏煌佼道："说了半天，我还不知道她是谁。"

冉同道："你没听见她说她叫罗素？她是大刀罗三纲的姑娘。"

夏煌佼道："这个我都明白了，她是姓葛的什么人，为什么舍死忘生不顾男女之嫌竟自把姓葛的背去？"

冉同道："噢！原来你还不知道，听我告诉你。这位罗姑娘就是这位葛大人的夫人，这你该明白了吧。"

夏煌佼道："我这才明白了一半儿，这位夫人怎么有这么好的功夫？方才她一来的时候，手里拿出来的都是什么东西？怎么对了对，然后才过去大哭特哭？既是他的夫人，何必多此一举？不是他的夫人，怎么知道他身有此物？你可知道详细？"

冉同道："这件事我原原本本都知道，前者所说够一个下酒的料儿。便是此行，不过这个地方不是谈这话的地方。秀儿现在山下，也不便多等，咱们赶紧走，找个安静地方，一边喝着酒，一边谈这件事，倒是有点儿意思。"

说完彼此一撤身往山下跑去，迎面见着冉秀，告诉她已经得手，便顺着山坡，绕到后面，找了一个人不注意的地方，全都跳下海面。两个包袱交给了夏煌佼，一口气泅出几十里，喘口气又一走就到了镇海岸上。在镇海也没待住，找了一只小船，便一径走到松江府。冉同把冉秀送到亲戚家里，才和夏煌佼找了一个黄酒馆子，一边喝酒，一边谈这回事，只把个夏煌佼说得有时眉飞色舞，有时垂头丧气，有时擦拳搓掌，有时跺脚捶胸，有时哈哈大笑，有时呜呜长咽。

正是：

不外离合悲欢事，总是稀奇古怪词。

要知究竟谈的是些什么，这不过是个楔子，底下便是正文，诸公不厌，请慢慢儿看小子造谣。

在湖南省尽西边和四川交界的地方，有个地名叫凤凰厅。这凤凰厅地势不大，南北平地，中间有一道河流，东边通辰州，西边流进四川地界。在这河的南边，有个村子，叫麒麟村。村子里也有百十多户人家，多半是以务农为业的。单说内中有一位姓葛的，双名培仁，浑家李氏，夫妻两个，女子织布，男子种田，克勤克俭，苦挨苦守，又赶上那种年月政简税轻，风调雨顺，夫妻两个除去日用之外，很能积攒几个钱。终日操作，到了晚上，回到家里，夫妻两个全在院里一坐，吃一点儿喝一点儿，谈谈说说，颇有乐趣，一个村子里人不但羡慕而且个个夸好。原来这夫妻两个全是得天独厚，又忠厚，又和气，别瞧自己省吃俭用十分刻苦，一遇见有人来求，从来没有推脱过一回，总是使人满意而去。即使有人插好圈套，前来骗他，他们明明知道也绝不戳破，还是装作不知道的样儿被人家骗去。有人事后告诉他，旁人是个骗局，他却依然哈哈一笑道："什么人能来骗我？不会的不会的。"李氏人也极好，除去相夫持家之外，什么地方也不去，什么闲话也不说，可是对人神情，又非常和蔼可亲。日子一长，葛好老的外号就传遍了凤凰厅。这样好人，只是一样美中不足，夫妻已然年过四十，却是膝下犹虚，葛培仁倒还不理会，李氏却不免有些啾咕。

一天，晚上没有事，夫妻两个坐在院闲谈。李氏看着天上月亮，不由发出一声长叹。葛培仁道："怎么样？今天太累了吧，怎么这么长吁短叹的？"

李氏道："累倒不累，只是想起一点儿心思。"

葛培仁道："咱们一个指着卖力气的人，能够混得上丰衣足食，还有什么心思？我告诉你看开一点儿吧，人家不如咱们的有的是，也没有看见人家一天愁眉苦脸。现在咱们虽不能往上比，可是要看看不如咱们的，咱们还强得多呢，你还犯什么心思？咱们两个都是这样年纪，还能有多少年寿命，何必不乐一天说一天，怎么自己找不痛快？"

李氏道："我也不是有什么不痛快，不过我想一个人混了一世，最少也要留下个后苗，能够接续下去才是意思。如今咱们两个，都是这种岁数，不要说男孩子，连个女孩子都没有见过。固说子女财帛是天命，总也使人心里不大舒齐。"

葛培仁道："原来你为的是这个，这就更可笑了，难道你没听我说过吗？上辈子你该人家的，就做儿女来向你要债。人家上辈子该了你的，便有儿女来给你还债。现在咱们没有儿女，正是上辈子咱们不该人家的，人家也不欠咱们的，干干净净，几十年一过，口眼一闭谁还管什么这些那些。还有一节儿，有了儿子，还要有德行，你没有瞧见咱们村郭二爷家里，钱也有，儿子也有，总该比咱们有福吧？哼！郭二爷为他那个儿子全快急死了。儿子管什么？没有倒干净。天也不早了，你也该歇着了，别谈这废话倒劳了神。"

李氏道："你瞧你这唠叨劲儿，我的话还没说完呢。我打算趁着你这个年岁，再给你置一房……"

一句话还没说完，葛培仁双拳一举，叭的一声，正敲在旁边一张小凳子上，使劲一猛，人往后一仰，竟自摔了过去。李氏不由也哎呀，赶紧过来搀扶。

葛培仁道："不妨事，不妨事，只是凳子没搁稳。"说话时已然一骨碌爬了起来。

李氏道："你不愿意就不愿意，何必着这么大的急？"

葛培仁定了一定神道："不是，不是，你方才那句话实在大错了。儿女财帛全是天爷给的，我命里该当有子，你就早应当生了；命里没有，再糟践人家一个姑娘，也不见得就会有。我已然这样年纪，平白无故糟践一个好姑娘，岂不罪过？即使能够生个一儿半女，也还要有那个德行，孩子才能长大，念书栽培也不是易事，能把他巴结大了，我也死了，要个儿子又有什么用？这还是往好儿子身上说。如果生下一个儿子，没有那种德行镇压不住，弄个捣蛋鬼来，整天还不够怄气的工夫。没有儿子，还可以多活几天，有了儿子反

98

倒促了寿数，那又何必？死了还要叫人跺着脚骂，说某某一辈子没做好事，死了之后还要留下祸害。生儿养女，所为是死后烧一张纸，扫一块地，纸没烧成，坟没扫成，反而挨了无数窝心骂，我就是死在地下，心里也是不会痛快。再说咱们夫妻两个，好吧坏吧一辈子也混了半辈子了，从来可以说是连脸都没有红过一次，临完因为弄了一个小的，伤了老的，那岂不是自寻苦恼？况且，我说一句不识时务的话，凡是给人家做小的姑娘，都有一种特别性情，生下儿女，她都有异样脾气，固然不敢说全是坏的，究竟还是好的少。不知道是个窟窿桥，走走也自无妨，明知是那么回事，非掉在水里不歇心，我傻虽傻，却还不至于傻得那么厉害。我看你这两天大概是还没有累够，所以才有这些闲话，明天东边那块地也该锄了，趁早儿睡觉，明天咱们起个早，把地锄出来，多收两斗粮食，那是正经，别这里找废话说了。"一边说着，旱烟袋一边吧嗒着，先走进屋里去了。

李氏一番好意，挨了一顿抱怨，好不扫兴，但是仔细一想，果然全是至理名言，一半子还是为了自己，不好再说什么，便把院里东西收拾收拾，也进屋子去睡了。从这天起，李氏虽然还怀着这个心思，却再也说不出口来了。夫妻两个，你帮我，我帮你，麦秋之后，庄稼大是收成。葛培仁特别高兴，雇人把粮食都打了，往院里一囤，心里痛快，宰了一只小鸡子弄了点儿肉葱姜一烧，足有一盆子。夫妻两个坐在院里一吃一喝，酒足食饱，收拾睡觉。又多了一个多月，忽然李氏癸水不至，呕吐想吃酸的，先还以为是病，找了个老娘一看，说是喜不是病。葛培仁一听，是又喜又忧。喜的是老蚌生珠这些年没有，居然有了；忧的是老伴儿这大年岁，头生孩子，怕是有点儿危险，自此以后，便不叫李氏下地（助理农业也）了。又过了九个来月，李氏肚子鼓得跟扣着个盆一样，行动也不方便了，找老娘（产婆也）一看，据说没有几天就要分娩了。葛培仁一听这个信儿，心里就慌了，家里也没有用人，倘若一旦分娩下来，该当如何？便告诉老娘，每天到自己这里来一趟，能够不回去就不回去。这位老娘姓王，人都称她王老娘，方圆十几里地，统是她一个人接生。如今听葛培仁一约，知道葛培仁为人极好，又真是家里没人，便勉强答应了，白天依然去给人家接生，晚上便住在葛家。李氏人本强壮，虽说身子重了，却是毫不理会，依然照常行动。

这天李氏独自一个歪在床上，心里想着，夫妻年将半百，没有儿子，这次虽是有了喜，究竟是儿是女，还不知道，唯有默祷观世音菩萨给自己一个男孩儿，也好接续葛家后代。心里胡乱八糟想着，不觉神志一迷，猛听狂风陡起，沙石皆飞，不由害怕，用手一掀帐帘，原是怕王老娘睡着没熄灯，风大引起了火，及至手一掀帐帘，往外一看，这一惊几乎没有吓死。原来离着帐子不远，站着一个白熊，背生双翅，一见自己狂叫一声，一抖双翅竟向自己扑来。不由哎呀一声，往后便倒。

王老娘上了年纪的人，睡觉本不很沉，听见李氏一声喊，赶紧爬了起来，走到床边，叫声："李大娘，李大娘，怎么着有动静了吗？"

李氏经王老娘一喊，耳朵边一震，当时惊醒，原来是一场噩梦，心口依然突突乱跳，浑身都是透汗，懒洋洋地向王老娘道："没有什么，没有什么，惊动了你，真是怎么说。"

王老娘一听没有事，二次上床睡倒。刚刚一合眼，只听李氏又喊起来："又来了！又来了！"虽知是梦话，可不能不下去看看，又把李氏叫醒："李大娘，李大娘，你是怎么了？八成儿是压住了吧，你翻一翻身。"

李氏一伸手把王老娘拉住道："王大妈，你在我床上歇一歇吧，我有点儿害怕。"

王老娘扑哧一声就笑了："什么，害怕？这都是没听见说过的事，平常夜里下地做活，一个人在旷野荒郊，也没有听你说过害怕。怎么在这屋里躺着，旁边有人陪着，你倒说起害怕来了，这不是没有的事吗？"

李氏道："不是，不是，是我方才做了一个噩梦，我觉乎着有点儿害怕。"

王老娘笑道："梦是心头想，哪有什么可怕的。你做了什么梦？你告诉我，我给你映解映解你就不害怕了。"

李氏勉强笑了一笑道："王大娘您真能凑趣，您什么时候又学会了圆梦？"

王老娘也笑道："卜医星相，干脆我没有不会的，接孩子那是咱们最不怎么样的能耐。你说一说，我给你圆一回，就算解闷儿？"

李氏道："那咱们就说说试试。我方才得了一个梦，就有点儿可怪，我梦见一只白熊长着翅膀奔了我来，我吓得出了一身汗，现在心口还蹦哪。"

王老娘哎哟了一声道："什么？你梦见了一只长着翅膀儿的熊了？来吧，我给你道喜。你不知道从前周文王梦见飞熊入帐，渭水河得遇姜太公，保他做了皇上，传了八百年天下。你虽不能遇见姜子牙，一定是怀着什么星宿下凡了，这可是喜事，我得给你道……"

一个喜字还没说完，李氏脸上一阵惨白，手捂肚子哎呀一声道："了不得，肚子痛得厉害！"

王老娘一手扶住道："这不要紧，不要紧，八成儿是要转胎儿，你别乱动，疼一会儿就好了。"

一句话还没说完，李氏身子往后一挺，王老娘赶紧一搬，只听呱的一声，小孩儿已然落产出来了。王老娘心说，我们这位李大奶奶平常人就痛快，敢情养起孩子来也特别快，这可真是怪事。当时一阵手忙脚乱，把小孩儿就给接下来了。王老娘一看，赶紧道喜道："李大娘，您可大喜了，是个侄儿，真黑真胖真大，你瞧他两只小眼睛还瞧人哪！这个孩儿大了准有出息！"

这个时候葛培仁也回来了，王老娘先道喜，后递孩子，葛培仁一看，真是大得出奇，脑袋上头发又黑又亮又长，简直就不像一个刚刚落生的小孩儿，自是特别高兴，过去顺手摸了小孩儿脸上一把，这个孩子哇的一声就哭了。王老娘赶紧接了过去，却依然还是个大哭不止，怎样摇动哄骗，只是闭眼乱哭。一直到了第二天早晨，小孩儿还是哭个不止，葛培仁急得在屋里来回乱转，王老太太也直擦汗珠子。正在这个时候，猛然听院里有木鱼声响，跟着便是一声佛号，葛培仁心想怪呀，怎么化缘的跑到院子里头来了？正要出去看时，软帘儿一起，一个高大和尚已然手执连环禅杖挺身而入。

葛培仁虽是老好人，到了这个时候，也未免有点儿起火道："和尚，你怎么跑到屋里来了，这是产房，难道你也不避忌一点儿？"

和尚微然一笑道："要不是因为产房，我还不进来呢。葛善士你躲一躲，我要看看这小孩子。"说着也不管人家愿意不愿意，过去一把把小孩子手揪住道："你不在佛门苦修，偏要到尘世走走，如今你出风头，怎又痛哭不闭口？咄！千斤担子在你身上，快把愁眉苦脸撤去，完成正果，及早回头，我在会心山一分崖上等你。"

葛培仁一看这个和尚，揪着孩子的手，满嘴胡说八道的，也瞧不出来他是怎么一个意思，孩子本来哭就讨厌，又来了这么一个疯和尚跟着捣乱，心里就想出去找个人来轰这和尚走。可是一看小孩子，自从和尚一揪他的手，当时就不哭了，反倒张着个小嘴一味笑了起来，心说这可简直是邪事，这么一点儿的小孩子，我也没瞧见过就会乐的，这个和尚一定是个得道高僧，这可不能得罪。想着就要过去跟和尚说点儿什么，谁知那个和尚就跟没有看见一样，说完了话，一摸腰里掏出一对儿环儿来，两个圆圈圈在一起，透亮放光，也不知是什么东西。和尚拿了出来，一回头向葛培仁道："葛善士你这个孩子，可不比寻常，你要好生待他。我送他一个名字，就叫天翔，小名儿可以叫作熊儿，这是一副琥珀连环，算是我送的见面礼儿，好生收着，将来还有许多事要出在这环儿上呢。"说完了合掌当胸又念了一声，"无尘无垢南海大士观世音菩萨。"一提禅杖，挑帘而出。

葛培仁拿着连环一看，不知是什么东西的，忽见和尚走出，一想人家送了东西，又把小孩儿哭声止住，这总应当向人家道个谢才对，匆忙追了出去，哪里看得见一点儿影儿。心想和尚好快，又往外走，到了门口，不由大吃一惊，原来两扇板门，已然关得好好的，连个缝儿都没有，不知和尚从什么地方走了？这才知道方才那个和尚竟是神佛化身，急忙往空上拜。再回到屋里，孩子果然不哭了。什么三天满月，以及如何地酬谢王老娘，全都可以不提。

一晃儿，葛天翔到了六岁，长得就像十岁般高矮，身子又魁梧，力气又大，更是淘气滋事，终日闹个不休。葛培仁跟李氏一商量，要送葛天翔上学念书，念不念倒是小事，反正可以省去不少的心，花不了多少钱，找一个把他看起来，也倒不错。可巧村子里就有一个私学，正在招附读学生，葛培仁就把葛天翔送去了。这个老师姓黎，原是一个落第的举子，教了几个小孩儿，所为就是糊口养生，学问还真不坏。葛培仁把葛天翔送去，黎老师一看葛天翔长得又精又壮，心里先是高兴，及至一教书，这才明白葛天翔虽是天赋不坏，就是异常顽皮，从上学第三天起，就开张挨了几板子，第三天里头跟这些同学的就混熟了。五六个学生，岁数有比葛天翔大的，讲究淘气闹事，那可全不如葛天翔一半儿，大家便都推葛天翔为头。一天到晚，除去闹就是吵，有不听葛天翔吩咐的，动力气又干不过他，告到老师面前，虽是打他一顿，仇更结深了。等到下学时候，半路截住，必得打得鼻青脸肿，并且说出再要告诉老师，第二天本上加利，从心里一怕他，自然而然大家就不敢惹他了。

这一天，黎老师因为村长家里办寿，不能不去道个喜，临走以前把大家功课全都分派好了，无论说什么，回来要是交不上功课，重责五十大板。黎老师走了，大家全都趴在桌上做功课，葛天翔把书本看了眼，猛地在桌上一扔道："嘿！老师走了，咱们该歇会儿吧。"大家依然低着头不言语，葛天翔猛然把脚一蹬，把脚踩在一个大学长的凳子上，手一拍桌案道："嘿！跟你说话你听见了没有？咱们玩儿会儿怎么样？"

大学长准知道再不搭腔，葛天翔就要动武了，赶紧把书本儿一合道："我玩儿，我玩儿，你要干什么玩儿吧？"

葛天翔道："那天蒙老虾（捉迷藏）蒙了半截儿还没尽兴，今天咱们还蒙老虾如何？"

大学长道："可以可以，不过有一样，可是得你蒙。"

葛天翔道："我蒙就我蒙，可是有一样儿，被我逮着可是打五下儿手板。"

大学长也答应了，过去把葛天翔眼睛用腿带儿给蒙上了，使劲往外一送，葛天翔两只手就一前一后一左一右乱摸起来。大学长向大家一使眼色，全都趴在桌子底下一藏，闭气儿不出。葛天翔摸来摸去，正在不耐心烦，忽然前头脚步一响，向前一扑，扑个正着，赶紧往里边一扯道："哈哈！让你还跑。"在葛天翔想着，摸着的一定是同学，先前说得明白，逮着就得打板。葛天翔摸了半天，没有摸着人，心里正在着急，猛然摸着一个，心里不用提够多高兴了，顾不得解去头上蒙眼的腿带，一手揪住，嘴里说着："这回你大概跑不了了吧！"那只手已然如同小油锤儿一样砸了下去，刚打了两下儿，就听叭的一声，脆生生一个嘴巴已然打在自己脸上，直打得火烧火燎一般。葛天翔什么时候也没有吃过这个苦，一还嘴里骂："你是什么牛犊子，讲好逮着挨打，我打你怎么你也打起我来了？"一边可就把腿带子扯下来了。这一惊非同小可，原来手里头揪的不是什么同学，正是自己唯一管主黎老师。

撒腿就要跑，黎老师冷笑一声抢一步就把葛天翔胳膊揪住，气喘吁吁地道："好孩子，我才走了这么一会儿，你们就造起反来了？别的话不用说，把那条板凳给我搬过来。"

葛天翔一听就知道老师今天是动了真气，平常挨打，不过就是几下子手心，这一搬板凳，一定是要打屁股了。祸是自己惹的，什么话也就不用说了，挨就挨吧，谁让自己先打的他哪。懒洋洋地过去把板凳搬了过来，往房子当中一放。黎老师摘去眼镜儿，一伸手把毛竹板子拿在手里。这块板子，有二寸来宽，四尺来长，尖上削薄，平常还真没使过这块板子，今天真是气急了。把板子一指道："过去，趴在上头！"葛天翔不敢不过去，怕是招他生气，要过去吧，又怕这块板子打上轻不了。刚一犹疑，黎老师又是一声断喝道："你过去不过去？这个时候害怕了，早干什么来着？不用废话快点儿趴下。"葛天翔实在没法子了，一咬牙过去就趴在板凳上，歪着个脸看着黎老师。只见黎老师变颜变色，喊了一声："我打你下回还闹不闹。"说着一抡手里板子，唰的一声从上头就抢了下来。只听扑咚一声，叭的一声，又是咕咚一声，所有屋里这几个孩子就全都哈哈一笑。原来黎老师恶狠狠一板子打下去的时候，葛天翔正在往上翻眼睛，一看黎老师两只眼睛全都瞪圆了，准知道这一下子要是挨上，绝计轻不了，一害怕，眼看板子从上头刮着风就下来了，肚子一使劲，往旁边一滚，人就掉在黎老师那一边了。黎老师使劲过重，身子往前一晃，头重脚轻，打算收没收住，也跟着哎哟一声，咕咚一声，人就从板凳这边滚到板凳那边去了。

那些个学生早就看见黎老师回来了，全都一溜，回到各人座上，可都不告诉葛天翔，因为平常大家都挨他的打。今天一瞧老师要打他，谁都愿意他挨顿打，好出出气。及至黎老师打他没打着，反倒一个毛儿跟头从板凳这边摔到板凳那边，大家不由全都哈哈大笑。黎老师好容易站了起来，脸都气白了，再找葛天翔已是踪影不见。黎老师一赌气书也不教了，把学生一放找到葛家一看，葛培仁跟葛天翔说话呢。跑了两步向葛培仁道："葛大爷，你把天翔交给我，非痛痛管教他一遍不可。"

葛培仁一看黎老师真动了气，便推开天翔含笑站了起来说："黎老师什么事？您跟孩子干什么生那么大的气，有什么话您告诉我我帮着打他。"

黎老师遂把自己如何出去，如何留下功课，如何回来，如何碰见他正在捉迷藏，自己如何被他打了，又是如何从板凳上摔了过去，从头至尾说了一遍，临完告诉葛培仁，如果今天不打葛天翔一顿，自己这碗饭就不能吃了。

葛培仁一听也是有气，恶狠狠瞪了葛天翔一眼道："你这孩子怎么这样顽皮，还不快快跟老师回去受罚？"

葛天翔说："黎老师他自喝醉了酒，跑回来摔倒板凳上，那赖谁？我一直念书没动一动，怎么能够打老师，再者我也不敢。"

黎老师一听，气得浑身乱抖道："这么一说，倒是我冤枉你了。你说你一直在念书没有动，那一定书背得很熟了，好！你把今天上的新书，背一遍给我听，只要一字不差，就算我冤枉了你，我是回头就走。"

葛天翔摇摇头说："那可别价。"葛培仁忽地一下就把葛天翔手给揪住了。葛天翔一看一怔道："你干吗？"

葛培仁道:"叫你到学房去念书,没叫你到学房去淘气,你不但胡闹,还要说瞎话,有过不改,真是下流!"

葛天翔不等葛培仁再往下说便道:"您不用全听老师的,我淘气没淘气,也可以有个证明,您听我把今天老师留的功课背一遍。如果背不上来,当然是我淘气没念书;如果背了出来,当然我是念书没淘气。"

葛培仁道:"好!你背给老师听。"

葛天翔向黎老师道:"老师我要没念书,您当着我父亲自管打我,我是绝无怨言。"

黎老师道:"你不用说了,你只要背得一字不差,就算是我冤枉你,你看好不好?"在黎老师想,无论如何,他也背不上来,当着他的父亲,告诉他这种孩子我教不了,趁早儿让他退学,不然连那几个我也就全都不用教了,所以才毅然决然说出这么两句话来。

葛天翔便一笑道:"老师,可说了话要算话。"说完复又一张嘴,就跟流水一般,滔滔不绝,一个字一个字清清楚楚背了出来,背了足有一碗热茶的工夫,这才止住,笑嘻嘻地看着黎老师,一声儿也不言语。

黎老师一听,果然连一个字儿都没错,不由大怔,猛然走过去向葛培仁一揖道:"恭喜老哥,你这位令郎确实有过人的聪明,这就是走马观灯过目不忘的真能耐。不过有一节儿,他虽有这样聪明,还得有好老师教,我自问学德双无,全都不能教管令郎,请您再请高明,免得耽误了他的前程,再见吧。"说着又是一揖,径自去了。

葛培仁还以为黎老师恼羞成怒说出来的话,便想再用两句话安慰安慰,及至一看,已然掉头而去,知道再找他也不肯再教了,总是自己儿子不好,便把葛天翔又给痛痛快快骂了一顿。过了两天,又给找了一个学房,念了不到三天,人家老师连月钱全都给送回来了，也是说孩子天分太高，教不了，不敢耽误。葛培仁一想，是自己没那德行，有了儿子，竟不成器，一赌气便不叫他上学了。这一来更成了没笼的鸟，没黑天，没白天，一天到晚，不在东家惹事，便是在西邻闯祸，弄得个葛培仁整天地去给人家赔不是，长吁短叹，深恨自己无德。

这一天葛培仁到旁处去办一点儿事，临走时候告诉李氏，别叫葛天翔出去，省得又要招灾惹祸，李氏答应。

葛培仁才走，葛天翔便笑着向李氏道："妈妈我到门口看一看成不成？"

李氏一摇头道："不成，你没听你爸爸临走时候说的话吗？"

葛天翔道："我绝不惹事，就在门口儿玩儿一会儿。"

李氏就是这么一个儿子，焉能不疼，心想去一会儿也没什么，遂点点头道："可就是在门口儿，远了可不准去。"葛天翔答应一声是，人已然跑得没了影儿，李氏不由暗叹。

葛天翔刚刚走到门外，跑得快了一点儿，没防备正撞在一个人身上，吓了葛天翔一跳，才出门就遇见事，不是自己也是自己不好。赶紧一收步，向那人看时，只见这人身高不过四尺，年纪约在四十岁上下，消瘦的一张脸，微微有几粒麻子，眉清目秀十分有神，穿章打扮可是太破，穿一件灰布衫，洗得都发了白，腰里系着一根皮带子，白袜子青鞋，上头除去泥就是土，手里提着一个小包袱，可也看不出他是干什么的。便笑着说道："哟！没留神，吓了您一跳，没碰着您吧。"

在葛天翔以为说过这几句话，实是因为错在自己，不得不说两句好听话，要在平时，干脆就没说过这种软和话儿。谁知那穷汉听了，冷笑一声道："什么，没留神？你心干什么去了？我要碰你，也说没留神行不行？没受过调教的……"

108

葛天翔知道他底下说出来绝没好话，不由气往上一撞道："怎么样？成心碰的你，你该怎么样？不但方才碰你，现在还要揍你！"说着话一斜膀子，便往那穷汉身上撞去，只听咕咚一声，两个里头已然倒了一个。

　　正是：

　　　　没有意气争盛事，怎能忠义贯长虹。

　　要知后事如何，且看下回分解。

第八回

周鹞子避祸凤凰厅
念一师掘蛟平安坝

　　葛天翔斜身往上一撞，那汉子轻轻往旁边只一闪，跟着顺手一撩，葛天翔身不由己，跟跟跄跄摔出去足有七八步远，扑通一声人就摔倒了。那穷汉哈哈一笑道："快起来，快起来，地下太凉，受了湿潮，可不是闹着玩儿的。"

　　葛天翔从小时长得怎大，也没吃过这么一回亏，如今挨了下摔，当时无名火起三千丈，弯腰一挺，凭空陡起喊一声："走了的不是人，你等着我。"说完箭也似一般跑进去了。

　　那穷汉看来只微微瞧着他背影儿笑了一笑，就在这一笑的工夫，葛天翔已然从里头又蹦了出来，高声喊道："要饭的别走，吃你家少爷一棍！"呼的一声，一条木棍已然从背后砸了下来。那穷汉只当不知，连躲都不躲，一棍子正砸在头顶儿上，叭的一声，棍子荡起多高。葛天翔双手镇痛，正在一怔，就觉身后一阵风儿相似，一个嘴巴，叭的一声响，硬生生便打在脸上。葛天翔不由大怒，急忙回头一看，不由骨软魂消，打他的不是别人，正是自己的父亲葛培仁，怒容满面看着自己。心说他老人家不是出去了吗？怎么会连一点儿

110

影儿都没看见？这可不行，赶紧跑，急忙撤身。

正待跑时，葛培仁一声喝道："你到什么地方去无缘无故出来惹祸，真是可恶，还不快快过去给人家磕头赔罪？"嘴里说着，向那穷汉就地一揖道，"这位大哥您可受屈了！实在是我教养无方，您只管打这个孩子，我是绝无怨言。"

那穷汉听了点点头道："这位当家的，您太客气了，小孩子是难免要淘气的，岂能跟他一般见识？倒是您这小孩子，天资甚好，要是得着一个好先生，用心教他文武两途，一定可以混个正途出身。"

葛培仁一听心里一动，葛天翔送去几处念书回来几次，如今爽得连一个要的地方都没有了。我看这个人不但言谈举止像是个有学问的人，就是他这相貌局面，也不是个下等人，看他这个样儿，想来也是很窘的了，何妨跟他说说，就请他在家里教教这个孩子，总比他一天到晚满街去跑强得多不是。心里想着便向那穷汉笑了笑道："您不见怪，我先谢谢。请问先生贵姓台甫？什么地方人？现在要到什么地方？一向是经营什么生理？"

那穷汉听了，微然一声长叹道："落魄之人，耻言名姓，当家的不必问了。"说着便要转身走去。

葛培仁一听他话中有因，绝不是俗人，便抢一步拦住道："困龙还有得水的时候，谁能够跟命相争？何妨见告，小老儿下面还有话说。"

那穷汉又叹了一声道："既是这样，我就跟当家的提一提。在下姓周单名一个坦字，原是山东高家堰人，只因家遭天灾，漂泊至此，既承见问，有一件事却不好启口。"

葛培仁道："有话只管讲。"

周坦道："在下已然三天水米未曾进口，可否请当家的赏一口

111

水喝?"

葛培仁道:"那不算什么,快请里面坐。"

那周坦不再谦虚,走了进去。葛培仁预备了茶饭款待。茶食完了,葛培仁这才接着说起,要请周坦在这里权且住下,教葛天翔念书。

周坦道:"萍水相逢,便蒙如此款待,自是风尘知己,承令郎相嘱,自当竭忠尽智,教导于他。只是在下也是管窥之学,实在不足充当教授,不过能够给当家的看看孩子,也可以省一份心。"周坦说了半天葛培仁也没有懂,直到末两句,才听出来是答应了,不由大喜,便要叫葛天翔磕头拜师。周坦道:"那可不行,拜师必须像个样儿,而且还要找上几个同学,才能开学。"

葛培仁也答应了,到了村子里一说,找了五个附学的,便在第二天供好了圣人牌位,葛天翔跟那些孩子也全都穿了袍子马褂儿来给圣人磕头行礼。葛天翔攒着两个拳头,不住比画,心里总想报那见面之仇,猛地想起何不如此如此,足可大大出气,心里想着便在暗中预备。这时各学生的家长连葛培仁又都到齐了,桌上摆着鸡鱼肉小三牲,两只大红烛,点得腾腾放光。周坦没有马褂,借了葛培仁一件马褂儿穿上,站在桌案前头,点起三炷香,冲着圣人的牌位,嘴里不住叨念,声儿太小,听不出他说的是什么。叨念完了,把这炷香插在香炉里,便退了下来,规规矩矩磕了三个头,然后起来站了一边。跟着就是这几个孩子,先给圣人磕完了头,然后又给周坦磕头。跟着葛培仁这几个人全都给老师道喜,托付了老师几句,便各自散去。周坦这才一问这些学生,一共是六个,一个叫郑家燕,一个叫胡大老,一个叫梁方,一个叫郭立铭,一个叫彭万兴,一个就是葛天翔。这里头除去彭万兴没有念过书之外,余者全是别处念过书，如今又挪到这里来的，便又问了问他们都念过了什么书，写过字没有写过字。挨着个儿全都问完，又叫把念过的书全都念了一遍，然后这才讲新书，温熟书。一阵乱完，全都回到自己座上去念书。

周坦一伸懒腰打了个哈欠道："我这两天非常劳乏，我要坐在那里冲一会儿盹，你们依然念你们的书，等我歇过乏来，我可是要问你们。如果背不上来了，讲不上来，可不要说头一天就不讲面子，我可就要打人的。"说完之后，两手往桌上一伏，头往下一倒，便自沉沉睡去。

葛天翔一边嘴里哼着，一边回头来看，一看已然睡熟，这才轻轻走下桌子来，一边走，一边向大家摆手。大家全都吃过他的苦，谁也不敢言语，只静悄悄地瞧着他，一步一蹭，一步一蹭，蹭到了周坦背后，从腰里掏出一个罐儿来，单手一磕，大家不由全都吓了一跳。原来从罐里掉出一个长约二寸宽有六七分的大蝎子来，一头儿有根线儿系着。大家心想，他一定是要把这个蝎子搁在老师脖子上，这可不是闹着玩儿的，要是让老师知道，这顿打准轻不了。心里害怕，可又不敢言语，瞪着眼瞧，只见葛天翔一手提着蝎子，却不往周坦脖子里放，一只手又从腰里掏出一张小弓来，小弓上头有支箭，把线儿拴在箭头儿上，拴好之后，又从腰里取出一个香火头儿，引火纸点着了，把线又拴在香上，然后这才引手一箭，哧的一声正钉在棚顶儿上。大家一看，这才明白，什么时候香火把线一烧断，蝎子就从棚上掉下来，看那个地方，还不提够多巧，只要掉下来，就是老师的脖子里，心想这个法子可实在是高，谁还顾得念书，全都凝神看着，就盼线儿一断，蝎子好掉下来。看着看着香火子就烧到了，哧的一声，线儿两截，那个蝎子不偏不倚，正掉在周坦脖子里，大家不由全都倒吸一口凉气，准知道这下子轻不了。谁知看了看连一点儿动静儿也没有，正在纳闷儿，忽见那个蝎子又从领子里急急忙忙爬了出来，走得非常之快。方一诧异，再仔细一看，从领子里又爬出足有二三十个大蝎子，红的、暗的、黄的、灰的、白的，一个挨一个全都急急地跑出来了。一眨眼工夫，就把先前放进去那个蝎子给围住了，全都是屁股对屁股，往里边围攻。那只蝎子仿佛是晓得厉害，可是要走也走不开，钩子一翘，哧哧哧一阵乱转，意思是把这些蝎子打开一面，自己可逃。可是葛天翔这时候都看得傻了，心说这不成了神仙了吗，怎么会身上有那多蝎子，他就不觉得有东西蜇他，这可真是怪事，这些蝎子是熟的是生的？大概全是熟的，这一来我倒惹出事来了，莫若我赶紧把放的那只蝎子拿开，大概也可以完了。

心里想得挺好，过去方用手一揪线儿，猛听周坦一声喊道："什么人大胆竟敢破坏我的蝎子阵？我跟他势不两立！"

葛天翔一听，手一软，那个蝎子正掉在自己脚面上，才喊得一声："哎呀不好！"再看周坦身上那些蝎子，便如同长了翅膀儿一样，哧哧，全都飞到自己身边，不由亡魂皆冒，大喊一声："老师救我！"那些学生先看葛天翔往周坦脖子送蝎子，倒是给老师提心吊胆，谁可也不敢言语，等到见蝎子掉到周坦脖子里，周坦丝毫没有理会，反而从里边直出无数的蝎子。大家瞧着可怪，反而把害怕忘了，全都瞪着眼看着。忽然蝎子往葛天翔身上一爬，葛天翔一害怕，扯开嗓子一喊，大家才想起来，如果这些蝎子全都爬到了，葛天翔可也真受不了。蝎子既然从老师身上出来的，想必老师不怕蝎子，除去请老师把蝎子收回去之外，一点儿法子也没有。可是葛天翔连喊了好几声，周坦依然酣然入梦，连一点儿醒的意思都没有。再看方才那些蝎子，已然到了葛天翔脚底下，还有些爬上了脚，葛天翔顺着脑袋瓜子直往下流汗，脸上颜色也变了。究属全是小孩子，有的便起了同仇之心，什么镇尺、笔杆儿，一个一个，全都往那蝎子背上戳去，以为无论如何总可以制得住。谁知道不拦还好，这一拦可就更糟了，蝎子比方才爬得更快了，一眨眼之际，全都上了葛天翔的大腿，无论如何，只是往上，绝不掉下来。还有一样可怪就是旁人身上连一个也不去，专向葛天翔身上爬去。大家益发着急。

猛见葛天翔把双手一摆，向大家道："你们全都不用管，瞧我的！"说着把双手往下一撩，不管什么叫蜇不蜇，用手一阵乱推，那些蝎子都应手而掉，并不反过钓子来蜇一下。葛天翔一看那些蝎子全都不蜇人，当时心里猛然一动，不管那些蝎子还往上爬不往上爬，三步两步往前抢，一把揪住周坦道："老师，我佩服你老人家了！"

周坦一歪身，一抬手打了一哈欠道："吵什么，书念熟了吗？"

葛天翔用手一指身上，意思是要叫周坦看看这一身蝎子，谁知指头指到身上，却连一个蝎子也没有了，不由更是诧异，不敢再往下说，便点点头道："是，我书念熟了。"

周坦道："拿过来背。"

这些同学一听，准知道葛天翔绝背不上来，老师一冲盹儿，他就往外掏蝎子，书连一遍他都没有念，如何能够背得上来？少不得又是一场麻烦。再看葛天翔回到自己位子上拿起书来，一边走，一边看，猛地把书一合，向周坦道："老师您看着，我背书。"

周坦把书接过，也不过目，只往桌上一合道："背吧。"

葛天翔答应一声，跟着便滔滔滚滚一直背了下去，大家一听才明白，这一定是葛天翔在旁的地方念过的书，不然无论如何也不能背得这么滚瓜溜熟。葛天翔把书背完，伸手拿书时，周坦微微笑了一笑道："你的书背得还不算熟，明天还要多看两遍。今天天气不错，我想带着你们到后边河沿去走一走，我还有话和你们说。"

大家一听，老师要带出去绕弯儿，谁还能说出不愿意？异口同音全都愿意跟着老师出去走走。当下便由周坦率领着这几个孩子，一径来到河沿。这片河叫作平安坝，这时正是二月底三月初，南边天气暖，已然是桃红欲绽、柳绿飘丝的时候。这一班没了笼头的马，到了这个地方，心里这一痛快，岂是小可，于是你欢我蹦，乱跑一阵。唯有郑家燕和葛天翔，却依然规规矩矩跟在周坦身后，一声儿也不言语。周坦回头看了看，不由暗暗点头。又走了一会儿，就到了河沿了，一片绿水渐渐地长流，周坦不由长叹一声，瞪眼发怔。

葛天翔道："老师您干吗叹气？您有什么不痛快的地方？"

周坦一摇头道："不，我没有什么不高兴的，不过我想着一个人生在世上，就如同一杯清水一样，今天流到东，明天流到西，也不知到何年何月才算流完，这个我心里未免有点儿难受。"

刚刚说到这里，只见上流头水势旋转骤然一大，上头漂漂荡荡拥出一座孤坟相似的东西，跟着水势往两下一分，那个东西便沉入水里踪迹不见，跟着又听一阵轰隆轰隆的声响。

周坦一手拉了葛天翔，一手拉了郑家燕，向大家一声喊道："了不得！快走！祸到了！"

大家不知因为什么，也就跟着一阵乱跑，一眨眼工夫，大家都吁吁带喘跑回家来。到了学房，周坦便向大家道："你们大家快快回去把自己家长找来，就说我有要事立等，快去快去！"

大家一听，不知道为了什么，便全都一阵狂跑，工夫不大，葛培仁领头全都来到。葛培仁向周坦道："周老师有什么事？"

周坦道："我方才带着他们几个到河沿上，绕了一个弯子，没有想到遇见一桩怪事，这件事说大不大，说小可也不算小，可不知道众位有点儿耳闻没有？"

葛培仁道："老师您有什么话就说吧，我们都是粗人，每天除去做庄稼之外，别的事情全不知道。"

周坦道："这件事情，不过也是我一点儿经验，究其实靠得住我又说不一定。请问众位，咱们这块地方从前闹过水没有？"

葛培仁道："往上说我不知道，自从我记事之后，可没赶上过闹水。老师难道看出什么情形，有闹水的意思？"

周坦道："方才我带着几个孩儿到河沿闲走，忽然看见水里发生了异样，并且又听得地下轰隆轰隆的声儿。据我所知，那水里出来那种东西，以及听见的声儿，可全是闹水的苗头，可不知众位理会这回事没有？"

葛培仁道："这件事确有耳闻，不过我并未拿它当一件正经事，不知这件事与闹水有什么相干？"

周坦道："水里要发现某种东西，从前在敝乡也曾见过一次，据人说那叫'角龟'。这种东西属于龙的一种，平常却不易见到，闹水之前，这种东西必要露面。地下那种轰隆的声音，正是一种藏蛟出来的声儿。从前敝乡也有这种声音，后来果然大水。如今我既看见这种东西，又听见这种声儿，两下一对，恐怕有闹水的意思。虽说水火无情，不是人力可以抵挡得住的，但是能够早点儿预防，也可以少受一点儿损失。这不过是我一点儿经验得来的，众位认为怎样？我却不敢多说。"

葛培仁一听急道："老师饱读诗书，当然多知多懂，况且又有经验，想来是不会错的。不过我们这个地方，一向没有受过这种灾难，毫无一些准备。老师看看要什么东西，还是要怎样预备，有没有什么法子可以使它消灭不出来？"

周坦道："在我们敝乡闹水的时候，事先也没有防备，等到事后才知已然房屋坍塌，遍地成河，追悔无及。痛定思痛，便向人打听如何防卫的法儿，可是已然没用。事隔日子不多，影绰还能记得，现在说出来，大家商量商量。这一种藏蛟，不是一天半天的事，这种蛟蛋据说生在地下之后便往下堕，每打雷一次，它便下堕十尺，直到二百尺以后，便停住不动。再打一次雷，它便往上升十尺，一直到出土，便要闹水。它所到的地方，平地可以有五六丈的水，非它到了海里，水不能止。可是它在没出来之先，有个法子，可以把它掘出来，就能把水患挡住。可是它究竟有了多少日子气候，还要多少天就要出土，我们可不知道。现在只有死马当活马治，大家赶紧预备预备，能够把它掘出来，或者也可以免遭这一场灾难。"

葛培仁道："那么都要预备些什么东西？要用多少人？"

周坦道："有二百人足够，每人要预备铜锣一面。这种东西据说最怕锣的声音，我们一边打锣，一边派人四下掘，只要一时水不能涨上来，也许会把它掘出来，那就可以免去这一场大灾了。"

葛培仁道："那我现在就赶紧去预备，什么时候动手？"

周坦道："最好是在正午时，因为这种东西是纯阴之气，正午时候是纯阳的时候，正可以克制它，余者时候恐制不住它。"

葛培仁道："好！就是这样。你们现在就去召集这些人，预备东西，明天正午，我们就去下手，您说好不好？"

周坦道："好，事不宜迟，越快越好。"

刚刚说到这句，只见外头一个人飞跑而进道："葛大爷，可了不得了，您快看看，村子里来了祸害了！"

葛培仁凝神看时，只见这人正是本村一个跑腿儿的名叫花安的，便向他道："什么事？你这么大惊小怪？"

花安道："村外头来了一个老道，手里拿着一个小酒壶，满口疯言疯语。他说咱们村子里有了王八精，不出三天，王八精要发水淹凤凰厅，咱们村子里连一个人也活不了，叫村子里人给他预备一千串大钱，他能够化灾。村子里童三汪四说他是邪道惑人，过去跟他一辩证，他张口就骂。童三过去一推他，没想到这个老道手里还有着两下子，一个照面儿童三就让他给制在那里了，话也不说了，身子也不动了。汪四过去一踢他，他拿手往汪四肋条上一指，汪四也不动弹了。大家一看，全都没有主意，因此我们才跑到您这儿来。您多少比我们还多点儿主意，您快去看一趟吧，谁让您在村子里算是个有头有脸的呢？"

葛培仁一听道："废话就不用说了，正赶上有事还偏多事，没法子，走，咱们快去看看去吧。"

周坦道："葛当家的，咱们一块儿看看去。"

葛培仁道："那更好了。"

当下周坦先把学生放了学，大家一同约有十几个人，全都跟着花安走去。刚刚到了村口，一看远远围了一大圈子人。花安用手一指道："葛大爷您看，前面那一圈子人就是了。"葛培仁赶紧走几步来到面前，分开众人往里边一看，只见童三汪四果然和花安所说一样，全都站在那里一动不动，脸上颜色跟纸一样，嘴里并且直往外冒沫子。再看地上，一个老道坐在那里，还有四尺来高，穿一件青色洋绉的道袍，腰里系着一根青色丝绦，盘着腿，闭目合睛，手里还拿着一把铜酒壶，看那个相貌，并不像那凶恶的样子。便赶紧向前一拱揖道："这位道长请了，你什么时候来的？你到我们这小村子有什么事？他们这些人都跟我一样，全是些粗人，不怎么懂得事，难免有得罪道长的地方，你不用跟他们一般见识。我这里先替他们赔不是，你先把他们饶了，有什么话你跟我说。"说着又是一揖到地。

老道连眼皮都不抬一抬，只坐在那里道："你们这个村子可真厉害，见了面任什么话不说，张手先讲打人，仿佛你们这里领了什么旨意，打死人不偿命似的。幸亏是我，没有遭你们毒手，换个别人早就连命都没了。现在硬的不行，又动上软的了。我这个出家人有个毛病，人家要一定硬到底，我倒也佩服，这种打一巴掌揉一揉的派头儿，我倒有些不耐烦。别的话不用说，我就坐在这里等你们三天，你们去找挡横的来，把我打一顿也好，捧一顿也好，我是站起来就走。如果就是这样，我可要对不过，一辈子不会走的了。"说着又把酒壶往嘴边一送，咕咚一声喝了一口酒，又一声儿不语了。

葛培仁一皱眉，旁边那些人摩拳搓掌便要硬干，葛培仁急忙摆手示意不可。正在这时，只觉身后影儿一晃，急忙回头看时，只见周老师已然一摇一摆走过去了。葛培仁心里着急，这一拨子卖力气的人站在这里，还一点儿法子没有，你一个教书的先生过去又能怎么样？可是要拦也拦不及了。周坦到了老道面前，一句话都没说，紧走一步，单手往前一抢，老道那把酒壶，周坦就给抢过来了。葛培仁就知道周老师这个麻烦找大了。果然酒壶才一出手，老道眼也睁开了，嗖的一声，从地下一跃而起，狂喊一声："好！什么人敢来无礼！"

周坦一手晃着酒壶，一手指着老道道："老道，不用瞪眼，只是在下拿了你这盛酒的家伙，你便待怎么样？"

老道一看，气往上一撞，喊一声："别走，还我壶！"一个猛虎扑羊势，双手便向周坦扑去。

葛培仁一看老道着急了，准知道老师要吃亏，才要喊一声："老师留神！"只见周老师哈哈一笑道："臭牛鼻子，怎么急了！"双腿一蜷，嗖的一声，人纵起来足有一丈七八尺高，老道这一扑就空了。心里正在一怔，周坦喊一声："老道接酒壶！"唰的一声，酒壶从上头对扔了下来，老道急忙抬脚一伸手把酒壶接着。

周坦满脸带笑地往老道面前一站道："道爷别生气，咱们都是一家人。"

老道气就大了，把酒壶往带子上一别，狂喊一声道："别废话，有你没我！"双手一搓，又往周坦抢来。

周坦往旁边一闪道："老道你这就不对了，我因为比你早来几天，应当尽个地主之谊，所以才不好意思过来就先动手，所以才一再让你，你别以为我真怕了你。你是好的，先把人家那两个没练过把式的解救过来，以后有什么话我全听你的，你瞧好不好？"

老道上下打量了周坦两眼道："好，就依你！"蹦起来走过去向童三背上一掌，汪四背上也是一掌，两个人全都哎呀一声当时清醒过来。

周坦道："走，咱们别在这个地方跟人家搅，咱们可以找一个宽绰的地方，痛痛快快比他一下子，你瞧好不好？"

老道摇头道："那可不行，我到这里来原有我的事，如果不是你在这里，我的事早已完了。现在你既是要比试一下儿，我必奉陪，不过可就在这块地上。你把我打倒了，任话没有，我是当时就走，我要办的事我也不办了。如果我把你弄倒了，别的话也没有，你也就是赶紧走，别在这里多管我的闲事，你看好不好？"

周坦道："依你依你，你说咱们怎么比吧。"

老道道："咱们两个，既是没有深仇宿怨，也不必那么剑拔弩张，干脆咱们就是各人练两手儿功夫。你练的我不会，算我输，我走；我练的你不会，算你输，你走，你瞧公道不公道？"

周坦道："好，就是那么办。我比你早来几天，我应当尽个地主之谊，让你先练。"

老道点点头道："大丈夫一言既出，如白染皂，可不许说了不算话。"

周坦微微一笑道："这不是当着大家，谁要说了不算，就算是穿两截衣裳的姑娘媳妇儿，你瞧好不好？"

老道又点点头道："要说我并没有什么多大能耐，不过今天逼到这个地方，我可也没有法子了。我先练一手儿笨功夫，这一手儿叫'停云三纵'，我从平地上双脚一纵，整个儿身子要腾空而起，起来在这么一丈多高，我要停一停，再往上纵一纵，再上去七八尺，我再停一停，再纵一纵，然后停一停再落下来。这种功夫，原名叫'梯云纵'，不过那种纵法，只能纵到第二层，就不能再往上去。我连这底下这一层，一共是四层，练起来可比那个难一点儿。我练完了之后，你可以照样儿也练一遍，能够照样儿练了下来，我再练别的，或是你练的样儿比我还高，那说不得，我也得照样儿练，练不上来，当时我准走，决不废话。"说着把道袍往上掖了一掖，双手一搓，两只腿往地下一点，喊声"起！"嗖的一声，人便凭空而起，纵起来真有一丈多高，跟着左脚一踩右脚脚面，停了一停，人真不往下坠，二次又一长腰，嗖的一声，真纵上去七八尺，这回换了右脚踩左脚脚面，又往上一纵，又起来了五六尺，又站了一站，又脚尖一点，嗖的一声，人就落下来了，站在那里笑容满面。再找周坦，已然影儿不见，不由生气，急忙向旁人道："喂，你们瞧见了那个穷酸了没有？"

大家真还没有瞧见。先前留神尽看了上头，就没留神底下，及至老道练完往地下一站，大家全都把舌头伸了出来。心想这个老道八成儿是神仙，怎一个人凭空能够站在上头，这可真是邪行，这一来周老师准要不成。等到老道一问，大家才知道周坦趁着大家不备，已然跑得没了影儿，不由全都大笑。

　　正在大家一乱之际，猛听半空有人喊道："臭老道，你的那点儿障眼法儿算不了什么，我还在你的头上呢，你怎么会没瞧见？"

　　老道一听真吓了一跳，急忙抬头看时，只见周坦笑嘻嘻地站在比自己还高五六尺的半悬空中。这一来老道可吓坏了，准知道人家比自己高得太多，可就不敢再叫横了，双拳当胸一抱喊道："朋友，我拜服了，请你留个蔓儿吧。"

　　周坦双手一拍，嗖的一声，从上头滴溜落下来。这时候这些村子里的人可全看怔了，老道上天，不算新鲜，人家也许有半仙之体，唯独这位周老师，是个念书的穷酸，怎么也会纵脚上天？这可未免太离奇一点儿。周坦下来笑着向老道一拱手道："道兄别过意，咱们这是闹着玩儿。走走走，请到我们学房里去喝一壶。"说着不容老道分说，拉起就走。

　　老道到了这个时候也就没法子了，只好跟着走吧。看热闹的一看没热闹可看了，便也全都跟着咕噜一声四散，只剩下葛培仁跟着那几个被约商量防水的没走，大家全都跟着走了回来。

　　周坦一把把老道揪住来到书房笑道："道兄千万别过意，我一向就是这么一个脾气，方才一见面时候，我已然看出道兄是个正人，我便很想请道兄进来谈谈。请问道兄贵姓怎么称呼？"

　　老道微微笑了一笑道："我打听你没打听出来，你倒打听起我来了。"

周坦先笑道："我先说，我姓周名坦号叫涤平。"

老道一听啊了一声道："难道你就是三翅鹞子周老五？"

周坦听了也大大诧异道："不错，我正是周坦，怎么见问及此？"

老道哈哈一笑道："这真是大水冲了龙王庙，一家人不认一家人了。我跟你提一个人你可知道，云南竹影山苦梅庵凌虚子，你可认识？"

周坦道："那我为什么不知道，那是我亲师哥，如何会提起他呢？"

老道道："那不是外人，那便是我的同门大师兄。"

周坦一听，啊了一声道："噢，这样一说，你一定就是念一道兄了。"

老道哈哈一笑道："一点儿也不错，咱们没有见过，你从什么地方见说过我？"

周坦道："我听凌虚师兄说过，二师兄一向是在关外的，所以没有见过。如今你这样一提，我想那一定是你了，这真是幸会得很。师兄这是从什么地方来，要往什么地方去？"

念一道："我本来一向是在关外，粗茶淡饭，本想可以了却此生，没有想到最近我那个地方出了一档逆事，偏是与我又有点儿干连，我既不能不管，又怕管出旁的闲事，因此我便想回到苦梅庵，去找凌虚师兄谈一谈，跟他商量个法子。从此路过，看见河水逆流，主于大水，我虽不能比人家什么行侠作义，可是出家人也可以慈悲为本，好在我的事情不忙，便想到这村子里，告诉村子里的人要做个准备，虽不能完全避免，总可以少受一点儿灾难。谁知和他们才一提头，他们便说我妖言惑众，要拿住我活埋，我便点了他们两个在那里，没有想到碰见了你。我听师父说过，我们门里虽是你最小，可是论起能耐本事来，你却比我们都强。今日一见，果然在我们之上。师兄弟头一天见面，求你件事你别推辞，这里事情完了，无论如何，也得跟我出关去一趟。"

周坦道："那算不了什么，现在这里要闹水，我也看出来了，不过不敢断定准是。如今经师兄这样一说，那是一点儿错儿都没有了。你说应当怎么才可以免去这一场灾难？"

念一道："救水的法子，第一先把堤坝修高，二则加重堤身，要被那些虾兵蟹将一碰就倒那可不行。然后疏通水道，别让水势横流，自然不会出险……"

周坦笑道："算了吧，算了吧，要照你这么一说，少说也得有个三个月五个月的工夫，那水早闹完了。如今之计，说快的，怎么办？"

念一道："说快的，就是刨王八蛋。"

周坦道："没听说过。"

念一道："这可不是瞎吹，还真有这么一门功夫。你赶紧派人把这村子里主事的人给我约几个来，你们照样儿给我预备，我要施展我的法力，运用神功，不出三天，要把水灾消灭，合村无事。好师弟，你就快快叫他们都来，听我告诉他们怎么预备，好拿王八蛋。"

周坦道："我听凌虚师哥说过，你最爱闹着玩儿，今天一见，你还真是爱说爱笑。"

念一道："你别当着我说着玩儿，是闹水都有王八蛋，你等着我把它们找着了，带你去一看，你就知道了。"

说话的工夫，葛培仁已然找了几十个庄稼人来，葛培仁向念一道："道长都要预备些什么？"

念一道："预备铜锣二十面，大鼓四架，向阳的桃树枝四十九根，找属龙的男孩四十九个，余外要大网一面，锄头铁铲越多越好，越快越好，千万别过了正午时。"

葛培仁连连答应，赶紧出去预备。工夫不大，小孩子带大人所要用的东西，全都预备齐了。念一一看微然一笑道："好了，走，跟着我走。"大家全拿着东西，一块儿走了出来。到了村口外头，念一忽然把腰一弯，把耳朵往地下一趴，大家不知道他要干什么。念一听了一听又站了起来，往前跑了几步，又往地下一趴又听了一听，又站了起来，又往前跑了几步，又趴地下听听。大家全都跟在后头，跟来跟去，就走到离河边不远了。念一这回趴在地下，听的工夫又比前大了一点儿，然后慢慢儿站了起来道："这个东西，简直成了气候了，至多过不去半个月就要出地面儿了，这幸而发现得还早，可是究竟能顺手不能顺手我可不敢保险。来来来，咱们先预备一下子，葛当家的你告诉他们，把那些孩子，先都冲北站好了，离着河沿每人离开五步一个挨一个站好了，无论地下有了什么动静，也别害怕，也别乱跑，如果瞧见什么东西来，只把手里桃枝子冲着它打，不用躲它，绝不要紧。"葛培仁答应一声，把那些孩子全都分派着站好了，手掌全都把桃枝拿好了，瞪着眼瞧着地下。念一又道："葛当家的你再告诉他们，把锣鼓分成四个角站好了，看我手往上一指先打鼓，我手往下一指就止住，多打一下可也不行。我把手往左边一指，叫他们就打锣，手往右边一指，锣就止住，少打一下儿可也是不行。"葛培仁过去又把那些人也全安排好了，各人全都提锣架鼓，手掌拿着锣锤鼓箭子，净看着念一两手。念一又道："刚才听见声儿，这个东西已然离地不到两丈，现在你们可以跟着我划的道儿往下刨，最好能够刨个一丈五六，留下那一层儿，让它自己往上来。可是有一件要紧的事，大家可得记住，刨到一丈一二，里头必定有水，如

126

果出来的水颜色是黑，大家不可害怕，跟着还往下刨，倘若里头出来的是红水，大家可先别刨，听我的信再动手，要是里头出来的是白水，跟河里水一个色儿，大家可要特别留神，那可的确厉害了，弄不好确许带出大水来，那可不是闹着玩儿的。大家可要沉住了气，我自有法叫水止住不上来。大家如果一个乱跑乱走，乱了我的道儿，我可顾不了谁，可难免要出大毛病。谨记谨记。"

　　大家一听，全都点头答应，一声喂呀嗬，铲子、锄头四方齐下。这个时候，念一抖手，把脑袋上头发先抖搂开了，把腰里带子也解开了，一伸手从衣襟这头掏出一把形像木头似的小宝剑，往手里一拿，就在河边上走起来了。一边走，一边嘴里叨念，叨念的是什么，大家可也听不清楚。猛然把脑袋又往地下一趴又听了一听，赶紧站了起来，把手里剑往上一指，当时鼓声咚咚四起，打了足有半个时辰，念一把剑往地下一指，鼓声当时止住。念一又趴在地下听了一听，哧的一声站了起来，赶紧把剑往左边一指，当时当地一片，锣声四起。正在这时，那边刨的人喊上了："道爷，这里头见水了，是红的！"念一赶紧一纵身蹦了过去，单手往下一指，那水当下往四下里一散，呼的一声又冒出一股子黑颜色的水来。念一向大家道："使劲往下再刨！"大家才往起一举锄头铲子，猛听天空哗啦一个大霹雷跟着雨就像瓢泼一般下来了，地下跟着也是轰隆一声震响，水便像开了口子一般从地下涌了上来。念一一看，左手往地一指，右手使一个"摘星问斗"式，斜着身子，跷起一条腿来，那一条腿不住在地下乱蹦，嘴里还是不住叨念着。又有一刻工夫，地下的响声更大，水已由黑而黄，由红而黑，由黑又红，由红又白。念一脑袋上直往上冒白气，因为有雨，也看不见他是出汗不是出汗，浑身上下，全都湿透了。葛培仁周坦，以及那些孩子全都在雨地里淋着，谁也一动不动。忽然又是一个震天霹雳，轰的一声劈了下来，地下轰隆之声便也跟着一起，唰的一声，那水势便已超过地皮二三尺涌了上来。在这水珠滚滚的里头，看见仿佛从那里裹着一个周身冒烟的东西往上起来，念一急喊一声："刨土的全都往后退！"大家咕噜一声，往四下里一退，跟着水势又往上一涨，那个东西出来就差不多有半截了。身上并没有烟，一股子黑气裹着这个东西，样儿仿佛画的那种龙，可是又不大一样，当中头上有只犄角，两只眼睛不太亮有点儿发乌，嘴唇底下有两条儿白，看不清是须，上身一上来，两只钢刀相似的爪子，已然扑开了想抓人了。念一一看，急忙叫人加紧打锣，锣声一紧，那个东西也好像有点儿怕的样儿，便往后退缩了退缩，可是工夫不大，跟着又往上一蹿，这一回比上回多出来了一点儿。念一又告诉那些孩子，不要乱动，它只要出来之后，就拿桃树枝儿去打它，不用害怕，不要紧。这个时候，平地上水已然有二尺多深，虽说往四外流着，究竟流得没有上来得快，站着近的人，已然全都踩在水里。那些孩子更是可怜，已然都没了小腿儿，却依然拿着桃树枝儿站在那里一动也不动。那个东西又往上蹿了两三次，却一次比一次软了下来，意思之间打算退了回去。念一道："怎么样？你还打算回去吗？那你可别想了！"说着从腰里一摸，掏出一样小玩意儿，仿佛是块石头之类，拿在手里抢两步，对准洞口，一撒手就扔下去了。那东西仿佛也晓得这块石的厉害，忙往旁边一闪，那块石头就掉下去了，那个东西又往下一坐身子。念一大喊一声道："打锣的打锣，撒网的撒网，小孩儿们可想拿着桃树枝子，别害怕，不要紧！"一句话没完，就听地下轰隆又是一声，那怪物哧的一声，便自不顾厉害，冲出洞口，跟着洞里起了一道白练相似，也追了出来。那怪物一出来，跟着水就往上涨，两个翻身，凭空长了足有二三十倍，就地一扬爪，往前一纵，那些孩子就够上了，手里的桃树枝儿，没头没脸，叭叭一阵乱打，那个怪物当时又缩小到了原来的样儿。锣的声儿越来越大，雨也越来越大，那个东西连游两游，都被小孩儿用桃枝打了回来，意思怒急，尾巴一搅，浑身乌鳞一闪往起一蹿，上面恰好一片网飞到。撒网本是靠河边上的人干惯了的事，原不算什么，只是在它摆来摆去的时候，可没法儿下手，一则网不大不好周转，二则又怕它一网不着，就不定得伤多少条人命。这次它往起一蹿，这网可就照准地方了，唰的一声，当头罩到。它也知道这种东西厉害，打算躲，那可就躲不开了，正罩在脑袋上，一拧身子打算滚出去，它哪知道这种东西四面全是倒须钩儿。它不滚还好，这一下可就把钩子挂在鳞上了，三滚五滚，越滚越紧，再打算动都不能动了。这个东西才被获遭擒，当时雷停雨住，地下的水四散一流，后头的水也跟不上了，一会儿工夫又复显出平地。

念一这才把手向大家一摆道："众位都歇歇吧，今天实在是托天之福，差一点儿没惹出大乱子来。现在王八蛋已经成擒，谅来可以无事。诸位过来，瞧我把这个玩意儿劈了给众位解闷儿。"

才说到这一句，只听周坦哎呀一声道："不好，众位快走，可了不得了，这里头第二条又上来了！"

大家回头一看，不由亡魂皆冒，齐喊一声"不好"，四散逃命。

正是：

话言才到开心处，不意无兴迎面来。

要知后事如何，且看下回分解。

第九回

严阵势一旗伏弱鼠
逞刚强双手分怒牛

原来方才那个洞里，又涌出一股子白气来，大家全都冲着那股白气儿大喊特喊。念一笑了一笑道："众位不用担心，那不要紧，是我刚才扔下去的东西，忘了拿上来了。"说着走了过去，用手只在白光里一捞，跟着又往外一扯，当时那道白光倏然而起，陡然而绝，再看洞里，当时乌黑土平水净，再连一点儿声响也没有了。

大家这时候看着念一，简直就跟活神仙一样，也不顾地下泥水，全都往下一跪，嘴里一齐高声宣佛号。念一却不住双手乱摇道："得了得了，众位别乱了，咱们还有正经事哪。"大家声音一低。念一向葛培仁道："葛当家的，今天这件事实在是宝庄上住着有贵人，才得假手我的力量化险为夷，实在是可喜可贺。现在祸害已经被捕，此地绝无危险，我现在就要带着这个东西到别处去了，趁着我还没走，请众位都细看看这个玩意儿。"

葛培仁道："怎么样？仙长救了我这一村子性命，无论如何，也得到我们村子里住上两天，让我们大家也多结一点儿仙缘。"

念一道："这话不是这么说法，您先同着他们看完这个东西，就知道我是应当走不应当走了。"

葛培仁一听这么说，也不便再说什么了，赶紧招呼众人来到那撒网的地方。只见这网里罩着一个怪物，这时候身上烟气全消，看得很清，只见它身长约在一丈七八尺，宽下里也有四尺二三，浑身乌鳞，头上一只亮如水晶的犄角，嘴唇下两只长牙，两只眼珠虽然不小，就是没有多大亮光，在网里头横着一倒，一动不动，可是看那神儿，还是像有气的样儿。

　　念一点手向周坦道："师弟，你知道这是什么玩意儿?"

　　周坦道："据书上所说，这种东西叫蛟龙。"

　　念一哈哈一笑道："师弟你怎么也说出可笑的话来了，蛟是蛟，龙是龙，什么叫作蛟龙呀！这么看起来，你还是不知道这种玩意儿，听我细细说一会儿吧。这种玩意儿，叫作独角乌鳞蛟，这种东西，不错也得算是龙种，可实在不能算龙，它是野鸡被龙气所感，便生了这种蛋。野鸡生蛋，原是自己孵的，唯独经龙气感过的蛋，一生下来，它便自己往土里钻，等到每一次打雷它便下地一丈，直通地底，吸收纯阴之气，直到三年，再一打雷，它便上钻出一丈，一直快到离着地皮不到两丈，便脱壳滋生。这种东西受了天地的阴邪淫气，性情极为阴狠，它准要在地底正悟参修，也可以得成正果，偏是它急于求功，不等到时候它便冲地而出。只要它一出来，当时平地便有一两丈水，所过之处全遭水灾，直到了海里，才能止住。我从前跟随我师父一清法师也曾掘过两回蛟，所以我略有一知半解。今天路过此地，先时所见走路地下发出空声，再看所有树叶青黄不绿，现出将有水灾，我又趴在地下一听，知道确是有了这种玩意儿，所以我才惊动了众位。这种东西虽是龙种，却是阴性，第一它怕金鼓声音，第二它怕纯阳之火，因此我除去用金鼓之外，又添上四十九名属龙的孩儿，就因为小孩儿全是纯阳之体，属龙又正是它的克制。它周身乌鳞，刀剑不入，唯怕桃木，因为向阳桃木也是阳刚之

131

气生的，正是它的对头。我先前还不放心，怕是它一冲出来，当时就要遭灾，及至它一出来，我才知道它的气候未成，两只眼珠子还发乌不亮。它这种东西也颇机灵，它知道今天出来是不得了，它便想仍回下去，我也看出它的意思，便把老师给我的一粒三阳石扔了下去。那块石头专破纯阴，当时石气一热，它吃不住了，才拼命往上一纵，便掉在咱们网里，总算万幸。不过这种东西，绝不能再放它回去，可是我在这里又除治不了它，因此我才想起把它弄走。话已说完，咱们再见吧。"

说完拉了那条大网，就要纵身而起，却听旁边有人哈哈一笑道："臭牛鼻子，你敢拗天行事，别走，留下妖龙给我！"

大家一听，不由全都吃了一惊，连念一全都站住了脚步。回头看时，只见河沿边上，一棵柳树下站着一个算命的瞎子，一手挂着一根明杖，一手提着报君知小锣，翻着两只白眼，在那里冲着念一喊。葛培仁一看这个算命的，并不是本村本镇的人，不由心里有气，急忙走了过去道："先生，您放着道儿不走，买卖不做，您到这里喊什么……"

一句话没说完，念一一提那一条网，周坦也不顾再看热闹，全都一纵身来到算命先生面前，咕咚一声，双双跪倒。这一来可把葛培仁跟这一村子人全瞧怔了，为什么这二位会怕这么一位算命的先生？只见算命的先生把手轻轻一摆道："起来，起来，你们两个居然没有忘了本门行道的主旨，实在不坏。不过这件事却算不得什么功德，皆因为这个村子里住着有大来历的人，绝不是你们的能力。降蛟治水虽说没有大功，可也算是行了一件小道，这条孽蛟气候不到，你快把它交给我带走，将来还有用处。念一，关外之事，我已尽知，我现在还有旁事，不能同你走，你可以快快回去，事情平安无险，尽可放心，我在你事情紧急的时候，必定赶去帮你。周五还是留在此地，尽心教书，以后另用机缘。改日见，我走了!"说完了这话当的一声报君知一响，嗖的一声，凭空纵起，明杖往下一挑，正挑在罩蛟那张网上，只轻轻一提，身子两纵便连个影子都看不见了。乡下人哪里见过这个，全都跪在地下往空磕头，以为是神仙显圣。乱过一阵，再往旁边一看，只剩下教书的周老师，连那个老道也连个影子都看不见了。

葛培仁赶紧爬了起来向周坦一揖道："周老师，我实在以先不知你老人家是什么人物，一切都慢待了您，您千万不要见怪才好。"

周坦微然一笑道："葛当家的，咱们在一块儿这么多天，现在用不着来这一套客气。那个算命的先生和那个老道，全都是我的师哥，不过他们文武两功都好，能够蹿高跳矮，并不是神仙妖怪。这次能够把这条恶蛟除去，一则是托天之福，二则也是你们村子里有大造化的人，不该遭灾。现在事情也过了，咱们赶紧收拾收拾回去吧，免得别人看了起疑。"

葛培仁只有连连答应，便唤齐了那些人，当时把东西一抬，又全都回了村子，大家预备鱼肉酒菜，大吃大喝，吃喝完了之后，大家散去。

第二天，这个书房可就热闹了，这家也送学生，那家也送学生。周坦便道："这可不行。一则我没有那个精神，二则屋子太小也盛不下。大家可以想个法子，暂时等一等，等我把屋子找着，我必定给众位送信。"

周坦这么说，这些人哪里答应，有的就说给老师找大房，有的就说我们自己带着儿子来。周坦一听，那可乱了，事情又挤在那里，可也就没有法子，只好点头答应，再多收三十名，余者等找着房子再说了。大家无法，除去那三十个之外，全都由家长领了回去，重新上香祭圣人开学。这一来，周坦可忙了，从一清早起来，忙到晚上，也没有一点儿空闲的当儿了。这伙子学生虽说不少，可是要论起淘气来，那可还得数葛天翔，不过自从掘蛟之后，葛天翔已然知道周坦不是普通老师可以随便乱惹，也就不肯胡乱淘气，可是跟这一班学友却依然乱打乱闹，依然还是个头子。

　　这一天，葛天翔从家里夹着一个小木盒来到学房，告诉这些学生，放学之后，他请大伙儿瞧耗子打仗。等到放了学，找了一片大树林，各人把书包往地下一放，葛天翔也把木盒往地下一放，跟着一抬腿，从腰里掏出一把明晃晃的裁纸刀儿，两个小旗子，一个是红的，一个是黄的，往脖子上一插，跟着一开那个盒子盖儿。大家全都伸着脖子往里挤着看，只见那个盒子里，原来是一窝儿有黑有白的小肥耗子（鼠）。大家不由就是一怔，心想这些耗子他从什么地方弄来的？真是可怪。那些耗子只是翻着两只小眼往外看着，绝不露出一点儿害怕的样子来。再看葛天翔把手里红旗一展，那些黑色的耗子便都爬了出来，趴在一边。又把黑旗一展，那些白色的耗子，也爬了出来，趴在一边，一个挨着一个，绝不混乱，也绝不乱挤。大家看着真是十分诧异，不知这些耗子怎么这么通灵。葛天翔猛然把两个旗子往起一扬，跟着一指，向大家道："你们瞧着，这就要打起来了。"说完了这句，一看那耗子依然一动不动，又把旗子指了一指，那些耗子只是翻着两只小眼，向葛天翔看着，也不动弹。这些学生一看不灵，都哈哈一阵大笑。葛天翔脸上一红，把手里旗子往地下一扔，一举手里那把小刀喊一声："你敢不听我的话！"嘴里喊着，手里刀便向顶头一个黑耗子头上砍去，吱的一声惨叫，咔嚓一声，一颗小耗子脑袋已然砍下来了，血往外一冒，耗子尾巴一挺，一个小耗子已然死去。再看那些耗子，体不摇自动，全都浑身颤抖成了一个圈儿，不住往后倒退。葛天翔哈哈一笑道："我还以为你们不怕死呢，既是怕死，赶紧向前，不准退后。如果还是怕死贪生，我便把你们一个一个全都砍掉。"那些学伴，方在一笑，一看天翔一抡刀就砍死了一个，虽说是个耗子究属觉得太过残忍，又听葛天翔一阵捣鬼，更觉好笑。便有大一点儿的要用好话去劝，告诉他耗子是不懂话的。正在要说没说，就看葛天翔二次拿起旗子一指，只向前一挥，那黑耗子便向白耗子队里冲了过去。白耗子突然往四外一散，等黑耗子已然跑到圈里，便猛然往里一圈，把黑耗子完全围在里面，掉过头来，一阵乱咬。黑耗子一看被围，便也拚命往圈外头攻来。黑的咬白的，白的咬黑的，一边咬着，一边拿小眼蹬着葛天翔。那些同学不由齐叫了一声："好！"葛天翔微然一笑，把手里旗子一分，左右一摆，那些耗子便当时停战，黑白一分，各归各队。葛天翔从书包里又拿出一个小罐来，打盖儿一倒，里面都是些馒首块儿，往两边一扔，那些耗子便都抢着吃了起来。吃过这顿馒头，葛天翔把木盒子往地下一放，用手里旗子一指，那些耗子便一个挨一个、一个挨一个全都钻进盒子里去了。

葛天翔把盖子一盖，往书包里一包，又把刀子旗子全都带好，才向大家点点头道："你们瞧好不好？"这些孩子当然全说好，还有的问他是怎么教的，能不能也逮几个一块儿练练。葛天翔一摇头："不行，等过两天，我有了新的，便把这些分送给你们。"说着，一看天时已然不早，大家便全往家里走去。

眼看过了一段空场，就可以进了村子，忽然前边一阵大乱："留点儿神！躲一躲！这两个牛可是斗急了！谁要碰上谁的命可就没了！"

这些学生是听得明明白白，全都往旁边一闪，只见从前边跟飞一样跑下两只牛来，一个深黄色的在前头，一个浅黄色的在后头。前头这个，一边跑，一边踢；后边这个，一边跑，一边顶，风驰电掣一般就全跑下来了。后头跟着足有二三十个做工的，全都拿着什么钓子杆子扫把绳子追随而下，眼看这些学生，便连喊带比道："快躲开，快躲开，碰上可就没命了！"

大家往四下里一闪，正在这个时候，只听身后有人喊道："别跑，别跑，瞧我把这两个小牛犊子给弄倒了。"大家一听是个小孩儿口音，不由全都一怔。急忙回头看时，果然是个小孩子，年纪也不过十二岁，梳着两个鬟髻，添黑的一张小脸黑中透红透亮，两只大眼滴溜滚圆四外放光，穿一件香色多罗麻的背心，一条蓝布裤儿，光着脚，提着一支带叶的柳枝子，笑容满面迎着那两头牛就去了。这些做工的一看，全都吓傻了，齐声喊道："小孩子，你不要命了是怎么着？"干着急，除去嚷谁也不敢过去。却见那个小孩子一晃两晃，已然到了那两头牛的面前，先照着头里跑的那个牛，提着杨柳枝儿一晃，那头牛往旁边一闪，小孩儿的手还不用提够多快，往前一纵身，就把一只牛犄角抓住，单腿往前一坐，一抬后头这条腿，揪住了牛犄角往旁边一按，意思是打算把牛给按倒了。那牛既怕后头的牛追上，又恼前头有人挡住，哞的一声陡然往起一扬头，那些种庄稼的跟葛天翔这一拨儿学生全吓坏了，准知道牛的劲头儿全在脑袋上，不用说是人，一只牛遇见一条老虎，就凭一个脑袋两只犄角，老虎都不能把它伤了，何况是个人，又是个小孩儿。一看牛犄角往上一挑，大家齐喊一声："不好！"可是谁也不敢过去。就在这么一眨眼的工夫，就看那个小孩儿趁着牛角往上一挑，身子也便跟着往上一纵，跟着往下一扳那只牛角。那牛本来用力过猛，身子已是半空之势，又加上小孩子借劲往下一扳，那么大的牛，哞的一声叫，跟着咕咚一声响，竟自扑翻在地，嘴里吐出白沫子，连一动也不动了。大家一看，全都伸着舌头发怔，连喊好儿都喊不出来了。就在这个时候，后头那只牛也到了，一边踢着后头两条腿，一边用两只犄角横冲竖挑就到了。那个小孩儿一见了，舍了地下躺着的那头牛，又奔了那只牛，照样儿柳枝儿迎面一晃，那牛才往旁边一闪，小孩儿又把这只牛的犄角也抓住了，牛犄角也是照样往上一挑。这回他不往下扳了，趁着牛脑袋往上一扬，小孩儿往前一伸手，把那牛犄角也抓在手里，左手往前一推，右手往后一扳，喊一声："走！"那牛连一点儿偏性也没有了，一转身躯便往来路一扭一扭走去。这时候看热闹的已然都成了傻子，站在那里张着嘴瞪着眼全都冲着那个小孩子瞧。

葛天翔早就想过去问问那小孩儿姓什么叫什么，在什么地方住，现在一看小孩子骑着走了，便赶紧跑了几步，正待喊那个小孩儿站住，却猛然听见身后有人先喊了出来："小虎儿，你还不快快回来，你奶奶在家里生气，又要打你了！"

回头一看，却是个中年少妇，庄稼人打扮，手里拿了一条挑水的扁担。心里正在诧异，这又是什么人，怎么说话不像本村里人的口音？再看那个小孩子，一听人喊，嗖的一声，从牛背上一跃而下，笑嘻嘻地三跑两跑，已然到了那少妇跟前。那少妇一伸手拉起小孩子一双手，也听不清说些什么，叨叨念念径自去了。那些庄稼人这才过去拉牛，及至一拉地下躺的那只，不由全都哎呀一声，原来被小孩儿扳过的那一只犄角，已然从根脱出，往外冒血呢。眼看这只牛是不中用了，好在预备有绳子杠子，拴好了一抬，于是抬牛的抬牛，轰牛的轰牛，一片广场，当时人都走了个干净，只剩下葛天翔和郑家燕。

葛天翔向郑家燕道："小燕儿，你瞧见了没有？那个孩子可真可爱，你有胆子没有，咱们去找他去。"

郑家燕道："那有什么没胆子？走，咱们找去。"说完了两个全都把书包往胳膊底下一夹，顺着少妇走的那条道一径走去。弯了约有一里来地，郑家燕道："熊儿，你先等一等吧。现在咱们走的道儿，可就出了咱们村子，再要往前走，我可不认识。要不然咱们现在先回去，等找个人问一问，这个小孩儿究竟他是谁家，明天咱们再来找他，你瞧好不好？"

葛天翔摇头道："那可不行，你瞧前面那道湾子底下，仿佛有个人家，没准他就许住在那里，咱们到那里瞧瞧。他要不是住在那里，咱们再回去。"

郑家燕点头，两个人便一直往山湾子那边走去。越走越近，可就看清楚了，并没有什么房屋，只有一个窝棚。棚里头什么样，从外头看不清楚，棚外头靠着山湾子全是柳树。葛天翔眼神特别好，一眼看去，不由一怔向郑家燕道："哎呀不好！你看尽头儿那根树上，捆的是不是那个小孩儿？"

郑家燕凝神一看道："可不是他，为什么捆上了？"

葛天翔道："你再看还有人！"

郑家燕急忙往那里看时，只见柳树下头，除去那个少妇之外，还有一个老太太，仿佛手里拿着一根鞭子，又像根木棍，正在那里一起一落地抽那个孩子呢。

葛天翔一看，可就急了，急向郑家燕道："小燕儿，快走，你瞧见没有？有个老太太在那里拿棍子抽打那个小孩儿呢。"说着一拉郑家燕可就跑下去了，本没多远，一跑就到。一边跑，一边喊："老太太，别打，别打。"跑到了跟前，过去就抱老太太胳膊。老太太猛然一拧胳膊往起一震，葛天翔嗖的一声，跟飞起来一样，横着就扔出去了。郑家燕喊声不好，打算过去给挡住，自己又不会蹿高跳远，那如何能够追得上？急得干跺脚，准知道这一掉在地下，可就了不得了。正在着急之际，只见旁边那少妇，长胳膊往起一纵，一伸手迎个正着，恰好把葛天翔拦腰抱住。郑家燕不由念了一声："阿弥陀佛！"

老太太也不打那个小孩儿了，一回头向那少妇道："你把他扔下，我有话问他。"少妇把葛天翔往老太太眼头里一放，老太太满不高兴地道："你这个孩子，我跟你素不相识，我管我们家的孩子，你为什么从旁格挡？我若一失手岂不把你一条小命送掉？你是谁家的孩子，还不快快回去！天快这个时候，你也不怕你家里父母找你，却跑到这么远来淘气。快走快走，别看天黑了你就回不去了。"

葛天翔微然一怔道："老太太您别着急，听我跟您慢慢儿地说，我因为方才看见这位小哥哥力气惊人，我非常爱他，因此跟我的同学一同来到这里，为的打听打听他姓什么叫什么，上学没有。如果现在他还没上学，我想跟他商量商量，让他跟我到一个学房念书去，没想到走到这里，正赶上您拿棍子打他，我怕您把他打坏了。一着急，可就忘了告诉您，没想到倒惹老太太生气了。老太太您别生气，您把这位小哥哥给放下来吧。"说着恭恭敬敬就给老太太作了一个揖。

老太太一听小孩儿说话和气，长得好看，气就没了，用手一指树上捆的那个孩子道："小虎儿，你听听人家比你大多少？说话多明白，你一天到晚，除去惹事，就是闯祸。你也不想想，我跟你妈，都是这种岁数，还有谁可指望？仗着自己有这么一点儿力气，满处闹事，越来越新鲜了。今天爽得跟两只疯牛斗起来了，这要把你撞伤了，你说可能怨谁？依着我的性儿，今天非把你打一个半死不可，现在瞧在这两位小哥哥面上，饶了你这一次，下次再要胡作非为，你就留神你这狗命。"

说着过去把绳子一抖，那个小孩儿就下来了，却不向葛天翔、郑家燕说什么，先过去趴下给老太太磕头道："奶奶别生气，小虎儿下回不敢了。"

老太太道："起来，你怎样不懂事，倒是问问这两位姓什么叫什么呀?"

小孩儿这才过来向葛天翔作了一个揖道:"劳驾劳驾,你们都叫什么呀?"

葛天翔道:"我叫葛天翔,他叫郑家燕,你叫什么呀?"

小孩儿道:"我叫王天朋,小名儿叫虎儿,葛祥儿,你会玩儿刀吗?"

葛天翔没听懂,少妇呸地啐了一口道:"你这孩子又该胡说了,什么葛祥儿,连句哥哥也不懂得叫,话没说明白一句,怎样又胡扯混扯,真是又傻又笨!"

葛天翔一听王天朋又要挨说,便赶紧接过来道:"这位大婶儿,您不用生气,他小,我问您两句吧,您从什么地方搬来?怎样会住在这里,不搬到村子里去?"

少妇一听,长叹一声,正要说什么,忽然后面一阵人声乱嚷:"您不用着急,我们瞧见是往这条道儿上来了,您瞧您瞧,八成儿是在这里哪!"人声一片,就往这边来了。葛天翔回头一看,只见后面拥拥挤挤跟跟跄跄跑下来足有四五十个人,全都拿着明晃晃长枪砍刀铁钩木棍,气急败坏往自己这边跑来。

葛天翔一拉郑家燕道:"燕儿快跑,可了不得啦!"

正是:

方道小友贵临添佳境,谁知老父赶到煞风情。

要知后事如何,且看下回分解。

第十回

收虎儿员外仗义
捕鹞子班头失机

　　说着一拉郑家燕，撒腿就跑。郑家燕这时候也瞧明白了，原来，来的不是别人，正是葛培仁约了些种庄稼的人赶到。郑家燕一把揪住葛天翔道："咱们跑什么？咱们本来无私无弊，这一跑倒让人家起了疑心，反而不好。"

　　葛天翔一听，只好止住脚步。这时候葛培仁就赶到了，一把揪住葛天翔道："你这孩子，放了学不回家，满处乱跑，是怎么回事？"

　　葛天翔一听，赶紧赔着笑道："爸爸，您别生气，您听我告诉您。"遂把放学回家，如何看见两疯牛斗在一起，如何多少庄稼人不敢向前，如何来了一个孩子，把牛如何弄倒，自己因为这个小孩儿所以追了下来，并没有到旁的地方去，全细说了一遍。

　　葛培仁点点头道："那么那个孩子呢？"

　　葛天翔用手一指道："爸爸您瞧，不就是那个孩子吗？"

　　葛培仁一看王天朋，真是又黑又胖，不由起心里就爱，又一看那座窝棚，便寻思了寻思，才走向前去向那个老太太作了一个揖道："这位老大妈您是从什么地方来？要到什么地方去？您怎样不进村子在这里吃苦？这个地方太僻，我们也没有来过，也不知您在这里，

141

实在是对不过。老太太要是不见外的话，请您到村子里头住去，我们家里虽没有大房，可是还能匀出一两间小房来给您住，省得您住在这里什么全不方便。"

老太太一听，笑了笑道："这位大哥可别那么称呼，我们原是个落难之人，漂流无定，原想在这里住个三天两天就走道，没想到在这里一住，觉得山清水秀，地方又安静，便懒了脚，一住住了有半年多了。没有想到今天惊动了当家的，当家的这番意思我们全领了，不过我们再待一两天就要走了，也不便再去打搅去了。"

葛培仁一看老太太的神气、说话的意思，全是上等人的派面，心里先高兴，又加上天生来好义成性，看老太太这种神儿，又听说是落难之人，便一发想请老太太进村子里去，便又笑了笑道："老太太您别拘泥，您就是待不住，也可以进去住两天，省得将来叫人家笑话我们这个村子不会做人。"说着不由老太太再行分说，便向那些庄稼人道，"众位帮个忙儿，过去帮着把那些东西全给归拨归拨。"

葛培仁在村子里人缘最好，大家一听，全都答应一声，也不等老太太再说什么，自然就把窝棚里的东西全给拿了出来了。人多好做活，一会儿就把那些东西全给捆绑好了，你拿两件，我拿两件，先就走下去了。

老太太也并不十分拦挡，便向少妇道："既是这里当家的这样热心，走，咱们就去打搅两天吧。"少妇应声是，便都随着葛培仁，一直往村里走去。

这时葛天翔早跟王天朋郑家燕三个在一起有说有笑的了，葛天翔向王天朋道："你刚才揪那个牛，是怎么一股子劲儿？你能教给我吗？"

王天朋摇摇头道："不行，我奶奶跟我说过，不许跟人家说我从前练过，如果说出来让我奶奶知道，就得把我打死，我不敢说。"葛天翔一听，那也就不便再问了。

　　说话的工夫，已经进了村口，葛培仁道："老大妈，您慢一点儿走，我先回去送一个信儿，您瞧好不好？"老太太一点头，葛培仁就头里走下去了。

　　就在这么个工夫，郑家燕猛然一揪葛天翔道："熊儿哥哥，你看咱们老师也来了。"

　　葛天翔一看，可不是周坦也来了，心里想着，何不趁着我父亲没在眼前，我告诉老师，叫老师多收一个徒弟？正要上前，却见周坦忽然哈哈一笑向前紧走几步，到了老太太面前，咕咚一声，双膝跪倒道："王大婶儿，您老人家什么时候也来到此地了？"

　　老太太一看周坦，一伸手就把周坦拉起道："你就是坦儿吗？好孩子，自你走后，你哥哥就让人家给抓去了，要不是因为这，我们婆媳还不会逃到此地呢！"

　　周坦一听，一声怪叫道："王大婶你说什么？我没听清楚。"

　　老太太道："坦儿，你哥哥他叫人弄走了，直到如今，生死不明……"

　　一句话没说完，周坦哎呀一声道："哥哥呀，我害了你了！"说完放声大哭。

　　这一来，可把这些看热闹的给吓坏了，不知这位老太太怎么会跟周老师熟，又不知周老师为什么放声大哭。反是老太太向周坦道："坦儿，你也不用哭了，这都是他前世注定，咱们娘儿们能在这里遇见很是不错。"

　　这个时候葛培仁把大奶奶李氏也接来了，过去给老太太请安行礼。周坦可就过来了，笑着向葛培仁道："葛当家的，来来，我给您引见引见吧，这位老太太姓王。"

　　葛培仁赶紧过去，称呼王老太太。王老太太一笑道："这位大爷不必多礼，我们到这里来搅你，怎么倒好讨您的礼？"

周坦又向那少妇一指道："这就是王少奶奶。"

葛培仁李氏过去要行礼，这位少妇一笑就躲了。李氏道："走吧，咱们去家里坐着吧。"

葛培仁告诉那些街坊，把东西全都运搬自己家里，又谢了众人，大家自去。忽然少妇哎呀一声道："虎儿，你看我那条扁担没有拿来吧？"

王天朋四下一看道："没有拿来。"

少妇道："等我去取一趟吧。"

葛培仁道："一根扁担算不了什么，我烦个人去一趟，取回来更好，取不回来丢就丢了，也不要紧。"

少妇一摇头道："那可不行，我非得去一趟，要不然叫虎儿去一趟吧。"

王天朋答应一声往外就走，葛天翔、郑家燕跟着也走出去了。

王老太太向周坦道："你怎么会也来到此地？怎么今天会那么巧碰上了？"

周坦道："我来这里，原也不是无心，只因听了方胡子的话，他叫我来一趟。他说这里有个大根底的人，叫我来把他请走。我到了这里，始终还没有办。前两天念一又来催我来了，也不知是因为什么，这次只是犹疑不决，一直到了现在，我还没有预备怎么办。今天我听大家说有个小孩儿，力解双牛，我还真没有想到，会是你和大嫂来到这里。"

老太太点点头一张嘴，仿佛要说什么，还没说出来，又收回去了。葛培仁预备好了酒饭，算是请王氏婆媳带谢老师。酒菜将摆好，葛天翔同郑家燕王天朋全进来了。只见王天朋扛着一条又粗又扁又黑又亮的扁担，葛培仁就不高兴，向葛天翔道："你这孩子就是懒，既是一块儿去的，你为什么不把扁担扛来，反要别人扛，你是什么意思？"

葛天翔一声儿没言语，葛培仁过去接那条扁担，王天朋往后一闪，葛培仁以为孩子客气，抢一步伸手一夺，小孩儿背膀儿可就吃不住劲了，往下一滑，葛培仁哪里知道，连身子曳得都往前一歪，手上一吃不住劲，当啷一声，扁担就掉地下了，原来竟是一根铁的。这一来可把葛培仁给吓了一怔，心里想怎么会是这么一根铁扁担，一个小孩儿就拿得动，这两个大人不用说更拿得动了，这个可是麻烦，我怎么把这么两个人给让进来了？又一想可不得了，周老师既是跟这些位也认得，说不定还许是跟他们一道儿的，这可怎么好？心里想着，嘴里还不能不敷衍着，一边斟酒布菜，一边让吃让喝，喝了不到半碗酒，猛然听房上咔吧一声，周坦站起来，噗的一声把灯吹了。葛培仁喊声"不好"，一手拉着李氏，一手拉着葛天翔往屋里就走。

院子里就听见响动了："周鹞子，你要是个朋友，出头露面，咱们可以比画比画，你藏在屋里是什么英雄汉子？你一刀连杀大小十七条命案你怎么做的？好朋友，别难为谁，快出来咱们比画比画！"四面八方，地下房上，家伙一片响，葛培仁吓得都快背过气去了。

正在这个时候，猛听外屋一声喊："小子们躲开，你家周鹞子爷爷出来了！"就听嗖嗖一阵响，院子里人都上了房，当时静悄悄的连一点儿声儿都没有了。

葛培仁这才缓过一口气来道："我的阿弥陀佛！"过去摸火种把屋里灯点起来一看，不由一阵脸红耳热，原来方才自己拉的，并不是什么李氏，反是那位王少太太，那个孩儿也不是葛天翔，却是那个黑胖小子王天朋，心里这份儿不是意思，简直就不用提了。人家那位王少太太，却是丝毫也不理会，反向葛培仁一笑道："老爷子您大概吓了一跳吧？走，咱们快瞧大奶奶去吧。"说着一掀帘子来到外头屋。一看李氏倒在老太太怀里，王老太太拿手抚摸着道："大奶奶不用害怕，不要紧的。"

李氏一看屋里灯也亮了，葛培仁同着那王少奶奶也走出来了，赶紧站起用手抚着心口道："可把我给吓坏了！哎哟，真格的，咱们熊儿到什么地方去了？"李氏痛定思痛，什么都顾不得，可就想起葛天翔来了。

葛培仁一看，可不是葛天翔、郑家燕方才全在屋里，怎么会这么会儿两个孩子全不见了？急忙往外要走，却听头上有人喊道："爸爸别着急，我在这里呢。"说着咚咚两声响，葛天翔、郑家燕全从房顶上蹦下来了。

葛培仁道："哟！你们怎么学会了爬梯上高了，这个多悬，一个不留神掉下来，那是闹着玩儿的吗？"

葛天翔道："不要紧，您放心，绝不能掉下来。真格的，周老师他老人家到什么地方去了？"

葛培仁急忙把手一摆道："你快别嚷了，什么周老师？你要说出是他的徒弟，拿不着他一定会把你拿去。"

葛天翔笑道："我又没犯法，他凭什么拿我？"

葛培仁这时候顾不得和葛天翔废话，只翻着眼睛，看着王老太太。王老太太就看出这份意思来了，便笑着向葛培仁道："葛当家的你只管放心，周坦虽说有人来找他，他绝不会来牵累你，不用说那班人也不会再回来，即使能够回来，对你也绝不会伤一点儿。"

葛培仁正要再问问周坦是怎样一个人，到底为的是什么样事，一句话还没有说出口，又听瓦垄一响，跟着屋门一响，从外头进来一个，不是别人，正是自己提心吊胆怕见的周老师周坦。本就害怕，一看周坦手里拿的东西，更是吓得亡魂皆冒。平常看见周坦，总是和颜悦色，十分可亲，今天一看，可不是那个样儿了，眼也瞪起来了，腮帮子也鼓起来了，不但不觉乎可亲，满脸都是杀气，十分可怕。一只手提着一口刀，一只手提着两个血淋淋的人头，滴答滴答直往下流红血。葛培仁一看，这可糟了，别的不说，这人命关天，这场儿官司就躲不开，心里着急，可不敢说出来。周坦手里有刀，一个弄不好，他要一瞪眼，这一家人还经他杀的呀？勉强挣扎着强笑了一笑道："周老师，您这是从什么地方把他们给剁了？"

周坦微微一笑道："葛当家的，您就不用细问了，无论怎样为难，也不能连累了您。我来到这里，日子已然不少，一切搅扰您，实在对不过，原想在一起多盘桓些日子，没想到事到临头，刻不容缓。我在这里时候多了，绝对于您无益，我现在就要走了。天翔天分很高，他将来前程万里，既是忠臣，又是孝子，忠孝出于一门一身，实在可喜可贺。我现在要走了，别无可赠，只有一句话，我可非告诉您不可。我走之后，您可别叫天翔废读，如果要是找不着合适的老师，我倒可以给您推荐一位，就是这位王大婶儿。她老人家不但文学好，武艺也特别高，现在又没地方可去，您请她老人家教授天翔，那是再好也没有了……"

刚刚说到这句，就听窗外有人喊道："白莲余孽，你还敢跑吗？你家汤老爷已然四下安排好了天罗地网，就算你长了翅膀，恐怕也难逃公道，快快出来让汤老爷一捆，算是你明白。小子听明白了没有，还不快快出来！"

周坦向王老太太说了一声："再见，您多保重！"双脚一跺，嗖的一声，一斜身横着一蹿，人就到窗户外头去了。脚才一跺实地，劈耳夹面，一刀早到，直取左肩。周坦说声："来得好！"侧身一闪，刀就走空了，回手一晃，那只手向前一推，正在那人胸脯上，嗖的一声，咚咚咚退出去有七八步。周坦又说一声："好朋友，不要赶尽

147

杀绝，难道你就没有看见你们那两个狗党吗？要是不知进退，我可依然是叫你们丧在当时！"说着两纵已然到了墙外。这些人便也跟着一阵喊嚷，全都跑下去了。

葛培仁听了半天，一点儿声儿没有了，这才放下心来，向葛天翔道："你跟你妈在家里陪着客人，我跟燕儿到外头去打听打听。"说着带了郑家燕便一径走出门去，心想这件事可真悬，谁知道他一个教书的先生，竟是作案杀人的强盗，这可不是闹着玩儿的，我趁早儿到了村子联庄会上去说上一声，是好是歹，也就没什么事了。倘若是我现在不说，难道这件事情要是闹大了，到了那个时候可是我一个人的罪过。心里想着，便往外头走。这个会就是几村子联在一起，找出几个人来立的这么一种公益会，大小有点儿事，可以先不用惊动官府，到会上来说说。会上能够办完了，就不必惊动官府了。

葛培仁刚刚来到联庄会门口，只见从里头慌慌张张地出来一个人，也没有看见葛培仁，只一撞正撞在葛培仁身上，哎哟一声，葛培仁就摔倒。那人一下碰倒了葛培仁，才知道自己走路太急，把人碰倒，急忙用手往起搀扶道："这是怎么说的？请起，请起，没碰着什么地方呀？"

葛培仁一听，耳音很熟，便问道："您不是前村子的郝七爷吗？"

那人道："可不是我吗，您是谁呀？"

葛培仁一听，这人便是联庄会上一位管事的郝金生，便赶紧道："我是葛培仁。"

郝金生哎呀一声道："这是怎么说的？天到这个时候，您要到什么地方去？怎么连个灯笼都没拿呀？"

葛培仁道："我因为有点儿急事，要到会上去说一声，没想到走到这里会碰上了。"郝金生道："葛大爷，您有什么急事，您就说吧，现在东屋里您可不能进去，有什么话您跟我说一说，我要看着可办，咱们就办；要不是太要紧的事干脆说，您去办您的，今天会上还真不能替您的忙儿。"

葛培仁一听，既然人家不让到会上去，想必是会上有什么要紧的事不便让人知道，不如干脆就在这里跟他说一说吧。遂把周坦一切一切全都细说了一遍，临完告诉他是自己怕事，所以才到这里来想个法子。

郝金生一听，哈哈一笑道："这一来倒巧了，姓周的，大概您还不知道他是什么样的人物呢。我告诉您吧，我从会里跑出去，也是为的这件事，咱们会头杨二爷副会头孙八爷可全出事了。"

葛培仁道："出了什么事？昨天我还看见他们来着，他们还跟我打听周老师什么时候来的？平常出门不出门？我们还很谈了会子，今天会出了什么事？"

郝金生道："这就是他们两个，事情还是闹得不小，你既是说到这里，也不必瞒着您了。您跟我到会里去一趟，一看你也就明白了。"说着拉了葛培仁就走。

葛培仁心里还纳闷儿呢，方才不叫自己进来，如今他又拉着进来，到底是怎么回事？简直是不明白，跟着走吧，一只手拉着郑家燕，就走进了联庄会。这联庄会的会址，原是一座夫子庙，里头有三间大殿，一边有两间小配殿，大殿供的是佛像，两边小配殿，那就是这拨儿办会的住房跟办公的地方。郝金生拉着葛培仁，不进办公的屋子，直奔大殿，来到殿前单手一推门，本是虚掩的，吱的一声，门就开了。郝金生往里一拉葛培仁，走向佛前，把海灯芯儿往起一提，屋里当时大发光明。

郝金生用手往旁边一指道："葛大爷您看？"

葛培仁抬头一看，只见旁边周仓老爷一把刀上挂着一个人头，一只手还挂着一个人头，全是鲜血淋淋，惨不忍睹，不由大大吓了一跳。便颤颤巍巍向郝金生道："这，这，这，是谁？"

郝金生道："就是刚才跟您提的那二位会头，杨二爷、孙八爷呀！"

葛培仁道："这二位是让什么人给害了？尸身现在什么地方？"

郝金生道："这二位就是让周老师给害了。"

葛培仁一听，心里直蹦道："这话不是闹着玩儿的，您可别随便乱说。"

郝金生道："那我也不敢。"

葛培仁道："就凭你一说是让周老师给害了，就能算是周老师害了吗？"

郝金生道："那当然是不能了，我有一个明证，您一看就可以明白，我不是随便一说了。"说着从腰里一摸，掏出一张纸条儿来，上头血迹模糊歪歪拧拧写着两行字是"可恨孙杨二人，贪图赏号金银，只为发财卖友，钢刀之下丧生，周坦"。郝金生道："这周坦不是周老师是谁？"

葛培仁道："周坦不错，是周老师，可是怎么会跟杨爷孙爷结的仇，我可就不知道了。"

郝金生叹一口气道："您看上头写得不是明白吗？这件事我也略有一点儿耳闻，可不准知道对不对。前些日子不是村子里闹蛟吗？周老师跟那个老道把蛟给除了。除蛟的那天，孙爷、杨爷二位也去了。回来时候，两个人谈天，就说周老师有点儿形迹可疑，看他样儿不像是个教书的，二位说完也就过去了。没有三天，就有两个当差打扮的人，到咱们会里来拜望杨爷孙爷，我在旁边听了个清清楚楚，真一点儿也不假，正是在山东也不知在什么县当官差的。据他们所说，周老师不但是杀人作案的凶犯，而且还是什么教里的教徒。

只因在山东杀了十几口子，一害怕就躲到这里。他们是带了海捕公文，追了半年，才追到这里，托孙杨二位做个眼线，并且答应给他们每人一百两银子。这二位也是见财忘害，可就答应了他们。这个事情足足有两个多月了，今天忽然那二位又来找杨爷孙爷，可没让我听着怎么回事。天黑了没有多大时候，两个也不知道从什么地方又约了二十多口子，就到学房去了。我怕是闹出什么事来，我可没敢跟着，在我西配殿上里炕上一趴，连声儿我也没敢出。刚才猛听见大殿里有响动，我怕是溜门子的小贼，进来把五供儿偷了去，赶紧我就跑到这边来了。刚一进门，就闻见一股子血腥气味儿，把灯提上来一看，可了不得了，杨爷孙爷也不知是什么时候、在什么地方，让人家把脑袋给摘下来了，挂在周老爷的刀上。我连言语也没言语，我就往外退，到了门口才往外跑，没想到就碰见您了。我瞧周老师杀的人一点儿错儿也没有，这二位是叫老师给杀了，也一点儿都不错了。"

葛培仁道："这么说起来还真有点儿像了，不过还有一点儿事，您还没说呢。"

郝金生道："什么事？"

葛培仁道："您还没说那张纸条子是什么地方得来的？"

郝金生道："刚才我一忙忘了说了，那张纸条儿就在周老爷那把刀尖儿上挂着来着。"

葛培仁道："事情已然出来了，您说这可怎么办着好？"

郝金生道："我现在一点儿法都没有，如果要是不报出去，怕是明天大家一看见死尸，这个官司我可打不了。"

葛培仁道："这件事您可慢一点儿，您要是一报，这命案可出在庙里，您可是脱不了沉重。大家硬要瞪眼说是您办的，那可怎么好？"

郝金生道："那我可怎么好？"

葛培仁道："主意倒是有一个。你赶紧跟我走，到了周老师书房，看看那里有杨爷孙爷死尸没有？只要找着死尸，咱们往庙里一送，然后给他来一个火焚，人不知，鬼不觉，就说是他们两个不留神，烧死在庙里也就完了。您看怎么样？"

郝金生道："事到如今，我也只好是这么办吧。"

说完两个人跑出去，一口气就跑了到书房，打火一看，屋里不用说是死尸，连周坦那个小包袱都已经踪迹不见。葛培仁不由哎呀一声道："这可怪了！怎么他预先就知道要出事儿吗？怎么连他自己的东西都没有了？"

郝金生道："葛大爷咱们还得赶紧找，要是找不着，咱们还可得想法子。只要让大家一看见死尸，这事情可就麻烦了。"

葛培仁道："那么咱们还是先回去，把那两个人头也给拿了出来，多走个三里五里的往大道上一扔，我瞧也就可以没咱们的事了。"

郝金生道："这个法子也好。"

两个人撒腿又往回跑，到了庙里，照直进了大殿，抬头一看，两个人差点儿吓死了一对儿。原来老爷座位旁边，一边一个，立着两个无头死尸。郝金生一看就要跑，葛培仁一把拉住道："你先别跑，你细瞧看这个是谁？"

郝金生爹胆一看道："这两个我认识，就是杨爷跟孙爷，一点儿也都不错。"

葛培仁道："这件事说来也是怪一点儿，其实也没什么，一定是那位周坦来时杀了人之后，一次搬运不便，二次又把死尸给运来了。这倒好办了，咱们方才不是打算把死尸找回来，给他们个火焚吗？如今不用我自己费事，再好没有，趁着还没人知道，咱们找火一烧，烧完了完事，别等有人可就麻烦了。"

郝金生一听有理，过去把海灯就拿起来了，把葛培仁往外一拉，退到殿外，拿灯苗儿往窗户上才要点，就听房上有人喊："二位不要多累，请您赶紧退出，我好报应这两个小子！"

葛培仁一听，正是周坦的声儿，可就是看不见他在什么地方，一听话说得很厉害，赶紧往后一撤步。才下了两层台阶，就见殿后火光猛然一亮，跟着一阵咔吧咔吧声响。葛培仁赶紧拉了郝金生撒腿就跑，跑到庙外足有二十来丈远近，回头一看，只见金星乱烧，火鸽四窜，这把火就算烧起来了。火才一起，葛培仁一拉郝金生道："你赶紧进村子报信，就说孙爷跟杨爷二位进殿烧香，不想引着幔子，登时火起，二位逃避不及，全都烧死殿里。快去，快去！我也赶紧回家，明天有什么话，咱们彼此兜着一点儿。"

郝金生撒腿就跑，才进村子，村子里人出来救火的已经快到了，拿着杆子的、钩子的，抬着水筲、水桶的，全都跑着来了。郝金生一见迎面就喊："众位快一点儿吧，杨爷孙爷全都还在庙里呢。"这些人一听，全都跑了下去。

葛培仁趁着这个工夫，可就是回去了，一见李氏、王老太太、王少奶奶、葛天翔、王天朋全在屋里正说话呢。李氏一见葛培仁道："你把燕儿送回去了吗？"葛培仁一听，哎呀一声，差点儿没有吓倒在地，汗也下来了，话也说不出了。李氏一看神色有异，便急问道："你怎么了？"

葛培仁道："坏了，坏了！我把人家孩子给丢了。"

葛天翔一听，就急道："怎么会丢了？难道您半道儿上遇见什么事了？"

这时李氏也急了道："你看你什么事都是沉不住气，家里本来就够热闹的，你又把人家孩子给弄丢了，这要人家大人一问，可怎去

153

找他家去说？"

葛培仁道："你先别着急，刚才事情一忙，把他忘了，他也许还在那里等我呢，没跟我去。好在一个村子里，这里没他，我还可以到他家里去找他去，八成儿他是回家了。"

说着迈着步要往外走，前脚才一出屋门，外头有人迎着一横道："葛大爷，你可倒好，把我往街上一扔，您也不管了。外头火也着起来了，我家也回不去了，您倒回到家里来了，这是哪里的事呀。"

葛培仁往后一退，后面跟着一个小孩子，不是别人，正是放心不下的郑家燕笑容满面地走了进来。葛培仁赶紧一把拉住道："好孩子，差一点儿没把你给弄丢了！好孩子，没吓着你呀。"

郑家燕微微一笑道："我一点儿都没吓着，还有人托我给您带了一封信儿，给您瞧瞧。"说着从腰里掏出一封书信。一看皮儿，葛培仁两只手不住哆嗦开了。

正是：

多少稀奇古怪事，全在方方寸纸中。

要知后事如何，且看下集分解。

第 二 集

第一回

溯源流演说周鹬子
逞意气探访老龙神

话说第一集《琥珀连环》说到周鹬子放火挂人头，从葛培仁家逃走，葛培仁正和王老太太谈说这回事，忽然外头有人送进一封信，急忙接过看时，只见一张白纸，上面写的是："培翁居停惠鉴，风尘辱蒙青睐，备感知己，颠沛谬荷关注，犹念古风。仆幼也不学，长复不文，更以质钝性惊，不能受师保之羁束，交游不检，一薰一莸，以致碌碌半生，既不能立功立言，并乏德善，且以行为逾越，累遭谋政者之嫉视，徒羡朱家郭解，仅能效望门投止，亦可概矣。爰拟远遁海滨，借了余生，未意复遭鬼妒，缇萦踵止。以仆之力，固不难尽扑群獠，以泄积愤，唯念彼辈依人食禄，可怜可叹，亚不愿多杀小人，深伤阴骘，唯有趋避为上上，因远引以去。杨孙二豸，背义图利，已一刀挥之而了，为贵方诛除财狼，亦可以有报知己，举火效阿房之火灾，后患更无可虑。所憾者，遇仁厚长者如吾弟乃不能日夕把聚，当深浩叹耳。然窃闻之，积善之门，其后必昌，文郎上应天宿，绝非池中物，望善培植之，飞黄腾达，犹是余事。王太君文武精娴，足可为文郎师范，望不吝折节以求，倘得受教，胜似庸愚万万。事关家国，切勿漠视，仆言当有后验也。临颖仓促，不

157

尽鄙意，诸希珍摄，静候潭安，周坦留上。"

葛培仁文字本不甚高，这封信只能看一半猜一半，大概的意思也明白，把信看完不由长叹一声道："唉！这是哪里说起？怎么这样好人，竟会交这样坏运！"

王老太太在旁边也叹了一口气道："葛大爷您是不知周先生的为人，您要知道他的为人，以及他所遭的事，更要替他可叹了。"

葛培仁道："这样说来，您对于他的家世一定是很熟悉的，现在咱们也没事了，何妨请您谈一谈，我们听一听呢。"

王老太太道："提起周先生的事可就多了，您听着我慢慢儿跟您谈一谈。周先生原是山东莱州府外平安庄的人，他为人非常精明，小时候念书很不少，什么五经四书诸子百家这些正经书，自不必说是全都念过，就是那些什么兵书战策，以及奇门遁甲、医卜星相，他也无一不懂。按说他的学问那么渊博，脑筋那么灵活，要是考一名什么举人进士，大概总可以取得高高在上，偏是功名无份，连下几场，依然连个秀才都没有混上。这要是搁在一个安贫守命的人身上，也就可以自认命薄，不必介介。可是周先生性情本就狂放，又受了这种束缚，气愤之下，便把求取功名的这一条道儿扔了，片纸只字绝不再提，重新便练起武来。他家原是富家，交朋友容易，便请了些个教师，在家里练习内外两家的功夫，一则天分本高，二则又肯下功夫，不到七八年，已然都很有些眉目了。在周先生也以为自己能为大可以纵横一时，很是高兴，也是合该他在江湖成名，也可以说是该当遭受颠沛。忽然有一天，周先生正在家里和几个拳教师讲习武艺，外头有人来报，庄外来了一个老道，要化这庄里一万两银子修庙。庄子里人不答应，他便动手把庄里的人打了不少。周先生一听，当然忍不下这口气去，便约了几位拳脚教师，一径跑到庄外，一看那个老道，正在横眉立目，和些庄稼人打吵子。周先生

158

便走过去向那老道说了几句面子话，老道一概不懂，非一万两银子绝对不走。周先生一时下不来台，过去跟老道一动手，还没有两个照面，就被老道给踢了一个跟斗。周先生脑子灵活，知道自己练了那么多年，并没有练出什么真功夫，当时不但没恼，反跪在地下央求老道给他做老师。老道一笑还就答应了，请进庄里一问，才知道这位老道，俗家姓方，单名一个环字，出家人称凌虚道长，内外两家功夫全好，此来原是慕了周先生好交朋友的名而来，并不是真打算化什么一万两银子。话说得一对劲，凌虚便认周先生当了一个徒弟，从此周先生便和凌虚学艺。一学五年，周先生能为大进，尤其是对于轻身的功夫特有心得，能够平地一纵，纵起来三四丈高，因此江湖上便送了他一个外号叫周鹞子。"

王老太太说到这里，恰好李氏端了茶来道："老太太您先喝一碗，听您说着都痛快。"

王老太太笑道："大奶奶您歇着吧，我渴了我自己会倒。"

葛天翔抢过来道："妈，您先别倒茶，一搅乱老太太不说了。"

李氏道："呸！你当着为说给你听呢，天到什么时候了，还不去睡觉去？"

葛天翔一听，话也不敢说了，翻着两只小眼看着葛培仁。葛培仁道："你要听不许说话。"葛天翔便真个一句话也不说了。

王老太太喝了一口茶道："周先生得了这个外号后，武艺倒是行了，可是家里也就中落了，江湖道上便有许多人请他出去走走。周先生因为自己练了那么些年功夫，始终还没有到外头走一走，也觉着心里不大舒齐。如今一有人来约，正合心意，便答应了人家。头一次便在一家镖店里，给人家走了几趟，连一点儿毛病也没出。周先生自是特别高兴，可是胆子也跟着越来越大，不但给镖店走趟子，爽得连什么打个抱不平，替人家挡个横，甚至于帮着官面儿拿个贼，办个案，一来二去名头自然更大，可是在江湖上结的怨，也就深了。在江淮一带，最有名的帮头子，就是他一个最大的仇家。这个头姓蓝，单名一个用字，因为水旱两路功夫全都绝顶，江湖人送了一个外号叫镇江淮三面龙神。这个蓝用，水旱两路功夫既好，内外两家拳术也特有心得，手底下带着至少有二三千人，专做些营私犯法的买卖，官面儿虽然恨他入骨，却又怕他在心，几次悬了赏格，要把他一手成擒，好去大患。结果反被他占了上风，伤了官面儿不少弟兄。官面儿既是十分想把他除去，便四下托人延聘有名武师，不惜重金，意思只在把他除去。这时便有人提到周先生，官面儿便备了礼物找人去见周先生，说出官面儿意思。按江湖上说，周先生吃的是镖行，就不该管这些闲事，可是周先生少年好事，见是大官儿来请，便一口答应了。官面儿朋友走后，镖行那些人就劝他说，这件事不该答应，姓蓝的营私犯法固然不对，可是井水不犯河水，与吃镖行的毫不相干，再者听人传说姓蓝的很讲义气。他虽是淮海一带一个大头子，却从来没有仗着势力得罪任何朋友。咱们既是吃的镖行饭，这种人只应交好不应得罪，不该答应官面儿的。周先生哈哈一笑说：'我原不是打算得官面儿什么好处，只是我听说姓蓝的够个汉子，我想借此可以跟他交一个朋友。只要我们两个见了面儿，什么话一说就完，绝不能无故得罪朋友。'大家一听这话也许是实情，也就不再拦他。葛大爷，这一说起来真可怕，那个姓蓝的果然朋友特多，耳目灵通。就在大家说完这话第二天一清早，周先生还没有起床，外头就有人送进来一封信。周先生把信在床上拆开一看，便急忙下地，追到门外，再看送信的已然走得没了影儿，不由懊恼向那伙计发话道：'怎么人家送信来，不让人家进来坐坐就放人家走了？'伙计不知因为什么，只得说了许多好话。周先生不理伙计，却把那些朋友全都约来，向大家一笑道：'这个姓蓝的耳朵倒是真长，昨天咱们才提到他，今天他的信已然送来了。'说着把信往大家面前一递，大家看时只看上面潦潦草草写了几句话是：'字告周武师，两雄不相持。留得情面在，他日报相知。'底下画着一条龙。大家一看道：'不错，不错，这正是姓蓝的暗记，看这个神气，他够个朋友。依我们说，还是不要带着官儿得罪这种朋友的好。'周先生哈哈又一笑道：'话倒说得不错，不过我要就凭他这张三寸条儿，我就不敢去，未免让他看得我姓周的没人了，他要真是个朋友……'一句话没说完，窗户咔嚓一声，跟着桌子上咚一声，从窗户扔进一样东西来，把桌上茶壶茶碗全都震得粉碎。周先生不看桌上的东西，一纵身双腿一踹，就从后窗户纵出去，就凭周先生那身功夫，腿脚那么快，等到出去已然连一个人影儿都没有了，没法子又回到屋里，这才看桌上的东西。原来是一个大包袱，打开包袱一看，里头是一张红单帖，上头写的是'义弟蓝用谨拜'，另外是一个纸包，一打开纸包，里头是十张金叶子、四十粒大珠子。周先生一看，可就怔了。那些伙计不明白是怎么档子事，便问周先生。周先生叹了一口气道：'这姓蓝的可是太厉害了！他这张单儿上头写的是义弟，就是告诉我跟我结了一谱，另外又送了这么一份厚礼，在他的意思，一半儿是拿江湖上义气笼住我，一半子是表明我的所以帮着官面儿，也无非为的是几个钱，所以才双管齐下，叫我说不出什么来。'这些伙计道：'既是这样，您也就可趁坡儿下了，何必为了一个官面儿得罪这样一个朋友。'周先生冷笑一阵道：'要按江湖上义气说，他既知道这种情形，他就该找两位正经朋友来见我，或是他自己辛苦一趟，开诚布公，说几句体己话儿。我虽不能说好交朋友，勿论看在哪一面儿上，我不能不点头。现在他本人不来，又不托个朋友来，只是一味表示他的威风，意思之间总不免含着挑逗的意思。我帮官面儿，也不过是因为面子上说不下去，才肯答应，我何曾贪图人家什么赏号金银？如今他这么一来，倒仿佛我确实是为了赏号才干的。我姓周的虽说没钱，也从有钱的时候过来，这几个臭钱我根本就没有看在眼里。无论如何，到了现在，我倒不能不跟他比画比画，不怕我输在他手里，从此我可以远走他乡，不再吃这碗饭，并且我可以声明，就是他输在我的手里，也绝不拿他到官，表明我是斗的他私人，与官面儿没有干系。他这包东西现在我先给他存着，至多在三天之内我一定要去拜访他。'这些伙计一看话说不进去，也就不再往下说。果然，到了第二天，周先生便把他自己应用的家伙，以及蓝用送来的那个包袱全都拿好，单身一个便向扬州荷叶岛去拜访老龙神。在周先生想着，姓蓝的在江湖上既有了这么大的名，一定是个坐地分赃无恶不作的响马头儿，准知道到了那里必有一番恶斗，好在他是艺高人胆大，毫不犹疑地走下去了。

"从清江一上船，就闭目养神，准知道离荷叶岛不远了，这只船上一个摇橹的老头子之外，还有一个十一二岁的小孩儿，伺候伺候茶水。自从周先生雇船一说到荷叶岛，那个老头儿就上下打量了周先生好几眼，船价也没细讲，周先生就上了船。这只船别瞧是只小船，摇船的又是一老一小，可是船走得还真不慢。周先生走了半天，一看还没有到荷叶岛，便睁开眼向那小孩儿道：'还有多大时候就可以到了？'小孩儿一笑道：'早呢，这是顺水船，也还要走四个时辰；如果是上水船，六个时辰还到不了呢。客人闷了吧？等我唱一个曲儿客人听。'说着便把一只小手拍着船舷唱了起来，'昔日有个楚霸王，神勇的名天下扬，胯下马，手中枪，一心要灭汉刘邦。九里山前遇韩信，八千弟子各归乡，长矛力挑乌江水，宝马悲鸣美人亡。举鼎的英雄横剑死，笑坏韩信萧何与张良。从来君子斗智不斗力，勇而无谋没有下场！'一声高，一声低，借着水音儿，还真有点儿意思。周先生还没有理会，忽然看见小孩儿唱完，不住翻着眼睛向自

162

己点头，猛然想起这个唱儿是意有所指，暗道一声'不好!'八成儿这又是姓蓝的一伙了。自己武功虽说不错，可是水里一窍不通，他们要是一闹花样，自己可就不免吃眼前苦，不如先抓住一个再说。想到这里，往起探身子，一伸手就抓那个小孩儿，就见那小孩子身子往前一抢，周先生手就抓空了。那个小孩儿一声长笑道:'你这个客人真是没涵养，爱听就听，不爱听就罢，犯不上啰唣人，休怪无礼，我可不陪了!'双脚一跺，嗖的一声，竟往河里纵去。眼看着到了河面儿，应当扑咚一声，掉在水里，万没想到那个孩子身子才着水皮儿，两手一拍，叭的一声响，双脚一翘便像一只燕儿一样，哧，哧，哧，连点了三点，竟自到了对面。除去底下衣襟之外，身上连一点儿水珠儿都没有。周先生可不由得吓了一跳，万也没有看出来，这么一点儿的孩子会有这么好的功夫，这要也是蓝用手下的话，那蓝用自不必说，更是有惊人绝艺的了。心里这么一想，当时心里就馁了锐气，再看那个摇橹的老头儿，把橹一停，用手向岸上一指道:'你这个孩子真是讨厌，每次出来，必定得想个法儿淘气，几次三番，我想警诫警诫你，始终没得机会。今天要是不给你点儿苦子尝尝，你更不知道要怎么样儿好了，好小子别走!'说着话，往起一站身，在船尾上晃了两晃，猛地双脚一点，嗖的一声，竟自腾空而起，横脚一踹，比箭头子还快，哧的一声，就到了岸上，一伸手就去抓那小孩儿。小孩儿一乐，侧身一躲，撒脚就跑，一边跑着一边喊着道:'苏大爷，咱们可不许急的。您要是逮着我，我算认输，从现在起，我伺候您三个月；您要是逮不着我，我跟您换换，您伺候客人，我摇两天橹!'一边说，一边跑。老头子在后头一边追，一边喊:'小珠子，你别气我，趁早儿站住，不然要叫我揪住，我非捶你个半死儿不可。'一边喊，一边追，眼看着要追上了，一伸手，小孩儿不是一蹿，就是一闪，老头子就抓空了，顺着河岸，越跑越远，越跑

163

越欢。周先生瞧着还有意思，忽然想起，自己身在船上一点儿水性不懂，两个使船的连一个都看不见了，这要是有点儿差错可是麻烦。心里想着，腿上一使劲，小船跟着就来回乱晃。周先生不会水，一看小船乱转，当时脑袋就发晕，心里就发慌，腿越哆嗦，越觉得船晃得厉害。正在这个时候，猛听上河的水哗哗一阵响，跟着就听有人喊：'前边是什么人的船？怎么横在河的当间儿？快快靠边儿，不然碰翻了，可别怪我们使船的不好！'周先生一听，更慌了，正想摆手告诉来船少进的时候，那只船就到了，才觉两船微微一蹭，忽然纹丝儿不动。周先生不由一喜，这才稳住心神，往来船上一看，只见来的这只船，跟自己那只船，般大般小，就连油色带形式，全都一模一样，分毫不差。方一怪异，却听那船上有人说话：'你这人是有什么心病吗？怎么船到河心不管不顾，反在这里望青天哪！'周先生一看，说话的也是个小孩儿，手里却拿着一杆三股鱼叉，红裤红褂，光着脚，挽着两个鬏髻，虽然大声喊嚷，脸上却露着满是嬉皮笑脸的神儿，看着十分可爱，便也笑着道：'小孩儿你别嚷，我是雇船去看朋友的，走在这里，船上两个伙计忽然打起来了，他们全上岸把我扔在这里，我又不会使船，正在着急，没想到你的船就来了。小孩儿你能不能把船弯回了去，把我渡到荷叶岛，我多给你几个钱。'小孩儿一听，点点头道：'这个我可做不了主，我们还有掌舵的呢，等我问一问。'说完一回头向艄喊道，'罗大叔，您听见没有？咱们做这号买卖怎么样？'周先生往艄后一看，只见这个掌橹的是个中年的汉子，约有三十上下，光着脊梁，斜披一件青水凉绸的短褂子，下衬一条青多罗麻的裤衩儿，盘着大辫子，光着脚，一手摇橹一手拿着一把芭蕉叶儿扇子扇着，一听小孩儿说话，便冷冷说道：'你这孩子也是糊涂了，咱们又不是做生意的船，怎么随便渡客？别废话，赶紧走。'小孩儿一听，把舌头向周先生一伸道：'这都是您，让我碰了一鼻子灰。您快靠后一点儿，我们要走船了！'说着手里又往后一撤，嗖的一声，两只小船便自离开。周先生这只船，便又转了起来。周先生忽然一想，蓝用在这个地方，可是一个大字号，大概差不多的人，总不会不知道他，不如说出他的名儿来，再告诉他们自己找的就是他，或者能够有个办法。想到这里，便向船上喊道：'使船的大哥，我是到这边拜望一位朋友的，这个朋友提起来，大哥您也许有个耳闻，荷叶岛的蓝大爷，您可知道？我是特来拜望他的。'周先生这么一喊不要紧，那只小船倏地站住，那个摇橹的双脚一点，嗖的一声便到了周先生这只船上，双手一拱道：'怎么您是拜望蓝大爷，您可是周五爷？'周先生一听就是一怔，赶紧点头道：'不错，在下正是周坦，不知在什么地方见过，恕我实在眼拙，可一时想尊驾不起了。'那人一听，把辫子往下一撂，深深一揖到地道：'您果然是周五爷，这倒巧极了。在下罗隆，奉了蓝大爷之命，前来迎接周五爷的。在蓝大爷想着，周五爷来得必没有那么快，途上已然派人去接，怕是接不着，所以又差了在下来接五爷，没有想到会在这里遇见。五爷，请您上我们的船吧。'说着向那小孩儿一点手，小孩儿把叉往水里一挑，那只船便嗖的一声倒着退了回来。两个船一靠，罗隆道：'五爷请您上这只船吧。'周先生才一迈步，往那只船上走，却听岸上有人喊道：'什么人？怎么在道儿就劫我们的买卖？那位客人还没给我们船钱哪。'周坦一听，往岸上一看，正是方才那位老头子，一手揪着那个小孩儿，站在那里喊哪，周坦赶紧也喊道：'对不过，我遇见朋友了，我现在要搭那只船走了。你的船钱，我给你搁在这边船上，你自己取吧。'说着掏出一锭银子，约有二两重，往船头上一扔，二次又要迈腿，岸上的老头又是一声喊道：'那可不行，咱们得说说这理！'就瞧他一手夹了那个小孩儿，双腿一踩，嗖的一声，连他带孩子都到了船上，踩得那个船来回乱晃。

165

周先生方要跟他讲理，罗隆一看老头子，却已喊了起来：'苏大哥吗？蓝大爷派你去接周五爷，怎么你半道儿上见了客，做上了买卖，你也不打听打听客人是什么人？您怎么岁数越大越糊涂了？'老头子一听，瞪眼向罗隆道：'蓝大爷让我去接周五爷，我等了两天，我也没看见这么一位周五爷，再者说我知道这周五爷是个高个儿，还是矮个儿？是个胖子，还是个瘦子？大海茫茫，叫我到什么地方去找周五爷去？我也不能够见一个人问一问是不是周五爷，那样一来，我成了疯子了。还有一件，那位周五爷究竟是不是一个人物，咱们可也不知道，准敢来不准敢来？谁能摸得清？等了两天，一点儿消耗儿没有，那还等什么？八成不来了，因此我才往回带脚。走在那里，小珠子这个乏孩子，跟我要骨头，我想惩治惩治他。没想到这个工夫，你会来了。也别管我带脚对不对，那么你把我的客人给截了走，那你就对吗？'老头子还要往下说，罗隆双手一摆道：'得了得了，您可以歇一歇儿了，没事有两个钱要喝酒，喝完就要糊涂了，正事不干跟孩子瞎打一阵，您算怎么回事？这幸亏我来了，我要不来，您这回就包了。'老头子道：'我包什么？'罗隆道：'包什么？让您接的周五爷现在船上，您都不知道，那要是人家到咱们荷叶岛，您岂不就包了？'老头子一听，脸上露出惊慌失措的样儿道：'怎么您就是周五爷？我可实在不知道，我多喝了两盅酒，酒把我支使糊涂了，您可千万别怪我，见了我们蓝大爷您可别说什么，不然我老头子可就苦了。'说着向夹着那个孩子呸地就是一口道，'要不是你这孩子，哪里会耽误这么些事，真恨疯我了！'说着长胳膊一托，小孩儿脑袋朝下，往河里一撒手，扑咚一声，水皮儿上冒了两个大泡儿，那个小孩儿连影儿都没有了。周坦一看老头子要扔那个孩子，才喊一声使不得，老头儿一撒手，小孩儿已然掉下去了，不由一跺脚道：'唉！老大哥您这么大的岁数，怎么还是这么暴的火性，他一个小孩子，就是有什么不好，也可以劝劝他，怎么把他扔在水里了？'罗隆一笑道：'不要紧，五爷您不用着急，我们那个孩子去把他救上来。'说着话向那个小孩儿一拍巴掌一指水，那个孩子把鱼叉一扔，哧的一声，也下水去了。周先生这时候也想过味儿来了，那个小珠子分明也会水，哪里能够把他淹死？这倒是自己太老实了。一问老头儿姓苏，单名叫一个定字。周先生这时候，虽然没有见着蓝用，一看他手底下伙计，个个全是这样，心里就知道姓蓝的够个汉子，自己不该这样执意怄气。这次见了面，能够言归于好，趁早儿可别多管闲事，恐怕一个弄不好，反而搬砖砸脚。心里这么一想，胜气就下去了一半儿，当时说话就透和气，向那罗苏两个笑道：'二位，咱们走吧。'罗隆道：'走吧，您就这个船上不用挪动，让我苏大哥摇着，我在后头摇着。'当时两只船一分，苏定一摇，船就往下走下去了，罗隆这只船也在后头紧紧跟随。周先生坐在船里头，心里可就寻思着见了蓝用说些什么，忽听苏定道：'五爷，您要是见了我们蓝大爷，您可千万别提出今天船上的事，您就说我把您接着了。'周先生一笑道：'是，是，我见了蓝老英雄必定不说就是。'周先生又问了问离着荷叶岛还有多远，苏定道：'不远了，拐过这个河湾子一直不到三里地，就可以到了。'说完了又一笑道，'真是耳闻不如目见，在我没见着您之先，一听他们传来口报，您这个人颇有些难买难卖的地方，如今一看，您敢情太和气了，真是人嘴两层皮，舌头底下压死人。'周先生听着，当然也不好说什么。

"一拐河湾周先生就看见了，在前面不远，影影绰绰有一片地，大约说着有个一里地宽。这块地四面不靠，里头仿佛有一大片房，想着那大概就是荷叶岛了。猛见那片地里拥出足有二三百号人，全都是长袍子、青马褂，赤手空拳，一直往自己这边走来了。苏定道：'周五爷，您瞧见没有？大概是蓝大爷已然得着信，来接五爷来了。'

说着把船一紧，抢行几步，就跟前边那拨儿人见了面了。为头的是两个，长相儿全都一样，有一个手里拿着一张名帖直到船边，单手儿一打横儿道：'苏班儿，船上可是周五爷？'苏定一点头道：'班儿，不错，这位就是周五爷。'为头的两个走进船边，拿手里名帖向上一递道：'蓝大爷派我纪风、我娄治带着弟兄来接周五爷！'说着单手又一打横儿。周先生一看那张名帖上两个大字是蓝用，赶紧站起身来赔着笑道：'不敢，不敢。周坦事先没得派人通知，来得十分鲁莽，众位别怪，请您先为通知，在下随后就到。'说着也把两个手往当胸一抱。纪风、娄治两个连连道：'五爷不用客气，请吧。'小船儿一走，这些人在两旁跟随，不一会儿就到了。苏定把船下了锚，然后搭上跳板，这可是规矩，不拘你有多大本事可以，不能让你蹦过去，你愿意蹦人家可也不拦着。周先生撩衣襟，向苏定一点头道：'有累，有累。'双脚一点，嗖的一声，就跳在了众人面前，又是一阵客套，这些人走，周先生也跟着走。一看前面这一大片宅子，真像一块整砖挖出来的一样，四围砖墙，当间一座大门，黑漆黄铜，十分庄严。大门开着，纪风伸手一让道：'请吧，您来到我们这里了。'周先生笑着一点头，才要往里走，就听身后一阵喊嚷道：'周五爷您可没有那么办的，我跟您远日无怨，近日无仇，您别不言不语，要我的命啊！这是怎么说的？'周先生一听大大吓了一跳，心想我才到这里，并没有什么得罪人的地方，这话从什么地方说起？急忙回头笑着道：'苏大哥，您这话是什么意思我可不明白。'苏定道：'什么您不明白，您打算让我糊里糊涂就死了是怎么着？您往我船上搁这个玩意儿是什么意思？'周先生一看，苏定手里拿着一锭儿银子，这才想起就是方才自己给的那个船钱，这也不是什么要紧的事，姓苏的干吗说得那么厉害？便笑了一笑道：'那是一点儿……'一句话没说完，苏定便使眼神，周先生还没有明白，后头罗隆就搭了茬

168

儿了：'周五爷，这大概是您上船的时候一颠，把您身上钱颠出来了，您快快收起来吧，我们这里规矩最严，谁要是捡着东西不报，要叫蓝大爷知道了，轻则轰了，重则有性命之忧，那可不是玩儿的。'周先生一听，这才明白，哪里还敢再和人家客气，赶紧接了过来道：'谢谢，我真是糊涂了。'正说着，只见从大门里头又出来了有十二个小孩儿，全是一个样儿打扮，一身红绸子裤褂，每人梳着两个小辫，底下全是抓地虎缎子靴子。在这十二个小孩儿后头，一共出来三个大人。头一个身高八尺，膀宽腰圆，黑脸黑胡子，浓眉阔目，穿青褂皂；第二位身高七八尺，白脸白胡子，细腰窄背，一身白绸子衣裳；中间一位，身高不到四尺，年纪不到三十岁，小头，小脸，细眉，小眼，小嘴，穿着一身蓝绸子衣裳。这三个一出来，当时就都鸦雀无声，静静站立。周先生心里想着这个白胡子老头儿不用说一定是蓝用了，方要上前周旋，只见这三个抢行几步道：'不知周五爷来得这么快，也没得通知我们蓝大爷。蓝大爷因为有点儿小事，到别处去一趟，大约今天不回明天必回，临走时候告诉我们三个，如果周五爷来了，叫我们先给陪着。没想到周五爷来得真快，我们一点儿都没来得及预备，您请吧。'周先生这才知道这三位里头，一个不是蓝用，便赶紧也一拱手道：'周坦来得荒疏，什么东西也没得带，实在有点儿寒酸，求诸位可别笑话，还没请教三位怎么称呼？'穿白的道：'在下秦龙，这位穿黑的是我兄弟秦虎，这位是我们这里一位先生，俞人瑞俞二爷。'周先生赶紧又说久仰，三个连称不敢，就把周先生给让进去了。到了里头一看，这块宅子可太大了，外头一个院，是十三间南房，对着南房是垂花门，进垂花门北房也是十三间，东西房全是十一间，东头西头有两个小角门，可不知道里头有什么房。让进北房一看，屋子里真是特别干净，屋里的摆饰也是特别精致，屋里木器不是花梨就是紫檀，书架子满是书，墙上满挂的全是古代或是当代名人字画。落座吃茶，茶叶太好，又香，又浓。茶喝完了，跟着小孩儿往上端点心，金漆的捧盆，把盖儿一开，真是京式细点，样儿好，颜色好，口味好。吃了点儿点心，这才说起闲话，彼此说些互相倾慕的话。周先生到了这个地方，已然连一点儿狂傲的心都没有了，就想着见着蓝用交代几句过节，交个朋友也就完了。谈了一会儿，吩咐开饭，吃饭可就不在这边屋里了，从角门过去，是个大花园子。花园子里有山有水，靠着水盖了十间玻璃房，吃饭就在那屋里。饭一开上来连冷荤带热炒，全是鳝鱼，周先生倒是听说过，可是没吃过，如今一吃，一样有一样的味儿，一样有一样的美，足吃足喝，毫不客气。正在吃饭时候，忽见一个小孩儿飞跑而入道：'回三位，大爷回来了，就到这里来。'周先生心想这位蓝用不定什么样儿哪，要不然也压不住这一拨儿人。正想着，脚步一响，从外头进来一位，向周先生一拱手道：'让您久候了。'周先生一看，不由脱口而出地呀了一声。"

正是：

相见争如不见，真名未若虚名。

要知来者何人，请看下回便知分晓。

第二回

求全遭毁怒扑强盗
积愤因羞难坏姑娘

王老太太说到这里，葛天翔实在忍不住了道："一定是这位蓝大爷长得太凶猛了吧？"

王老太太摇头一笑道："这回你可猜错了。"

葛培仁道："熊儿不许你再问，你听着就完了。"葛天翔一伸舌头。

王老太太接着道："你跟周先生猜的一样，周先生以为蓝用既是这么一个大头儿，无论如何也得有个样儿，谁知道这一看，又差远了。原来进来这位，身高不到五尺，年纪不过二十上下，白净脸，长眉毛，大眼睛，高鼻梁儿，小嘴，脸上自来带着两个酒窝，梳着一条松花大辫子，辫穗儿打脚跟，穿一件熟罗两截长衫，白绸子中衣，就是底下不是样儿，穿的却是两只靴子，手里还拿着一把全棕折扇，留着挺长指甲，一摇三晃，不用说不像一个做没本买卖的主儿，就是那在书房拿着书本儿念书的大学生，也没他来得文静。周先生虽则不信，可是一看他那个神儿，又不得不信，便也赶紧站了起来道：'岂敢，岂敢。没等您回来，我就在这里打搅上了，实在是对不过得很。'蓝用微然一笑道：'五爷太客气，请坐，请坐。'周

171

先生坐下，蓝用就挨着周先生坐下了。喝了两口酒，吃了两筷子菜，蓝用向周先生道：'一向就久仰，今天一见更是佩服，咱们一见如故，我可有几句话要和五爷谈一谈，说得有个到不到的，五爷可别挑眼，就算我没说。'说着又是咯咯一笑。周先生道：'蓝大爷您有什么话，您可只管说，在下全都愿闻。'蓝用道：'您今天的来意，当然是为我姓蓝的而来，这个我绝不恼您，不过我有我的委屈，我可不能不先说一说，我说完了再听您的。您就知道我是贩运私盐，危害国家税收，您可知道我的出身以及因为什么要干这个吗？'周先生一摇头，蓝用道：'我也知道，您一定不会明白，您听我告诉您。我家虽非累世簪缨，可是也算读书为宦的家第。先祖先父是个什么人，我现在已然当了强盗叛徒，也不便再提名道姓，反像往自己脸上贴彩，没的倒辱没了二位老人家。但是既是读书人家的子弟，怎么会干起这个营生来了呢？周五爷，您喝一盅，我告诉您！'周先生便真个端起酒杯一饮而尽。蓝先生双手一拱道：'好，好，痛快，痛快，我也喝一杯。'说着端起酒杯也是一饮而尽，跟着便道，'不瞒您说，就是让那一班披人皮说人话没长人骨头的一拨儿做官儿的给毁了，可怜我们一家子三十多口，全都命丧奸小之手，只是我一个人被救出险。经我的恩人抚养长大，教给我的能耐，叫我恢复家业，依然图个上进。是我一想，做官儿的别听他们满嘴仁义道德，其实他们那一肚子男盗女娼，简直掏出来都闻不得，夸他们是强盗窑姐儿还是抬高了他们的身份，实在他们连强盗窑姐儿都赶不上。强盗抢人，是明的，人家能够防；窑姐儿迷惑人，是人自愿上她的当。强盗窑姐儿都有发善心的时候，他们连一点儿善念都没有起过，好的固然也有，反正我没赶上，因此我才想起这个营生。不错我贩的是私盐，漏了国家的征税，可是您细打听打听，他们那些做盐官儿的哪个又不指着吃私盐？不过他们的名儿较我们好听一点儿就是了。

他们因为分了他们的红，便想把我们除治了，让他们去独吃，几次三番来和我们过不去，可是又约不出好手来，回回弄得丢盔卸甲，不懂得害臊，又去把您给诓出来了。周五爷，人的名儿，树的影儿，您的来历我们全知道，敬您是个朋友，所以才两次拦您高兴，不知您是先入为主，一定要来玩儿玩儿。我知道这个信儿，还是真高兴，不是别的，又可以多交一个朋友。今天您到了这里，我们应当高接高送才合道理，不过那未免使您扫兴，闲着也是闲着，咱们也无妨解解闷儿，让他们孩子开开眼，也是好的。'说罢又是一笑。周先生这个时候，为难可就大了。眼看着人家这种设备，跟说话的神啦味儿啦，准知道自己要跟人家一比，十成里头占着七成不成。但要是不比，人家话已经说到这里，自己干什么来的，那以后还混不混？左思右想，忽然心里一动，看蓝用这人，既不是什么好勇斗狠的人，再者自己没来之前，他也曾再三和自己拉朋友，反是自己不知深浅，一味要和人家斗。如今何不再把话拉回来，能够彼此交个朋友，把这件事化了，也倒不错。想到这里，便笑了一笑道：'蓝大哥，您这话我都听明白了，不过有一节儿，我这次一定要到这里来的意思，您大概还不甚清楚。我因自幼好武，又最好交朋友，凡是听见江湖上有名的朋友，虽是远隔千里，我也必须要登门拜访求教。蓝大哥的威望远镇长江一带，我早就要来拜访，只是因为事情太忙，始终没有得着相当的时候。今天我借这个机会，特意到贵处，一见蓝大哥，果然是神采冲夷，纪律严明，我是早已佩服得五体投地，情愿交一个忘形的好友，这个还要求蓝大哥原谅。比武一层，我是敬谢不敏的了！'说着又是哈哈一笑。在周先生想着，自己这几句话说得又谦恭，又不失身份，蓝用既是个有名的人物，自能揭过无事。谁知这话说完，蓝用忽然脸上一红，跟着微微一笑：'什么？您倒吝教起来，这倒怪了！我姓蓝的闯荡江湖十多年，不成事的不说，说出来就不能不算。在尊兄未到我们荷叶岛之前，我也曾再三倾心结交，绝不愿伤了江湖间的体面。不过尊驾以为那样一办，馁了锐气，执意要到这里来。现在既是来了，足见就有成全在下之意，无论如何也必须比画比画，尊驾能够把我赢了，我必远走高飞，江湖上消了我这一号儿，让尊驾大名得享，也是交朋友的一点儿小意思。如果尊驾一个失手，或是忘神，叫我侥幸赢了，对不过，只有屈尊屈尊，也得在这荷叶岛挂个号，省得外头人造谣言说我们荷叶岛的闲话，那我们就不能混了。明知道不是待客之法，不过事已如此，也说不上不算了。'周先生到了这个时候，火气可就又撞上来了，心说别瞧我不敢和你斗，一则见你是个汉子，二则你们人太多，赢了你一个人也完不了。倘若一定非比不可，还不定谁行谁不行，既是这样，先把你弄倒了再说吧。想着又微微一笑道：'蓝大哥既是这样抬爱，那我也就不能再藏拙了！蓝大哥您吩咐吧，在下无不依从。'蓝用听了微然一笑道：'对，好，我就知道是五爷客气，哪里有过门不入的道理呢。好，现在咱们就可以到后边园子里玩儿一回。'说着向大家一笑道：'众位也都跟着到后边去看看去。'大家一笑道：'我们也正要去看看周五爷的绝艺。'说着大笑走了出来。从花园角门走了出去，原来又是一大片院子，院子里完全是三合土砸的，足有八丈见方，地上真是连一块小石头子儿都看不见。靠着围墙，有三间瓦房，可没前面儿。里头有一张桌子、几把椅子，余者就是兵器架子，花枪单刀，样样都有。大家全都往檐下一站，蓝用把手向周先生一拱道：'周五爷你说咱们怎么比吧？'周先生道：'咱们这下是闹着玩儿，还是点到而已。如果真有能耐赢了您，什么话也没有，我是当时就走，交您这么一个朋友。如果我要输了，任凭你指派，您叫我干什么，我就干什么，您瞧好不好？'蓝用又微微一笑道：'好！这才够个道儿上朋友说话。周五爷，咱们练家伙，是比趟拳，还是各自练一套软硬的功夫？'周先生一笑道：'咱们彼此原无深仇宿怨，比试比试就是一个意思。来吧，咱们练拳比试，也就成了。'蓝用点头一笑，双拳一拱道：'周五爷请！'风一般，一只左手已然向自己胸前拍来。周先生赶紧往后一撤道：'蓝大哥，您未免手太急，咱们讲的是武不善作，咱们不怕假装儿比试，您也是把长衣裳脱了才像个样儿不是？您先等一等，容我把长衣裳脱了奉陪！'蓝用咯地一笑道：'咱们这个又不是什么上阵拼命，一个闹着玩儿的意思，何必还要那么小题大做？再者尊驾是个镖行，我问您这么一句，如果在道儿上遇见了能手，当时就要劫镖，您还有工夫说是脱了长衣裳吗？对了，您一定说是既然保镖走着，就没有穿长衣裳的那一说。得了周五爷，咱们不用做派了，请！'说着往后一撤步，左手往起一晃，右手从左手底下穿了过来，直拍周先生左肋。周先生听完了那套话，再一看他手底下这份儿黑，当时那股子暴劲儿又上来了，也顾不得还跟他说旁的废话，往旁边一侧身，让过那只手去，把自己右手立住腕子，嗖的一声带着风，就切了下来。实在是名不虚传，手底下真快，看周先生一侧身，就知道自己这手儿使空了，不往回撤，横掌一搓就削周先生左肋。周先生一看，这叫真干，自己的手切到他的腕子上，他的胳膊就拆了，可是他的手要是削在自己肋条上，不能说准根根全拆，最少也得伤个一两根。这哪里是比着玩儿，简直是拼命，心里可就特别加了一番小心。一看蓝用掌到，除去一躲，更无破法，因为自己方才那手往下一切，他就该撤回去，他不往回撤，当然就是不怕，自己再往前一凑，周先生就纵起来了。这手儿功夫是周先生的绝艺，也是他看家的本领。他一看不躲不行了，这才使出这手儿'鹞子钻云天势'，整个儿一个人凭空能起来三五丈高矮。周先生这次可没有使出全力，只躲过了蓝用那一掌，便又闪了下来。蓝用把头微微一点，两只手一合，忽地一下子，就跟一阵风一般，直往周先生身上抢去，双手始终是合着，眼看离着周先生没有多远了，双手一搓，喊一声'着'，两手便往周先生当胸推去。周先生一看，真吓坏了，从前听方胡子说过，武门里有这么一种功夫叫'劈砂掌'，练这种功夫的，在一百步之外可以打人心脏，并且打上之后，十有九稳是准死不活。如今一看蓝用双手一分，就仿佛有一股子风从外头推到，可是热的，就知道是这种功夫，心想人无害虎心，虎有伤人意，我一味躲闪原是怕伤了和气，得罪一个朋友，现在他既是这样节节进，并且全是拼命相扑，这可说不得了，不跟他拼也白不拼，总要让他知道了自己厉害，少吃一点儿苦头，不然他也完不了。想到这里，提身又是一纵，嗖的一声，又起来了一丈来高，这次起来，却不往地下落，两手往里一圈，腰板儿上一使劲，脚面一绷，两只脚尖就奔了蓝用双眼。蓝用一看，周先生居然能够躲开自己劈砂掌，正在一怔，心里略微一定心思，一看周先生双脚已往自己眼上踢来，喊一声'来得好！'急忙一坐腰，周先生双脚一空，蓝用正要反手扭周先生踝子骨，没等手到，周先生腰上一使劲，往横里一甩一翻，正好落在地下。蓝用更不搭话，双手一合，向前一抢步，迎面又是一掌。周先生一看掌到，拧腰一转脸，蓝用这掌就偏了。周先生进步一伸手，要掠蓝用的腕子，蓝用一伸手，横着单掌一扫周先生的脖项，周先生一坐腰，蓝用手到了周先生头顶，平着往下一拍。周先生斜身一纵，转身就走。蓝用提身往前一抢，双掌一搓，又往周先生后背搓去。周先生觉乎后头热风又到，腰一纵，双腿往后一蹬，嗖的一声，落在蓝用身后，提腿一抽正在蓝用屁股上，扑咚一声，蓝用一歪两歪，竟自摔倒。

"周先生抢步提拳就要往下砸去，猛听一声喊：'老五不可！'嗖嗖嗖三声，从墙外蹦进三个人来。头一个一阵风儿相似，便到了周先生面前，横手一推就在周先生肋条上。周先生哎呀一声，一个

176

趔趄抢出去有十几步才算站住。这时候这院子里就乱了，秦龙、秦凤、俞人瑞全从兵器架子上把家伙抄到手里，口里喊道：'姓周的，你好大胆子，真敢跑到这里来找死，别走，咱们比比！'一片乱嚷。周先生不管这些人乱嚷，先看来人，才一抬头，不由哎呀一声，赶紧抢行几步道：'师哥，想不到你老人家今天这么闲在，您怎么会跑到这个地方来了？'原来来的不是别人，正是周先生传艺的师兄凌虚道长方环。蓝用这时候也站起来了，正要喝问来人，一看旁边还站着两个，正是自己差去的两个小孩儿，一个龙珠，一个龙宝，不由就是一怔，急忙问道：'你们两个到什么地方去了？怎么这时候才来？'龙珠一笑道，'大爷您别生气，我们去请大云师太，一说来意，大云师太一笑，恰好这位方老道长正在和师太说话，也不知道师太和老道长说了些个什么，师太叫我们赶紧跟老道长先回来，师太随后就到。'周先生这时候也看明白了，那两个孩子正是方才在船上看见的那两个孩子，不由就是一怔，怎么会跟自己师哥走到一块儿去了？心里正在纳闷儿，方环一声喊道：'五弟，你怎么会来到此地？我从前分手时候，也曾和你说过，叫你不要当差应役，怎么你只是一味不听，现在依然干了这种行当？并且大胆妄为，也不打听清楚人家是什么人，这现在怎么好？'周先生不知道里头是怎么回事，心说这是他逼的我，又不是我逼的他，练武比艺谁都有胜有败，难道我就应该瞪眼吃亏？这未免太不近情理了，心里啾咕不敢说什么。又见方环向蓝用一稽首道：'这里一切一切已经令师全都说知，令师少时便到，有什么请等令师来了再说吧。'再看蓝用忽然脸上一红低下头去，也不知道因为什么，这里头俞人瑞比别人都清楚，一看这种神气心下便已了然，准知道是不能再打了，便笑着一拱手道：'方道长、周五爷、蓝大爷，全都请到前边坐着谈天吧！'方环微微一笑道：'请吧，这倒别客气，反正一天半天也绝走不了。'说着领头便往前走去。周先生不明白这话的意思，拿眼一看蓝用，恰好蓝用也正往这边看，眼光一对，蓝用当时脸又一红，一声儿不言语，把头一低，随着方环就走下去了，绝不像方才那种狂放的劲儿。心想一定是他师父不准他无故惹事，他逞能不听，如今一听师父要来了，心里害了怕，这倒是自己不对，不该方才让他当场出丑的了。想着走着就到了客厅，大家落座。俞人瑞才叫人预备茶，只见外头有人飞跑而入道：'回大爷，外头老师太到了！'蓝用才说了一个请字，便已飞步抢出，还没有走下台阶，大云师太已然从外头走进来了，满脸带笑地向蓝用道：'你不听我的话，还是应了我的话了吧，这样也好，我倒对得起你的父母！'蓝用一句话说不出来，只叫了一声'师父'便抽抽噎噎地哭了。周先生也跟着迎了出来，一看这种神儿，心里益发后悔。大云师太看了周先生一眼道：'好！好！'说着笑了。周先生不知道怎么回事，也不敢问，只好跟着大家进来。落座之后，大云师太向方环道：'谢谢道兄了。'方环一笑道：'师太太客气，都不是外人，这还不是应当的？'大云师太也一笑道：'对了，不是外人，这件事我想就求道兄给成全成全吧！'方环笑着一点头道：'就是，就是。老五，你这里来！'说完迈步往外就走，周先生便在后头跟着。到了外边，一看四外无人，方环才向周先生道：'你现在事情惹大了，你怎么说吧？'周先生道：'我也没敢惹什么事，不过就是把他扔了一个跟斗，这也是比武的常事。您说让我怎么办我就怎么办，让他下下气还不行吗？'方环一笑道：'什么下气儿，你知道他是什么人吗？'周先生一摇头道：'他不过是总瓢把子（盗首）吧。'一句话没说完，方环一伸手道：'别说了，什么瓢把子，人家是个没出闺阁的官小姐！'周先生一听，当时可就傻了，结结巴巴地道：'您别说着玩儿了，谁不知道他叫镇江淮三面龙神，您怎么说他是个姑娘，还是官小姐？师哥，我做错了事，我给人家赔

178

个不是，有您的话不怕，我磕头我都磕，您可别吓唬我！'方环把眼一瞪道：'你什么时候瞧我给你闹着玩儿着？你惹出事来，我想法子给你化解，你怎么随便乱说，连我都不相信起来了？我告诉你蓝用不但是个姑娘，而且还是宦门之后，只因上辈全家遭了奸人陷害，只剩这位小姐，被人家救走学艺。这位姑娘本来孤独，连个哥哥弟弟都没有，因为父母疼爱，一向便是按着男孩子养的，救人的这位也就没有给她改过来，便始终照着男孩子一切教给她的能耐，直到如今还是这样打扮。这位姑娘四岁被救，练了十六年的艺，把父母冤仇报了之后，告诉她师父是矢志不嫁。她师父虽经再三相劝，她只是不肯。后来逼得没有了法子，才告诉她师父，如果叫她嫁人，必须要能为武艺都在她以上，并且还要是根本世家子弟，她师父也就答应了她。谁知道她不嫁心思过盛，嘴里虽是说了活动话，实际上她可就想出高主意来了，她仗着一身本事，便投到盐帮里。这种贩私漏税的大头子，本来全是仗着两条胳膊一个胆子，她的能为既大，胆子又冲，到一个地方打一个地方，不到二年工夫，江湖便送了她一个外号叫镇江淮三面龙神。名头一大，手底下人也越来越多，连着扒倒了几个大头子，她就当了总瓢把子，官面儿也曾再三跟她拼斗，却是连次失风吃败。在人家不知道的，以为她一定是为名为利，其实她的心思，她想着嫁人的说章，必须世家子弟，谁家世家子弟能够娶一个私盐贩子？再者谁又知道她是个姑娘？就这个样儿也混了有几年了，你想这个姑娘可厉害不厉害？'周先生一听，蓝用果然是个女的，心里就怔了，准知道必还有下文，便笑着向方环道：'这样一说，实在是我太鲁莽了，您给想个什么法子，我给她下下气儿，也就完了。'方环一笑道：'没那么容易，人家那么大的角儿，让你一下子给弄了个跟头，说完就完，我可没那么大的面子。'周先生一听，笑了一笑道：'反正无论如何，扔她一个跟头，也没有掉脑袋的罪名不是？干脆您说吧，要叫我怎么样我就怎么样，还不行吗？'方环也一笑道：'既是这么说，那可就好办了，人是你得罪的，我出头给你排解。无论我怎样答应人家，你就得怎样点头，不然的话，我可就不管了。'周先生道：'就是吧。'方环一笑，拉了周先生走进客厅，笑了一笑道：'得，行了！行了！'周先生方在一诧异之间，只见蓝用站了起来，脸上一红，一声儿没言语就往外头去了。客厅上这些人摸不着头脑，也全跟着一怔。大云师太微然一笑道：'她还是没有化过来呢。'方环道：'我这边行了，您那边怎么样？'大云师太摇摇头道：'她还不认可呢，不要紧，反正有我在这里，无论如何，也得让她点头才能算完。'方环忽然哎呀一声：'怎么您这边还没有说妥，这件事恐怕要不好办……'一句话没说完，外头有人飞跑而入道：'回师太，我们大爷说她山东有件要紧的事，来不及面告师太，现在已然走了！'说话的正是小珠儿。大云师太也哎呀一声道：'果然，她走了！谅来去得不远，咱们分头去追！'说完不管大家如何，一纵身已然出了客厅，拧身一纵上了正房，往四下里一看，便顺着大厅往西去了。余外这些人也有往东的，往南的，四下就都跑下去了。

"厅上只剩周先生一个人，心想这才是想不到的事都有了，自己追不好，不追不好。正在为难，猛听耳边一声娇喝道：'姓周的，咱们再拼一下子！'话到人到家伙到，一口单刀已然从头上劈下。这也就是周先生，一听有人说话，耳音挺熟，正是那蓝用的声儿，当时心里就是一动，身上可就留上神了。果然两句话一说，当时刀就下来了。撤身一闪，刀砍在桌子上，连桌子角儿都砍下来一块。周先生这时候一回头，当然就看清了，正是蓝用，辫子在头上一盘，脸上连红色儿也没有了，轧着一把刀，向周先生又一指道：'姓周的今天不是你就是我！'说着一抡刀，蹦起来就是一刀。周先生手里没有家伙，一回手抄起一把椅子，往上一挡道：'蓝大爷，有什么话，咱们可以慢慢儿说，既是自己人，刀枪无眼，谁要碰了谁也是不好。您有什么话，您把家伙搁下，什么话都可以说。方才我得罪了您，叫我怎么赔罪，我就怎么赔罪，还不成吗？'蓝用往外一撒刀道：'呸！废话！除去你死就是我死，别的完不了。'晃手一刀，又剁周先生肩头。周先生心里可就为难了，方才自己师长已经跟自己说过，不该得罪人家，现在赔罪还来不及的时候，怎好再去得罪她？可是一味让她，她的功夫并不比自己太差，时候大了，说不定就许受了她的伤。她是拿字号吃饭的，自己又何曾不是指着字号吃饭的？到了那个时候，又应当如何？心里悔恨，方才为什么自己不跟大家出去，却在这里受这种罪？忽然又一想，真是让自己挤对糊涂了，现在跑不是也不晚吗？干脆，跑！想到这里，虚拿椅子往上一晃，斜身一纵，人就出了花厅门儿了，头也不回，撒腿就跑，再听后头脚步声儿，就知道蓝用是追下来了。一阵紧跑，就到了前头院子，一看外头也是一个人都没有，心里更加慌乱，打算出了大门，再想主意。刚到了大门洞儿，往外一纵的当儿，门房里头忽然丢出一条板凳来，正砍在周先生腿上，周先生腿一软，当时扑咚摔倒，从屋里纵出一个人来，一举手里木杠子，照着周先生脑袋咔吧地就是一木棍……"

王老太太说到这里，葛培仁不由哎呀一声道："可了不得了！八成儿周先生这棍子没躲开吧。"

郑家燕一摇头，葛天翔抢过来道："绝不是，绝不是。那要是周先生脑袋上叭地挨了那么一下子，周先生早就没命了，现在哪里还能另有一个周先生呢？"

葛培仁一听大笑道："这个你倒是说对了，别说了，听着吧，这比说鼓儿词还好听呢。"

王老太太笑了一笑接着说道："一点儿也不错，周先生没挨这一下。周先生虽是被板凳绊了一个跟头，他的功夫可好，绝不能像普通人碰了一下子，就起不来了。他一被板凳绊倒，可就急了，他不怕这个扔板凳的，准知道后头还有一个拿着刀追的，那要是追上，谁受得了？所以他虽然躺下，却没有受什么重伤，一看跟着板凳，蹦出来了一个，举手里棍往下就打，周先生心里有气，后头这里追我，因为我当着好多人把她扔了一个跟头，因此一怒，才要和我斗一斗，我同你素不相识，无缘无故，藏在暗地里往外扔板凳，把我绊倒了不算，手起棍落，还打算要我的命，我今天要不给你一点儿厉害，你也不知天多高地多厚。就在她棍已然快到周先生头上，周先生斜身一滚，那棍打在地下，连砖都碎了两块。不等他往回撤棍，伸手一抄，就把棍给揪住，单手往里一抽，一拧腕子，又往外一送，那个人乐子就大了，先是往前，后是往后，跟着肚子上一挨顶，头重脚轻，倒退两三步扑咚一声，直摔过去，正在门房墙垛子上，摔得脑袋一晕，哎呀一声，双腿一软委在地下。周先生哈哈一笑道：'就凭你这个样儿，也敢无礼，我要不看你们主人面，我今天就碎了你。'话还没说完，后边一声喊道：'姓周的，不用逞能，你是好汉子，何必跑？'周先生一听蓝用赶到，心说我不能不跑，连话也不说了，一纵身就出了大门。一看迎门是河，河里也没船也没人，最苦的是连个走道的人都没有，不用说拦人拿刀的了。没法子跑吧，顺着河沿就跑下去了，蓝用在后头紧追。周先生一则道儿不熟，二则总想碰见一个熟人，能把自己这围给解了，一边跑还得一边往四外看，脚底下可就慢多了。蓝用道儿既熟，又想一步赶上，把周先生弄倒了，脚底下自是十分加快，追了没有半里路，就追了个首尾相连。周先生一看，还是一个人没有，心里可就又打了算盘了，自己这一阵紧跑，所怕的就是再动起手来，益发伤了和气，如今一个劝

182

架的没有，跑到什么时候，大概也完不了，再要叫姓蓝的一反想，自己是怕了她，不敢和她动手，那就更不是意思，一不做，二不休，爽得再把她弄倒了。虽然她是个女的，好在自己实在是被迫无奈，就是方环知道了也没有法子，总没有说一个人就应当连手都不动，瞪眼让人家把自己杀了脑袋都不还手的这一说。心里这么一想，自己脚步就放轻了，蓦地回过头来，赤手空拳在道旁一站。蓝用把刀往手里一轧道：'你说什么快说，我可没有工夫等你。'周先生笑了一笑道：'蓝大爷您先不用着急，咱们把话说明白了之后，您愿意怎样比试，我就怎样奉陪。想我姓周的，今天来到贵地，原是实意前来拜访，见面之后我并没有说句非礼的话，您是一定非要比试不可，实在没有法子才和您讨教了两手儿，是您一时大意，自己绊了一个趔趄，我也没敢笑一声，说一句大话。这个工夫，忽然来了旁人，把事岔开，我想也就可以完了。谁知您趁着大家走开，暗中用刀给了我一下子，幸亏是我，躲开您那一下子，不然要是让您把我剁了，我到什么地方申冤去？又因为我师哥说我不该得罪您，叫我给您赔个不是，我想天下武术是一家，赔个不是，交个朋友，也没什么。可是您没容工夫，就二次寻仇，我有我师哥说的话在先，当然不能再跟您还手，所以才一路跑了出来，以为您能够想开，也就可以化解无事。谁知您又错会了意，以为我是怕您，一再提刀追赶。您来看，我身上寸铁未带，您一定非要再来个二次不可，那没有法子，我也是只好奉陪。倘若您要赢了我，我愿认败服输，绝不再求报复。可是您要再输给我的时候，能不能就算完事，是还有个三次？您说在头里，我好算计算计。'蓝用听了周先生这一套话，当时脸上又是一红，仿佛是想什么，忽然又一咬牙道：'废话少说，这次要拼个你死我活，哪里还有什么第三次？'说着刀往上一翻，哧的一声，竟奔周先生小肚子扎去。周先生一看刀到，双脚一点，凭空起来了有四尺,就把刀给让过去了,跟着左手一晃右手一掌,直往蓝用肋上戳去。蓝用斜身一闪,横手里刀往下就剁,周先生往回一撒手,飞起来一脚,便踹蓝用小肚子。蓝用撒身一转,一偏手里刀,便欲削周先生左胯,周先生退步一坐腰,刀划过去,双手左右一分,就奔蓝用肩头。蓝用往后一仰身,刀从脸上削了过去,不等蓝用变招,双脚一点嗖的一声,人便倒着翻了过来,双手一扑蓝用两肋。蓝用也往后一仰,周先生喊声'好!'双脚往后一蹬,一个脑袋直奔蓝用心口撞去。蓝用本来是个往后闪势,再看头撞心口,可就是使不上劲了,急忙用手里刀横着往上一翻。周先生早有防备,单手一磕蓝用腕子,当的一声,那把刀就算出手了。刀一出手,周先生胆子便大了,两手往下一按,就在蓝用的肩头,扑咚一声,蓝用向后摔倒。周先生用力过猛也往前一栽,正栽在蓝用身上,正在不是意思,猛听有人哈哈一笑道:'好,好个周老五,真好大胆,和你家两位大爷走两招,要替蓝大爷报仇!'"

正是:

　　　　一波未平一波起,人在坎坷波浪中。

要知何人拦住周鹞子,且看下回便知分晓。

第三回

周鹞子怒杀滕罗姑
王天朋误引李莺儿

"周先生双手扶地，腰上使劲，猛地一提，便从蓝用头上翻过去了。站起来往四外一看，不由一怔，原来喊的不是别人，正是这岛里的两位首领秦龙、秦虎，旁边还站着好几位，俞人瑞、大云师太、凌虚道长方环还有那些孩子，全都面带笑容，站在河沿往这边瞧着。周先生赶紧抢行几步向方环道：'师哥您到什么地方去了？我差一点儿没让人家给算计了。'方环道：'别说了，快跟我回去。'周先生不敢再说什么，只好在后头跟着吧。这时候却见大云师太走到蓝用面前，笑容满面地道：'得了，好孩子，两次输给人家，你还说什么？这也是天命，不可违背，快快跟我回去吧。'周先生偷眼一看，蓝用简直不是样子了，脸上也不是颜色了，一步一蹭，一步一蹭，往回走着，不知道是怎么个缘故，心里还在后悔自己这次不该多事，平白无故把人家伤了，于自己又有什么好处？再者旁边这些人，全都是笑容满面瞧着自己，更摸不清是怎么回事，只好是跟着走吧。又走回蓝用家里，到了客厅，有人打上脸水，周先生净脸漱口，再看蓝用和大云师太全都不见了，正在纳闷儿。方环笑了一声道：'老五，你这个人怎么这样没记性，方才在里头我告诉你不应当得罪人家，怎么这么一会儿工夫，出去又和人家斗在一起。你大概是以为你的能耐太高了，不能再听我的话对不对？'周先生能耐是跟方环学的，虽说师兄弟相称，简直就是师徒，一看方环有点儿生气，哪里还敢说什么别的，只赔着笑说了一声：'实在是她逼的我。'方环又一笑道：'人家逼的你，你要不到这荷叶岛来焉能有这些事？事到如今，你还不认错吗？'周先生没法子只好笑着道：'我认错，我认错，您叫我怎么赔不是就怎么赔不是，那还不行吗？'方环道：'准能我叫你怎么样你就怎么样吗？'周先生道：'那是一定，师哥叫我死，我都不能不答应。'方环道：'你只要能够听我话，我也绝不能让你死。'周先生道：'您说什么我都听还不行吗？'这一句话不要紧，可着一个厅上的人全都哈哈地笑了。周先生迷迷糊糊，也不知大家为什么那么好笑，坐在椅子上瞪眼发怔。工夫不大，大云师太从里头笑嘻嘻走了出来，向大家一笑道：'真不容易，好容易才说得她点了头了。方道兄，你跟你师弟要件东西吧。'方环向周先生道：'老五你身上戴着什么玉器或是什么小件的东西没有？'周先生一听，简直摸不着头脑，摇摇头道：'我身上什么也没有。'方环微微一笑，跟着一伸手从腰里又把那块儿银子掏了出来，往桌上一放。方环向大云道：'他既没有带什么旁的东西，就是这个吧。'大云道：'这个也没有什么，好在就是这么一点儿念信儿，有没有也没什么，就是它吧。'说着拿起那锭儿银子又走到后边去了。一会儿工夫，手里拿着一个缎子绣花荷包，笑嘻嘻地往方环面前一搁道：'这是人家这头儿的答礼，请您交给您的徒弟吧。'方环接过一笑，一伸手递给周先生道：'老五，你把它收起来吧，一锭银子换来这么一个荷包，你可把它收好，别弄丢了。'周先生不去接那荷包却向方环一笑道：'师哥您这是怎么个意思？您得跟我说明白了，不然我不能收。'方环道：'你是真糊涂是假糊涂？方才我不是已然跟你说过，人家那么大的姑娘，叫你给弄了个跟头，跟着你又压在人家身上，如今只好以错就错把姑娘给了你。你要也得要，不要也得要，再者人家是名门之女、宦门之后，哪一点也不辱没你。这就是定礼，你快快收下之后，过去拜谢大云师太成全你的这份意思！'方环把话说完，再见周先生脸上忽然变颜变色结结巴巴地道：'这……个我……可不能……答应。'方环道：'你为什么？'周先生脸一红道：'我已经有了。'这一句话不要紧，连方环带大云全都一怔，方环哎呀一声道：'你什么时候定的？你快说，我为什么一点儿信儿都不知道？'方环着急一问，周先生更说不上来了，怔了半天，才叹了一口气道：'师哥，您也不必细问了，也是我前世的冤孽，才会叫我遇见那样逆事，现在大概跟您说一说吧。我走镖往来南北，可以说向来没有失过风，败过事，万没想到我会栽了一个见不起人的大跟头。从山东到北京起了一只四十万两的大肥镖，走在徐州，一夜的工夫，睁着眼会丢了一半，连一点儿影子都找不着。第二天有人给我送信，叫我到青州府滕家寨去打听，我正在急得一点儿法子没有，只好是去一趟吧。及至到了那里，才知道做这个事的，是江湖上有了响蔓儿的滕罗姑干的。我当时跟她说好的，她一点儿面子没有，挤得没了法子，两下里一过手，滕罗姑究竟不是我的对手。眼见得势，没想到那娘儿们心毒手黑，用梅花攒把我打倒，捆上之后，叫人跟我说，她并非有意和我为仇，只因她的丈夫黑煞神潘横，在沧州失风吃官司，被官面儿把脑袋摘了，她便转念到我身上，所以才干出这路事，所为把我诓到这个地方。如果我要能够答应她的婚事，她不但把镖银给我送回，还叫我享名，以后还要帮着我护镖闯趟子。我先一想她是一个已嫁的女人，并且岁数比我大，我要是娶了她，将来就不用再混了，当时我就没有答应，她就把我给软禁起来。又过了几天，有我镖店的徒弟来了，告诉我因为客人追镖，找不着我，已然把镖店封了，又把店里人全都拿到官里做了押头。这个徒弟本是出来寻死，被滕家寨的人救到山上来了，要叫我想法子救这一店人的性命。师哥您想，在那个时候，我除去答应她的亲事之外，还有什么法子？咬着牙我便应了。我先还打算只要她能够把镖银送回，救出那一拨儿朋友，找个缝儿我再跑也不晚。谁知道那个娘儿们就像知道我的心思一样，听见我答应了，刻不容缓，当天成亲。到了那个时候，师兄您想我还有什么法子？冤孽从此便算缠身了。要说滕罗姑这个人呢，实在不能不算有本事，在我们成亲的第三天，她把所有的镖银完全差手下人送回，并且留下字条，给我做了不少面子，等我赶回去，人是已然全出来了，不但没有摘了牌匾，而且享了大名。可是我从那时起，背上了这么一块累赘，因为事情太不值当一提，所以见过您两次，始终也没有提过这回事。今天您要不是把这件事逼我，我还不能说呢。这也是无福，反累二位费了一番好意。'方环一听，当时脸往下一沉道：'老五，从前在一起教你学艺时候，怎样跟你说的？你竟敢违背我在外头胡作非为，还要和我花言巧语，真乃可恼。你和那种无耻的贱婢混成一气，将来还能有什么好结局呢？依我良言相劝，答应了这边亲事，那边的事我自能够把它化去，你要摇头说个不字，对不过，我今天要以师长资格管教管教你！'周先生这个时候可就什么也说不上来了，翻着两只眼看着方环，旁边这些人也是一句话没有了，大云师太也是长吁短叹。正在这么个时候，就听屋外有人哈哈一笑道：'解铃还须系铃人，这个围还是我来解吧！'大家一看正是蓝用，依然是男装打扮，一只手却隐藏在背后，笑着向大云师太道：'师父您为我的心，我也领了，方道长这番热心我也受了，可是周五爷的话我也听明白了，好朋友不能让好朋友过不去。我这二年干这个我本来也太干腻了，如今有秦大哥、秦二哥，足能料理这一些事，我也放心了。师父也放心，方道长也别为难，

188

周五爷也别心不痛快，您瞧我有个办法，办出来准能三全其美！'说到这句，声音一颤，一晃脑袋，把辫子从后头就甩过来了，左手一掠辫梢，右手嗖的一声，亮出一把雪白飞快的剪子，齐着辫根，咔哧一绞，那乌光发亮的一根辫子便齐着根儿下来了。大家正在一怔，蓝用把辫子随手一扔，跟着往大云师太怀里一扑道：'师父，我从今起可以长久跟您在一起了！'蓝用这一剪去头发，不用说方环周坦心里难受，就是大云师太以及俞人瑞这班人也没一个不觉乎惨然难受。大云师太把蓝用手一拉道：'用儿，你干什么这么大的火气呢？不愿意就不愿意，也还可以商量，现在这样一来，岂不叫我看着难过？这倒是我害了你了！'蓝用脸上露出微微一层笑容道：'师父，您这话说错了，想我蓝用，生命本硬，所以才累遭磨折，要不是有师父卫顾我，恐怕世上早已没有我这个人了。弟子虽然年幼无知，但是知道自己命运确实不好，在没有今天这事以先，本就早想皈依佛座以便修补来生，今天能够借着这个机会了去心愿，从此我可以早晚跟着师父，也能稍尽一点儿孝道，也是好事。设若不是这样，我嫁了一个人，师父以为眼前欢喜，将来魔障一多，师父反要后悔今日多事，那倒没有现在这个样儿好了。'蓝用这么一说，大云师太长长叹了一口气道：'这也是前数使然，我虽早已料到，总觉得能够没有这回事更好，也好对得起你去世的父母。谁知人力终难胜天，依然躲不过这一关去。现在既是你能这样看得开，我心里还可以舒服一点儿，那么这里的事呢？'蓝用道：'这里当然我不能干了，哪里有出家的幼尼做贩私盐的道理？好在这里有俞大哥在这里，什么事总都好办。还有一节儿，我们虽说干的这种无法无天的营生，可是实在说起来，我们并没有干出无法无天不讲人情的事来。我走之后，家私身外之物，当然我是一丝不取，大家愿意散的，可以散去，各给金银，自寻生路，不愿意走的，还可以在这里，种田种菜……'

189

蓝用话还没有说完，俞人瑞已然站起来道：'蓝大爷，您先等一等再谈，想我从前路过此山，承您不弃，把我邀了进来，给了我那样重要的地位，总算是您看得起。如今您要一走，不用说我担不起来，即便能够担起来，也绝不像您从前办得那么完全，倘若有个失闪，那我可就总对不住您的这一番苦心了。我现在倒是有个主意，您前脚一走，我们也走！把这些人位一散，各自归家，省得将来也是麻烦。'蓝用一笑道：'既是这样，散就散吧。'当时蓝用叫人传话把所有荷叶岛的人全都传到，把这话向大家说完，跟着就又给钱卷铺盖，当时全都报散。蓝用这边所有的举动，既是全不背人，方环周先生都看清了，周先生这份儿不是滋味儿，就不用提了，说话不好，不说话不好。方环看出这番意思，便冷笑一声道：'老五，你看你干的这事，年轻的人一点儿进退不知，闹得人家瓦解冰消，这怎么讲？你还不快快回去，料理你自己的事去？难道你还要瞪眼看着死去两口子才算完事吗？'周先生一听，这是好话，怕是自己闹僵了不是意思，便赶紧笑了一笑道：'这都怨我一个人不对，您也不必抱怨我，我要知道是这个样子，我是绝计不来了。现在事已如此，再说也没有什么意思。您在这里坐一坐，我也要回去了。'说着又向蓝用一揖道，'师哥，别生气了，都是我一个人的不好，可是再说什么也来不及了。我现在跟您诸位告假，我因为现在还有一点儿私事没了，事情完了我再登门给您道歉！'说着又给方环请了个安便自去了。

"这里方环大云以及蓝用走到什么地方去，咱们就不管了，单说周先生走出了荷叶岛，一看船也有了，便上了小船，一直回到青州府滕家寨，原想见了滕罗姑，把这回事始末情由向她细说一说，也好出出自己的郁气。才到了庄门，就见两个庄兵正在巡逻，一见周先生不来招呼，反而撒腿就跑。周先生看着情迹可疑，便一声断喝把两个人去路挡住，问他们干什么慌张，两个人结结巴巴说出不到十句话，周先生气得浑身乱抖，喊一声：'好贱人，真乃无礼！'撒腿往后头跑去。这两个庄兵可吓坏了，准知道这一进去就是麻烦。原来那庄兵说的是滕罗姑正在后头和另外一个男朋友喝酒，朋友虽是朋友，却不是普通朋友，那个意思是又出了一位周先生……"

王老太太说到这里，葛天翔可不懂了，笑着向王老太太道："怎么会又出了一个周先生呢？"

葛培仁赶紧道："不许问，听着。"

王老太太便又笑了一笑道："这是事后周先生向人说起。原来那滕罗姑，本不是什么一个安分守己的人，起初要跟周先生结合，皆因周先生在那时是名头高大，练武的一条好汉子。滕罗姑一则感觉势单，要找一个好把式给她帮忙，二则贪图周先生是个练武的。万没想到周先生不重女色，虽是和她成了夫妻，却不愿在山上享那闺房之福，依然四外奔走，去干他那镖行事业。那滕罗姑劝了他两回，周先生不闻不问，滕罗姑心里便寒了，偏是又赶上该她出事。在滕罗姑正在自怨命薄时候，却来了一个勾引鬼。这个人原也是滕家寨的一个头目，小伙子又精壮又漂亮，又能说会道。本来脱离滕家寨到了别的地方，不想去的那个地方被人家给剿灭了，这个人一时没了投奔，又回到了滕家寨。滕罗姑正自怨自艾的当儿，遇见了这么一个人，便把他收留下来，日子一长，就做出不好听的事来了。滕罗姑虽然不怕周先生，究属也有一点儿避忌，所以每天都派人在寨外巡逻，一看见周先生来到，赶紧进去报信。恰好这天这两个巡逻的一看周先生真来了，心里一慌撒腿一跑，周先生反而看出形迹。周先生瞪眼一问，这两个人知道，周先生是个杀人不眨眼的魔王，事到头上不说实话，他要一瞪眼，当时两条命全都交待。不如说了实话，倘若周先生不理他们，也就可以逃过活命。及至把实话一说，一看周先生果然顾不了他们两个，一径往后寨跑去。两个人就提心吊胆，准知道进去必有一场大闹，谁得了理也不好办，两个人一害怕，互相一商量，谁也没告诉，假借巡逻为名就跑下去了。周先生怒气冲天跑了进去，本想进去一刀两断，把滕罗姑杀死，忽然一想不对，自己出去日子不少，倘若是庄兵造的谣言，闹出事来，岂不自找后悔？不如悄悄进去先探一探，如果是真再想法子把他们去掉。倘若不真，不如干脆别提，就算没这回事。想到这里，把脚步一放轻，悄悄地便走了进去。来到后寨，依然连个人影儿都不见，周先生就知道这件事是有八成是真的了，一定是滕罗姑把这些人全都支使走了。往下一压气，走到后窗户，就听屋里有男人说话：'大姑，我这两天心神不静，肉身不安，别是要出什么事吧？'跟着就听滕罗姑一声冷笑道：'出什么事，除去姓周的回来之外，还能有谁？就是姓周的，他也管不了我，你只管放心……'说到这里，便听一阵咯咯的笑声儿。周先生气可就忍不住了，连前门都不走了，蹦起来一腿就把窗户给踹了，跟着人就蹦进去了。到屋里一看，滕罗姑躺在床上，上头却趴着一个精壮男子。周先生气得连话都没有了，过去一纵身，先把墙上刀摘下，然后一脚，就把那汉子给踢在地下。滕罗姑这时也看明白了，一则胆虚，二则躺在软床上腰上使不上劲，正在往起一挺，周先生就到了，哪里还容她起来，单手一揪滕罗姑的头发，手里刀一晃道：'你做的好事！'一个事字没说完，那刀就下去了，咔的一声身头两分。周先生杀了滕罗姑哈哈一笑，提刀还要杀死那头目，只见他蹲在桌儿底下，眼泪也来了，不住地磕响头。周先生猛然一跺脚，哎呀一声道：'我做错了！'一撒手人头扔在地下，用手一指那头目道：'今天便宜了你！'刀也往地下一扔，三跃两纵，周先生没了影儿。周先生从此起便看破一切，浪迹江湖，原无主旨，不想在浙江玉环山脚遇见一个老道，劝他入什么白莲教。周先生心里懊丧，便毫不犹疑地答应了他。及至进去之后，才知道竟是一种邪教，可也没了法子了，反教既是不可，帮他们做坏事又是不肯，便假借四外传道为名，跑了出来，没有想到却会在这里相遇。谁知又是一面之缘，我们才到他又走了，这个人真是可惜得很。"

葛培仁才知道周先生原来是这么一个人物，便笑着向王老太太道："老大妈您跟他是怎么认识的呢？"

王老太太摇摇头道："这件事我可以暂时不告诉您，等将来我必说个清楚。"

李氏在旁边道："今天只顾了听说话了，天可不早了，我们该睡了。燕儿今天也不用回去了，就跟你哥哥睡在一起吧。"郑家燕自是高兴，当下便全都歇了。

到了第二天，该着上学的时候了，葛天翔老早便起了床，向葛培仁道："爸爸，周老师已然走了，我们还能上学去吗？"

葛培仁道："老师走了，你们还上什么学？等找着先生再说吧。"

葛天翔道："昨天周老师走的时候，不是叫我们把王老太太留住，请王老太太给我们当老师吗？"

葛培仁道："话不错，是有这么一句，可是这话没法子跟王老太太说，倘若王老太太一摇头多不是面子。"

葛天翔道："不要紧，我已然问过王家那个孩子了，他说他们现在没有地方可去，只要有人能够把他们留住，他们就可以住下。爸爸先拿话问一问，倘若王老太太答应了，岂不更好？"

葛培仁心爱天翔，便把请王老太太教教天翔的话一说，谁知王老太太连二话都没说，一口便答应了，只是不能到学房去，也不能多教人。

葛培仁道："就在我家里，就教这三个孩子，您瞧好不好？"

王老太太就答应了，当时把三个孩子叫在一起，给王老太太磕头行礼，当天就算教起。敢情王老太太不但能写能念，诗词歌赋还是没有一样不好，讲书讲得又明白又入神，孩子们比起周先生念书还爱念。一晃儿三个月工夫，葛天翔书字全都大长，葛天翔心里可不认为已足，他总觉得王天朋有那么好的武功，自己要也能学上一学那才可心，只是王老太太绝口不谈练武一字，葛天翔也就没了法子了。

这一天大家正在读书，忽见一个长工模样的人，慌慌张张跑了进来便道："大奶奶，可了不得了！咱们葛大爷在村子外头和人家口角纷争，让人家给打倒了，伤还是不轻，现在连话都说不上来了，请您快去瞧一瞧吧！"

李氏一听魂都没了，撒腿就要往外跑，靳氏却一把拉住道："大嫂您先别忙，我跟您一块儿去一趟。"

王老太太也搭话了："安姑你跟李大嫂子走一趟也好，能够好说便罢，要是无礼，你只管给他一点儿苦子吃。不行的时候，你给我送信，我必定赶到。"

靳氏答应一声，拉了李氏的手便跑出来了，长工引路，一直够奔村口。还没到村口，就见前边已然围了不少人，一看李氏赶到，便异口同音道："好了，葛大奶奶来了！"大家一让，李氏就进去了，一看葛培仁在地下躺着，睁着两只眼看着大家，仿佛有话都说不出来的样儿。李氏双手一扑，哇的一声，便哭了起来。靳氏不看葛培仁，却打量圈子里站的人，只见靠着葛培仁不远，站着一个精壮汉子，穿着一身紫花布裤褂，脚下搬尖儿鱼鳞洒鞋，头上盘着辫子，长得凶眉恶目，十分的精壮，知道放倒葛培仁的必是此人，便笑着向那人道："我们这位葛大爷是尊驾给放倒的吗？他有什么得罪您的地方？您可以看着这一村子人的面上把他饶过了吗？"

那人把眼皮微微一抬，上下一打量道："不错，这个人是我给放倒的，你要叫我把他扶起来却也不难，你只拿出五百两银子，我便当时让他起来。要是空口白话，趁早儿躲开，我要嫌你碍事，也照样把你弄躺下！"

靳氏一听，微微一笑道："您还是个男子汉大丈夫呢，跟我们一个妇道人家说话，腆胸拍肚子，也不怕人家笑掉大牙。我告诉您说，因为这位葛大爷是让您给弄倒的，我们不好意思驳您的面子，还要叫您自己把他给扶起来。这不过是看在您远来是客的面上，您可不要错会了意，以为是谁怕了您，那就不对了。您管不管？您只要说出一个不管来，您瞧我能够照样儿让他起来不能？"

那汉子微微冷笑道："什么？你要能够叫他起来，我是当时就走，从此绝不再到这个村子里来。"

靳氏道："既这样，咱们可是君子一言，快马一鞭，说了不算，就不是说着的小子！"说着话过去一推李氏道，"嫂子您躲开！"

李氏被推一闪，靳氏过去照着葛培仁脊背上就是一拳，就听葛培仁哎呀一声道："憋得好难受！"双腿一裹一骨碌便爬了起来，不用说李氏高兴，在场的人儿也没有一个不觉乎着可怪的。

靳氏向葛培仁道："大哥，您为什么跟他会吵起来？"

葛培仁道："唉！不用提了，我今天是要到前村去办点儿事，走在这里，正看见他和村子里几个人喊骂。我进去一问，才知道他要在这村子里化五百两银子，我告诉他这个村子里凑不出那么些钱来，他开口就骂。我跟他一辩证，他给我心口一掌，我当时浑身直冒凉气，往地下一倒，话就说不出来了。幸亏您来，把我救了，工夫一大，我必受伤。"

靳氏一听，点点头道："噢！原来如此。"又向那汉子微微一笑道，"要按说您这种行为，就叫欺负老实人。我既是这村子里的人，就应当给村子里人出气。不过我想多一事不如少一事，因此我再跟您说一声儿，就凭尊驾您这点儿能耐，欺负个老实头，还可以对付，真要是跟练过三天两天的比，您那点儿武艺，谁您也吓唬不了。依我良言相劝，您还是趁早儿走，省得彼此伤了和气。从今以后，在您能耐没长之先，最好您还是别来，来了也没您的便宜。今天因为是头一次，您的便宜占大了，您就快快走吧。"

那汉子一听呸地就是一口道："你别这里自夸其德了，你是什么人？敢来破坏你家活爷爷已成之局，别走，吃我一掌！"口说着话，左手一晃，却见靳氏不慌不忙，一看拳到，侧身一闪，掌就空了，方在往回一使劲，靳氏撒手往外一送，一个趔趄，摔出去有十来步，站住脚步，回头一瞪眼道："好功夫！领教了，请问怎么称呼？"

靳氏微微一笑道："承让承让，我叫靳安姑，您多照应一点儿。"

那汉子双手一拱道："失敬了！再见，再见！"

一纵两纵，霎时跑得没了影儿，这些人一看全都一阵哈哈畅笑。靳氏问葛培仁还觉乎着不舒服吗？葛培仁一摇头道："没什么，一点儿也不怎么样，这大概又是妖术邪法。"

靳氏笑道："这倒不是妖术邪法，这叫点穴，点上之后，人的周身血脉就不灵了。救过来之后，还和好人一样，这倒没有什么，咱们回去吧，省得她老人家不放心。"

大家各散，葛培仁同靳氏李氏回到家来，把话向王老太太一说，王老太太一摇头道："不妥不妥，看这神气，他还得来个二次，打人一拳，防人一脚，这倒不可大意了。"

靳氏忙道："您放心吧，闹不出圈儿去。"当下一笑，也就过去了。

又歇了有个半个月，葛天翔、王天朋、郑家燕正在门口儿闲玩儿，忽见一个俊美女子，拉着一匹小驴，笑着向葛天翔道："小孩儿，我喊你打听打听，你们这村子里有姓靳的吗？"

葛天翔天生淘气，笑了一笑道："没有姓靳的倒有姓远的。"

那女子颜色一变道："你这孩子，真是讨人嫌！"

说着拉驴才要走，王天朋道："别走，我们这里就有姓靳的。"

正是：

　　祸从一字出，事由两颊来。

要知后事如何，且看下回便知分解。

第四回

葛天翔巧得二妙散
靳安姑狭逢一指仇

那女子把驴一圈道："真的假的？"

王天朋道："自然是真的，谁骗你一个小丫头子！"

那女子一听，不由勃然大怒道："既是姓靳的在这里，快快把他给我叫出来，我找他有话说。你们要再在这里讨人嫌，对不过，我可要打你们。"

王天朋哈哈一笑道："瞧你这个长相，仿佛是个大妞儿，听你说话，简直成了野丫头了，连个请字都不会说，还要讲究打人，给你打一个……"一句话没说完，斜着一头就向那女子胸口上撞去。那女子一见，斜身往旁边一闪，顺手一领，王天朋身儿一斜，一溜儿歪斜就摔出去了。葛天翔一见，喊声："好丫头，你敢打我们好朋友，别走！"说着话迎面飞起一脚，往那女子小肚子踢去。那女子斜身一跨，葛天翔腿就空了。那女子伸手要推葛天翔，葛天翔往后一撤腿，跟着一掌就奔了那女子胸脯打了去。那女子微微一笑道："你还打算来第二手吗？小娃娃躺下吧！"不躲那一掌，反往上一迎。葛天翔这一掌啪啪正打在那女子胸脯上，叭的一声，那女子往里一吸气，跟着往外一挺胸脯，喊声："走！"葛天翔身不由己，咚，咚，

198

咚，倒退出去有三五步，扑咚一声躺在地下。

那女子冷笑一声道："你们还有几个？快快出来！"

葛天翔在地下躺着，一看郑家燕连影儿都没有了，心说这倒不错，一块儿三个人，让人家打躺下两个，剩下一个会跑了，这可未免难堪一点儿。心里正在想着，就听有人说："这是什么人？怎么找到我们家门口儿来了？别价，那都是小孩子，别跟他们一般见识呀！有什么得罪您的地方，我给您赔个不是。"说着话靳氏从里边笑着就出来了，郑家燕在后头跟着。

那女子一见靳氏，当时怒容满面冷笑一声道："好！你就是姓靳的吗？"

靳氏笑着道："不错，我就姓靳，您贵姓啊？我怎么不认识您哪？"

那女子怒气冲冲道："你要问我，我姓李，我叫李莺儿。姓靳的我问你，前些日子，有个姓李的到这村子里来借几个钱使，是你给挡回去的？那个姓李的是我哥哥，我哥哥回去之后，现在已然病倒床上。我就是那么一个哥哥，他要一死，我也得死，趁着他还没死我来找你拼拼。要按我的能耐说，当然我不是你的对手，不过我就死在你的手里，我对得起我的哥哥，死了也就死了。反正无论如何，我也得跟你拼一下子，不客气，我可要先动手。"说着双手一分，迎面一掌就往靳氏脸上打过来了。

靳氏心里真爱这个姑娘，一看掌到一边往外闪身，一边说道："姑娘真急性儿！"斜身一闪，并不还手，那女子左手一空，右手就往靳氏肋条上截去。靳氏提身一转，女子右手又空了，跟着往起一纵，两只脚平着就往靳氏眼上点去。靳氏一低头，双脚踢空，姑娘落在地下，一咬牙又要往前扑，靳氏双手乱摇道："姑娘，你先慢着，我有话说。"

女子往后一闪道："什么话？你快说，你快说。"

靳氏道："姑娘你先别着急，我又跑不了，您听我说明白了。您跟我素不相识，绝无怨恨可言，现在要跟您说理，当然您也听不进去。不过我真要动手伤了您，我也觉得对不起您。这么办，我倒有个法子，咱们可以来个文比，您要是比得过我，我可以站在这里不动，听凭您处置。要是您比不过我，您可以回去再练功夫，只要我不死，您总可以有报仇的那天，您瞧好不好？"说着话手一指墙边一棵杨树道，"姑娘你来看！"单臂横着向那树干一挥，只听咔嚓一声，大碗粗细的一棵杨树竟自折断两截儿，她往后一撤手道，"姑娘，你看见了没有？你要能够照样儿来一下子，咱们再比别的。"

那女子脸上颜色一阵惨变，用手向后一摸，噌的一声扯出一把雪亮的刀子，狂喊一声道："哥哥，我不能给你报仇，我先走了！"

靳氏一看她眼珠儿乱转，就知道她要想什么主意，可是万也没有想到，她会干出这么一手儿来，一看她喊了一句，刀子已然往嗓子上抹去，可吓坏了，要救可也来不及了，急喊一声哎呀，将要往前一纵去抢她那刀时，只听扑咚一声，李莺儿忽然倒了下去。方在一吓，却听有人喊："妈！您还不快点儿把她刀给夺过来？"靳氏这才看明白，原来是王天朋在地下就着一滚，就到了李莺儿腿下，横着使劲一裹，李莺儿出其不意，竟自被他裹住绊倒。靳氏心里不由一喜，急忙一纵身，过去先把李莺儿那把刀给抢在手里，跟着又向王天朋喊道："好孩子，你真是大胆，竟敢暗地算计人，还不快快来跪下赔礼！"

王天朋一听，一骨碌爬了起来，跪在那里就磕头，嘴里还不住啾咕道："大姑儿，您别生气，我的不是，我赔礼！"

靳氏强忍住笑，过去伸手往起一扶李莺儿道："姑娘您别真急，咱们这不就跟闹着玩儿一个样吗？那天的事，大概您也没细打听，

200

令兄在火头上，回去不定是怎么说的。咱们虽然素不相识，我看姑娘绝不是坏人一流，所以我愿化仇为友，以前一切都是我的不是，将来见了令兄我再当面赔罪。现在姑娘可以跟我先到家里坐一坐，咱们再说说那天当时的情形。"

李莺儿一听，微然一阵冷笑道："姓靳的，你不用给我来这么一个打一巴掌揉一揉，我又不是三岁两岁的小孩子。现在我打你不过，我对不起我哥哥，我打算一死，也就完了，可是你又不许我一死。这么办，你要真够朋友，今天你也不必和我花说柳说，可以放我一走，将来咱们总还有见面的那一天。到那个时候，我也许会饶你一命。"

靳氏一听，微然一笑道："姑娘既是这样说，今天我绝不再往下说什么了，姑娘您请吧！"

李莺儿用眼又细打量了一遍，然后才抹头要走。王天朋一声喊道："姑娘，您这里还有一把自己带着方便的东西呢！"说着话从靳氏手里抢过那把刀子，就递给了李莺儿。李莺儿接过刀来，脸一红，一咬牙，抹头便自去了。

靳氏看见人已去远，这才向王天朋道："你这孩子真是越来越胆大，外头既是有人来找我，你就应当去告诉我才对，怎么你自己乱作主意，竟会和人家动起手来？这亏是这位姑娘手善，没有下手，倘若她要一下狠手，焉有你的命在？要不是郑家哥哥进去告诉我，你就是死在外头我都不知道信儿，你叫做娘的怎么放得下心？"说着滴下泪来。

王天朋一听，才要说什么，却见李氏已从里面赶了出来道："什么事？我在厨房里捞饭，没有听清。走，走，有什么话家里说去吧！"

靳氏一看李氏出来，因为碍着葛天翔，可也就不再往下说了，当时只一笑道："没什么，没什么，我怕他们在外头又胡闹，所以跑来看看。走，家去吧。"说着一抹眼睛，便都走了进去。

自此，靳氏就留上了意，这三个孩子只要一出门口儿，就往回叫，日子一长，王天朋跟郑家燕倒都管住了，只有葛天翔，他是跑惯了的，哪里看得住？这一天，已是初夏的时候，南方天气热，在家里的人已是汗沈淋漓，个个喊热。葛天翔怕热，便去约王郑两个到外头河边去洗个澡。王郑两个虽然有心，都怕靳氏，不肯就去。葛天翔等不得，便一个人溜了出来。到了村外，一看绿柳长条，随风飘荡，果然热气消了一半，心里正在一喜，猛觉头上有人在后头拍了一掌，当时一个冷战，可就了不得了！只觉耳旁呼呼风响，不由一怔，往两边一看，左边火焰喷人，右边是黑水滚滚，只见前边是一条大道，上头却有一个人在前边紧走，自己害怕，只有往前追赶。那人心里大喜，这个孩子果然不错，至少可以卖个七八十两，正是一注好生意。正在得意，不防迎面一人撞来，正撞在身上，力气又大，扑咚便倒。

那人出其不意被人撞倒，不由勃然大怒，破口便骂道："什么鸟玩意儿？走道儿不看着人，瞎子一样满处乱撞！"

这一骂不要紧，叭的一下子，脸上已然挨了一下儿，接着就听有人笑着骂道："我把你瞎了眼的狗贼，你只顾当时心里痛快，你就忘了一会儿工夫要掉脑袋吗？"说着又是一阵哈哈畅笑。

那汉子被人撞了一跤，四下一看，除去被迷的那个小孩子之外，再没有第二个人，才破口一骂，所为出出恶气。没有想到，自己一骂，人家不但还骂，而且动手就打，可是依然连个人影儿都看不见。这一来可把他吓住了，以为平常作恶多端，今天不定是遇见什么东西，哪里还敢言语，撒腿一阵乱跑。他却忘了后头还有个被迷的孩子，并没有散过药力，他在前头跑，后头也跟着跑，这一口气跑下去足有三里多地，出了村子，已然大远。那汉子才待缓轻脚步，喘喘气儿，忽听后面脚步，追得很紧，心里害怕，可了不得了！还是得跑。二次撒腿又跑，这一回跑了又有二里多地，四鬓见汗，腿底下可就越来越慢了，猛然发狠道："我既是干这个的，可就难免遇见事儿，我要老是这么跑，连看都不看他一眼，那我未免太难，以后我不用再干了。那可不行，我总得回头看看，只要他不是还藏着不让我看见面儿，我就是豁出死去，也得跟他干一下子。"想到这里，胆子一大，当时扭回头来一看，除去被自己拍迷了那个小孩儿之外，哪里还有第二个人？猛然想起，哎呀，敢情跑了半天，就是他在后头追我呀。嘻！这是怎么说的，瞎跑了六七里地，才是没影儿的事呢。把脚步站住一边喘气，一边擦汗，一看被拍的孩子也是一脑袋汗，越瞧这个孩子越觉长得体面，把害怕的心一丢，又高兴起来。定神一想，自己本来把地方都预备好了，打算在那村子里住上一夜，第二天再走，没有想到活着不见人，死了不见鬼，让人家打了一个嘴巴，无缘无故跑出了不少里路。如今再回去，是回不去了，自己一个人还好办，带了这么一个孩子，可真不能不留神，倘若露出马脚，不但煮熟的鸭子会飞了，而且还许受罪，这倒不能不特别想个好主意。一抬头，离着自己站的地方不远，有一座小庙儿，不由心里一动，我何不把这个孩子送进庙去？看这个样儿，庙里未必有人，即使有人多给他几个香火钱，大致也还可以对付一宵。想到这里，双手一拍，葛天翔在后头跟着就蹦了一蹦，抹头就走。葛天翔在后就跟着，到了庙门前头，过去用手一推，里头顶得挺紧，却推不动，准知道里头住着有人，便一伸手又把门环子拍了两下儿，却依然听不见一点儿动静。那汉子不住摇头，往后一退，抬腿就要往门上端去，脚都快到了门儿上，忽地又复缩回，一伸手往兜儿里一摸，摸出一把长不到尺五、宽不到五寸的解手刀儿来，先把刀尖子在门缝儿上试了试，然后才把刀尖儿递了进去，先往上一探，不错，里头是有个插关儿，遂把刀尖儿一找，前把扶着，后把摇着，一推一点，就把上头那道插关儿拨开了。又拿刀往下一找，找着了第二道插关儿，照样儿一推一点，一推一点底下那道插关儿，也拨开了。又拿刀上下一划，一点儿挡碍的地方没有了。这次一只手揪住一边门环，一只手慢慢儿去推那一边的门，吱扭一声门分左右。那汉子一见大喜，才要转身拍手，冷不防后头有人一推自己的腰，他本来是往前虚探着身儿，脚底下本没站稳，后头这一推，哪里还吃得住劲，小腿儿一软，不由往前就是一个前栽，闹了一个嘴吃屎。正待翻身挣扎起来，脊梁上忽然又是一阵奇痛，再打算起可就起不来了，不由哎呀一声。身子不灵便，脑袋还可以回得过来，才一回头看时，不由魂飞魄散。原来用脚踩着自己的不是别人，正是自己拍来的那个小孩儿，笑嘻嘻地站在自己脊梁上。再看小孩儿，旁边还站着一个绝色女子，手里拿着一把单刀，笑容满面地冲着自己乐。那汉子他可明白，不用说今天是遇在硬点子上了，总是自己糊涂，在半道儿上挨了一下子撞，自己心里就该明白，有人在我后头作对，偏是自己太不小心，总以为是什么狐仙神鬼，才会跑到这里来碰硬钉子。这件事看起来恐怕是要不好，趁早儿说好听的，省得一个跟头栽到家，那才是自找无趣。

便扭着脖子向那女子道："大姑儿您饶了我吧，我实在没有眼睛，您要除治我不要紧，我家里还有八旬老母，她老人家可就苦了。"

那女子微然一笑道："你们这路人，可不都是这么说，只要把你们一放倒了，不是上有老母，就是下有妻子，你就不想想，你把人家孩子拍走，人家家里就不想念孩子吗？再者说，踩住你的是那位小少爷，又不是我踩住了你，你不哀告人家，你跟我说可有什么用处呢?"

那汉子一听,赶紧又向葛天翔道:"小爷,你把我放了吧,我再也不敢了。"

葛天翔道:"要我放你,并不是难事,你就把你怎样拍人的法子告诉我,我就放你。"

那汉子道:"我并没有什么法子,只是有一种药。这种药只要拍在谁的头上,当时就会起了变像,除去跟我走之外,别的路他就全不敢走了。"

葛天翔道:"被你拍出之后,怎样才能清醒过来?"

那汉子道:"我们配有解药,除去解药之外,用凉水一喷,或是灌下凉水,全都能够清醒过来。"

葛天翔道:"那么我为什么没受凉水,也没使解药,怎么会清醒过来了?"

那汉子一怔道:"那我就不知道了。"

葛天翔道:"你把你的拍花药跟解药全都给了我,我就放了你。"那汉子面显犹豫,葛天翔道:"怎么你不愿意?我可要拿你的刀杀你了。"

那汉子长叹一声道:"小爷,你自己拿吧,就在我腰里有两个小瓶儿,一瓶带红盖的是拍花药,那瓶白盖儿的是解药,小爷您自己拿吧。"

葛天翔弯腰一摸,果然有两个小瓶儿,拿出来一看,一点儿不错,是一红一白,把红的盖儿揭开,倒出一点儿来,往手心上一放,照准那汉子脑袋上叭地就是一掌,却看那汉子两眼发直,一句话也没有了。一抬腿蹦了下来,再看那汉子也跟着站了起来,两眼发怔。葛天翔向那女子一笑道:"这个东西太可恶了,非把他送官治罪不可。姑娘,我也看出来了,我方才已然被他拍迷,一定是姑娘把我

205

救了，我现在也不便说谢，还求姑娘把我送回家去才好。"

那女子微微一笑道："好吧，我也正要去找你的家里人，你认识道，你在头里走吧。"

葛天翔一听大喜，说了一个是字，迈开大步在前边就走，那汉子便也在后头跟着，那女子背刀随着葛天翔就走下来了。别瞧葛天翔能够来到了这里，他是跟人家来的，如今往回一走，可就找不着来路了，一路傻走，越走道儿越不对，越走越觉得路生，爽得走进山道，连个人影儿都看不见了。

正在寻思，从哪股山道走的时候，忽听前边山的拐角里头，有人喊："好畜类！你想咬我的脖子，那可不能由你，我揪你尾巴。"

葛天翔一听耳音太熟，赶紧往前边跑去，拐过山脚一看，可了不得了！却原来喊嚷的不是别人，正是自己的好朋友王天朋，满头满脸是汗，双手揪着一个老虎尾巴在那里抢呢。急喊一声："别着急，我来帮你！"往前紧走两步就奔了王天朋，那女子在后头一看，才喊得一声"不好！"王天朋一撒手，那只老虎就扔出来了，正扔在那拍花的汉子身上，那汉子哎呀一声惨叫，当时倒在地下，已然被这一砸口眼流血，震伤身死。那虎扔在地下，一动也不动了，葛天翔才喊了一声："好力气。"就见王天朋双手一张，往前一扑，把眼一瞪道："好畜类！你把熊儿给我吃了，我饶不了你！"说着话双手往起一托，就要往下摔去。葛天翔被他抱住，真是连一动也动不了，急喊一声："别价是我！"王天朋哪里分得出来，抱住了葛天翔两只膀子，往下便扔。葛天翔挣脱不开，正在危急，那女子已然一步赶上提身一纵，双手往王天朋两边膀剪子上一拍，王天朋哎呀一声便自撒手。

那女子向葛天翔道："你快扶住他，他是累过了劲了，要是一倒下去，可就难免受伤。你先把他扶住，叫他能遛一遛，把周身血液

206

活动开了，就不要紧了。"

葛天翔一听，赶紧过去就把王天朋给抱住了。那女子走了过去，照着王天朋前心后背，用手轻轻敲了两下儿，然后又在他胸口上摩挲了几下儿。王天朋忽然哎呀一声，霎时脑袋上出了许多黄豆粒大小的汗珠子，身子就要往前栽，幸亏葛天翔已然拦腰抱住，算是没有摔下去。王天朋又咳嗽了一声，吐出许多黏痰。

那女子向葛天翔道："这就不要紧了，你松开他扶着叫他走一走，就可以缓过来了。"

葛天翔把手一松，然后扶着他一点儿一点儿慢慢儿走了几步。王天朋脸上颜色由白转黄由黄转白，又长长出了一口气，缓缓地向葛天翔看了一眼道："好大哥，你怎么会来到这里来了？"

葛天翔道："你先不用问，你怎么会一个人来到这里来的？"

王天朋道："你还说呢，就因为你一个人出去，到这时候还没有回来，家里人全都不放心了，葛大爷便约了许多人分头去找你。我和郑哥哥本来是一道儿的，走前边山湾子那里，有两股道，怕是走差了，找不着你，我们两个便分开了。没有想到刚刚到了这里，便遇见了这个畜类。我身上什么东西都没有带，要跑又跑不了，我一着急，趁着它低头扑我，我就蹦到它的身上去了，连头带腰叫我打了一顿好的。它装死儿往地下一趴，我以为它真是死了，我才一蹦下来，它就往起一蹿，幸亏我是从后头下来的，我没等它蹿起来，我就把它尾巴揪住了，使足了劲，揪住就那么一抡。我也不知道抡了多大半天，你就来了，我怎么没有看见你？"

葛天翔道："这话都不用说了，燕儿上什么地方去了？别是他也遇见什么，那可了不得，咱们快去吧。"

才说到这句，就听有人喊："熊哥哥，虎哥哥，你们都上什么地方去了？"

葛天翔道："好了，好了，他来了。"便赶紧答言道，"在这里呢，你快来吧。"

话言未了，郑家燕已然从山脚拐了过来，一见葛王不由大喜道："原来你们在这里，倒叫我好找!"葛天翔把王天朋遇虎的事说了一遍，郑家燕一吐舌头道："好险哪! 虎呢?"

葛天翔道："老虎倒是叫他给弄死了，人也差点儿没疯了，要不是那位……"说到这里刚用手去指那女子，再看那女子连个影儿都没有了，不由好生诧异道，"今天的事，可太怪了! 咱们赶紧往回走吧，省得再出了毛病。"

郑家燕道："走吧。"

王天朋道："等一等，咱们得把那只老虎弄回去，叫他们瞧瞧。"

葛天翔道："那么大的老虎，咱们三个人怎么能够弄得回去呢? 算了吧。"

王天朋道："那可不行，这是命换来的。咱们非把它弄回去吃顿老虎肉，我心里不痛快。"

葛天翔道："那让我们两个人来吧。"

王天朋道："你们两个可未必弄得动，还是咱们三个人一块儿动手吧。"

王天朋说完，过去把老虎两只前爪往自己肩膀儿上一分，一边一只就扛起来了。葛天翔、郑家燕过去也一人一个后腿，往前一提，那老虎就起来了。三个人抬着那虎，就往山口转过去了。

才认上大道，就听前边一阵人声大喊："燕儿往东边去了，虎儿往西边去了，怎么连一个都找不着了?"一边喊着人可就过来了。王天朋把肩上老虎爪儿一撒手，后头那两个也揪不住了，老虎往地下一掉，葛天翔方一怔，王天朋便一手拉葛天翔，一手拉郑家燕，全都往旁边一闪，那老虎就显出来了。就在这么个工夫，后头那拨儿就到了，一看地下正当间趴着一个老虎，当时哎呀一声，便全都四散奔去。葛天翔一看那些人那种狼狈不堪的样儿，不由一阵畅笑，郑家燕也绷不住哈哈大笑，王天朋更不用说了，他出的主意他还有不高兴的？三个人一齐大笑，那边那拨儿人先还真没听出来，还以为是什么打猎的猎户也追到此地，正要发话，葛培仁可就听出来了，这三个笑的里头有一个是葛天翔。葛培仁准知道里头就有了毛病了，向前直冲，嘴里喊道："熊儿，你怎么来到这里？都快把我急死了，你怎么还不快快回去，反倒跑到这里来乱闹，真是岂有此理！"

葛天翔一听知道藏不住了，便手一拉王天朋郑家燕两个人全都跑了出来，跑到葛培仁面前，翻着两只眼睛看着葛培仁。

葛培仁道："你先到什么地方去了？怎么会又来到此地？人家却在家里用功，只是你一个人总爱出些花样，难道你就不怕打吗？"

葛天翔一看今天父亲是真生了气了，可也就不能嬉皮笑脸了，赶紧规规矩矩把自己怎么从家里出来，打算到平安坝河沿上去洗洗澡，没有想到被拍花子的，把自己拍了去了。

葛培仁一听，就吓了一跳道："怎么你会让拍花子把你拍了去的？既是被他拍了去，当然他就不能把你放回来，你自己是怎么回来的呢？这分明是说瞎话了。"

葛天翔道："绝不是瞎话。"又把如何遇见一个女子，如何救自己，自己如何拿了那个拍花的，走迷了路，正在着急，听见王天朋在喊，追过去一看，正看他在抢那只老虎，一撒手他把老虎扔出来了，正抢在那个拍花子的身上，那个拍花子的便被砸而死了。可是我王哥哥也累疯了，幸亏也是那个大姑娘过去把王哥哥救了过来，正赶上我郑哥哥在喊着，我们就全都碰在一起了。

葛培仁道："那么那位姑娘现在到什么地方去了？"

葛天翔道："就在我们一说话的时候，再找她就没有了。"

209

葛培仁长长叹了一口气道："你这孩子，可是真能把人急死，你说够多悬，这要是出点儿岔儿，你们这三个，哪一个也伤不得，那可怎么好？好孩子，从这里起，你们可别满处乱跑了。走，咱们回家吧。"

这时候大家也全听明白了，不由全都吐舌咂嘴，各自点头，当下把死老虎一搭，走了回去。这时候李氏就哭得成了泪人了，郑家燕母亲秦氏也来了，虽则着急，却不像李氏那么厉害。到了靳氏，连着急都不着急，依然和王老太太有说有笑谈个不休。一看天翔三个人进来，李氏过去就把天翔抱住了。王老太太笑了一笑道："葛大妈，你不用这么想不开，这几个孩子，不用管他们如何淘气，现在绝无危险，将来你还得穿凤冠霞帔呢，能够叫你享受不着吗？"

李氏一听也笑了，当时又问了一问，又劝了一遍。葛天翔一看父亲真是着急，自己也就后悔了，连说从此改过不敢了。当下葛培仁把帮忙儿的全都留下，把老虎烤了一顿大吃，吃毕散去。到了第二天一清早，王老太太告诉葛培仁要教天翔他们几手儿功夫，葛培仁一听，自己喜欢，因为自己不会练武，眼看着吃亏了一点儿办法都没有，如今一听王老太太要教他们能耐，哪还有不愿意的？当下答应。

王老太太便把三个人全都叫在一起道："你们都好武，从今天起就教你们练武，你们可要把心用长了，这种功夫没别的，只要肯用苦功夫，将来必能有用。你们全都站好了，听我教你们几手儿入门儿的功夫。"说着，拿起自己抽的旱烟袋徒手一裹举道，"这根烟袋，就算一根白蜡杆子，练杆子，是练武的，进门头一次儿，杆子练不好，什么也练不好，只要能够把底砸好了，什么也都一样练。你们看着，抖杆子讲究是粘绵连随四个字，骑马蹲裆站好了，前腿弓，后腿箭，前把松，后把紧，虎口前后遥遥相对，一抖手一个脆劲儿送出去。跟着前腿箭，后腿弓，腰杆儿往下一坐，双手一扣，两把一合，这算是一下儿。一天练三遍，一遍要抖五十下儿，什么时候能够把花儿抖圆了，那功夫就有点儿意思了，那再往下练那开门四手。这种功夫是练武的根脚，能够练出个样儿来，以后才能练别的功夫，腰上，两个膀子，两只手，全都要把劲儿使圆了。才学乍练，可免不了吃苦，至少也得练得晚上上不去床，那才算有点儿意思。今天还没有给你们预备杆子，你们先把架子摆好了，等到明天，把杆子买来之后，再告诉你们怎么用力，怎么泄力，你们练得懂得什么叫阴阳虚实，慢慢儿地就算进了门儿了，练到最后，就可以随物而化，应手而生，随便手里拿什么都可以当杆子用……"

葛天翔道："您说的杆子，一定很长，那么要是换了短的，也能跟长的一样用吗？"

王老太太道："那是当然，你大概也不信，你看我手里这根烟袋没有？大概比任是什么杆子都短吧，我就能够拿它当一根长的杆子使，你可以看看，我练一手儿玩意儿你瞧瞧。"

说到这里，恰好葛培仁跟李氏双双走进，一听王老太太所说，李氏便笑着道："您练一样儿，也让我开开眼。"

王老太太也笑道："葛大妈，您也来凑热闹来了，我这就是哄孩子的玩意儿，跟他们说说道道，省得跑不出去惹祸去。"

李氏道："您瞧您又客气起来了，您只管练您的，我们也不过瞧瞧热闹，绝计偷学不了去，您倒不用留我们的神。"

王老太太道："我这个玩意儿，倒不怕人家偷学，就怕人们瞧了笑话。葛大妈既是这么说，我倒不好藏拙了，咱们练个玩意儿，大家乐会子。"说完，往屋里四下一看，桌上正摆着一个大果盘，便拿手里烟袋一指道，"咱们就拿它取一下笑吧。我要把烟袋一抖两抖，不到三下儿，能够把这个果盘给粘了起来，在桌子周围打一个转儿，不能叫这果盘掉在地下。不过话是这么说了，准还能练到那个样儿不能，我可是一点儿把握也没有，掉在地下我可不赔果盘。"说着一笑。李氏听了哪里肯信，便瞪眼看着王老太太。只见王老太太走过去，端详了端详那个果盘，便把手里烟袋杆儿轻轻一抖，那根烟杆儿明是一根竹子，到了这个时候，简直就成了面条儿一样了，颤颤巍巍上下乱抖，李氏看着已是出奇，葛培仁却不住暗暗点头。再看王老太太陡地一伸胳膊，那根烟袋杆儿可就到了果盘边上，只轻轻一蹭那果盘，便像被吸住一样，跟着也是一动。王老太太微微喊了一声："起！"手往前一送，跟着往后一带，说来不信，那果盘真个随手而起，提身一转，便在桌子前头转了一个弯儿，依然把果盘送到原处，往回一撤烟袋，微微一笑道："还好，还好，居然没有把果盘砸了，实在不易。"

葛培仁不由脱口而出道："这真是有点儿仙法了。"

李氏也笑道："这个我简直不信，八成儿老大妈手底下有什么搬运童儿，帮着给搬过来的，我就不信，烟袋能够把它粘过来。"

葛天翔道："不管是仙法儿吧。"

王老太太笑道："这个没有那么容易，你等着慢慢儿自然会了，还有比这个好的呢，你就用功学吧。"

从此单日习文，双日习武，一晃，就是半年工夫，三个人都练得有点儿意思了。这一天，吃完了早饭，没有什么事，王老太太正要教给他们开门四手，忽然有人飞跑而入道："不好了，葛大爷又遇了歹人了，是一个和尚，现在已然被人打倒，躺在离咱们这里不远，您快瞧瞧去吧！"

这一句话不要紧，王老太太、靳氏、天翔、天朋、家燕就全都跑出去了，跑到门外一见，只见葛培仁仰面朝天躺在地下，旁边站着一个相貌凶恶的和尚。葛天翔一看，头一个他就急了，正要纵身过去，忽然身后有人一拉衣裳道："熊儿且慢，等我来问他。"葛天翔回头一看，说话的正是靳氏，便往旁边一闪，靳氏就过去了，向那和尚微微一笑道："大师父请了，请问大师父怎么称呼？为什么来到这里？我们这位葛大爷是什么事得罪了大师父，为什么大师父把他治倒？"

那和尚一听把眼皮一翻，微微一笑道："你要问我，我叫半空，来到这里，有点儿小事不大，只因为我有一个徒弟，曾经到这里吃过苦头，回去一病几至不起。如今我到这里，就是要给我那徒弟报仇，不想来到这里之后，才跟这个人一打听从前打我徒弟的那个姓靳的，不想他就拦在前头，说出许多不堪入耳之话，叫我赶紧回去，不然的时候，恐怕我就回不去了。我想他既是能说出这种话，想必跟姓靳的相识，我就告诉他，我是不怕死的，只要能够领我去见姓靳的，无论有什么事都与他无干。他却再三不肯，并且一意威吓，想我既敢来到这里，当然就不怕那个姓靳的，岂是他几句话就能把我说走的？我又看他十分瞧不起人，便不客气地把他弄倒，不过他却没有受伤。我的意思，只要那个姓靳的肯得出来，就算完事。这位女菩萨既是过来动问，出家人不能不说实话，这位施主并没有受伤，只要姓靳的一见面，我当时就可以叫这位施主起来。只不知您可知道姓靳的现在还在这村里不在，请您指点我自去找他。"

靳氏一听，原来和上次来的人是一档子事，便笑了一笑道："大师父您还是真问着了，我就姓靳。"

那和尚猛地又把怪眼一翻道："怎么你姓靳，那好极了！我找的便是你，我一辈子就收了那么一个徒弟，却被你给打坏了。如今我找了你来，正是为报仇而来，你说我们怎么个比试吧。"

靳氏笑道："大师父您先不要忙，咱们先把这位葛大爷给送了回去，人家和你并没有仇啊！"

半空道："那是当然。"说着过去照葛培仁后腰上只一拍，葛培仁哎呀一声，便自醒转，向靳氏道："大嫂，这个出家人手底下可厉害，您可要小心。"

靳氏一点头，葛培仁爬了起来，李氏搀着，就在旁边看热闹。靳氏才向半空道："大师父能耐果然不错，居然会'捏点三穴法'，实在高明得很！"

半空一听就是一怔，准知道靳氏的能耐不在自己之下，便笑了一笑道："献丑，献丑，现在我们就可以比一下子了吧？"

靳氏道："大师父既是一定要赏招，当然奉陪，只不知大师父打算怎样比法？"

半空道："我们这又比不了上台打擂，我是来给徒弟报仇的，不管办得到办不到，自以打倒你给我徒弟出气为本，不用客气，谁有什么能为，谁就怎么施展。你打了我，我再练再报仇：我打倒了你，算是扯直，从此算完。就请你先发招吧。"

靳氏一听就知道这个和尚，手底下实在不错，别的不说，他有这么一身功夫，又是寻我而来，居然还能说出这么几句话，能耐一定就差不了，这倒不可大意，想着便也说了一声："请！"双掌一分，左手一晃半空面门，右手打半空胸口。半空一看掌到，斜身一闪，靳氏掌就空了，正待双掌再发，和尚一歪脑袋，横着一撞。靳氏一看和尚太快了，便不等他接着发招，一撒手在和尚脑袋上叭地就是一掌。在靳氏想着，无论如何，也得把和尚打个后退，谁知却大大上了一当，这一掌叭的一声，就跟打在石头上一样，当时不但手震得生疼，就是一条肩膀都震得有些发木，一甩腕子就知道不好。才要转身，半空一声喊道："别走，你也躺下吧。"脑袋横着一拱，就在靳氏肩头上撞上了，吱的一声，一退两退，退出去有三五步远才算站住。

和尚一抬头，哈哈一笑道："怎么还没有过手你就走了？快快请过来，我今天要报前者之仇！"

　　正是：

　　　　打人拳时防人脚，冤仇宜解不宜结。

要知后事如何，且看下回。

第五回

王太君独折铁沙弥
孙小姐双擒贼君子

半空这一下子不要紧，当时在场这些人就全怔了。李氏向葛培仁悄声儿道："要不，你快快到地面儿上去说一声吧，回头闹出事来，也是麻烦。"

葛培仁一想也对，正要转身，只见王老太太一伸胳膊把葛培仁拦住道："葛大爷别着急，等我过去讨个脸去。"说着笑容满面地向半空道，"大师父手下真是留情，不过方才听大师父说是给您徒弟报仇，可不知道这个报仇，是要到什么地步为止。现在姓靳的已然被大师父扔出一个趔趄，那就算是输了，可不知道大师父对于这件事算完不算完？要是已经完了，我们就都回去，大师父也就可以请了……"

半空本来扔出靳氏，也就是打算哈哈一笑，回去告诉自己徒弟，气已出了，好生养病，心里正在盘算，没想到横空会出来这么一个老太太，硬把自己拦住，并且话语之间，还很不拿自己当事，不由心里一动，这个老太太绝不是个好惹的。自己此来，不过是为给徒弟舒展那一口气，并没有别的意思，现在总算已经有面子，正好收篷，不要多惹出事来，自己身上还有要紧的事，也未便在此久留。

216

这么一想，当时心平气和，便笑着向王老太太道："这位老菩萨说得一点儿也不错，我来此处不过就是为给我那徒弟转转面子，并没有寻仇下手之意。如今姓靳的，只要她自肯服输我就任话也不说了，当时抹头就走，她若要认为不能算完，是她自己过来，还是另请别位过来，我也只好等着奉陪。"

王老太太道："好吧，大师父不但能为长了，连涵养都比以前高了，实不愧铁头沙弥之称！"

王老太太这么一说，半空当时就是一怔，自己的这个外号已然有多少年没人提起了，怎么这位老太太会知道得这么详细，不用说这个老太太人太高了，便赶紧又笑了一笑道："那是老菩萨夸奖了！"

王老太太道："能耐是长了，道理可还是没有清楚。即以这回事来说，令徒弟到村子里来，无缘无故寻人薅恼，这村子里人并没有得罪他的地方。他上来就用重手伤人，幸而我们有人出去破解，不然岂不闹出人命？这是一层。我们制倒令徒，一没有送他到官办罪，二没有伤他身体，大仁大义，把他放了回去。日子不多，又来了个小姑娘，见面之后话都不说，伸手就打，又被我们把她制住，她羞怒之下，曾经拔刀自杀，反被我们把她救住，放她回去，可见我们并没有安心寻仇之处。怎么如今大和尚你又来了？也是不说缘由，先来动手。不瞒大师父说，大师父一来的时候，我已经看出是从前的老朋友，所以没好意思过来张罗动手，如今您把我的徒弟也打倒了，我似乎也不能袖手旁观。现在有个办法，大师父在江湖以铁头二字享过盛名，咱们就以你这铁头试验一下儿。我要输给大师父，从此我们师徒离开这块地方。如果大师父一个大意，被我给赢了，对不过，咱们也得约法三章，从此起不准你再登我们这块地，这话大师父听明白了没有？"

半空一听就知道今天是糟了，不过既是来到这里，也不能说上不算来了，练把式的人让人打倒了，不算憨蠢，要是让人家打跑了，从此起就不用再混了。听王老太太把话一说，只道是不打不完，便依然一笑道："既是这么说，就请老菩萨出题吧。"

王老太太也一笑道："果然够条汉子，来来来，咱们就斗一下子，给大家招回笑儿。不过我可是老筋老骨，跳动不灵，大师父可手底下留情！"说着把旱烟袋往手里一拿，一点手儿道，"请！"嗖的一声，真跟风儿相似，那根烟袋就奔了和尚脑袋上敲去。半空往旁边一闪，翻掌一掠老太太烟袋杆儿，王老太太一撒烟袋，横着照半空脖子上抽去。半空大坐腰，烟袋从脑袋上过去，一仰脸，双手一伸，就把烟袋揪住，抬头一喝，喊声："走！"这一脚就往王老太太裆上踢去。葛培仁这些人可就全都吓坏了，葛天翔往前一纵身，就要蹦过去，忽然身后有人一把扯住。葛天翔回头一看，正是王天朋，不由急道："你别拉着我，你瞧那个和尚这一脚要踢上……"这一句还没有说完，就听扑咚一声，仿佛倒了半堵山墙一样，急忙往那边看时，只见半空已然仰面朝天倒在地下。

王天朋双手一拍道："你看如何？不用说就是这一个和尚，再多上三个两个，他也不是我奶奶的对手，就冲他两只手一揪那根烟袋，舍着身儿踢起那一脚，我就知道他是输定了。"

葛天翔就顾跟天朋说话，没有看清楚王老太太怎么样把和尚给扔倒了，心里还是挺不高兴。旁边郑家燕他可看明白了，便向葛天翔道："熊哥哥，你没看见，这手儿功夫可是太好了。和尚脚才往上一踢，王老太太把手里烟袋往下一顺，和尚就歪着下来了，跟着一甩手，烟袋一抽和尚的腰，那么大的和尚，会给抽了一溜滚儿，老太太能耐可真高。"

葛天翔道："别乱，别乱，和尚又起来了，看他那个样儿，还许完不了，咱们快瞧着。"

大家看时，只见半空站了起来，一抖身上衣裳，念了一声："阿弥陀佛，老菩萨手下留情，我这里谢过了，改日再见。"说完一甩袖子，竟自头也不回地去了。

　　王老太太微然一笑道："这个人倒是个爽快汉子，可惜走错了路，不然一定可以成名的。"

　　这时候人就把王老太太给围上了。葛培仁道："得了得了，有累众位乡亲着急，现在事已完了，大家散了吧。"大家一听，没什么热闹可看了，散吧，当时便各自散去。葛培仁向王老太太道："您今天也累坏了吧？走，咱们家去歇着吧。"

　　当下全都回到家里，打水洗脸，落座吃茶。王老太太向葛培仁道："葛大爷，您瞧这个和尚是个干什么的？"

　　葛培仁道："他不是个出家和尚吗？"

　　王老太太摇头一笑道："不，不，他不是和尚，他也有妻有子，并且在江湖上也小小有个名儿，方才要不是他先撞那一出头来，我还把他忘了，说不定就许上他一当。"

　　葛培仁道："那是怎么个缘故呢？"

　　王老太太道："他不是和尚，他原先也是吃的镖行，后来因为保丢了一支镖，他不能去见客人，爽得便投身绿林，做起没本钱的买卖。他原姓张，单名一个堃字，他有一手特别功夫，练过'贯顶功'，脑袋特别有劲，江湖上都称他铁牛头张标子。后来又因为在江湖上得罪了朋友，便改扮成了和尚，外号也改了，叫铁头沙弥半空。他那脑袋真要撞在石头上，石头粉碎，脑袋准可不伤。他有了这种功夫，要是一心向上，无论如何也可以成名了。只是他不喜务正，偏爱交些乱七八糟的朋友，人又没有算计，今天这一来，其实就是多余，幸亏是遇见我，要是换个旁人，恐怕他不能那么容易就放他走吧。"

靳氏道："妈，只愿一时心慈把他放走，将来恐怕还要找到这里来寻仇捣乱，又得费第二回事，还不如这一次就把他弄死呢。"

王老太太叹了一口气道："你看你又来了！杀死人难道就白杀死，弄出事来，岂不又要牵连多事？再者咱们现在也是落难之人，怎好再无端生事，真要弄到再叫我跟着你们乱跑不成吗？"

靳氏一听，底下也就不敢再说了，当下又谈了会子闲话才吃过晚饭，大家睡觉。葛天翔吃得冷热不均，忽然闹起肚子，睡觉到半夜，忽然一阵肚子疼，赶紧爬了起来。才要下床，只见窗外人影儿一晃，当时就是一怔，鞋也没穿就走下了地。有心要叫醒王天朋，又怕他喊嚷起来，反而不好，遂独自一个溜到窗前。正要往窗外看时，只见窗上忽现一点红光，跟着窗户纸上一个窟窿，从窟窿里递过一根香火。葛天翔不由心里一动道："这个仿佛听谁说过，这种东西八成儿就是那种熏香，这可不好，大概今天要糟。来的这个人是什么人，固然不知道，反正不是好人，并且准是有仇，不然他绝不能够下这种毒手。自己要是一喊，难免不把他惊动走了，这种人今天既是来了，他明天也必定会来。他在暗处，自己在明处，防不胜防，恐怕将来难免遭他毒手。不如稳住了他，给他一下子，叫他吃了这一回苦子，从此不敢再来，那才是个办法。"正在寻思，忽然想起，前者遇见拍花子的匪人，曾经得了他两瓶药，一瓶是拍花药，一瓶是解药。大概这种解药，不一定就解一种毒药，也许什么毒都能解，现在何妨闻上一点儿解药，只要能够管事，那可就不怕他了。方在一喜，就要去取解药瓶儿，忽然又一想，那可不妥，解药能够防毒，自是很好，倘若不能防毒，自己一下子闻到鼻子里，当时就得躺下，那岂不就糟了？可是又没有别的法子，能够先去试验一下儿。眼看着窗户里香火儿已然全送进来了，事情不能再缓，自己一着急，单手一捏鼻子，走了过去，一伸那只手，就把香火头儿捏住

220

了，使劲一搓，上头那个火头儿就下来了，往地下一扔，用脚一搓，一看并没冒出多少烟来，便又走了回去，一伸手把拍花药那个药壶儿拿了出来，磕出一点儿药儿来，往手掌上一托，到了窗户眼儿那里，用手对住窗户上那窟窿，瞪眼往外看。只见人影儿一晃，果然一个脑袋已然就了窗户来了，意思之间，是要看看屋里动静。葛天翔一看，这可对劲，所怕的就是你不肯往上凑合，这可省事多了。眼看窗户上黑影儿越来越真，知道他必是离得近了，使足了劲对住窟窿，噗地就是一口。在葛天翔的意思，原没想着准能一下子把他吹倒，不过试试，准要不行，当时一喊，也绝吃不了亏，所以才敢一试。可没想到，还是真灵了，这里噗的一口，外头扑咚哗啦一响，跟着就有人喊上了："什么人？熊儿，你又淘气哪！"

葛天翔一听是葛培仁的声儿，便赶紧答应道："不是我，院子里有人了！"

葛天翔这么一喊，王天朋头一个就蹦下来了，两手一搓道："人在什么地方哪？"

葛天翔道："院子里。"

王天朋过去把门拉开，伸头伸脑，就蹦到院子里头，刚要寻找贼人踪迹，没想到贼人会奔自己来了，一个大身个儿，晃了晃荡，两只手垂着一蹦一蹦，就像一个僵尸模样的像儿，直往自己身前奔来。王天朋可真吓坏了，准要是贼，倒没有什么关系，这如今瞧这个神儿，简直是个恶鬼，无论有多大本事，人可也不能跟鬼斗，这可不是闹着玩儿的。一害怕往下一蹲腰，打算把这鬼闪开，自己好跑，可没想到自己往下一蹲身，那个鬼也跟着往下一蹲身。王天朋汗都出来了，高喊一声："熊哥哥，你不管了是怎么着？"王天朋喊得都出了哭声儿了。葛培仁、王老太太、靳氏、李氏，也全都出来了，一瞧也是害怕。王天朋往东，那个大个儿也往东；王天朋往西，大个儿也往西；王天朋跑，他也跑；王天朋站住，他也站住。不用说王天朋害怕，就连经多识广的王老太太看着都有些发怔。葛培仁人虽忠厚老实，可是对于自己的儿子知道最是详细，一看王天朋在院子里乱转，单没有瞧见葛天翔，就知道这里头必定有他在里闹事，便急喊一声道："熊儿，你怎么不出来？"

葛天翔在屋里喊道："我不敢出去，我怕也跟天朋在一块儿晃。"

葛培仁一听，更是他办的了，便又喊了一声道："不要废话，快点儿出来！"

葛天翔哈哈一笑道："我要一出来，你们就瞧见热闹了！"说着一摇三晃从屋里就走了出来，双手全都攒着拳头。才一出屋门，那个大个儿便撒下王天朋奔了葛天翔去。大家看着纳闷儿，一院子都是人，为什么不奔旁人，单奔他们两个呢？这可真是怪事！正在想着，只听葛天翔一声喊道："虎儿快预备绳子，你瞧我要用掌心雷捉拿竹竿儿怪！"大家一听，敢情这个妖精叫竹竿儿怪，怨不得那么细长呢。王天朋这时候喘过一口气来，正在纳闷儿究竟是人是鬼，怎么会专跟自己过不去？及至看见天翔一出来，那个玩意儿便会舍了自己奔了天翔，论能耐的话，天翔还不如自己，工夫一长恐怕也得不了便宜，正想到屋里取出来家伙，两个打一个，好把怪物拿住。葛天翔一喊，王天朋这气就大了，简直是满嘴胡说八道，什么时候又学会了画符捉妖了？掌心雷更是造谣言，别人都能信你的，我可不能信你的，站在那里纹丝儿不动。葛天翔可真急了，别的不说，工夫一大，药劲儿一过，再打算拿他可是不易，自己手里带着解药，讲究过去一伸手一张嘴，把他喷过来。其实那个算不了什么，不过有一节儿，稍微一清醒可以，工夫大了还是不行，叫他拿绳子他不拿，那怎么办？葛天翔比王天朋机灵，一看王天朋不过来，站在那边乐，心说你不用臭美，我要叫你过来，你就得过来，想着便向天

222

朋一笑道:"我叫你过来拿绳子,你可不拿。这么办,我还退回屋里去,你有什么能耐,拦得住他跟你蹭?"

王天朋一听,那话一点儿也不错,方才天翔没出来,大个儿确是跟自己乱蹭来着,现在天翔要是一躲开,他依然还是得来找自己,那可是麻烦,莫若给他找绳子是正经,遂笑了一笑道:"熊哥哥,你别着急,我给你找绳子去。"说着跑到屋里,找出两条长绳子,来到院里头,向葛天翔道,"您说怎么捆?"

葛天翔道:"你把一头儿先拴好一个活扣儿,套在他脚底下。他只要一活转过来,你就往起一兜绳子。他腿一套上绳套儿,你可使劲一揪,他就躺下了。别容他缓劲,过去就把他捆上,可别容他起来才好。"

王天朋道:"就是那么办吧。"

葛天翔过去用手一拍,大个儿跟着就往前蹭,前腿一抬,恰好王天朋的绳套儿扔到套个正着,又是个活扣儿,使劲一拉,喊声:"起!"大个儿迷里迷瞪,腰腿上全都使不上劲,扑咚一声,便自摔倒。葛天翔往前一探身,一长胳膊,噗的一口,就把解药喷出去了。大个儿阿嚏一声,正赶上王天朋过去捆他两条腿,真吓了一跳,没敢稍缓,三绕两绕就给捆上了。

这时候大个儿话可就说出来了:"好小辈,你们施展什么诡计,把你家大太爷拿住?你可敢说出你叫什么姓什么?"

这时候一院子人全怔了,大个儿在院子里蹦了半天,也没说出一句话来,如今被人家一摔,会给摔出话来了。葛培仁才要过去,葛天翔一摆手,抢着就过去了,哈哈一笑道:"大个儿,你也别尽拣好听的说了,你要问我使的什么法子?我们那叫掌心雷,不用说像你这个样儿的,就是比你再高的,也禁不住我一口法气。你要不信,咱们还可以来一个二次试试。"

大个儿一听就是一皱眉，呸了一口道："无知小辈，你哪里有这么些废话，你可敢告诉我你姓什么？"

　　葛天翔道："那有什么不敢，我姓葛……"

　　一句话没说完，就见后院忽然火光冲天，不知是什么地方火起。大家一看可就慌了，全都撒腿往后头就跑。刚进里院，王老太太一闻，有一股子硫黄味儿，便急喊一声："不好，恐怕是人放的，快分人到前头去，恐怕他们又在前边闹事！"

　　葛天翔一听，撒腿往前头又跑，王天朋也在后头紧紧跟随。来到前院一看，却无一点儿动静，再往地下一看，捆的那个大个儿已然是踪迹不见了。正在一怔，猛听房上有人喊道："两个小娃娃，我们是特来找姓靳的，不想误入你家搅你一夜，对不过，改日再见，我们走了！"两个人抬头往上一看，干着急，一点儿法子也没有。正在生气，却听哎呀一声，咕噜一声，扑咚一声，两个贼里掉在地下一对儿。葛天翔急忙瞪眼往房上看时，不由心里大喜，准知道这两个贼命算没了。原来房上头站着两人，一个正是那天帮拿拍花贼救自己的那位姑娘，一个却是自己的好友郑家燕，不知怎么会跟姑娘走在一起，又会上了房了？

　　当时精神不由一壮，便向房上道："这位大姑娘，您快来吧，这个贼在我们这里搅了一晚上了。"

　　那位姑娘微然笑道："不要着急害怕，我既来了，他们就跑不了啦，你先把他捆起来。"

　　葛天翔过去把地下绳儿拾起，三绕五绕就把两个人用一根绳子给捆上了。姑娘往下一蹦，一伸手一夹郑家燕就蹦下来了。后头火已然救灭了，又怕前头出毛病，大家又往前头跑。来到前头，正赶上姑娘蹦下来，头一个靳氏看见了，急喊一声道："那不是孙大姑娘吗？怎么会来到此地？不用说这两个人也是您拿住的了。"

那个姑娘又是微微一笑道："大嫂子叫我好找，我王大妈呢？"

王老太太这时候也看明白了，不由脱口而出道："露姑娘，你怎么会到了这里？可是特意来找我吗？"

那姑娘过去福了一福道："王大妈，您还好哇，一点儿也不错，我正是来找您的，不过可没有要紧事，您不用猜疑害怕。"

王老太太笑了一笑道："姑娘说的呢，我骨头都老了这么一把了，还能够那么沉不住气？有什么话咱们慢慢儿说，我先给你引见引见。"说着向葛培仁跟李氏道，"大爷，大奶奶，我给你们引见引见。这位姑娘姓孙，单名一个露字，说起来不是外人，还是我的一个表侄女呢。"李氏赶紧过去给道谢，姑娘一乐连称不敢。王老太太道："现在别的先不说，咱们想什么法子把这两块料消灭了他。"

葛培仁道："您先不用忙，等我问一问他再说。"说着走了过去，向那地下躺着两个人道，"你们都叫什么姓什么？跟我们这里有什么过节儿？为什么黑天半夜跑到我家里杀人放火？你要说出情理，我把你放了；要是说不出理来，我可要把你送到官庭办罪，你听明白了没有？"

那两个一听，不由长叹一声道："大爷，您既是这么说，我们就不得不说实话了。我姓童，叫童登第，江湖上人称我叫飞天老鼠。他姓石叫志林，也有个外号叫净街门神。我们两个自幼以练武得名，在乡里存不了身，便投到济南莽牛山如意寨多实太岁洪大明手下，当了两名小头头。洪大明在江湖上以贩卖熏香蒙汗药出名，手下羽党甚多，全都靠着做这种生意养活。离着这里不远，有个姓李的，也是如意寨分码头的头子。在前些日子，曾经到这里来过一趟，意思之间，是因为在这里看见了一个有根基的孩子，打算把他弄走，没有想到，没有弄到孩子，反受了一点儿小不合适。回去之后，又派他妹妹来了一次，又没有得手便报了如意寨。寨里先派一个朋友

225

叫花尾巴蛇夏桂，带了拍花药前来下手，一去多日也没有回信，洪大明便派了我们兄弟两个。我们来到这里已然有了两天，只是未曾得手，今天白天探准了地方，晚上我们来的，石志林巡风，我下来点的熏香。我们这种熏香，历来百用百验，今天不知为什么不验了，并且您这里确有高人，竟把我给一吹拿住。石志林没敢下来，到了后头放了一把火，众位去救火，他就把我放了。我就告诉他这里住有高人，我们得赶紧走了。谁知才上了房，上头敢情还有人，又把我们扔下来了，以致被获遭擒。这全是实话，连一句假都没有，你们把我们拿住，只怪我们学艺不高，要怎么办就怎么办，全都凭你们一句话。不过有一节儿，你们可不许故意为难我们，那就不是英雄汉子所为了。"

王老太太一听，哟了一声道："原来为的是这个，这可是我们的不对了。来来来，我给二位解开，你们二位快快回去，拜上洪当家的，就说山东王四他们家里给洪当家的问好，让他高高手，那个孩子不是外人，他是我们的徒弟。"说着过去一抖绑绳，当时开了。

两个人爬起来复又跪倒磕头道："原来是你老人家在这里，我们要知道，天胆也不敢来。我们回去告诉我们大头子，叫他亲自来给您请安来。"

说完站起才要走时，孙露走了出来，伸胳膊一拱道："别走，我还有话问你们呢!"

两个人一听当时就不敢走了，急忙站住道："您有什么事?"

孙露道："你们可认得我是谁?"

两个全都一笑道："方才已然听说了，您是孙露孙姑娘，我们是久仰多时，您还有什么话说吗?"

孙露冷笑一声道："话是没有什么话，不过你们既然认得我，那就好办了。今天得罪你们的可是我，你们回去只管向你们头子去说，

226

叫他去找我，我家住在浙江西边慈姑岭水西村，我叫铁面龙姑孙露，叫他不要找错了。别人怕他，我不怕他，你可不要再到这里来找人家麻烦。还告诉你们一句，你们那个好朋友姓夏的，也早就被我给送回老家去了，有仇只管一起报好了，姓孙的不怕事。你要回去不这样说，将来要是遇见我，你可要留神你的狗命。"这两个听得，只恨得牙痒痒的，却是不敢回说一句，只把个头不住点。孙露微然一笑道："你瞧你们这两块贼形儿，还不快快滚呢。你家姑娘真看不惯你们这路贼形儿。"

两个一听连话都顾不得再说，两纵身全都上了房，一晃两晃，当时影儿不见。

葛培仁把舌头一伸道："这简直就是飞贼呀！可了不得，这可真悬。"

王老太太一笑道："得了，葛大爷，咱们屋里坐着吧。"当下进到屋里，大家落座。王老太太道："孙姑娘，您这次怎么会这么巧呢？"

孙露道："说巧可也不算巧，我这次来是特意来的，不过没有想到会碰上这件事就是了。"

王老太太道："孙姑娘您到这里来有什么事，可是找我来的？"

孙露道："正是为找您来的。我在前些日子已然来过一次，那次正碰上这里这位少爷被那个姓夏的拐了走了，我一直在后头跟着，直到一座小庙门前。我给这里少爷脑袋上拍了一点儿凉水，后来拍花匪姓夏的被老虎砸死之后，我正想要到您这里来，半路上却又碰见一个熟人，去商量一点儿别的事，便没有能来。我这是第二次来到这里，本来打算白天来的，偏是到了这里门口，就遇见这两个贼坯子正在往门垛子画白圈儿。我就知道他们晚上必来，这我才跟来，一直追着他们两个。这两个也不是什么有能耐的，始终就没有知道屁股后头跟着一个大活人，等到方才他们进来我也就进来了。本想把他们拿住逗个笑儿，谁知道没等我动手，下去的那一个自己就跟中了疯魔一样。我正在诧异，这位小少爷又出来了，我怕他惊动了房上两个，便从背后一夹，把他夹到房上。这时候你们众位就出来了，底下这个捆上，房上那个到后院放火去了。众位去救火，我可没有动，房上的下地来救那一个，两个人上房说便宜话，我把他们推下来了。这就是今天这一节儿事。"

王老太太道："那么姑娘特意到这里来，有什么事呢？"

孙露道："也没什么要紧的事，就是鹞子他们现在闹得声气太大，惹了官面儿注眼，在前三五天，全都掉下去了。我本想去把他们全都救了出来，后来一想，这件事多少也牵连着有您在内，所以才特意来找您商量，怎样去救他们，怎么样约人不约人，您还自己去一趟，不去一趟？"

王老太太一听，噢了一声道："原来老五吃了官司了，冲在哪一面上，我也得去一趟，只不知他们陷在什么地方？"

孙露道："他们全都落在广平府了。"

王老太太道："这可不近，咱们要去，还是得赶紧就走，怕是去迟了，再闹出旁的笑话来，那可就对周老五不过了。"

孙露道："那么咱们什么时候走呢？"

王老太太道："现在黑天半夜，当然是不行，最好就是咱们明天一清早就走吧。"孙露一点头。

葛培仁道："王大妈，您可别走，咱们这里一天到晚净出怪事，您要一走我们可就苦了。"

王老太太还没说什么，葛天翔一笑道："爸爸，您不用着急，谁走也不要紧，有我一个人在家里，咱们谁也不怕。我现在学会了五雷天心正法，不拘什么贼吧匪吧，张手一雷，当时就完，您就不用害怕了。"

大家一听，这简直是胡说八道，他从什么时候又学会了五雷正法？想着可乐，大家哈哈一笑。葛天翔僵了，一声儿没言语，从腰里把拍花药瓶儿拿了出来，偷偷儿往手心里磕了一点儿，这才一点儿一点儿往前蹭。孙露真是一点儿没有防备，绝没想到他会憋着一肚子坏主意，本来心里又爱着天翔，一看他往前紧凑，真是淘气，现在要不是有要紧的事，倒是可以逗他一逗。心里正在想着，葛天翔就到了，一扬手噗地就是一口，跟着一拍巴掌，大喊一声道："你们瞧着，这就叫掌心雷。"

大家正在一怔，只见孙露猛然站起，两眼发直，冲着葛天翔就蹦过来了。王老太太一看，就知道孙露是受了制了，便笑着向葛天翔道："熊儿不许无礼，快快把孙姑娘给解救过来。"

葛天翔一听，笑着向王老太太道："您信服这五雷正法不信？"

王老太太连连点头道："我信，我信，你别得罪人家孙姑娘，快给解救过来吧。"

葛天翔说话的时候，就把解药又磕好了藏在手里，假装用手一指王天朋道："你信不信？"

王天朋才要摇头，一看葛天翔又往前凑合，便改口连连道："我信，我信。"

葛天翔哈哈一笑道："谅你也不敢不信，这玩意儿也不是说句大话，你再瞧，说解过来就解过来，连咒都不用念。"说着凑近孙露面门，双手只一拍，已把解药送进鼻孔，嘴里喊一声，"开！"

孙露阿嚏一声，当时眼神恢复原状，就和睡了一觉相似，恶实实瞪了葛天翔一眼道："我真佩服你这五雷法了。"

葛天翔一笑道："这原算不了什么，你要愿意学的话，不出三天，准保全会。"

孙露一摇头道："我不学。"

王老太太道："废话不用说了，我们还是商量正经办法吧。我这次逃难逃到这里，总算承情葛当家的二位特别照顾，实在是感谢不尽。原想在这里多住些时，可以把少当家的教得有点儿门径，然后我再走。没有想到天不由人，中间又出了岔子，不走不行。现在我们就走了，也许十天半月就能回来，也许就不能再回来了。这位少当家将来造化不小，一定可以做到国家一二品大员，我是恐怕赶不上了。老当家的可别耽搁他，一半叫他念书，一半叫他学武，千万可别叫他荒废了。我们虎儿，原意把他留在这里，不过这回事情里头也有他在内，必须叫他到一趟，也许事情完了之后，再想法子把他送回来，不过那就说不一定了。我们走了之后，如果再有人来，千万可不要隐瞒，尽管把我们来踪去迹全都告诉他们，反倒可以无事，谨记，谨记。现在时候已然不早，我们还可以稍微歇息歇息，省得太累了，走路吃力。"

葛培仁一听，也不好再说什么，心里觉得怪难过的。李氏跟靳氏处得也不错，一听离别在即，少不得都有点儿眼泪围着眼圈儿转。葛天翔与郑家燕跟王天朋更不必说了，真仿佛从身上伤了一条子肉下去相似。可是事情已然到了这个时候，留当然是留不住了，只好是让人家去吧。

大家都睡觉了，唯有这三个还没有睡觉，可也想不起说些什么来。坐了半天，还是郑家燕道："熊哥哥，咱们要是打算送送虎哥哥，咱们可也得睡一会儿，不然没有精神，怎么能够走得动？"

葛天翔道："也好，歇一会儿就歇一会儿。咱们谁要醒了，可是谁先叫谁，别耽误了时候，那可不是闹着玩儿的。"

郑家燕道："就是吧，咱们就是养一会儿神就得。"

当下全都穿着衣裳，往床上一躺，说也可笑，不到一袋烟的工夫，已然全都沉沉入梦，猛听有人在院里喊："熊儿，你的虎哥哥在屋里吗？"

葛天翔道："在屋里呢。"

葛培仁道："你把他叫起来，问问老太太都到什么地方去了。"

葛天翔一听就吓了一跳，急忙伸手一摸，哪里还有王天朋的影子，不由大叫起来。

郑家燕道："你先不用急，咱们从躺下到现在也没有多大工夫，大概他们是走了，咱们可以追下去，自然拦是拦不住，不过送他们几里子，也就是咱们的意思。"

葛天翔点点头道："好！走，咱们追下去。"

才说到这里，就听葛培仁在院里又喊道："熊儿，你可不许瞎说，也不许你们跟下去，不听我的话可留神你的皮！"

正是：

　　　方思良友面，忽闻慈亲声。

要知后事如何，且看下回分解。

第六回

追老师私走广平府
住黑店误入翟家坪

    葛天翔一听，知道王天朋他们是走了，再打算追也不成了，便向郑家燕轻轻用手一捏道："小燕儿，你不用言语，听我的。"

    郑家燕也低声说了一个好字，葛天翔就上了窗户了，用手把四外纸边儿一划，然后一推，窗户便开了。葛天翔道："小燕儿，你上来，我先把你送出去，你到了外头在地下站着，我好踩着你的肩膀子下去。"郑家燕答应，葛天翔把自己的裤带解了下来，把郑家燕腰一拴，顺着窗户口就把他送下去了，然后自己也顺着窗户爬了出去，到了院里，向郑家燕道："小燕儿，咱们可先别动弹，听着我爸爸他们什么时候进了屋里，咱们再往外去。"郑家燕答应，一会儿工夫，葛培仁果然回去了。葛天翔一拉郑家燕，从后院绕到前院，轻轻儿把门开了，走到街上，把门带好，不由长长出了一口气道："小燕儿，咱们两个人，可别走一条道儿，倘若人家是往东的，咱们往西追下去，那得什么时候追上？你往东，我往西，谁追上他们之后，把他们先留住，回来再送信儿。"

    郑家燕道："那可不行，假如说我往东追着了他们，你已然往西下去了，再反回头来找你，人家准不能等。你还没有看出这个意思，人家所以半夜就走的缘故，正是怕咱们要追了下去，当然就不能让咱们追着。即使追着了，人家也绝不能等，那还不是跟没追一样吗？"

葛天翔道："那么一说，咱们不是白出来了吗？"

郑家燕道："咱们既是出来一趟，无论如何，咱们也得走上一趟，我倒有个法子。我听他们说话，是到什么广平府，咱们不用分成两路，干脆一直也奔广平府。到了那里，能够见着更好，不能见着，咱们再想法子回来，你瞧好不好？"

葛天翔究竟是个小孩子，也不知道究竟这个广平府离着凤凰厅有多远，听郑家燕一说，仿佛有理，当下便答应道："好，好，咱们赶紧走吧。"两个人顺着大道一直就走下去了，广平府在什么地方，两个人也不知道，一阵乱走，走来走去天就亮了。葛天翔肚子里咕噜噜一响，知道饿了，不由哎呀一声道："小燕儿，你先等一等，咱们得商量商量，找个什么地方去吃点儿什么再走。"

郑家燕道："前边大约就是个村子，咱们进去吃点儿什么吧，我也有点儿饿了。"

两个人奔到村子，进到村里头一看，原来是个小村子，并没有什么大买卖，也没有一个是样儿的饭庄子饭馆子，两个人就怔了。

葛天翔道："你瞧没有卖饭的地方，这可怎么样办哪？"

郑家燕道："别着急，你瞧前边有一个挂着酒葫芦的地方，大概带卖一点儿什么吃的，走，咱们去问一问去。"

葛天翔没有法子，两个人来到临近，一看果然是一个小酒铺，里头有一老头儿，正在那里坐着抽旱烟。葛天翔过去迎面一揖道："老大爷，您这里可有什么吃的吗？"

老头儿一看，这个小孩儿长得特别可爱，后头还跟着一个小孩儿，不用说这一定是这村子附近的小孩儿，早晨起来上学，要吃点儿什么，便笑了一笑道："有，有，有锅盔，有肉面，你们吃什么？"

葛天翔道："我们吃肉面，也吃锅盔。"

老头儿道："那你们进来吧。"

两个人走了进去，屋子挺小，后头有个小篱笆帐儿，老头儿把自己那个座儿也让了出来，两个人坐下。老头儿给拿来两大盘子锅盔，又做了两大碗肉面。两个人本来全都饿了，吃一块锅盔，又吃两口面，一会儿工夫，锅盔净了，面也没了。两个人一抚肚子，全都站了起来道："得，饱了！"

老头儿一笑道："你们这两个小孩儿，可真能吃，一共吃了一钱七分银子呢。"老头儿这一句话不要紧，葛天翔脸色也变了，郑家燕脑袋轰的一下子也晕了。不是别的，两个人一对儿，谁也没带一个钱，这可怎么好？正在这时，只见老头儿哈哈一笑道："我也瞧出这个意思来了，大概是一个钱儿也没带吧，好，你们也没打听打听我是谁？你们会吃到我的头上来了！"

葛天翔一听，这可糟了，这个老头儿敢情瞧出来了，一点儿周转都没有，这可是麻烦大了！事到临时，也就顾不了那么许多了，实在没法子还是给他来个掌心雷，往后再说。心里想着，伸手就把拍花药瓶子摸在手里了，正要打算上步给老头子一下子，老头子忽然哈哈一笑道："咱们也是有缘，这要是别人吃了我这么一顿，一个钱没有，对不过，我是非得给他们一个样儿瞧瞧不可。但是你们这两个孩子吃了，就算白吃了，我交了你们这两个小朋友了。不过有一节儿，我有几句话要问，你们可不许跟我说瞎话。你们两个姓什么叫什么？从什么地方来？要到什么地方去？必须全都跟我说清楚了。我要听你们说的都是实话，不但吃东西白吃，我还可以给你凑几个钱，叫你们回去。要是不说实话，我也听得出来，那可是对不过，不用说你们两个，就是比你们再高一头宽一臂，我也不能让他

234

白吃了走。这话你们听明白了没有？"

葛天翔先听着不错，老头儿要交朋友，后来一听，敢情还有好些事呢。有心不说，又怕老头儿不让走；要是说了实话，又怕老头儿爱多事，再把自己送回去，那岂不是前功尽弃？

正在沉吟，老头儿笑了："你瞧你们这两个孩子，怎么连话都没有了？八成儿是逃学跑出来的。我告诉你们，你们可趁早儿回去，你们家里养活你们这么大，也不是容易。你们只顾贪玩儿，全都不回去，你们父母应当多么难受！要依我说，趁早儿回去是正经，不然要把你们的父母都急病了，你们怎么对得过他？你们住在什么地方？快快说出来，要是不敢回去，我可以把你们送了回去。"

葛天翔一听，人家老头儿太好了，素不相识，竟会这么热心，可实在不可多得。王天朋他们究竟是不是从这股道走了，也不敢说一定，自己瞎跑了会子，广平府在什么地方也说不出来，倘或从这里一直走错了，真困在中途，那可实在是对不住自己的父母亲，回去倒也不错。正想说出实话，旁边郑家燕抢过去道："这位老大爷，您说得是一点儿不错，不过有一节儿，您可没全猜对，我们两个不错是失迷路途，可不是为了逃学跑出来的。您问我们姓什么叫什么，我叫张兴，他叫张起，我们弟兄两个，原是广平府的人，只因在家里念书，放学回家，半路上碰见了拍花匪人，把我们两个全都拍拐出来，拍到离这里不远地名儿叫凤凰厅，一住就是三年。今天拍花匪人又出去做他的买卖，我们才得跑了出来。因为不认得路，又忘了拿他几个钱，所以才跑到您这里来，吃完了东西，一个钱没有，您肯其不要，我们实在感激。不过您要肯其救人救到家的话，请您把到广平府应当走哪条路指点给我们，我们好赶紧跑回去，能够早回去一天，就多谢您一天好处。老大爷，您肯其帮我们两个小孩儿一步吗？"

郑家燕一套话编得有头有尾，一点儿磕碰没有，老头儿真就信了，不由点点头道："噢，原来是这么回事，这广平府离这里可太远了，我也没有去过，仿佛我听人家说过，那个地方在这大北里呢。你们两个小孩儿，又没人护送你们，你们身上又没有钱，那如何能到得了呢？我要不是那么大的年纪，我倒可以送你们一趟，不过我已是这么大的年纪，行走不便。我这个小买卖，就是我一个人，我要一走之后，没人照管，这是我后半辈子养命的这么一点儿指望，扔了也太可惜，这件事可怎么办呢？"说着用手不住摇头，忽然双手一拍，哈哈一笑道，"得，我有法子了，不过你们可真得听我的话，我才能有法子把你们送到广平府。"

葛天翔道："只要您能够把我们送到家里，不拘说什么我们都可以听。"

老头儿道："既是这样，我去找一个人来，送你们回去，你们在这里稍坐一坐，我去把他找来。"说着推开小门，一径去了。

葛天翔向郑家燕一伸舌头道："这件事据我看，恐怕可又要出毛病，干脆趁他没回来，咱们拿他几个钱，咱们跑了吧。"

郑家燕摇头道："那可不妥，他要是好人，当然不至于有什么坏意。他要是坏人，咱们一跑，倒许当时就出毛病。依我说咱们可以稍微等一等，看事行事，却不必操之过急。"

葛天翔道："那咱们就等着吧。"

等了工夫不大，只见那个老头儿又同了一个三十来岁的汉子，笑容满面地从外头走了进来。老头儿道："还真巧，我还怕我们这个朋友不在家里，居然他会没有出去，总算事情有缘。来来来，咱们坐下再细谈一谈。"大家坐下，老头儿道："咱们说了半天话，我还没说我姓什么叫什么呢，我告诉你们。我姓耿，人家都管我叫耿老实，这位是我一个盟侄，他姓傅叫天柱，原也是广平府的人，只为做买卖来到此地，便在这里落了户。可是广平府还有他的本家，人口不少，他早想回去，只是不得其便。今天我看你们两个这么一点儿年纪，说得那么可怜，本想我把你们送了去，只是我这个年纪，一路之上，受不了那样的奔波，便想到我们这位老盟侄，叫他送你们回去。一则沿途之上，可以照应你们，二则他也可以就势还家看看，这是一举两得的事。这一路上饮食花费，全由我给你们预备好了，到了家里之后，你们愿意还我，就交给他给我带回来，要是不方便，就是不给我也没什么。不过有一样事，我要求你们，你们可不许推辞，必得给我帮忙才好。"

葛天翔道："什么事？老大爷您就说，只要我们能够办得到，我们是绝不推辞。"

耿老实道："这件事并不是什么难事，原因就是我从前曾经许过一个愿，在普陀山许了一个还婴愿心，直到如今没还，这种愿心并没有什么，只是要把一个小孩儿生辰八字写在黄表纸上，在家里焚香默祷，就可以把愿还了。我想这件事与你们毫无所苦，大概没有什么不可以？"

葛天翔一听正要摇头，郑家燕用手一拐道："这个没有什么，老大爷帮了我们这么大的忙，不用说就是一个生辰八字，即使要我们本人去一趟，都没有什么。老大爷我告诉您，我是……"

耿老实道："这个用不着你们说，我能够算得出来，现在只要你们答应我就有办法。"

葛天翔简直不信，便笑了一笑道："我们答应了，你说怎么办就怎么办吧。"

耿老实哈哈一笑道："那就好极了，这么办，我就找一个，小张，你来吧。"说着一拉郑家燕的手，从桌子上抓过一张白纸，把郑家燕的手往上一按，嘴里咕哝了两句，也没听清说的什么，咕哝完了，把手一撒道："行了。"

葛天翔也一伸手道："怎么样？我也来一下子吗？"

耿老实摇头道："不用了，这就成了。"当下又拿了几锭银子，交给傅天柱道："你把他们送到地头，可不要仅耽搁，恐怕咱们这里还许有事。"

傅天柱答应完了，向葛郑两个道："走吧，趁着天早赶上船，今天还可以多走个五六十里地。"

葛天翔和郑家燕向耿老实道了谢，耿老实一笑道："将来有了缘，还许会见面呢。走吧，路上多加小心。"说完便走回转。

傅天柱领着葛天翔、郑家燕一口气走出去有十几里地，才到了江边，恰好那里正泊着一只船，傅天柱喊道："什么人的船，可往下水去吗？"

船上蹿出一个汉子，年纪约在四十来岁，赤着背，挽着个牛心髻，穿一条裤衩儿，赤着脚，手里摇着一把蒲扇，笑脸相迎道："客人要到什么地方去？我这船是什么地方全去的。"

傅天柱道："那好极了，我们要到辰州去，你可以送我们去吗？"

那汉子笑了一笑道："可以，可以，请上船吧。"

三个人上了船，傅天柱道："掌舵的，咱们把船价讲好了，好不好？"

那汉子仰天一笑道："大爷，你这话说远了，我这个船是随便坐，到了我们船上，就算到了家了。"大家一听，就是一怔。

傅天柱道："掌舵的，这话不是这么一个说法，因为我们身上带的钱有限。你说出来，我们要是能够坐得起，我们就坐，我们钱要是不够，再想法子。"

那汉子哼了一声道："大爷，您这个人太不痛快了，我这个摇船的，就是我这一身一口，上头没有老的，下头没有小的，一个人吃

238

饱了，天下人都能不饿。您既上了我的船，又不是一天半天的路程，当然您得吃饭。您吃饭，我跟着吃点儿饭；您吃茶，我跟着吃点儿茶，难道您还真能难为我们不成？到了地头，您带的钱富余得多，多给几个，我就换双鞋，买双袜子。您的钱少，我就少拿几个，再要没钱，一个钱不给，也没有什么。我依然可以渡个客人摇回来，也不能把我困住。您现在一较真价钱，反倒不好办了，说少了不像买卖生意，多了买卖也成不了，您想还是不说的好不是？再者说，您别瞧我虽是个卖苦力气的人，也懂得交朋友，并不能全都为钱，您要真一个钱没带，我也能够照样儿把您送到辰州去。"

傅天柱道："好，好，想不到您是个这么热心朋友，这倒是我眼拙了，那就到了那里再说吧。"

当时起锚，船就走下来了，小船不大，也不用舵，只凭那汉子摇橹，便跟风驰电掣一般顺流而下。

葛天翔坐在船上，笑着向郑家燕道："燕儿，你说这船够多有意思。"

郑家燕附着葛天翔耳朵道："熊哥哥，你可不要一意高兴，咱们这是头一次出来，人生地不熟。这个姓傅的，咱们和他也是素不相识，究竟他是怎么一个人咱们完全不知。据我这么想着，世界上可没有那么多的好人。咱们在船上，又不会水，倘若有个不对，咱们想跑都跑不了，我现在倒很后悔，不该私自跑出来。"

葛天翔道："话是不错，不过我看姓傅的在半路之上，绝不会把咱们怎么样，反倒是那个摇船的长得既是那么凶恶，说话又那么不好听，恐怕这个小子不是好人。好在以毒攻毒，姓傅的看样子是个久走江湖的，未必没有看出摇船的来，什么事有他在前头，谅来也不会有什么事的。反正咱们遇事小心，大约也不至有什么了不得。"

两个说话声音很小，傅天柱看着笑了一笑道："你们谈些什么？

大点儿声儿说说，我也听听。"

葛天翔道："我们原没说什么，只是说这次一个钱没带，居然能够上船到家，实在是想不到的事。"

傅天柱心里有事，唯恐摇船的把话听了去又生他事，便急忙用话岔道："这倒没有什么，只是一件，咱们这一走几百里路，吃饭应当怎么办？"

才说至这里，摇船的便搭了话了："大爷这个事您倒不用操心，到了前边有了小码头，咱们可以把船湾住，下去买点儿东西上来，咱们船上有火，就可以有办法了。如果您现在要就饿了的话，船上还有两样现成的吃食，不过是粗糙一点儿，您可以先用着点儿，等到了码头咱们再买。"

傅天柱怕是葛天翔再满嘴乱说，便一口答应道："好，好，我给你摇着点儿橹，你给我们去把吃的拿出来，等我们吃完了再换你。"说着过去便把橹接了过来。

那汉子便真个走到后艄，拿过一个盒子打开了一看，里头是锅盔、牛肉、饭粑，满满盛了一盆子，往舱里一放道："大爷，你们三位请随便地用一点儿，口干了后头有热水，您自己提一下子。"说着接过橹去，复又摇了起来。

傅天柱走过去一看便道："好东西，真可吃。"说着拿起一块牛肉、一块锅盔向葛郑一让道："吃一点儿。"郑家燕一看锅盔很干净，便也拿了一块嚼了起来，葛天翔也拿着一块饭粑，正要往口里送，就见傅天柱哎呀一声，锅盔撒手，扑咚摔倒，方在一怔，郑家燕也是哎呀一声，扑咚摔倒，当时就明白了，也把饭粑一扔，哎呀一声，倒在傅天柱身上。

那汉子一看，手里橹一停，哈哈一笑道："任何灵死鬼也吃了老娘洗脚水，活该老爷有彩气。"说着一转身便要奔傅天柱。

葛天翔主意已经打好了，怕他把傅天柱扔在水里，失去一个做伴的，便一挺腰站了起来，大喊一声道："别动手，留神还有你家小太爷在呢！"

　　这一嗓子还真把那汉子吓了一跳，定神一看，就是葛天翔一个人，他的胆子便又壮了起来，狂笑一声道："你这个小娃娃，死到临头，你还敢狂呼乱喊，还不快快坐在一旁，等我完了事，好放你的生！"

　　葛天翔天生大胆，毫不惧怯，也微微一笑道："贼坏子，这里风大，你也不怕闪了你的舌头，你不要以为久在江湖，仿佛够了什么份儿。其实你这个人，长了眼睛，没长眼珠子。你也不知道我们都是干什么的，今天要不给你点儿厉害，你还许以为我们都是中了你的道儿。这话也不是说大了，就凭你这个样儿的，要是动一手一式赢了你，你就算便宜多了。你站稳了，我要一口气吹不倒你，就算我没有练过功夫。"

　　那汉子一听鼻子都快气歪了，心说你这个娃娃真敢说大话，我活了四十多年，还没看见这么一个能够吹人的呢，今天要是不让你吹一下子，你明天还不定说什么呢。想着倒把生气的样儿全都收回去了，笑了一笑道："小娃娃，老爷生长大江边，活了四五十年，还没有看见过一个吹人的，今天倒是碰见新鲜事儿，总得看上一看，也开一开我的眼。我就站在这里，不但是吹，你就是连踢带打，都没有什么，只要能动得了我一根毫毛，我就拜你为师。"

　　葛天翔也知道他瞧不起自己，这话他是一定不信，便也笑了一笑道："我说的是一口气要把你吹倒，动手动脚就出了本题，你就站稳了等吹吧。"说着话一扬手，往那汉子面前一托，一张手噗地就是一口。那汉子他哪里知道会有这么一手儿，当然是毫无防备，一下子吹个正着，往里一吸气，连言语都没言语，人就躺下了，那船也跟着便滴溜溜乱转起来。葛天翔不顾那船，过去把解药掏了出来，给傅天柱郑家燕全都闻上，等了一会儿，一看这两个人，还没有醒转，心里不由纳闷儿，怎么解药闻上会没有一点儿动静？大概是不管事，这可怎么好？回头一看那摇船的汉子，心说这可就行了，郑家燕是受了他的毒药，所以这种解药无效，他闻的是我的药，当然解药能救。不过有一节儿，上了解药，把他救过来了，自己一个人绝不是他的对手，那如何能行？忽然一笑道："行了，我先把他拴上，然后再向他要解药。"给他抹在鼻子上，果然阿嚏一声，当时醒转。一睁眼身子让人家捆上了，不由气往上撞，才要喊骂，葛天翔向他一摆手道："你先别着急，咱们怎么说的怎么办，这也不算是谁欺负谁，现在咱们算是两揭开，你只要把他们灌救过来，就没有你什么事了，你瞧好不好？"

那汉子道："我救了他们，你该不放我了，我不能上你的当。"

葛天翔道："你这人也太小气了，你不放他们，我也能够要你的命；你放了他们，我说完事，也算完事。"

那汉子道："既是这样，你得把我放开。"

葛天翔道："那倒不用，你只要说出解药在什么地方，我自会救他们。"

那汉子道："什么解药也不用，你只把河里的水，撮两口给他们灌下去，就可以成了。"

葛天翔过去把河里水撮了两把，给两个人灌了下去，咕噜两声，当时醒转。傅天柱一醒，怔神一问就明白了，过去就要打那汉子。

葛天翔道："事已过去，好在他又没有伤了咱们，叫他把咱们渡到码头，咱们再想法子换船也就完了，何必跟他结仇？"

傅天柱只好罢手。那汉子松了绑绳，真是死里逃生，一句话也不敢说，这一橹直摇到太阳大落，才看见一个村镇，虽不甚大，却有买卖，便把船停了，依然给了他几钱银子，便上了岸。到了镇里一看，还真有一座客店，字号是双顺店。三个人便走了进去，找了一个单间屋子，伙计掌上灯来，便问三个人用些什么。傅天柱道："你们这个地方叫什么名字？"

伙计道："我们这个地方叫劈叉江寻风岭崔家坪。"

傅天柱一听，哎呀一声，一手拉了一个站起就走。伙计一看，急忙问道："客人您这是怎么了？"

傅天柱道："不，不是，我想再多赶一程就到了地头，今天一歇在这里，反倒耽误了事，所以我想不住了。"

伙计一笑道："大爷您这个脾气，可是太躁一点儿，您也不看看现在都什么时候了？您要是再往前赶，一则道儿不好走，二则您到了您朋友那里，也办不了什么事。莫若今天在这里住上一夜，有什么话，明天一清早您就走，岂不很好？何必黑天半夜赶赶忙忙的？"

傅天柱一听，低头一想道："好吧，我们就依着你的话，在这里歇一宵，明天一清早再走。你给我们预备一点儿吃的吧，什么饼、饭都好，快来，吃完了我们好歇着。"

伙计答应自去，傅天柱看了葛天翔一眼道："小二我跟你有句话说，你可不要害怕，大概我看你也不至于害怕，就是这个店可不是什么好店。这个伙计神气，可也不是好人，咱们可不能不留他一点儿神，咱们吃东西时候，多留他一点儿神，睡觉加意留一点儿神，对付一夜，咱们能够平安走了，也就完了。"

葛天翔道："您怎么说我们怎么办。"

傅天柱点头，一会儿工夫，伙计端来一个大油盘，里头搁着一大桶热饭、两盘子饼、四样菜，往桌上一摆道："大爷你们几位用着，我们这是小地方，没有什么可吃的，您多包涵一点儿。"说完伙计自去。

葛天翔道："我倒有个法子，咱们别一块儿吃，可以分着吃，你们二位先吃着，我后吃。"

傅天柱道："那是干什么？"

葛天翔道："要像白天一样，留着一个带气的不好一点儿吗？"

傅天柱点头一笑道："你真心细，这倒不用，白天是没留神，才上了一当，如今既是有了疑心，咱们可以先试验一下子。"说完从头上一摸，拿下一根小银针，擦了一擦，然后往菜里一插，拿出来一看，针上什么也没有，便笑了一笑道，"放心吧，什么也没有。"

葛天翔道："怎么拿针一插就知道没有？"

傅天柱道："这种银针最好不过，它要遇见这种东西有了毒质，当时它就要黑，绝不会错。如今一点儿没黑，所以知道里头没有什么。"

葛天翔点头道："这就是了。"当时三个人把饭用过，伙计把家伙取走，又沏了一壶茶来，问有什么事没有。傅天柱告诉他没事，伙计自去。傅天柱把门关了，又在屋里什么窗台、墙角全都看了一遍，然后向葛天翔道："今天咱们睡觉，可要清醒一点儿，恐怕夜里有事。我瞧这店后墙有点儿毛病，可是我找不出来毛病在什么地方。这么办，你们两个住在外边，我睡在里边，如果里头有了动静，当然是我的事；倘若外头有了动静，你们只一叫我就成了。"

葛天翔点头答应，熄灯躺下，心里有事哪里睡得着，翻来覆去，几个转身，一听傅天柱已然呼声大起，沉酣入梦了，心里不由一动道："好啊！说了半天，这小子合着把我两个人给他当了挡箭牌子，没有事自不必说，有了事我们先给他挡着，这可不行，没有那个交情。"

用脚一踢郑家燕，郑家燕就坐起来了道："什么事？"

葛天翔道："你小点儿声儿，我告诉你，这个人可没安好心，他是拿咱们两个做挡箭牌，咱们可不能干这个傻事，你下来。"

郑家燕悄悄下床，葛天翔也溜了下来，两个人走到窗根前头，葛天翔轻声道："看他方才进店那个神儿，又像有什么毛病，不管有没有，咱们可以躲过一边。没有更好，有了叫他先挨一下子，咱们再给他报仇。"

郑家燕点点头，两个人才要各找地方藏身，就听旁边八仙桌子底下猛然一响，两个人吓了一跳，再躲就躲不及了，两个人全都一蹲身藏在窗台底下。跟着又吱扭地一响，八仙桌底下有块木板一起，从底下钻出一个人来，往上一探头，又退了下去，跟着又一长身，就上来了，后头又上来一个。两个人身上有两道白光，猜着大约是刀，葛天翔不由就倒吸了一口冷气，准知道自己身上真可以说是寸铁未带。这两个人这个神儿，绝不是什么安分良民，真要是一动起手来，绝不会有自己的便宜。这时候反倒后悔，方才不该不把傅天柱叫醒，多一个人是一个人的事，现在再叫可就来不及了。眼看这两个人手里轧着刀直奔床前走去，葛天翔可就急了，一伸手把拍花药掏了出来，磕了一点儿倒在手里，往前轻轻才一爬，郑家燕已然一把揪住。葛天翔知道他胆小，这手又腾不出工夫来说，把脚一蹬，甩开了郑家燕的手，往前两爬，可就够着了地方，往起一长身，就在第二个身后头站起来了，轻轻单手一拍他肩膀。可把后头那两个吓坏了，他们吃黑路子的，没有出声儿嚷的，只悄声儿喊了一声："风紧！"前边那个没听见，依然往床上抢去，后头那个就顾不得了，一转身一轧手里刀高喊一声道："什么人？"葛天翔本来把拍花药已然磕好了，就等着他一回头，好给他一下子，如今一看他回过头来，一扬手就要吹。那人想是知道厉害，不容葛天翔往外吹，迎面一掌一晃，葛天翔往后一躲，打算迎面吹他一口。那个人不容往前近，只把身子往旁边一歪一长胳膊就把葛天翔胳膊拢住了，往前一带，

245

底下轻轻一腿，扑咚一声，葛天翔就躺下了。郑家燕一看就急了，顾不得厉害，往前一纵，就要奔那个人，那个人手里刀一晃，迎面一掌，郑家燕也是往旁边一闪，一手儿都没使出来，被人家横着也是一脚，又是扑咚一声，正轧在葛天翔身上。这手头里那个拿刀的，当然就听见了，又要往床上去，又怕后头还有别人，正在一犹豫之间，猛觉身后有人把自己拿刀的那只腕子拢住了，这一吓非同小可，左右两挣，没有挣开，叭的一声，这个嘴巴就挨上了，打得半边脸发烧，不由得便喊出来："灯笼蔓儿（注：江湖黑话，姓赵也），风紧。"后头那个已然听见了，因为屋里太黑，并没有看见头里是什么，反正准知道自己伙计是挨了人家一下子，赶紧斜身一跨，绕过自己伙伴前头，一看正是住店的那个大人，一只手揪住了自己伙伴的腕子，那一只手正在抽嘴巴。他可就急了，横着刀一抡，便向敌人砍来。傅天柱一看家伙到了，并不着急，只把那人手腕子一踹，那人那把刀就拿不住了，才一撒手，傅天柱不等刀掉下去，横手一抄，便抄在手里，跟着一腿，就在头一个腰上踹去，咚，咚，咚，踹出去足有三四步，才摔到窗台上。傅天柱刀才到手，第二个就到了，傅天柱立刀一挂，锵的一声，刀碰刀，第二个震得虎口生疼，撤刀迎面一砍，傅天柱斜身一跨，仰面一看刀到，并不躲他这一刀，抢身一进步，照着第二个肋上就是一掌，嘭的一声，第二个倒退着就出去了五六步，正摔在床上。这时候最苦是屋里一点儿亮儿没有，傅天柱瞧得清他们两个，他们两个却看不清傅天柱，两个人可就吓得没了脉了。拿刀的一晃身蹦起来，打算迎面一晃，找个走道儿他就走了。没想到这时候有人喊："傅大爷，您可挡着了他们，别放他们往这边来，我们可把屋门挡住了，他只要一过来，我就能用掌心雷劈他。"拿刀的一听正是那个孩子，也不是什么时候上了桌子了，听他这一嚷，知道出去是不易了，最可恨的是自己伙计，既不过来帮忙，又不想法子往外走去送信，这不是等死吗？心里一急，一咬牙，手里刀带着风就砍下来了。傅天柱喊声好，这回连躲都没躲，翻手家伙往上一迎，当啷一声响，刀就出手了。

傅天柱哈哈一笑道："就凭这个能耐，也要干这路无法无天的事，你们这是自找其死，可别怨我！别走了，我把你们杀了，也给那些屈死人们出出气！"

说着一进步，就把那人头发揪住，正要往下抡刀，只听有人喊道："傅老弟，别动手，我来了！"

正是：

　　山穷水尽已无路，柳暗花明又一村。

要知来者是谁，请看下回便知分晓。

第七回

红胡子得意浪里飞
野罗汉失手二妙散

话到人到，葛天翔、郑家燕两个人在桌上瞪眼看着，竟会没看见人家什么时候进来的。傅天柱一听有人搭话，刀可就止住不下去了。来人一晃火种，当时把灯点着了，一看原来是一个老头儿，年纪往小里说，也有六十多岁，可是特别透着精神。还有一样特别跟人不同的，就是连鬓络腮一部胡子，全是红的，就仿佛让朱砂染了一样，笑容满面地向傅天柱道："老弟，实在对不过，是我一步来迟，几乎没有闹出大事。好在咱们都是老朋友，还有什么说不开的？您先把他们两个饶了，有什么话您冲我说，没有叫您过不去的，怎么样？老弟你总得赏我这个面儿吧？"

傅天柱微微一笑道："我当着是谁在这里掌舵呢，原来是翟大哥。您这话说远了，咱们哥儿们都有交情，别说他二位手潮，没能把我们怎么样，即使他已伤了我们，大哥来晚了一步，我们也只有怨情屈命不屈。这算不了什么，咱们一天云雾散，大哥您让他们走。"

老头儿脸上虽不是意思，可也没有别的法子，只点头一笑道："承让，承让。你们两个还不给傅大爷道谢？平常没短跟你们说，不

248

拘干什么把眼睁开了，你们总是满不在乎，如今碰在杠子上了吧？我要晚来一步，焉有你们的命在？以后再不小心，留神小命不换槟榔糕吃！"

两个人一听，臊眉羞眼扭身就要往外走，傅天柱又微微一笑道："二位别忙，把二位这两把家伙全都带走。"说着把手里刀往前一递，一个接过，一个把地下刀捡起，径自去了。这时候葛天翔、郑家燕还在桌上站着，傅天柱一点手道："你们两个下来，我给你们引见一位老英雄。"说着用手一指老头儿道，"这位就是本店的老当家翟铁峰。提起人家名头可大了，无论水地、旱地、软的、硬的、长拳、短打、马上、步下，真可以说是无一不精，无一不透，你们往后在江湖上打听有位赤须虬龙，大概没有人不知道的，就是他老人家。你们快下来，过去见个礼儿，将来便宜多了。"

葛天翔、郑家燕蹦了下来一揖到地，翟铁峰赶紧用手一拦道："得了得了，别听我们傅老弟的，人家可是个角儿，我连一零儿也比不了他。真格的傅老弟，咱们把闲话暂时抛开，说一点儿正经的，您这次怎么会来到此地？是特意来找我的，还是有别的事从此路过呢？"

傅天柱道："翟大哥，您这话又说错了，您不信可以问问您这里伙计，我们才一进门，一打听正是您这块宝地，当时我要走，怕是咱们见了面有个不合适。当初鹅掌峰那一节儿事，彼此都有不是，事情已然过了那么多年，还提它干什么？这次我是受了一个朋友之托，要把这两位小朋友送到直隶广平府去，实是从这里路过，并无别意，您可千万别错想才好。"

翟铁峰哈哈一笑道："痛快，痛快，老弟您能不念旧恶，能耐实在是长了。方才提起广平府，我也正有一个朋友约我到广平府，本来定的明天动身，咱们一块儿搭个伴儿好不好？"

傅天柱道："那有什么不好，一路之上，有您这么一位保镖的，我们什么都可以不怕了。"

翟铁峰一笑道："老弟您猜怎么着？这又该咱们关上门说大话了。往前边头一个大站头，就是辰州。这个地方，可不是什么好地方，也不怕老弟你过意，凭真能耐您当然不错了，不过要论到辰州他们那一档子，可恐怕您还真没有经过。明天咱们一路走，无论如何，总能让您少受一点儿惊慌是真的。"

傅天柱道："那可太好了，就是那样吧。"

当下又谈了会子闲话儿，稍微歇了一歇，天才一亮，翟铁峰在院子就喊上了："你们叫大黑子起来，叫他跟我出一趟门儿，就是告诉他咱们家里那只'浪里飞'也预备出来，我今天要用那个到下水去。"

葛天翔一听心里高兴，准知道"浪里飞"一定在水里特别有个快劲儿，要是能够早早到辰州，定有特别热闹。没有一会儿工夫，院子里有人说话："当家的要'浪里飞'有什么急事？要是没有要紧的事，还是坐旁的船去吧，'浪里飞'可是招人注目，省得闹出麻烦，更不好办了。"

傅天柱一听就是一怔，怎么一个坐船，还会惹出麻烦？正待要问翟铁峰时，翟铁峰一笑道："什么废话？你总是懒，我要没有急事，要'浪里飞'干什么？你就不用管了，快快给我预备，我这就用，有什么麻烦自有我担着，绝没有你什么事。快点儿！快点儿！"

大黑子答应一声："好吧。"便自去了。

傅天柱道："怎么坐船还有什么麻烦吗？"

翟铁峰笑道："什么麻烦也没有，你自去吧，他们这种人就是惜力，稍微受点儿累，他们就要想出许多话说，只给他个不听就完了。"

坐了一会儿，吃完饭，大黑子从外头走了进来向翟铁峰道："当家的，船预备好了，您走吧。"

翟铁峰道："好，走！"

葛天翔一看这个大黑子，真是个大黑子，身高在七尺开外，一身的黑肉，光着膀子，披了一条葛布巾儿，盘着辫子，底下一条青布裤衩儿，一双大耳麻鞋，走路一摇三晃，神气非常凶猛。心说这个人也就是跟他认识，要是跟他不是一路的，我简直就不能跟他一块儿走，这个神儿就不是好人。当下几个人走了出来，到了河边一看，这条船果然和普通船不同，前头不是方舷，却是一个梭子形儿，后头也是一个尖儿。在船头上正当中是一条橹，在船舷两面，有四个圆洞，从洞里连着四根索子，拴在橹的中间，一根橹一摇，四个划水全动，仿佛一条鱼儿相似。

傅天柱道："果然这个船和寻常船不一样，不过这根橹的分量，也就很够瞧的了。"

翟铁峰道："这个船是我自己意思造出来的，比平常船要快有三倍以上，要是下水，还能不止。这条船除去我自己使之外，就是大黑子能使，不在力气大小，就是一点儿巧劲儿。劲儿用不对，无论如何也使不动；劲要使对了，比什么都省力，你们坐上就可以知道了。"

大家当下全都上了船，大黑子往当中一站，等大家坐稳了，只见他把手轻轻往后一送，往前一推，那船便当时走动，初一上去还不觉得，走了也就三五里路，那船便显出快来，只听哗哗水响，那船便似箭头子一样，哧，哧，哧，往前飞去。

傅天柱道："果然，不愧是'浪里飞'。"

翟铁峰道："再要走出十几里，还能比这个快。"又摇了一会儿，船果然又快了。

葛天翔向郑家燕道："燕儿，你瞧快不快？"

郑家燕一听葛天翔叫他燕儿，怕是人家听了出来，便忙一使眼色道："真快，真快，大约今天晚上总可以到得了辰州。"

正在说着，猛不防船身忽然一斜，仿佛是撞在一个什么东西上头一样，跟着一横，当时滴溜溜转了起来。大黑子双手把橹一停，向翟铁峰急喊道："当家的，有人挡住水了。"

翟铁峰急忙站了起来，向傅天柱道："老弟，你只管坐稳了，有人跟咱们开玩笑，等我跟他斗一下子。"说着站了起来，走在船头，先向水面上吹了一口气，冲着水里作了一个揖，嘴里嘟囔了两句，急向大黑子道，"走！"大黑子过去一摇橹，船刚往前一冲，跟着又是往后一荡，又滴溜溜转了起来。翟铁峰当时脸上神色一变，向大黑子道："把斧子取来。"大黑子答应一声，撇下橹，走到后舱，拿出一把耀眼铮光的斧子递给翟铁峰。翟铁峰接过，先一伸手，把头发抖开，向船头一站，嘴里又嘟囔了几句，猛地把斧子一举，哗的一声向水里砍去。傅天柱正在可笑，不知翟铁峰这是什么意思，只见那斧子才一下去，那船忽然往起一蹦，竟自离水而起，飞出一丈开外，扑咚一声又落在水里。葛天翔虽然胆大，也觉触目惊心。再看翟铁峰脸上更不是颜色了，红涨得就像要冒出血来一样。大黑子脸由黑而紫，顺着脑袋直往下滚大汗珠子。傅天柱在先原没有注意，及至到了现在，一看神气不对了，当时也就有点儿沉不住气了，往起一长身，站了起来，向翟铁峰道："翟大哥，真是出了什么麻烦了吗？"

翟铁峰先不回答傅天柱的话，把斧子往船头上一抛，一咬牙，咯吱咯吱乱响，跟着一张嘴，噗的一口喷了出去，竟是一片红水。河水往上一翻，仿佛冒了两个白泡，水势往下一平，船便平稳了。翟铁峰一声喊道："黑子，快走！"大黑子答应一声，双手一撒橹，一前一后，一推一扯，一会儿工夫，复了原状，又平稳走了下去。傅天柱知是翟铁峰破了人家的法，心里也自高兴，两三次要和翟铁峰说话，都被翟铁峰摇头示意止住。约莫着又走了有三五里地，船便快了起来。

翟铁峰一手擦汗，长长出了一口气道："这才逃过一半儿来，也不知是为什么故意跟我开这么一个玩笑，无仇无怨，差点儿没弄掉几条命。不过这一来，恐怕也就受伤不浅了，好在不是我去找的他，他也绝怨不上我来。"

傅天柱道："大哥说了半天，到底是什么人跟您开玩笑？"

翟铁峰道："我也正在这里想呢，什么人我也没得罪过，看方才的神气，不但是有小过节，简直有要我命的意思，真是想不透到底为了什么事。"

傅天柱道："您方才这点儿意思，是不是把他破了呢？能够把他治到什么样呢？"

翟铁峰道："这种玩意儿，本是一种符咒玩意儿，久走这股水道的，差不多都知道一点儿。这种东西，最好是用在什么治病退鬼最灵，走这股水道的人，平常也都有个帮口。如果是外人载了货物，走到这个地段，可就难免会遇见点儿事。不过这种情形，只能对于外帮口的人，因为外帮口的人载了货物，有抢了自己饭碗子的意思，所以不得不闹出一点儿样儿来，所为吓唬吓唬人，实际上也没有非把人害死不可的。如果两者全是一帮的，谁也不知是谁，当然也免不了有个误会，不过那种误会，当时就可以解释过来。他那里比方一动，我这里赶紧就告诉他，我是个什么人，他知道了都是自己人，当然他就明白了错误。懂面儿的，还要说几句客气话，说明自己不对，两下里把话一说开，什么事也都完了，至大了彼此不见面，也就完事。绝没有像今天这种样儿的，他头一次才一使出来，我就给

253

了他回信，告诉他我也是自己人。谁知他不但不理，而且反倒更下了毒手了。第二次他那一来，我就知道是成心和我过不去的，我可就留上神了，还怕闹出错来，彼此面子上不好看，又给他送了一个信，并且告诉他要是再行捣乱，就要给他厉害看看了。谁知道不告诉他还好，这一告诉他，他更狠了，方才船往起一蹦，在这种符咒里，最是厉害不过。今天要不是我，这只船就粉碎了。这种法术，只要使出来，害不了人家，就要自身消受。方才使法的那个人，只恐这时已然完了，这也是自害自己怨不上谁来的事。不过江湖道儿上的事，也就很可怕了。"

傅天柱道："大哥法术高强，自是可佩，不过这个行法的人，如果知道了是大哥把他制死的，要是再放出比大哥本事还大的又前来报仇，那可怎么办？"

翟铁峰哈哈一笑道："老弟你放心，我这个人，向来也不愿惹事，准要惹出事来，就什么也不怕。不用说方才那个人已然死于非命，即使他活着，再来找我，我也自有手段对待，绝不能怕了他。"

刚刚说到这句，船忽然又是一顿，跟着又是一转，横着纹丝儿不动。翟铁峰方在一怔，只听有人哈哈一笑，一声喊道："红胡子，河里风大，留神闪了舌头，我没你的能耐大，可是我要耗子舔猫鼻梁骨，奓着胆子要跟你玩儿一下子！"

翟铁峰一听，长神往对面一看，只见来人身高在四尺，又宽又胖，黑紫脸膛儿，紫中透亮，黑中放光，小眼睛，大鼻子，翻鼻孔，掀嘴唇，两只扇风耳朵，短脖项，高胸脯，上身穿一件暑凉绸的短衫，下身穿一件多罗麻的裤衩儿，脚下一双草跐拉鞋，手里拿着一把菖蒲扇子，站在一片竹筏子上，脸上虽有笑容，可是暗藏着一脸杀气。翟铁峰看完，并不认识，双手一拱道："朋友，贵姓？怎么称呼？您这是从什么地方来，要到什么地方去？我和朋友您素来没有

254

见过一面，不知拦住水路，有什么见教？"

那个人把脸往上一翻道："姓翟的，你不认得我，我却认得你。你问我姓什么叫什么，也用不着客气，我姓胡，单名一个成字，大概你也知道有我这么一个丑罗汉胡成。姓翟的，现在咱们也不是说大话冒大气的时候，干脆咱们就说爽快的好了。我和你素无怨恨，那是一点儿也不错的，不过今天却不能说没有一点儿仇恨了。方才左边拦去路的，也不是外人，他是我一个外甥——玉孩儿甄禄，他是一个小孩子，原不懂什么轻重，一则他爱你这个船，二则他爱上你这个船上两个小朋友。他拦你去路，并无恶意，不过想把你们拦住，说几句话而已。没有想到，你这么大岁数，竟会和小孩子一般见识，不但破了他的法，而且还用出你那'三煞手'伤了他要害。我的女人出来把你拦住，又吃你用了'破血分神'的招儿，叫她也受了大伤。这要是别人干的，我绝不恼，因为旁门的人，不知道交朋友，唯有你是这门里的娃娃，怎么竟会下了这样毒手？我就是这么一个外甥，被你伤了，眼看小命不保，我的女人也伤了元气，半年之内未必能够复原。你做了这种事，就应当心内追悔，才是道理，怎么你还敢一路出卖山风，说些大话？明明是看我们这道儿里没有人，你未免有点儿欺人太甚。对不过，我姓胡的明知你的能耐比我高得多，可是无论如何，我就是拼出死去，也要和你拼一下子。现在咱们两个，不是都在这里吗？谁也不要帮手，你有能耐把我废了，江湖上你好打么，我有能耐把你毁了，好替我的女人外甥报仇。废话不用说，姓翟的你就动手吧。"

翟铁峰一听，不由倒吸了一口凉气，准知道江湖道儿上，不错是有这么一位丑罗汉胡成，不但法术好，而且还有一身极好的软硬功夫。听他一说，才知道方才跟自己开玩笑的，却是这么一回事，不由从心里发怔。论能耐法术，自己绝不是人家对手，可是面面相观，自己要不过去，以后这碗饭也就不用吃了，把牙一咬，心说宁叫名在人不在，也不能叫他人在名不香。心里这么一想，当时微微一笑道："噢！原来您就是胡大哥。胡大哥，我可不是怕了你跟你说好话，实在你我都是同门的朋友，既然谁也没有见过谁，可是素来也没有恶感。今天的事，当然是我不对。不过，您那位外甥，也有不对的地方，为什么半路之上把我挡住，不许我前进？他本人又不肯出来见面，一再用恶法伤人，幸亏是我，略通法术，要是换一个旁人，不用说是伤了你们，你们早把人家毁了，那时又当如何？你们孩子可爱，难道人家小孩儿就不可爱吗？只知有己不知有人，讲一面儿理，你算什么汉子？哪路的英雄？要依我说，趁早儿躲开这里，算是你的便宜，彼此留个面子，将来也好见面。你觉得这话是对的，就这么办；你要是觉得不对，那可也没有法子，只好是彼此拼下子。"

胡成微微一笑道："什么？就这么回去，那可不成，无论怎么说，今天咱们也得拼下子，不怕死在你的手里，也是绝无怨恨。姓翟的，你就伸手吧，那一份假仁假义你快收拾了吧。是文比，是武比？你随便挑，我都随着。"

翟铁峰一听，就知道今天这件事情是完不了，哈哈一笑道："姓胡的，你用不着杂买杂卖，姓翟的照样儿能够把你打发回去，你擎着吧！"说着话才要往前抢身，忽然又往后一退道，"姓胡的，我再跟你说一句，咱们两人也别管有仇没仇，既是你找我来了，没仇也得说有仇，有仇的报仇，有怨的报怨，咱们什么也说不上不算来，不过没怨没仇的，咱们可不能把人家牵连在内。这船上除去我之外，我的意思把他们全都送到岸上，咱们单打独斗，你有能耐你把我切了，我有本事把你宰了，跟人家没怨没仇，叫人家走人家的，你瞧好不好？"

256

胡成一点头道："行，我跟人家没仇，当然叫人家走，我找的是你，咱们单打独斗，那是再好不过。你就叫他们赶快上岸吧。"

翟铁峰一听，先道了一声谢，然后回过头来，向傅天柱道："傅老弟，我本打算为省点儿事，送你们一趟，没有想到半路之上会出了这种岔子。姓胡的朋友，今天一定要当面赐教，我既是辞之不可，避之不勇，只有和人家见过上下，至于谁胜谁败，现在却不敢前定。我要胜了，自然是好，倘若我要败了，难免牵连诸位。所以我现在已经跟姓胡的朋友商量好了，把你们几位先送到岸上。你们几位看着，我要是侥幸胜了，咱们还是一块儿走。我要是败了，你们几位也别管我，另行找船去办您的事，等到有了便人，您可以给我家里送上一个信儿，也就完了。"

翟铁峰的话还没有说完，葛天翔忽然搭了话了："翟大爷，您的话就不对了，您要跟我们不是朋友，您怎么能够把我们送到辰州？您既跟我们是朋友，我们焉能看着您要受罪，我们倒躲开了？别人我不管，我小孩儿一个，无论如何不能下船。您要赢了，自然是好，您就是不赢，输给人家，我们还许跟姓胡的弄一下子呢，不怕干不过人家，死在人家手里，总算死在了一块儿，大家够个朋友。没有交朋友一头儿热的，翟大爷，您说是不是？"

郑家燕也跟着说："我们两个，全都不能下去，翟大爷，您要动手，可以快一点儿，我们还找这种热闹儿瞧呢！"

两个小孩儿这么一说，傅天柱当然不能下去了，便笑着向翟铁峰道："大哥，您只管跟姓胡的比下子，我给您接着。"

翟铁峰一听，瞧了葛天翔一眼，露出满面笑容道："既是这样，我也不说别的了，你们几位给我助威吧。"说完又向胡成道，"胡大哥，好朋友，您说怎么比吧！是比功夫，是比法术？您随便吧，我陪着。"

胡成一笑道："姓翟的，我知道你的功夫都好，我今天偏要自不量力，跟你讨会儿厌，咱们从什么上起，还要用什么收，请。"说完了用手向天一指，跟着一抓，接着往翟铁峰船上一扔。

葛天翔看着正在可笑，不知道他要干什么，却猛听咔啦一响，仿佛一个焦雷相似，就见一片浓烟，突然由船板上冒了起来，跟着又发出火光。翟铁峰一看，微微一笑，也把手一抬，四下里一轰，当时烟消云灭，连一点儿伤损都没有。胡成一看，嘴里连嚼两下，噗的一口往天喷去，霎时便是狂风大起，那只船便四外波荡起来。翟铁峰两只脚一左一右，一跺一跺，伸手一抓，一股白烟，便自往空散去，当时复又风平浪静。胡成脸上一变颜色，脚下一踢，那片竹筏便靠近了翟铁峰那只船，手里蒲扇一挥，口里一声急喊道："走！"那只船便像有人托起相似，竟自飘飘荡荡升了起来。翟铁峰赶急用两手一挥，连按几按，那船却依然往空升起，并不下落，翟铁峰汗也下来了，身上也抖了，一张嘴，把舌尖咬破，噗的一口喷去，那船才往下一落。胡成喊一声："下去不得！"手才往上一指，猛听有人一声喊道："大肉墩子，你别臭美了！你以为你能耐高得盛不下你了，我是不好意思，别把你惯坏了。站稳了，我一口气就把你吹躺下。"胡成一听，气可大了，这简直是满嘴胡说八道，往上一抬头，噗的一声，吹个正着，连哎呀都没喊出来，扑哧一声，竟自摔倒在竹筏上头。不但翟铁峰，连傅天柱都吓了一跳，因为葛天翔吹倒前头那个摇船的，傅天柱正在被人吹倒的时候，一点儿什么也没瞧见，今天眼看野罗汉施展法术就要失手，万也没有想到葛天翔会来了这么一手，眼不见会把野罗汉给弄倒了，可是始终还是没有看见，他是怎么把野罗汉给弄倒了的？野罗汉这一倒下去，当时法术无人主持，便失了效力，霎时风平浪静，船也就稳了。野罗汉那个竹筏，却滴溜溜转个不停。

258

翟铁峰向傅天柱道："傅老弟你这就不对了，你既带了这样的好帮手在旁边，为什么早不言语？不等到我让人家弄到丢盔卸甲，你都不伸手，怪道方才请你们下去，你们不下去。原来你们胸有成竹，这倒是我大大失了眼力了！"

翟铁峰说这话时候，脸上很不是颜色，傅天柱也知道他是错疑了自己，其实连自己也没有看出葛天翔有这么一手儿，当时便向翟铁峰一笑道："大哥，您要这么说，我也没有法子分辩。不过有一节儿，这两位小朋友也是才认识的，我并不知道他们都会什么。在前途路上，本来就遇见过了一件事，不过我一时疏忽，就忘了细问了，如果不是方才有这么一手儿，连我也不知道。咱们是老朋友，我绝没有半个字的不实不尽，这件事情请你千万恕过我才好。"

傅天柱意气激昂地说了这么几句话，翟铁峰一看，准知道不是瞎话，不过对于葛天翔更是特别注意了，扔下傅天柱不理，向葛天翔道："小朋友，我已然是个老头子，绝不愿意说出什么不近情理的话。小朋友跟了我这位朋友一块儿来的，据我朋友说不知道小朋友的来历，究竟知道不知道，我可不知道。但是今天这件事，实是小朋友解除了我一难，我可不能不感谢小朋友这番盛意。我虽知道小朋友有特别的本领，可是据我看小朋友并没有练过什么苦功，在江湖上走道，什么事都可以遇得见，小朋友的本事却未必准能够处处行得通。我虽没有什么特别本事，在江湖上走的路，总比小朋友走得多，朋友也认识多一点儿。今天感念小朋友救我一场，说一句不知进退的话，以后小朋友在外头闯荡，无论到了什么地方，只要用我的时候，我是见信必到，百无一辞，这是我一点儿心。还有一件事，也许小朋友不愿意告诉我，我可是不能不问，小朋友究竟叫什么，姓什么？此次出外，究竟是有什么事？要是能够告诉时候，未必对于小朋友不有一点儿益处。"

翟天峰这几句话一说，当时傅天柱就是一怔，因为他有他的心思。他这次出来还有别的事情，绝不是实意打算把葛郑他们送到广平府，如今听见翟铁峰这么一问，他怕翟铁峰真把他们送到广平府，那样一来，他的事情完全白费了。可是他眼看葛天翔，这一口气吹倒野罗汉，准要是吹自己一下儿，自己当时也得躺下。还有一节儿，葛天翔既有这种绝技，从前他所说的话也未必真实，倘若在半路上看出自己形迹，说不定就许给自己来下子，那一来不但对不起自己老朋友的托付，而且还许闹个没面子，越想越怕，当时心里就不得主意了。

再看葛天翔听了翟铁峰的话，当时一笑道："翟大爷，您这话我都明白了，我们什么也不会，我们确实姓张，也确实要到广平府回家。这位傅大爷已经答应我们，送我们回去，我们就求傅爷送我们回去，不再劳翟大爷的驾了。"

傅天柱一听，才放下一半心，又听翟铁峰微然一叹道："小朋友，要在我们一见面的时候，什么话我也就不说了。如今因为小朋友帮了我一次大忙，问我的良心无论如何，我也不能不跟你说了。你们在前途路上，已然受了人家暗算，中了慢毒，往远里说，到不了半个月；往近里说，到不了十天，你们两个性命难保！我说这话，当然你们也许以为我是骗你们，我现在给你们一个东西看看，你就知道你们性命危险了。"

葛天翔先听翟铁峰说了半天，并没有往心里去，因为想着一定是他觉得救了他一步，他不是意思，所以才这么说的，及至听见翟铁峰说出有个东西，可以当时证明，心里不由也是扑咚一跳，便不像方才那样不信他的话了，赶紧笑着道："翟大爷，您既这样说，想必是看出我们确是有杀身之祸了。我们两个人岁数太小，不知道的事情太多。没别的可说，请您多多指引我们，我们全愿意听您的，并且我们底下还有话说哪。"

翟铁峰一听，一伸手从腰里掏出一个八棱儿镜子，向葛天翔道："你瞧一瞧，里头有什么？"

葛天翔就着他的手一看，只见这面镜子顺着八楞，分出八个小格儿，每一个格儿里头鼓出一块玻璃，在玻璃里头照着人影儿，却没有普通镜子照得那么真，模模糊糊，又像是人，又像是黑影儿，简直闪闪灼灼，看不甚明白，也看不出什么异象，不知道翟铁峰何以说得那么神秘。便笑着向翟铁峰道："翟大爷，您说一看这个东西就可以知道您说的话不假，不过我已然看了，怎么任什么也没有看见，这是什么缘故？"

翟铁峰道："你这么看，当然看不见，听我告诉你，这个东西，我也是从一个朋友处得来的，叫什么名字连我也不知道。这个东西，走江湖上的人用处可是大了，它的好处是无论受了什么人的暗伤，不怕伤在内部，只要按照法子一试，当时就能查得出来。什么地方受了伤，伤势的轻重，以及有无危害性命，当时一看，就可以知道。你们二位小朋友，在前途道上受了人家暗算，当然自己是不明白，不过这个伤，受得很是不轻，却是有一件可怪，小朋友们受的这个伤并不是死症。想是那动手的人一定别有用意，还留着施救的地步，不然连现在都到不了。当然在没能证明我这话之先，小朋友你们绝不能信有这种事，这个当时就可以试验出来，小朋友你们看看。"说着话在那镜子把儿那里用手儿轻轻一推，便露出一个小钉子来。翟铁峰大指往下一按，那根钉子往下一平，再看那镜子上的玻璃，当时就全都一转，睁眼再往镜子上看时，只见明显显的，把自己的影子露了出来。这一来，可把葛天翔吓坏了，原来就在自己胸口上头，露出那么很大很显的一条深红伤痕，先时因并没有觉着，及至一看见这条伤痕，当时浑身一冷，周身的血全都往上一撞，就觉得自己的胸口如同刀扎一样，并且又像有什么东西在里头乱爬相似，一阵头晕眼花差点儿没倒了下去。

猛然瞪眼一看傅天柱，过去一把就把他胸脯子揪住了道："哈哈，姓傅的，你为什么暗下毒手？害我们弟兄，你说吧。你别以为我们是怕了这种事，我自有破法，那一点儿也伤损不了我。不过我既拿你当朋友看待，你就不该暗下毒手，今天说了实话，饶了你的狗命。如若不然，你看见那个野罗汉了没有？那就是你的榜样，我能叫他死，我就能叫你死。你是愿意死是愿意活，快说，快说，我可没有工夫多多等你！"说着话一瞪眼，就作势要吹。

傅天柱还真害怕，他准知道葛天翔是有绝艺在身，准要给自己一下子，自己还真是受不了，可是要真说了出来，又觉得对不起自己朋友托付。左右为难，忽然一想，就是这两个小孩子，我就弄不动，又加上一个姓翟的，现在是感恩图报，自己即便能把两个孩子弄倒了，也弄不倒姓翟的，依然是难逃公道，不如把实话说出来，暂时先别丢了面子。等事情过了，再想法报复今天这点儿过节不晚。想到这里，便笑着向葛天翔道："小朋友你真可以，你先撒手，我告诉你谁给你下的毒手，你可以找他去，我可没有害你的心……"

刚刚说到这句，猛听翟铁峰喊声："不好！"葛天翔就把傅天柱撒手了，凝神一看，只见那野罗汉原来躺在竹筏上，一动不动的，现在忽然往起一蹦，竹筏一歪，野罗汉便掉在水里，一冒两冒，当时影儿不见。

正是：

　　　撒却钓饵游扬去，摇头摆尾不再来。

要知野罗汉到什么地方去了，且看下回便知分晓。

第八回

夸师门惊退双邪徒
显神手笑谈独传药

翟铁峰道:"这可不好,他这一走可麻烦了。"

葛天翔道:"这个事还是真怪,他怎能够走得了哪?"

翟铁峰道:"看这个意思,一定是有人把他救走了。这个人平常就最爱记仇,一点儿小事,隔了多年,他都能够不忘,如今虽然气馁而去,终必报复。我虽然不见得怕他,可是这大年纪,又何必多此一举呢?"

葛天翔道:"现在着急也没法子了,不该事先大意,现在他已然走了,我们追悔也是无益,还是说我们正经的吧。方才翟大爷你既问到我们究竟是什么地方来的,要到什么地方去,我们本来不打算告诉您的,不过我们现在已然看出您是位英雄,绝不至因为我们说出实话,对于我们有所加害,并且也绝不至于对我们现受有重伤,不给医治。现在我们倾心吐腹把实话告诉了翟大爷,就求翟大爷特别帮我们一些忙儿,救我们两个人性命,将来再有什么事,我们情愿给您拼死效劳,翟大爷您瞧怎么样?"

翟铁峰本来对于葛天翔、郑家燕就有些怀疑,不过在先自己也没有安着好意,原想找一个背静地方,把傅天柱瞒住了,把两个孩子带走。及至走到半路，忽然遇见野罗汉拦路斗法，眼看自己失败，万没有想到会被两个孩子把自己救了，心里由感激之中，对于这两个孩子更加了一番猜思，所以才把葛天翔、郑家燕受了人家暗算的话，告诉了他们。先前葛天翔不信，看了镜子信了，说出那么一套话。翟铁峰心里更明白了，便笑了一笑道："小朋友，你有什么话只管说。不用说方才你救了我的命，我也应当救你们，就是你们没有救我，我尽其江湖的义气也应当帮你们的忙。但有什么话，只管实说，我是没有不帮忙的。"

葛天翔道："那就好极了，第一告诉翟大爷，我们实不姓张，我姓葛，叫葛天翔，他姓郑，叫郑家燕。我们原是凤凰厅的人，这次两个人确是要上广平府，家可不在那里，只是为了找我们的师父去。"

翟铁峰道："你们师父又是哪位？"

葛天翔道："我有两位老师，一位是三翅鹞子周坦。"

翟铁峰哎呀一声道："怎么你是周五爷的徒弟，怪不得有这么好的能耐了。那第二位呢？"

葛天翔道："那第二位是位老太太，姓王。"

翟铁峰低头想了一想道："姓王？老太太？哎呀……你没打听她是什么地方人吗？"

葛天翔摇头道："什么地方我可说不清了，不过我再提一句，您也就可以知道了。这位王老太太跟周老师认识，周老师管王老太太叫婶儿。这位王老太太还有一位少奶奶姓靳，叫靳安姑，您有一点儿明白了吧？"

翟铁峰一听，又是哎呀一声道："靳安姑，是不是年纪不大，还有一个男孩子叫什么朋？"

葛天翔道："对了，王天朋。"

翟铁峰道:"对了,王天朋。哎呀,想不到你这么一点儿岁数,会有这么两位老师,怪不得你有那么高的能耐了,那么你说要找师父是找哪位师父呢?"

葛天翔道:"我们是要找王奶奶去。"

翟铁峰道:"这样一说更不是外人了。你们既说要到广平府去,我必把你们送到广平就是了。至于你们身上受了暗伤,虽是不轻,不过因为动手的人留了解数,也还不至于要紧,等到了前边,我必想法子给你们化解了。不过有一节儿,难免动手的人不找上门来,那你也就没了法子了。话已说完,你们赶紧吧,恐怕是睡多了梦长,这块地方却不是什么好地方。"

说完才待向大黑子吩咐,叫他起橹摇船,猛见傅天柱长身站了起来,向翟铁峰道:"翟大哥,这件事我完全听明白了,两边都是我的朋友,我既不偏着张三,我也不向着李四。这两个孩子,您可以把他们带走,我可就不便远送了,改日再见,失陪了!"说完双脚一点,一纵身从船上便像燕儿一纵到岸上去了,跟着一闪两闪便没了影儿。

翟铁峰一揪长胡子长叹一声道:"好朋友!"

葛天翔道:"这个人究竟是怎么一个路子?"

翟铁峰道:"提起这个主儿来,却是大有名头,不但能耐好,而且字号也正,在江湖上还有这么一位朋友,惜乎晚年运气不好,连遭挫折,因为烦恼便走进歧途。原打算借着外力,可以给自己帮一步忙,没有想到不但帮忙未成,反把自己送了忤逆,现在一举一动,都得受人限制。这次出来也就是受了人家指派,没有法子,才出来这么一趟,不过事情没有办成功,回去也难免有一场麻烦,那个咱们现在也不必去管他了。只说现在你们身上的伤痕,应当想什么法子吧。"

葛天翔道："这件事情我们两个全都是小孩子，我们连受的是什么伤现在都说不出来，您叫我们怎样想法子？现在这么办，您叫我们怎么样，我们就怎么样，您可得给我们治伤。"

翟铁峰道："当然，我要不打算给你们治伤，我事先就不告诉你们了。既是跟你们说了，就是打算给你们治伤。不过有一节儿，你们受的伤，不是什么明伤，我要给你们一治，叫你们受伤的人他必知道，说不定就许找来跟我拼一下子。输赢暂时还可以不说，头一件，人家要问我，我跟你是一个怎么认识？为什么要出头帮你们？这话我可不能说出就是见面有缘，所以我来帮你，必得说出我不能不帮你们的理来，我想这话应当怎么说着好？"

葛天翔一听就明白了，轻轻一笑道："翟大爷，您怎么说我们怎么应，您要不嫌我们两个没出息的话，我们就算是您的徒弟怎么样？"

翟铁峰一听，哈哈一笑道："这话是真的吗？"

葛天翔道："那有什么不真？"一拉郑家燕，两个人就全都跪下了。

翟铁峰乐得简直要蹦，往起连拉带扯道："好孩子，好孩子，你可真机灵，快起来快起来，我还有话说。"两个人磕了一个头，全都站了起来。翟铁峰咧着大嘴道："好孩子，你们现在是我徒弟了，我可就要告诉你们实话了。"

葛天翔道："您有什么话？您就说吧。"

翟铁峰道："第一，你知道你们为什么受的伤吗？"

葛天翔摇头道："不知道。"

翟铁峰道："说起来，你们也许一信，旁人动手伤人，当然为的是寻仇雪恨，唯有对于你们这回，不但没有一点儿寻仇雪恨的意思，而且还真是从爱你们到了极点，才使出了这么一手儿。"

葛天翔一听，不等说完，便拦住道："翟大爷，您先不用说了，我越听越不明白了，怎么会因为爱我们倒把我们伤了呢？"

翟铁峰道："你先不用忙，听我跟你慢慢儿地说。凡是练功夫的，本来就喜有资质的好孩子，因为是同一样教功夫，资质差的多费一半力气，还练不出一半儿能耐，所以吃把式饭的，不收徒弟就不说了，如果要收徒弟，就必须要找好孩子，尤其是练旁门功夫的人，更是得特别搜罗。你们两个，从脸上就可以看出你们的资质不凡，成千轮百里也未必能够找出像你们这样的一两个来。按说他既爱你，就应当把话对你们直说了的才是，不过他也是个老江湖，准知道你们两个既那么好的资质，头脑也必特别灵活，说好了自好，倘若一个说得不合适，就更把你们弄伤了。因此他才想用暗伤把你们伤了，却不使你们知道。他派的姓傅的，早已受了他的嘱咐，等到你们伤一犯了，来势凶猛，你们一定害怕，只要一求他，当时就会上了他的圈套，点头一答应，给他当个徒弟。他在你们身上使上一种法术，终身不许背叛，只要你们有时不服他的指挥，当时他就可以叫你们旧病复发，不能不受他的支使。干脆告诉你们，那个野罗汉也是为你们两个来的，连我都算上，不冲你们两个我也不会来到这里。"

一句话没说完，水哗地往上一翻，大家凝神一看，只见从水里钻出一个长毛蓬松的脑袋来，往起一冒，噗地就是一口水，往翟铁峰的脸上喷去。翟铁峰急忙往后一闪，一托胡子，急喊一声道："什么人？怎么无缘无故开起玩笑来了？"大脑袋往上一冒，一口水没有喷着翟铁峰，哧的一声，一缩脖子，水上连冒两个泡，霎时人连影儿都没有了。

翟铁峰向大黑子道："大黑子，咱们赶紧走，无论怎么着，明天早晨，咱们要赶到辰州才好。因为咱们要是能够早点儿赶到，是个白天，什么事都好办一点儿。倘若一个到得晚了，那个地方可不是好地方。再者刚才这个是怎么回事，咱们虽然没有完全清头，反正也没有好意，咱们赶紧走，遇上事当然也没法子，可是能够不遇上事，岂不更好？走，咱们越快越好。"

大黑子答应一声，双手一摇，前腿一拱，后腿一绷，腰上、腿上，使劲一使开了，"浪里飞"本来就快，这一加劲，真跟风一样，两旁边山、树、小村、小甸，只是嗖嗖嗖，风驰电掣一般，向后面排空倒去。

葛天翔站在船上，十分高兴，向郑家燕道："燕儿，你看见了没有？从前我记得跟周先生念书时候，周先生说过人生最得意的事，就是遍游山水，能够使人心旷神怡。在那个时候，就觉得很有意思，不过要和现在咱们所经的一比，只怕还赶不上咱们所见的这么可爱呢。"

郑家燕虽然比葛天翔小一岁，心思可是比葛天翔来得细腻，这次出来，背了家里人，原本是一时高兴，及至出来地方一远，时候一多，已然想到家里父母不知是如何挂念，倘若因急而病，那就太对不住自己的父母了。等到后来连遇凶险，虽说没有受到危害，已觉心旌神摇，益加追悔，今天听翟铁峰一说身上已受重伤，性命难保，要不是因为葛天翔站在旁边，几乎没有哭了出来，后来听得有救，心里才觉稍安。这个时候，一心只想赶紧把伤治好，快快回去侍奉父母，再也不敢胡乱瞎跑了。可是眼看船走如飞，越走离家越远，心里益发难受。葛天翔跟他说话，他简直不大爱听。心说，我要不是受你蛊惑，也不至于落到这里，心里也不至于着那么大的急。现在吉凶未卜，生死不知，求活命还来不及，他倒有心玩儿起来了？有心抢白他几句，又想两个人同在难处，应该彼此相助才是，岂可因为自己不高兴，提起他的烦恼？便笑了一笑道："真的，等到将来咱们没了事情时候，真可以弄上一只小船，沿山游水，走一个地方逛一个地方，有什么吃的咱们吃点儿，有什么玩儿的咱们看点儿……"

两个人正在说着，忽听翟铁峰一声微喊道："别乱，听！"

两个人当时止住了话，侧耳一听，这时候船也走慢了，只听远远传来一种微细声音，仿佛是说，又像是唱："叹莽莽穹宇，九州数十帝，曾记起，伊周事业，萧管功绩。这如今山儿依稀，水儿依稀，却不见中夜起舞，断流楫击，只剩些落花随水流，流得有趣。归去，归去，莫辜负园地风光，任春他去。"声儿抑扬顿挫，听了使人当时觉得有万念俱寂之意。

翟铁峰急向葛天翔道："咱们慢一点儿走，大概是好朋友到了。"

葛天翔道："什么人？"

翟铁峰道："我不过听见这几句唱儿，未必准是他。如果真要是他的话，咱们的帮手可就到了，任是再有什么，也就不要紧了。"

葛天翔道："您说了半天，到底是谁呀？"

翟铁峰抬头一看，用手一指道："别着急，别着急，来了，来了，一点儿都不错，还真是他。"

说着才要向来船招呼，葛天翔忽然用手一扯翟铁峰道："师父，您别是瞧错了吧，怎么我看着方才那个和尚跟那个姓傅的还有酒馆里那个老头子，都在一起呢？"

翟铁峰道："我也看见了，不过有我的好朋友在内，什么事也没有了……"

一句话没说完，就听后头船上有人喊道："姓翟的，别走，留下那两个小孩子放你活命！"

这时候船已离得近了，看得益发清楚，只见上面一共五个人：头一个正是酒馆里那个自称耿老实的老头儿；第二个是方才一纵而

269

去的傅天柱；第三个是被自己吹倒的那个野罗汉胡成；第四个是一个形同乞丐的汉子，年纪约莫在五十上下，浑身破烂，破衣烂衫，上身穿一件破夏布褂子，补丁叠补丁，油泥多厚，下身一条蓝布裤子，又短，又小，又瘦，光着脚，穿着一双麻鞋，长得形象非常丑陋，一只眼大，一只眼小，大鼻子，翻鼻孔，大耳朵，短眉毛，短扎扎一副胡子，黑紫脸，脸上也是油泥多厚，手里拿了一把黑折扇，不知是什么人；第五个是个小孩儿，年纪比自己至大也不过三成，穿着一身粉红绸子衣裳，腰里系了一根白绸子带子，长得真是面如傅粉，唇似涂朱，眼睛又圆又大，眼珠子又黑又亮，梳着两个鬓髻，戴着一个项圈，脚下一双白穗子闪光鱼鳞白洒鞋，笑嘻嘻站在人群里头，也不知道叫什么姓什么。

葛天翔正在瞧得高兴，两个船就靠在一起了，那乞丐相似的汉子道："老翟呀，怎么你这么大的岁数，还是这么好胜啊？你怎么又把咱们这位罗汉给得罪了？再者一物有一主，也不许耍硬胳膊硬作乱来呀。别的不说，人家耿老实费了挺大的劲，好容易弄到手的那么一点儿得意事，怎么您半道儿上来了个截江夺斗啊？这个在咱们走江湖上吃长道儿的可是不许，怎么个意思？是打算真跟人家斗斗，还是有什么别的碴儿？老翟，我告诉你，咱们可都是干这个的，谁可不许欺负谁。你这么一办，未免有点儿倚老卖老，他们不是你的对手，特意把我这个角儿约出来了。按说我这个角儿，可以不够一出，不过人家既是找我出来，我就不好意思不出来。出来虽是出来了，可是我还是愿意咱们言语和平，一笑了事，一碗水往平里端，谁我也不向着。你怎么抢的人家好处，你怎么还给人家，算是两下无事，谁吃亏，谁占便宜，咱们暂时全都可以不说。好在咱们都是老朋友，谁说句软和话，谁也不算吃亏，谁也不算栽跟斗，冲着我全都算完算了。按说了事没有这么了的，不过我的脾气，别人摸不透，老翟你大概总可以知道个八九成，就是爱管朋友的事，这件事你就点头吧。我还有要紧的事，这里完了，我还要赶着去办呢。老翟，怎么样？这点儿面子赏给我吧。"

翟铁峰听了微微一笑道："石老三，按说咱们这么些年的朋友，你说的事情又不是什么要紧的事，我答应你没有什么，不过话得说清了，不能全都按照你的脾气，抬一头，压一头，不用说我不行，不拘谁我瞧大概也是不行。第一，姓耿的这次干出来的事，他并没有把对点子打听清楚，无缘无故暗下毒手，把人家两个初次出门的孩子，叫人家身受重伤，这幸亏是遇见了我，问出原委，不然的话，这毛病就出大了。不是我瞧不起你，就冲您这个样儿的，大概两个算一个，也未必能怎么样人家。今天这件事要依我说，你怎么来的，还怎么回去。我可也不是怕你，因为咱们两个有那么些年的交情，别因为这不值的事，把多年的面子伤了。除去你之外，哪位有心里不高兴的主儿，尽可以过来，是文的，是武的，我全接着。"

翟铁峰一说这套话，葛天翔就怔住了，先前明明听说他们是好朋友，怎么两个见面连一句客气话都不说？看这个神气，那个姓石的必然不是个软手，焉能听他这一套，说不定当时就有一场热闹。

刚刚想到这里，就听那个姓石的哈哈一笑道："老翟啊！你这个老小子，真是越老越泼辣了！真敢要价儿还价儿，你大概也忘了，姓石的闯荡江湖几十年，什么时候怕过谁？你也不用拿人家幌子吓唬我，你说说咱们听听，什么红了毛的，我也敢斗他一下子！"

翟铁峰也一笑道："什么叫红了毛的，我全没见过。我提这个人大概你也有个耳闻，你要不打听，我也不便来告诉你，你既是再三要问，我无妨跟你提提。可是有一样，我要提出他来之后，你可得去斗他，才是朋友。"

姓石的又哈哈一笑道："老翟呀，咱们两个虽说不是什么至好，总算有个不错，你怎么拿我不当人呢？刚才不是已经跟你说过了吗？不拘是谁，只要你敢提出来，无论他在山南海北、火山、冰海，此人项生三头，肩生六臂，我姓石的既说是敢去找他，我就绝不含糊。你只管说出来，我要是不敢去找他，我就不姓石，我姓你那个翟!"

翟铁峰又一笑道："提起这个人来，我倒不怕，你可不能不怕。这位英雄，人家可不久走江湖，也不是门道儿的朋友，你想想你有什么惹不起的事。"

姓石的不等翟铁峰再往下说，便吓的一口道："翟铁峰，你放着正经话不说，你再成心逗我，我可要骂你了。你说出来是谁，你要不敢说，我今天先跟你拼下子。"说着一捋胳膊就要往前抢。

翟铁峰双手一摇道："你先别忙，不用我说，我找别人跟你说。"说着一退步，一拉葛天翔道，"葛老弟，你跟他们谈谈，令师是谁？可是一个字瞎话也别说，过去，过去。"说着一推葛天翔。

葛天翔还真摸不清是怎么回事，心里明白，翟铁峰说这片话，一定有翟铁峰的意思，反正往大里说，绝对没错儿。想着便一挺身儿道："是啦，我也正想说一说哪！众位，小孩儿给众位行礼!"说着便作了一个揖又接着说道，"小孩儿葛天翔，那个是我兄弟郑家燕。我们弟兄两个，这次由凤凰厅要往广平府去一趟，可不是背家出去玩儿去，只因我们师父最近从凤凰厅要到广平府去和人家办一样事。临走时候，告诉我们弟兄，叫我们也到广平府去给效点儿力。我们弟兄从家里走了出来，头一站便遇见那位耿老前辈，念我们弟兄年幼，烦了一位傅大爷送我们到广平，没有想到走在半路，忽然遇见这位翟大爷见义勇为，也要送我到广平，于是便同着一路走了下来。方才不久以前，又遇见这位胡罗汉，为了什么我可不知道，跟我翟大爷竟自过起手来。我虽是个小孩子，敬的是铜筋铁骨的汉子，讲究是一手一式地比输论赢，没有想到这位胡罗汉，竟自使起

272

不体面的妖术邪法来。是我小孩子一时胆大，使出我师父教给我的一手小能耐'吹拿法'，又没有想到这位胡罗汉除去妖术邪法之外，并没有什么真实能耐，竟自被我一口气儿吹倒。因为我正和翟大爷说话，这位罗汉爷竟自借水遁了。我和翟大爷说起，我师父她老人家等我心急，别在道儿上久久耽延，因此我们才急急前进。将将走到这里，众位又随后赶到，可不知道是为了什么？我小孩儿可也不是怕事，皆因我有事在身，不便多在路上耽搁，误了我师父的事。您就叫我们走了吧，我小孩儿也必有一份儿人心，将来再有见面时候，必要报答众位这份厚意。如果众位一定非要和小孩儿过不去，我也不敢躲开，任凭哪位都可以过来赏我几招几式，也让我小孩儿多长一点儿见识！"

葛天翔这么一说，当时不用说傅天柱他们几个，连翟铁峰都信了。唯有姓石的微然一笑道："小孩儿你说了半天，全是大话欺人，你始终还没有说出你的老师是哪位呢。"

葛天翔道："你要一定问我老师，头一位开蒙的先生，三翅鹞子周坦，第二位是王太君。"说到这里怕大家听不明白，又找补了一句道，"王太君的少奶奶就是靳安姑，那得算是我的靳大婶儿，你听明白了没有？"

葛天翔刚说完，大家听得明白，当时哗地一阵大乱。姓石的头一个就变了神儿了："你说的是哪位王太君？是不是一手三镖人称银发神姑的王老太太？"

葛天翔也听不清说的是谁，便点了一点头道："一点儿也不错，正是那位王太君。"

姓石的哎呀一声，回头向胡成道："是不是？我就知是一家人，果然是一家人，这个横儿可替你出不了气了。"一边说着一跃身便跳过了"浪里飞"，伸手把葛天翔的手拉住了道，"我不知道，原来是

273

小师弟，这可不是外人，咱们可得多亲近亲近。"

葛天翔往后一回身道："您先慢着，说了半天，您倒是谁呀？"

姓石的哈哈一笑道："真是乐得我全都忘了形儿了，好兄弟，我告诉你吧。我姓石，我叫石猛。你刚才提的那位王太君，可不是外人，那也是我的老师，不但是我的老师，她老人家还是我的亲姑母。我们娘儿两个有几年没见了，听说她老人家家里遭了一点儿意外，我的表兄现在生死不明，我正想去探访她老人家，没有想到今天会在此地遇见兄弟你。我本来不愿意来，不过这几位朋友平常对于我都有不少好处，今天提起半路上失了风，我如何能够辞得开？所以才出来跑一趟，也是神鬼支使的，才得和兄弟你见面。如今咱们既是一头了，无论什么话，也得算是一天云雾散，冲着我两面儿全都算完了。"说着又向那船上一点手道，"众位，大概也全听明白了吧，无论怎么说，冲着我也得揭过这一篇儿去，有什么也得避点儿屈。来来来，不打不成相识，不打没交情，过来大家都亲热亲热吧。"

胡成、傅天柱、耿老头儿一听，全都彻体冰凉，闹了半天，这个帮拳的算是白请了，敢情人家比自己还亲。再者又一听，葛天翔的主儿，干脆说也叫惹不起，看今天这个神气，也找不出便宜来，真不如做个整人情，留着将来再说。便全都一笑道："闹了归齐，敢情全是一家子。这可怨葛老弟不对，不该一见面时候，一句实话没有，早要说出是周鹞子门下，谁还好意思捣乱？我们就知道是姓张，打了这么一个乌烟瘴气，这不是没有的事吗？得了，什么话也不用说了，咱们倒得多亲近亲近。"说着全都蹦过船去。

葛天翔早就爱上这个小孩儿，大家过船，全都没有理会，过去一伸手，先把小孩儿手揪住道："小哥哥，你姓什么？"

小孩儿还没说话，野罗汉胡成就答了话了："你倒是说话呀，不是为你，还闹不出这些个事来呢。"

小孩儿脸一红道："我叫狄守宁。"

葛天翔听胡成的话不懂，便笑着向胡成道："罗汉爷，您说什么，为了我才闹出事来，我怎么不知道为我什么？"

胡成一笑道："我跟你说吧，他是我的表弟，自幼就爱练武习拳，今年虽是十六岁，已然会了不少的拳脚。他生来有一种特性，就是爱交小朋友，就是拜把子弟兄，现在已有二三十位，他还不满足。昨天没事，从河沿上闲走，无心中便碰见了老弟你，他一看见你，也不知从什么地方来的缘分，当时便叫我把老弟你约上岸去。我想人生面不熟，如何能够去约你上岸？可是他再三麻烦我，我实在没了法子，才想起何不略用法术，把你请了下去。虽知船上却是翟大哥掌舵，我原想罢手。不过我听人说翟大哥道深学厚，我想讨教讨教，谁知老弟得有高人传授，竟自把我吹倒，实在是惭愧得很。"

葛天翔一听，当时笑着向狄守宁道："既是小哥哥这样爱我，咱们何妨也认成兄弟呢？"

狄守宁道："那可太好了。"

当下两个人一序，葛天翔小狄守宁三岁，便叫了一声哥哥，狄守宁乐得连嘴都闭不上了。

大家正在一笑之际，翟铁峰猛地一把把耿老头儿揪住道："耿老实，你即以老实出名，这么办，我求你点儿事，你可别推辞。"

耿老头儿使劲一夺，甩开胳膊，一声长笑道："姓翟的你别得意太过，姓耿的告辞了！"说完两脚一跺，竟自纵起。

傅天柱是跟耿老头儿一路来的，一看耿老头儿要走，便也一跃而起道："耿大哥稍微留步，我跟你一块儿走。"嗖、嗖两声便自影儿不见了。

翟铁峰才待要赶，石猛用胳膊一拐道："老翟你让他们去吧，今

275

天这个面子他们丢得够瞧的了。"

野罗汉胡成一看傅天柱和耿老实全都走了，便也站起身来道："他们走了，我也要走了。"

翟铁峰道："胡老弟，难道你这一口气还没有消吗？有什么话等过些日子再说，今天无论如何，你也不能走，还有事要求你呢。"

胡成道："不走，不走，你有什么事，说吧。"

翟铁峰道："本来我刚才打算拦住姓耿的不叫他走，因为他暗中伤了人，如今还没有救过来。现在他既是走了，没别的，就求你多慈悲，把这两个小朋友给救过来。"

胡成微然一笑道："得了得了，老翟，你说这话，我就该罚你。你治这病是本能，且比我强得多哪，怎么你倒找起我来了？这不是没有的事吗。"

翟铁峰正色道："胡老弟，这话可不是这么说。咱们谁也不是不知道谁，以我说，治这路伤并不是治不了，不过我费事可费大了。你的本事，我所深知，治这路伤，可比我强得太多，咱们不过客气，最好你就给办一下，谁让你跟他们都有缘哪。"

胡成道："既是这么说，我就献回丑吧。二位请过来，我先看一看受的什么伤，费事不费事。"

葛天翔、郑家燕两个一听，赶紧走了过去。胡成先把手拉了过来，用三个手指头，一按葛天翔脉道，一边按着一边摇头道："不对呀，看脸上神气，确是受了暗伤，怎么脉上却一点儿也不现呢？这个不但不像受了伤，就是在没受伤的人里头，也找不出这么好的脉来，平稳有力，一点儿虚重脉象没有。我知道耿老实善用的就是'软骨法'，他有一种药面儿，不拘是下在酒里茶里以及饭食里，只要是吃下去，三天之后便要发作，饮食少进，四肢乏力，十天之后，神志不清，心急好燥，至多不过三七二十一天，便会骨软如绵，卧

276

倒不起，非经他自手解去不能救治。无论什么样的英雄，铁一般的汉子，除非没有受伤，如果受伤之后，三天立要现形。现在看这脉象，简直是连一点儿影子都没有。这就怪了，难道你没有受着他的暗伤？可是在半路同来时候，他自己还曾提起，一点儿都不错，是他亲手把药下在茶水里的，焉有没有受伤之理？这件事可太怪了。老翟，我告诉你，可不是我不管这件事，实在我有些琢磨不透，我不敢随便一说，怕是耽误了事，反倒不是了。"

翟铁峰一听，也是一怔，自己也瞧出来葛郑两个确是受了内伤，怎么会胡成说他脉象没带？以胡成说，关于这些旁门左道，只有比自己强的，他要治不了，自己更治不了，心里可不由得就着起急来了。还是旁边狄守宁小孩儿机灵，一看大家发怔便笑着向胡成道："师哥，您就瞧了一位，两位受伤，您不会再给那位小哥哥看一看，是不是也是一样没上脉象？"

胡成一听有理，一个手又把郑家燕手给拉了过来，也是三个手指往脉道上一按，手才一挨上去，便哎呀一声道："可了不得，小朋友，你觉得你头晕身上发烧吗？"

郑家燕道："有一点儿头晕，身上倒没觉得发烧，就是有一点儿想凉的东西吃。"

胡成道："对了，这就是来头儿了，如果发烧一加重，脑袋连疼带晕，那可就坏了。现在倒还有治，你放心，别着急。"

郑家燕一笑道："我没有着急，我还有一点儿可怪的地方，就是我一挨着我葛师哥，当时浑身就发凉，头也当时清醒，不知是怎么回事？"

胡成也一笑道："这是胡说了，绝没有那个事。"

一句话没说完，葛天翔忽然哈哈一笑道："燕儿弟弟你不用着急，咱们受的这个伤全不要紧。我这里有药，也不用吃下去，准保

277

你一看就好。"大家一听，不由全都一怔。

正是：

方到病深处，无意来良医。

不知葛天翔有什么神丹妙药，且看下回便知分晓。

第九回

良辰快聚漫道渊源
深夜惊呼突来恶霸

葛天翔道："我也知道众位一定不信，不过这绝不是瞎说，我拿出来你一看，当时你们就可以明白了。"说着把外衣解开，只见里面贴身挨肉一条红色绸衫，在绸衫上头垂着一挂香色穗子，一抖穗子，从里头一对儿镯子相似的东西，发黄发红，透明彻体，比起单只的镯子略微小一点儿，并且是两个在一块儿连着，说不上是什么东西，也不知道怎么会和受的伤有关。大家正在纳闷儿，葛天翔双手把这对连环拿起道："翟大爷，您瞧瞧这是个什么？上头有字，我可不认得，您可以看一看。"

翟铁峰接了过来，认得这种东西，叫作琥珀。这东西并不太值钱，可是平常看见的却实在也赶不上这个东西，拿起来仔细一看，只见上头影影绰绰仿佛是有两行小字，急忙凝神细看，一只上面字是："琥珀连环成双，一雌一雄分行。若得结成连理，富贵寿考吉祥。"又一只是，"玉连环，有阴阳，得阴者侯，得阳者王，王侯遭遇，血溅鸳鸯，得之无喜失无伤，名传史籍，姓字香，五百年后，子孙必昌。"连看两遍，不知怎么讲，也就不往下细看了，便笑着向葛天翔道："字是不错，全是吉祥话儿，就是不明白跟你们受的伤有什么干连。"

葛天翔道："这件事不过也是我偶然想起，因为有一年我受害病，一躺多少天，浑身酸疼，四肢无力，我妈怕我压了那对环儿，当时给我摘了下来，到了夜里，可了不得了！满嘴谵语，更发奇热，神志昏迷，人事不知，全家都说没有救了。正在着急，忽然有人从窗户外头扔进一张纸条，上头写着是，不要乱吃药，仍把连环挂好，当时就会好的。我妈一听，当时又把环儿给我挂好，说着不信，这里挂上环儿，我便即刻清醒过来。从此才知这环儿是一种宝物，便昼夜再也不曾离身。一直到了今天，我先前也没有想起，还是这位胡大爷说的，才提起我的醒儿，我受了重伤，一点儿没有显出来。虽疑心是这个环儿，可还不敢断定，及至听见我燕弟弟说，他一挨着我当时便觉清凉，那就不用再说了，一定是这环儿的功效了。"

翟铁峰一听，颇为诧异道："噢！原来是这个样儿。不过我想这个环儿虽是宝物，也只是一种防身之物，未必便能消去重伤，不如现在把这环儿当时挪下，还是请胡老弟给你们好好把伤治好，以免再出麻烦。"

葛天翔道："就是吧，那么胡大爷再给我看一看，就可以试出，是不是这环儿力量了。"

胡成还是真不信，过去一揪葛天翔的腕子，三个指头一按脉道，手才一摸上去，便哎呀一声道："可了不得！这个环儿真是宝物了！怎么才一离手，当时脉气大紧，现在跟方才一比，简直不是一个人了。"

翟铁峰道："这些话暂时都可以不说，第一要紧，您赶紧给治伤吧。"

胡成道："就是。"说着要过一个水碗，一弯腰从水里舀出一碗水，往舱板上一搁，一只手在空中抓来抓去，又在水上画了几画，跟着又向葛天翔心口上画了几画，跟着往起一抓，一撒手往水里一扔，跟着又是画，画完了又抓。葛天翔他是一个小孩子，不知道江湖之中异怪甚多，看了胡成这种做作，不由心里好笑，心说要是能够让你这个样儿治好了伤，人家干内外两科的，就全不用干了。正在想着，猛见舱板上搁的那个水碗，陡地往起一蹦，不由吓了一跳，心说这可真叫怪事，跟着再往水里一看，只见河道中间凭空露出一个大洞，水哗哗乱转，也觉着可怪，这时候心里可就有点儿信了。一看胡成，两只眼睛也圆了，脑袋上直往下冒大汗珠子，手脚出去也没有方才那么稳了。方在一怔，猛听胡成一声喊道："老翟，救我！"一句话没说出来，水里哗地一响，一股白气直扑胡成。野罗汉哎呀一声，扑咚一声，竟自摔倒。葛天翔这时候可就吓坏了，心说这不成了妖术邪法了吗？胡成为给自己治病，现在被人困住，自己要是瞪眼不管，那就不能叫作人类，不怕自己救不了，也得过去帮忙，往前一抢身，自己打算把那股来水挡住。

才往前一抢，翟铁峰一把就揪住了道："别动，你要动，你也是死。别忙，等我来救他。"说着往后一扯葛天翔，葛天翔身不由己就退下去好几步，翟铁峰这才横手向那股水上一切，说来不信，就见那水划然成为两截。

胡成这才哎呀一声，一抹头上汗道："这个玩意儿可不太地道了，趁着人家正在吃紧时候，来了这么一下子，这幸亏是我，没有把手松一下儿。不然的话，葛老弟这条小命，就许从此断送了。人无害虎心，虎有伤人意，打墙也是动土，动土也是打墙，一不做，二不休，得罪你就爽得得罪你，不怕你不服气，将来可以再找我报仇。如今我可不能客气，一定要给你一下子了。"嘴里说着，双手一搓，跟着往河里一放，只听哧的一声，哗的一声，那半截未平的水倏地抽了回去，当时水平浪静。最可怪是连船上的水，都一点儿没

281

有了。葛天翔不知这是符水妙用，总觉得这是妖术邪法，不由心里害怕，连翟铁峰带胡成都生了厌恶之心，可是当时在人家船上，自己身无一技之长，绝不敢带出形象，并且知道人家能够治自己受的内伤，便益发不敢说出什么不好听的话，做出不好看的样儿。

胡成一见水势平了下去，便笑了一笑道："人家都管他叫老实，他又何曾老实？今天给他一点儿警诫，叫他知道江湖上还有比他高的人，从此不要再胡思乱想也就是了，咱们还得接着治伤。"说着又把葛天翔浑身推了几下，然后向葛天翔道，"我要叫你吐，你可就吐。"葛天翔点了点头，胡成复又推了两下，猛地往葛天翔背上叭地就是一掌道："吐！"葛天翔便也假装着往外一吐，在葛天翔原想着，不过是个假玩意儿，自己既是不想吐，便答应他一声，假装作吐的样儿，也未必能吐出什么来，便在他一喊吐的时候，假装往外一吐，再也没有想到，才往前一抢身，嘴一张，猛觉嗓子一阵奇痒，便不由得哇的一声，吐了出来，这一口还真吐了不少。低头一看，除去一摊清水之外，里头有百十多条红虫子，在那清水里不住来回乱动，心里本在诧异，如何胡成叫自己去吐，自己假装一吐，便真会吐出许多小虫子。又听胡成微微一笑道："你看这个有点儿可怪吧，这还没到真正可怪呢，你再看这个，比那个更可怪了。"说着用手向地下那摊清水一搓，只见那百十多条虫子，忽然乱钻乱动，仿佛有一种什么东西烧它碰它，要往四外逃命一样。

方在一怔，却听石猛在旁边喊道："野罗汉，杀人不过头点地，得容人处且容人。姓耿的偷鸡不成，扔了一把米，也就够他受的了，何必赶尽杀绝，必要伤了面子？依我说，完了吧。"

胡成一听，把双手一拍道："真是可恨，什么事当面不敢动手，却在暗地捣鬼，这种人我就不佩服他，今天要不看在你的面子上，我一定跟他完不了，非得给他一个样儿看看不可。"正说着两只手往

282

外一捧，说声，"请吧，再见！"那堆红虫便像长了翅膀一般，咮咮几声，竟自飞起，齐向水中一跳，连摆两摆，当时影儿不见。胡成在这才向葛天翔道："你的毒已经出去了，等我治完了他，再一齐给你们药吃。"说着把郑家燕拉过，也是照样儿连推带画，末了往外一抓，郑家燕一低头，也吐出许多红虫子，依然捧送河里，虫子游水自去。胡成从腰里掏出一块药来，用手一掰，一人一半，两个人吃了下去。不大工夫，肚子咕咕一阵乱响，又走到船头泄了一阵，身上当时便觉清凉许多。葛天翔、郑家燕向胡成一道谢，胡成双手乱摇道："你们现在先不要道谢，等明天能够平平安安过了辰州，再大家道喜不晚。"

葛天翔一听不懂，急问道："您这话怎么讲？难道前途还有什么凶险不成吗？"

胡成听了一皱眉道："我一个人的小爷，您算是不知天有多高，地有多厚，您也不知道江湖道儿上这些风浪。我今天也是有缘，无妨跟你细谈一谈。翟大哥，咱们现在也没了事了，一边走着，一边谈着，但愿能够早到辰州，但分能够一刻都不停留那是再好没有。如果一定过不去，那可也没有法子，只好是听其自然了。"

翟铁峰一笑道："野罗汉，你的胆子真是越练越小，我姓翟的走南闯北，差不多也快一辈子了，从来没有懂得怕谁，不敢惹谁，我一个人还敢从辰州过，怎么咱们人多了，倒不敢从辰州过了？你想那叫什么英雄？我告诉你，咱们练把式，指着刀枪杆儿吃饭的，从头上到脚下，就不许存一个怕字。只要一有这个字，准能遇见不少逆事。罗汉爷您胆怯，您走您的，我们走我们的，别回头再让您吃了惊受了险，那倒怪对不过的。"

胡成听了，把怪眼一瞪道："红胡子，你少说废话，谁告诉你我怕死？我也不是说句大话，就凭尊驾您这个样儿，你敢去的地方，我没有不敢去的。所说辰州不可大意的意思，因为有人急于到广平，广平离这里并不是什么近道儿，倘若路上一再耽延，到了那里，可就难免遇上一点儿事，那样一来，不是就对不起人家这两位小朋友了吗？"

翟铁峰一听，赶紧赔着笑道："得了得了！罗汉爷我这是说着玩儿，并不是真的，您先沉住了气，您怎么说咱们怎么办，还不成吗？大黑子，加劲儿走船！"大黑子答应一声，双手一搬，船走如飞，就往辰州下去了。

葛天翔一拉胡成道："胡大爷，您说您跟我谈谈，现在船已走了，您可以跟我说说了吗？"

胡成一笑道："你还没忘呢。来来，我跟你谈一谈。方才我们所施展的这些，虽不是左道旁门，可也不是什么正经路子。我们这个全仗着一种符咒，谁知道得多，谁就算是高手。这种门派，也很有不少，最有名是茅山派、辰州派、留峒派、漂子派。其中以茅山派为最高，因为徒众过多，咒法玄妙，又是一种善教，专门讲什么画符退鬼，舍药救生。这些善业，弟子多，势力大，派头儿正，以茅山派为第一。其次便是辰州派，辰州派最著名的是祝由治病，移花接木，化废为能，不过符咒难学，徒众较少，可是也有相当势力。再次留峒派，其中所传半近邪教，什么千里行尸，缩地藏形，搬运挪移，散虫藏毒，全是他们的拿手，并且人人凶狠，睚眦必报，恩怨分明，徒弟不多，可是全有绝大本领，这种人散处四方，什么地方都有，最是可怕。最末才能数到漂子派，这一派也是从茅山派那派分出来的，其中徒弟多半是那些吃水上饭的，什么摆船的、掌舵的、运木排掌竹筏的，差不多不在帮派的很少，他们有他们的春点（即是行话），无论走在什么地方，只要一说出他们的祖师是谁，行辈大小，当时就有照应，他们最讲义气，无论银钱性命，全都可以有个帮派。先前他们这一派，还不甚多，现在却是已然流行大江南北，并且有许多王公大臣之流，因为能够得着随时的照应，也都夹在里头凑起热闹，这样一来，他们的势力现在可算最大了。我们这几个人，我是茅山派，老翟是茅山派，老石是辰州派，傅天柱是辰州派，耿老实就是留峒派。你喝的那碗水，受的那种毒，就是一种散出来的虫，那虫一共有七十二种，现在一时也说不清，等我将来有了工夫，再慢慢儿跟你说，前边离着辰州不远，那里撒野火的人最多，我们既是有事，从那里路过，最好悄声匿迹，平平安安从那里过去，不过我这两天心惊肉跳，总觉得有些不安，不知是什么缘故……"

胡成话还没有说完，石猛陡地站了起来，用手一指道："你们瞧，前边那是什么？"

大家顺着石猛的手往前头一看，只见远远从水里流来一个东西，因为水势太急，一起一伏，看不甚清，正在凝神细看，翟铁峰急忙往前一抢步，一把把橹拢住，斜着往河边一涮，大家出其不意，一晃两晃，差点儿没有趴下。胡成才说出两个字："老……翟。"当的一声响，水花溅起足有一丈多高，连身上带脸上，真是没有一个地方不有水的，"浪里飞"被这一震，前艄都上了岸，大家不由全都一伸舌头，说了一个字：险！"再看方才那个东西，已然连一点儿影儿都没有了。

石猛道："这是什么玩意儿？差一点儿没叫他给弄翻了。"

翟铁峰道："什么东西？太悬了！幸亏我从前听人家说过，不然今天这个苦子，就算是逮上了！这种玩意儿，也是他们留峒派的拿手，我记得仿佛是叫什么'水镞子'，外头是油纸，里头是火药，用符咒一催，能顺着水走个三百里五百里，使法的人什么时候到了地头儿了，把法一撤，当时就炸，这种东西力量极大。幸亏方才咱们

285

躲得快，它炸得慢，不然咱们这些人全都被它一网打尽。咱们这里头，一定有大造化的人，不然今天非全完了不可，这么看起来姓耿的可没死心，说不定就许应了罗汉爷的话，要不然咱们这么办，到了前边咱们找地方上岸，不走水道走旱道，绕过了辰州这一节儿，有什么话咱们再说，你们说好不好？"

胡成摇头道："那可不成，头一样儿，人家既是知道咱们现在在什么地方，他就能够算出咱们改走了什么道，水路上他能来，旱道上他也来得了，那不是白费一回事，还多丢一份人？依我说咱们赶紧往前走，到了辰州，该怎么办怎么办，是福不是祸，是个疖子就得出脓，咱们倒是迎上去，先给他来下子，不管是怎么个意思吧，到了那里，也就可以弄个水落石出了。不瞒你们说，事情只要一完，我还就得走，我不能到广平府去，我还有我的事呢。"

翟铁峰道："也好吧！"跟着又往前走船，这回船可就走得慢了，因为眼得看着前边。

船这一走得慢，葛天翔跟狄守宁可就谈上了，狄守宁悄声儿向葛天翔道："兄弟，你不用听他们的，有什么事都有我呢，你不用害怕，我一个人送也把你送到广平府。"

葛天翔一听狄守宁说话太大，这一船上全都够个角儿，谁都不敢说大话，他连人家一零儿都赶不上，他怔要说大话，这不是胡吹乱吹吗？可是也不便得罪他，便笑一笑道："是，我将来还打算跟哥哥学个几手儿呢！"

狄守宁笑了道："兄弟，你真打算学吗？只要我会的，你要学什么你就学什么，我是一无藏私。不过我可瞧得出来，兄弟你用不着学这路能耐，将来你也不是吃江湖饭的人，我或者还许有事要求你帮忙。这个时候，这里人太多，我也不能跟你细说，等到有了工夫，咱们细细一谈，你就知道我是怎么一回事了。"

葛天翔一听一怔，也不便往下再问了。

船又走了一会儿，石猛道："得，慢一点儿，这里离辰州也不过剩七八里地了。"大黑子答应，把手一松，船当时就慢了。

翟铁峰告诉葛天翔、郑家燕，到了辰州，千万不要自己贪玩儿，随便乱走，不拘见了什么人，不用说吃喝不可以，就是连话最好都要少说，不然闹出事来，麻烦可就大了，葛天翔一一答应。又走了一会儿，船可就到了辰州，这个时候也就正在辰刻吧，葛天翔往四下里一看，果然是人烟稠密，地方颇为热闹，心里纳闷儿怎么这么一个地方，会出这么些怪人？正在寻思，船就抛锚停住了，大家全都下了船。

翟铁峰向大黑子道："你上岸吃点儿东西，你就快回来。"大黑子答应。

大家正要往热闹街上走，只见前面如飞地一般跑来一个人，到了大家跟前，向大家一看道："哪位是葛少爷？我家主人有请。"

葛天翔一听，这可真叫邪事，自己从来没有出过外，辰州这个地方真是连一个认识的人都没有，怎么会船才一到岸，便会有人来找自己？这可真叫人纳闷儿。翟铁峰看了葛天翔一眼，暗中一摇头，葛天翔会意，便装作没有听见，只是给他个不理。

那人便去赔着笑向翟铁峰道："敢问众位，哪位是葛少爷？我家主人有请。"

翟铁峰一想，不理人家这也不算完事，便也笑着道："贵主人是谁？"

那人悄声道："奉我家主人说，不准说出我家主人名姓，因此不敢说。您这众位里哪位姓葛？请您随我去见我家主人一趟。"

翟铁峰更自起疑，便道："我们这里头原没有姓葛的，想是老哥接错了。"

那人一笑道："我家主人叫我来接，就不会错。不过众位既是不肯说，我也不敢勉强，我自去回复我家主人，有什么话叫他自来找众位好了。打搅，打搅！"说着便一拱腰儿去了。

翟铁峰便问葛天翔，这里你可有熟人？葛天翔摇头说一个熟人没有，翟铁峰也跟着摇头，心说这孩子可真够厉害，闹了归齐，敢情比自己路子还宽，眼皮子还杂呢，明摆着这里是安置好了人，硬要瞪眼说一个熟人没有，幸亏自己跟他成了一路，不然的话，说不定就许受他一下儿。心里想着可怕，可是再看葛天翔脸上神色，也显着猜疑不定，不住地跟郑家燕交头接耳，小声儿嘀咕。瞧在眼里，闷在心里，爽得猜不出来了。

葛天翔笑着向翟铁峰道："您瞧这事情够多可怪，一会儿有人来，我想求您替我问一问，听听他究竟是怎么一回事？"

刚刚说到这句，就听有人说："大爷您瞧是不是这二位少爷？我早就找到了，人家咬牙说定了不认识，您可叫我有什么法子？"

就听又一个人道："熊儿，你这孩子真是大胆胡为，还不快快回去？"

葛天翔一听，说话声音非常耳熟，抬头一看，可吓坏了，说话的不是别人，正是自己开蒙授业的老师三翅鹞子周坦，出其不意，可真把葛天翔给吓坏了，顾不得胡思乱想，走过去扑咚一声，双膝跪倒，郑家燕跟着也扑咚一声跪下了。任话还没说，就听周坦微微一笑道："熊儿，你这孩子胆子可真是不小，你怎么竟自撇下父母，私自跑了出来？你既不知道江湖路上如何凶险，又没有一定必须应当去的地方，你怎么远出千里，任意胡为？我在昨天就得着了信，所以派人在这里来找你，你怎么还是这样慢慢腾腾、待理不理的劲儿，难道说你就忘了有我这么一个人了吗？"

原是出其不意，葛天翔一见周坦，当时无话可说，及至一想自己出来，原是为追王老太太。王老太太是自己的老师，又是周坦给引见的，说出来大概也没有什么多大妨碍。便赔着笑向周坦道："师父您先别着急，只因王天朋他们一家，在前几天忽然全都回了广平，据说广平府出了事，所以才星夜赶了回去。我想我既受了人家教育之恩，便应答报，因此我才约了燕儿弟弟一同追赶，打算到广平府帮她老人家一点忙儿，没有想到，半路途中，连遇见好几件事，一直耽延到现在，才到这里，没有想到会遇见了老师父。您老人家指示一句，是回去的好，还是到广平府的好？全在您一句话了。"

周坦一听，长叹一声道："唉！什么事都拗不过一个命字去。你这件事到了现在，我也没法儿拦你不去，不过有一节儿，从此之后，无论惹出什么事来，你可也别怨我，那都是你自己找的。"

葛天翔道："自然徒弟不敢埋怨师父。"

周坦道："好，既是你自甘愿意，总也是天意注定，此时不便明言，日后自可知道。你我虽然聚首日子不多，总算有缘，如今眼看你就要走入本身大运，有二十来年的闯荡，我是你的师父，别无可赠，只有几句话送给你，你要牢牢谨记，日后自有应验，你可不要当作谣言惑乱，置若不闻。"

葛天翔道："那个徒弟不敢，师父有什么话，只管吩咐，徒弟必然时常谨记，绝不能辜负你老人家这番盛意。"

周坦道："只要你能那样，我就完全放心了，你听着。"说着把颜色一正，说出几句话来是，"逢陈务远避，遇鲁莫久留。记得中秋夜，帘外月如钩。双环忌相值，宾木休登楼。风云愿互左，富贵可白头。不需百卷书，谈笑万户侯。伤心斑竹影，叶叶泪珠流。莫羡凌烟阁，懒进五凤楼。珠还合浦日，白云曰悠悠。"说完这几句，向葛天翔又笑了一笑道，"这几句话，完全是我动极思静，测悟出来的一种神术，此时不可完全泄露，好在你聪明人，留心揣测，定能得

289

着一个大概，趋吉避凶，自能终身安适，百无灾难。我明天还要到别处去，后会不难，前途小心。"

葛天翔听了半天，简直就不明白，可是周坦有言在先，不能尽泄天机，因此也就不便再往下问。这时候郑家燕就过来了，向周坦道："师父，您跟我师哥说了半天，您也跟我说几句，我也好记在心里，备而不用。"

周坦听了一皱眉道："既然都是一个样的徒弟，能够跟他说，就得跟你说，我现在也送你几句，你也要用心记住。"因说道，"一丝闲情出翠微，蝶乱花迷燕不飞。误入桃源惊噩梦，黄粱炊热悔昨非。赫赫功名终虚话，寸心难报三春晖。应叹毕生得意处，满城风雨惨旌旗。"

郑家燕更不懂了，当然也照样儿不能问。周坦把话也说完了，一手拉住葛天翔，一手拉住郑家燕道："好，我说的话现在你们也许不懂，将来自有应验，现在也没有什么别的可说，我要走了。"说着一甩手，连带来那个人一径去了。这里还站着翟铁峰、石猛、胡成、狄守宁，连理也没理，就那么一扬脸儿走了。

葛天翔看见周坦走，仿佛有话要说，又想不起要说什么话，只怔了半天，长叹了一口气，才向翟铁峰道："翟大爷，您瞧我师父，他老人家说了半天，我是一句也没懂，您听出一点儿什么意思来了吗？"

翟铁峰因为周坦眼看着这些人，连一句话都没有说，心里很大不是意思，一听葛天翔问他，便冷笑一声道："人家是成了名的英雄侠客，说不定现在就是半仙之体，当然说出来的话一定有点儿仙气。我们不过是凡夫俗子，哪里能够猜得透？既是这样说，少不得将来自会应验，我看你现在倒是可以不必问了。"

葛天翔虽是小孩子，好说歹说，他可听得出来，一听翟铁峰说

290

的话，知道他有些不满意周坦，便也笑了笑，不再往下说了。这时候胡成一笑道："得了，人家已然走了，咱们说些废话有什么用处？依我说咱们赶紧找地方住下，度过这一夜，咱们明天好早点儿赶道儿，比什么都强。"

石猛道："这个地方我倒是常来。这里十字街里，有一家中和客店，买卖很是规矩，咱们到那里住上一宵，好在明天一清早就可以走了。"

翟铁峰道："就是吧。"几个人由石猛领着，来到中和客店，找了两间大屋子住下，洗脸，喝茶，吃饭，这全不在话下。

吃饭之后，闲坐谈天。胡成道："现在咱们可没事了，我有几句话，众位可全都记住，别当我是说着玩儿。这个地方可是是非之地，尤其是咱们这些人，非常眼生，容易招事，最好咱们在屋里一待，对付一夜，明天一清早咱们就走。无论外头有什么事，有什么声儿，咱们只当没看见没听见，可千万不要出头露面，免得再招出麻烦。"大家一听全都点头答应。

这时候天时已然不早，大家正要安排睡觉，猛听外头有人说话："这个龙法官也未免太可恶了，好歹总是个烧香念佛的人，怎么这样大胆妄为，既霸占了人家姑娘，还要伤害人家父兄，真是全无天理。官不管，天不管，这样闹下去，将来他还不能当皇上吗？"

话才说到这句，便听叭的一声响，说话的声儿一断，跟着便有人狼嚎鬼叫一般哭喊起来。这时候翟铁峰早就听见了，唯恐葛天翔一时沉不住气蹦了出去，又惹出事来，急忙把葛天翔的腕子揪住道："你可不要瞎撞，只坐在屋里听我的好了。"葛天翔点头答应。

在翟铁峰想着，只要葛天翔当时能够不出去，混过一时，那个人一走也就完了，可没想到葛天翔虽是拦住了，外头还依然有人说话："姓龙的，这辈子你做的是法官，我们都惹不起你，等到转世投胎，我们也得想法子把仇报了。天哪！你怎么不显灵显圣给恶人一点儿报应呢？"一边喊着，一边哭着，仿佛要往后边去。

这些人里，不用说葛天翔听着觉得奇惨极恨，就是那久走江湖杀人不眨眼的恶魔王翟铁峰，都觉得心血往上直撞，几次三番，强自压制下去。胡成看出了这种意思，微微一笑道："众位，这个地方，可是是非之地，最好是多一句话也别说，只要不闹到咱们头上，咱们可就千万别随意搭话，以免再惹出别的事来，可就耽误了咱们的正事了。"

石猛道："话虽是那么说，可是也得分个情理，咱们当然是以忍气当先，谁也不愿意招出事来，但是事情要太看不下去，我可是吃江湖饭的。无论如何，也得讲义气当先，不用说还不准输给人家，无论如何，我是绝不能贪生怕死，畏刀避剑。别人我不管，我可就许有个沉不住气……"

这句话还没说完，就听院子里有人哈哈一笑，放开劈毛竹一般的嗓子狂喊一声道："姓苗的，你为什么背地叫骂于我？我又没有得罪你。我自与姓乔的结亲，什么事劳你动问？方才在大街上，当着大家，你指着我的脸骂我，我本想给你一点儿苦头吃吃，叫你知道我的厉害，后来我一想，你已经这么大的年纪，又是一个粗人，当然就许有个悖晦。我在大好的日子，也就可以不必跟你们为难过不去，所以才能容你回来。你就应当明白是我恤老怜贫，宽宏大量，你就应该追悔你从前错误才是。怎么你是丝毫全不明白，放你回来，你却依然不改恶念，背地咒骂？我所以才赶到这里来，从今以后你要明白了你从前的错处，不要再在背地骂我，我就饶你不死。不然的话，今天我要大开杀戒，非把你去掉，不足给我平气。姓苗的，你说吧，你是想死还是想活？"

这时候院子里人就多了，也有本店的，也有住店的，全都拥挤出来，灯笼也掌上了，院子里比屋里还亮。翟铁峰一手拉着葛天翔，大家全都来到窗台边上，顺着窗户往外看。只见一群人当中围着一个汉子，身高在八尺还壮，脸大、头大、眼大、鼻大、嘴大，紫黑的一张脸，脸上是钱儿癣、牛皮癣、桃花癣、黑猴子、红瘤子、瘊子、敲子、痣子，斑斑点点，红、黑、白、黄，加上这张紫脸，真比一个小颜料铺齐全，前头的头发，束了一道箍，往后头一背，后边的头发往两边肩上一披，身穿一件枣红色大缎子宽袖大领儿袍子，下穿二蓝中衣，脚下青缎子厚底福字履，白布高靿袜子，手里拿了一个长约二尺，说圆不圆，说方不方的竹子棍儿，棍儿两头，全都拴着红绿绸子，不知干什么使的，用手里棍指指点点在那里狂呼乱喊。离着他没有多远，地下躺着一个老头儿，年纪就在六十开外，花白胡须，衣服褴褛，两眼流着眼泪，愁眉苦脸，躺在地下，一动也不动，只扬起一只手指着那汉子道："姓龙的，你也不用赶尽杀绝，我姓苗的至死也不怕你。你不过倚仗着你身会妖法，便敢这样欺人。除去今天你能治我一死，我的口眼一闭，什么话也没有了。如果不然，我要上骂你妖祖妖父，下骂你妖子妖孙，你们家里女的，也是骚狐狸、妖狐狸，才生下你这万劫不赦的妖道……"

老头儿骂得正在高兴，那汉子陡地一声怪叫："呸！我把你这老而不死的活畜类，你是自找其死，休得怨我！"说着把手里竹棍一磕，红绒线一拉，只听咔吧一声响，从竹子棍里冒出青、黄、赤、白、黑五种颜色的烟儿，直奔老头儿脸上扑去。

正是：

> 五色彩绒裁成锦，不是喜丝是愁丝。

要知后事如何，且看下回便知分晓。

293

第十回

因仁及义片言解纷
以德报怨一纸兴戎

老头儿一见，不由浑身乱抖，双手乱摇，只颤颤巍巍说出两个字来："好……贼……"身子一软，两眼一闭，往后一仰，竟自气闭。

那汉子哈哈一笑道："姓苗的，你死在阴曹地府，你可不要怪我手毒心狠，你要怨你是自找其死！"

说着，伸手就要拉竹棍儿上那根绿线儿。说时迟，那时快，就在他手才挨着绿线的当儿，陡听屋里有人抖丹田一声喝喊道："我把你这不知死活的孽障，竟敢以邪术欺人，别现眼了！"跟着就见从窗户里出来一道红光，比电还快，哧的一声，就奔了那汉子拿的那根竹棍，一物制一物，竟是生生相克。红光才到，就听吱吱两声响，青、黄、赤、白、黑五道光华，当时便成了一层蒙蒙的水汽。

那汉子正在趾高气扬的时候，哪里禁得受那么大的一个挫折，把手里竹棍一扔，狂喊一声道："什么人，敢来拔老虎须子，你敢出来明着和我拼一下子吗？"

一句话没说完，屋里有人扑哧一笑道："我当着什么大不了的人物，原来就是个火虫屁股那么大的一点儿亮儿，出来就出来，咱们

294

凑凑热闹也倒不错。"说着门一响，石猛从屋里就出来了。

那个汉子欺负一个老头儿，大家早就挂了火儿，又见他赶尽杀绝，还要伤人性命，别听胡成翟铁峰两个，那么劝大家别动气，其实他们两个倒先沉不住气了。翟铁峰把葛天翔也撒开了，往门口一绕，意思就要出去，胡成也想着先出去，谁也没想到才一抬腿，人家石猛没跟他们往外挤，在屋里就动上手了，顺着窗户缝儿，先搭话后动手。才一施展，那个汉子已然落败，方在心里一快，门一响，石猛出去了，大家也跟着吧，呼噜一声，满屋子的人，就全出来了。

这时候石猛已然过去把地下躺的老头儿扶了起来，叫他到旁边儿歇歇，回头还有话要问他，然后才向那汉子搭话道："朋友，贵姓？怎么称呼？什么事要和人家怄气？依我说可是多一事不如少一事，免得伤了面子，不是意思。"

那汉子不等说完，便呸的一口啐道："住了你那臭嘴，你家法官，行不更名，坐不改姓，姓龙叫从云，当地人都称龙大法官。我和那老头子，自有我们的事，你是行路人，你本管不着。现在你们既是要管，说不得，先除治了你，再除治那老冤孽好了。可是你姓什么叫什么？也可以说说，当你死了之后，我好给你做点儿好事，也超度超度你。"

石猛一听，这小子说话气可太冲了，自己虽说没有多大能为，没有多大名气，可是无论如何，也比这种没见过经传的人强一点儿吧，今天真要是告诉他姓字名谁，他一害怕就许跑了，冲他的能耐，绝不能把自己怎么样。不过有一节儿，那个老头子可就苦了，莫若痛痛快快给他来一下子，把他稳住了，一下子就让他拆回去，省得他这么劲儿味儿的。想到这里，便微微一笑道："噢，原来您就是龙大法官，在下实在不知，方才未免多有得罪。在下石二，同了几个朋友做点儿买卖，从此经过，从前也和人家学过几手玩意儿，是我一时心粗胆大，冲撞了龙大法官，这倒怪不是意思的。得了，龙大法官您看着我的面子，把这个老头子饶了吧。"石猛一边说着话，一边往前进步。

龙从云也是平时作恶太多，死期已至，石猛这么跟他说话，他会没有听出意思来，以为所说全是真的，便把眼睛一瞪道："呸！你是什么东西，既敢毁害我的法宝在先，如今如何能够把你饶了？对不过，你是该跟老冤孽做个伴儿走，废话少说，留下狗命。"说着两手一搓，猛地往石猛胸口上攻去。别人全都会这种功夫，谁瞧着也不怎么样，唯有葛天翔、郑家燕两个对于什么符咒，简直是一窍不通，一个龙从云双手一搓，就是一团火光，直往石猛胸口轰去。葛天翔一看就急了，往起一晃身，纵到龙从云后边，伸手掏出二妙散，往手心上一磕，意思之间，要吹龙大法官。葛天翔这时候可有葛天翔的心思，他听石猛说起他们是师兄弟，如今师兄被人用妖术邪法逼住，眼看就许丧命，如何能够看着不动？无论如何，自己也得伸手跟姓龙的干下子。这才绕到龙从云身后，掏出迷魂二妙散，往手心上一磕，抬胳膊一站，静等龙从云只要一回头，当时就可以吹他一下子。正好龙从云伸手一搓，跟着往后一撤身，葛天翔一看大喜，正要垫步往上一抢，可就够着了。万也没有想到，才往起一提腿，便觉得自己这条腿亚赛有几千斤重，不用说是进步，打算抬一抬也都不用想。这一急非同小可，打算往回撤，更吓坏了，便如同钉子钉住一样，哪里还撤得动一分二分？手里托着药，瞪眼发怔，可是走不了，嚷不出来，心里干着急，明白是被人家制住了。郑家燕看着不明白，过去挺快，摆架子也挺快，架子摆好了，一动也不动，这可真不知道是怎么一个意思，心里纳闷儿。再看龙从云伸手一搓，就见出去一道火光，直奔石猛胸脯子。石猛一看火到，急喊一声："法官，你怎么玩儿起火来了，回头晚上尿炕怎么好？"说着说着，人便来回乱转，越转越快，那片火光便跟着乱转，却使不进。龙从云见自己的"毛女火"已然困住了敌人，正在心喜，却又见那火始终不能烧到敌人身上，心里也很是纳罕，自己准知道自己这种"毛女火"不是寻常的法术，只要如法使了出来，任是敌人再有高明法术，除去事先防备之外，绝没有一个不受伤的。怎么今天只是围着敌人转，难道说又是敌人弄的什么玄虚？不如趁早儿收回来，免得回头当场丢人。心里想着，嘴里一阵咕哝，伸手往回一抓，火没有动静，跟着又一抓，火依然跟着石猛乱转。龙从云可就急了，自己的法力，伤不了人，困不住人，那是有的，不过无论如何，自己发出去的，怎么也可以收得回来，现在怎么连收都收不回来了？这可未免使人纳闷儿。心里着急，手上使劲，越收不回来越收，越撒不回来越撒，那股火偏是可怪，一任你收你撒，它却只是一动不动，依然随着石猛乱转，越转光越小，龙从云也便越发着急。转了足有一刻钟的光景，石猛陡的一声喊："姓龙的，你还不服输吗？"这一嗓子喊完，身子陡地往起一纵，两只手一招一搓，哧哧哧一片声响，那片火光便像流的萤火一般四散坠在地下，连一点儿影儿也没有了。龙从云就知道自己今天是完了，便把双手一拱道："承教承教，再见吧！"

　　说完一转身便要撒身走去，石猛陡地一声喊道："方才叫你走，你不走，如今要走，可又由不得你了。龙大法官你别这么吝啬哪，你还有什么，何妨再施展施展也让大家多开一点儿眼？别只露了一手儿就走啊！"

　　龙从云本来一则是因为有点儿怕了石猛，二则他今天还正有一档子得意事情，还没有办到手里，不愿再在这里多耽延工夫，所以才想走。没有想到石猛不让他走，拿话一刻薄他，当时邪火往上一撞，心可就横了，立住脚步，哈哈一笑道："姓石的，因为你家大法官今天还有正事，所以才饶你多活一天，没有想到你的阳禄已终，刻不容缓，你既是自己找死，死了之后，你可不要抱怨我呀。"

石猛道："您这话越说越远了，您说是瞧得起我，咱们就玩儿会子，别玩儿真的，我可受不了，要不然，龙大法官你还是走吧。"

龙从云一听，你这叫成心拿人开玩笑，牙一咬，心一横，今天不拘什么事，我全不顾了，只有和你一死拼斗，看看到底谁成谁不成，想着往后一退步，不料正碰在一个人身上，不由吓了一跳，回头一看，是个小孩儿，托着一只胳膊，站在自己身后，瞪眼拧眉看着自己，不由吓了一跳，猛地一跺脚，一长胳膊，横手一掌，便往葛天翔脸上削去。葛天翔这时候动弹不了，心里可还明白，一看龙从云掌到，心里干着急，就是躲不开，眼睁睁一掌就要到了，心里气儿往上一撞，反倒不怕了。却没料到龙从云忽然停掌不进，可也没有往后撤，两只眼睛瞪得跟包子大小，脸上往下直流汗，脸上颜色也全变了。正猜不透是怎么回事，猛听石猛一声喊道："姓龙的，你到了现在还打算闹什么玄虚？"说着往前一抢步，就要给龙从云一掌，忽然哎呀一声，一条迈出去的腿，往地下一戳，再也不能挪动，心里明白，就是使不上力，这一急非同小可。葛天翔被人家用法定住，大家看着，并不可怕，因为葛天翔什么都不会，当然人家一施展法术，就会被人家定住。至于龙从云站住不动，伸掌不进，大家还都以为是故意露这么一手儿，所为逗石猛进手，他好施展什么毒招儿，还全都没有理会。等到石猛伸手一进步，也站在那里不动，这才看出事情不对。头一个翟铁峰就留上神了，四外一找，只见在墙根儿底下蹲着一个人，仿佛是在那里看着笑呢，不由心火往上一撞，一伸手从腰里扯出一根七寸来长的桃木橛子，一撒手便轰的一声响，直奔那人打去。耳听有人微微一笑，送过来一种极细的声音道："翟胡子，别充能，我现在没有工夫和你捣乱。"声儿又粗又哑，

298

非常难听，不由吓了一跳。急忙往那边看时，可就看真了，只见墙下蹲的这个人，约莫也有六十往上年纪，一身破烂，穿着一件灰色夏布坎肩儿，底下却看不清楚，一头长发，手里仿佛拿着一把破酒壶，正蹲在那里往这边看着。自己方才的法术完全一点儿没有伤损着人家，当时倒吸一口气，就知道遇见了劲敌。正要转身向胡成商量时，猛见由自己身后出来一条黑影儿，比飞还快，咻的一声便到了当场，横胳膊一挡，葛天翔便倒退了好几步，哎呀一声，喊了出来，手里托的二妙散也撒了一地。跟着那条黑影儿又一转身，向石猛胸前一推，石猛也便哎呀一声，倒退了好几步。翟铁峰这才放心，准知道自己这边也来了帮手。

石猛、葛天翔往下一退，墙根儿下蹲的那个人可就站起来了，往前一纵身，口里喊道："什么人到这里来赏脸？何妨当面谈谈。"

黑影儿推了石猛、葛天翔，正要撤身，一听说话，便也答言道："褚老哥，多年不见，想不到您还是这么高兴。今天的事，不管谁对谁不对，请老哥看在小弟周鹞子面上，两下认个无事，将来我再谢候。对不过，告辞了！"说完，咻的一声，一溜烟儿相似，当时无影无踪。

葛天翔才听见周鹞子三个字，便急喊一声："师父。"没见回答，当时便没了影儿，正自一怔，便听一条沙哑的嗓子喊道："承让，承认，我自去管束我的坏徒弟，容日再见。"跟着就听咔啦一声响，仿佛起了一个霹雳相似，震得所有灯光全都熄灭。及至大家再把灯光点着时，除去那个老头子之外，哪里还有一个人影儿？不由大家诧异。

翟铁峰道："众位不必惊疑，这全是周鹞子周老师帮了忙儿，不然的话，今天咱们恐怕难讨公道。现在什么事都没有了，咱们可以问问这位老朋友，到底为了什么。"

299

这时候那个老头儿也歇过来了，仔细一问，才知道这个老头儿姓苗叫苗通，夫妻两个，就是一个儿子，名叫苗元，已经聘定本县一家姓乔的姑娘，迎娶已经有日。不想被龙从云怎样看见了苗家姑娘长得好看，先是托人来说，当然乔家不给，龙从云一怒便叫人送信，就是今天晚上要抢人成亲。苗通和姓乔的都知道龙从云法术很高，斗他不过，痛哭一场，各自认命。苗通心里难受，回家的道儿上边走边骂，没想到龙从云会随后赶到，差点儿没有把命丢去。

苗通正在说着，猛听店门外一阵大乱，仿佛有多少人闯入，苗通一听，知道必是龙从云去而复返，一害怕，噗的一声竟自摔倒。

翟铁峰道："不对，苗老头儿，你先别着急。"

一言未尽，外头灯光一亮，拥进一伙人来。当头一人，一步抢进拉住苗通道："亲家兄，真是天有不测风云，一会儿工夫，几乎和亲家兄连面儿都见不着了。"

苗通力压惊魂，凝神一看，不由大喜欢狂，原来来者不是别人，正是自己儿女亲家乔大廷。老头子也是神魂不整，四鬓汗流。苗通一把揪住苗大廷道："亲家，难道我是在做梦吗？"

乔大廷道："虽不是做梦，可是比梦还离奇了。龙法师方才不是说要抢亲吗？我们姑娘也不是怎么被她听见了，当时寻死觅活，闹了一大阵，好容易我把她安住了，外头就有人叫门。我以为一定是抢亲的来了，及至开门一看，不对，原来是从前来提亲的那个坏小子来了。见了我也不是先前那个样儿了，说话特别透着和气，告诉我前回来送的信，完全是听错了，龙法官绝没有那么回事。听我告诉你个信儿，千万不用害怕，龙法师不是那样人，前者送来的定礼他也不要了，叫我们千万不要害怕。亲家你听这不都是怪事吗？从前他要没有这个意思，怎么会把定礼送到我家？要说他既然是存了这种心，怎么又能够一声儿不言语打退堂鼓？这件事真是让我不得明白了。"

苗通长叹一口气道："亲家你还蒙在鼓里呢，我可都看明白了，今天要不是老天爷睁眼，惊动了这些位活菩萨，你有十个姑娘，也被那姓龙的抢了去了。"说着便把方才所见所闻全都细说了一遍，乔大廷这才明白，便翻身向众人一阵磕头。

翟铁峰急忙往起拉道："二位不必如此，这也是二位平常好善，才使我们赶上这件事，我们力量能够办得到的，帮一点儿忙，原也没有什么，二位何必这样过不去？倒是要向二位请教一声，这里当法官的，可有一位姓褚的？"

苗通道："什么，姓褚的？那个辈分儿可远了，现在早就不出世了。不知您问他为什么？"

翟铁峰点点头道："噢！那就是了。我再问您一句，您的少爷现在可在本地？"

苗通道："正在这里，您问他有什么事？"

翟铁峰道："我想是睡多了梦长，你们二位既是把亲事定了，依我说不如趁着这个时候，赶紧就把它办了，省得将来我们走了之后，姓龙的又跑到这里来寻烦恼。已经把婚结了，也就完了，不知你们二位意下以为如何？"

苗通道："我倒没有什么，就是要问一问我们乔亲家。"

乔大廷道："亲家兄说好便好，我是无所不为也。"

苗通道："怎么亲家喜欢得全都转起文来了？"

翟铁峰道："要依我说，二位既是全都愿意，我想急不如快，丁是丁，卯是卯，今天日子就挺好，干脆找个轿子把姑娘一搭，就算办事，好在爱好做亲，谁也不便挑剔谁。事情办完了，再有什么该添的该买的，再买再添也不算晚。我话说得可是嘴直一点儿，二位可别见怪。"

这二位一听，全都双手一拍道："这个可太好了，我们就依着您的话办，您就是我们俩的福星。这么办，我们现在就去办去，回头还得请众位到我们家里，随便喝上几盅，也托众位福，给我们压压祟气。"

翟铁峰一笑道："就是吧，那么您二位去张罗办事，我们一会儿必定过去给您二位去道喜去。"

苗乔两个谢了一声，欢天喜地地去了。

胡成道："我说是不是？叫你们少多事，你们不信，这现在越来事越多了。"

石猛道："这话可也不能全那样说，刚才那个意思，你也不是没有瞧见，难道真让咱们见死不救？"

胡成一笑道："我不是说你不该管这回事，不过就是怕你因为这一件事，越惹事情越多，将来就该后悔了。"

石猛道："事情现在已然完了，咱们就走，不就没事了，还能有什么了不得？"

一句话没说完，伙计从外头递进一封信来道："这是龙法师差人送来的信，外头等回话。"

胡成接信向石猛一笑道："如何？事情来了！"

正是：

　　方期平安无事，哪知变起风云。

以下接写群雄斗法，广平府、杨家寨、枣花崖、陈家沟，三雄斗智，五老传书，葛天翔学艺，比武联姻这些热闹节目，均在第三集《琥珀连环》改正编排，不日出版，特此预告。

图书在版编目(CIP)数据

琥珀连环. 第一部 / 徐春羽著. — 北京：中国文史
出版社，2018.6

（民国武侠小说典藏文库·徐春羽卷）

ISBN 978 - 7 - 5034 - 9987 - 6

Ⅰ. ①琥… Ⅱ. ①徐… Ⅲ. ①侠义小说 – 中国 – 现代

Ⅳ. ①I246.5

中国版本图书馆 CIP 数据核字（2018）第 010024 号

整　　理：卢　军　卢　斌　金文君
责任编辑：薛媛媛

出版发行：**中国文史出版社**

社　　址：北京市西城区太平桥大街 23 号　邮编：100811

电　　话：010 - 66173572　66168268　66192736（发行部）

传　　真：010 - 66192703

印　　装：廊坊市海涛印刷有限公司

经　　销：全国新华书店

开　　本：720×1020　1/16

印　　张：20　　　　　字数：224 千字

版　　次：2018 年 6 月第 1 版

印　　次：2018 年 7 月第 1 次印刷

定　　价：63.00 元